ANGELIKA GODAU

Vier Morde und ein Weihnachtsbraten

ZEITLOS Mitten im Umzug nach Heidelberg erhält Sabrina eine Schreckensnachricht und muss ihrem ahnungslosen Freund beichten, dass sie neben zwei Kindern und zwei Katzen auch noch eine zeitreisende Ur-Ur-Großmutter hat. Deren Verlobter Heinrich sitzt nämlich gerade im gemeinsamen Schlafzimmer und bittet verzweifelt um Hilfe bei der Suche nach seiner entführten Braut. Schwierig, über die Jahrhunderte hinweg, aber Sabrina setzt alles dran, ihre Granny lebend zu finden. Als Heinrich auf eine bis zur Unkenntlichkeit verbrannte Frau trifft, verliert er vor Verzweiflung fast den Verstand, aber Sabrina ist sicher, dass es sich bei der Toten nicht um Granny handelt. Deren Stimme hört sie nämlich im Traum und erfährt sogar den Namen des Entführers. Leider treibt dieser kurze Zeit später tot im Schlossgraben und Grannys Zeit wird immer knapper. Wer steckt hinter der Entführung und dem Mord? Und gibt es rechtzeitig ein Weihnachtswunder?

Angelika Godau wurde zufällig, wie sie betont, in Bayern geboren, verbrachte aber die ersten zehn Lebensjahre im schönen Detmold. Schon ganz früh entdeckte sie ihr Talent, sich schriftlich auszudrücken. Bereits im zarten Alter von neun Jahren wurde ihr erster Artikel über eine Zirkusprinzessin in der Zeitung veröffentlicht. Kein Wunder, dass sie zuerst einmal Journalistin wurde und für verschiedene Tageszeitungen in Deutschland tätig war. Später studierte sie Psychologie und arbeitete als Therapeutin. Das Schreiben blieb aber ihre heimliche Liebe. Im Gmeiner-Verlag erscheint nun der dritte »Granny-Roman«.

Bisherige Veröffentlichungen im Gmeiner-Verlag:
Granny und die Tote im Wald (2016)
Granny, ein Mord und ich (2015)

ANGELIKA GODAU

Vier Morde und ein Weihnachtsbraten

Kriminalroman

GMEINER SPANNUNG

Besuchen Sie uns im Internet:
www.gmeiner-verlag.de

Im Ehnried 5, 88605 Meßkirch
Telefon 0 75 75 / 20 95 - 0
info@gmeiner-verlag.de

1. Auflage 2017

Lektorat: Claudia Senghaas, Kirchardt
Herstellung: Mirjam Hecht
Umschlaggestaltung: U.O.R.G. Lutz Eberle, Stuttgart
unter Verwendung eines Fotos von: © Masson / fotolia.com;
© pencake / photocase.de
Druck: CPI books GmbH, Leck
Printed in Germany
ISBN 978-3-8392-2118-1

Personen und Handlung sind frei erfunden.
Ähnlichkeiten mit lebenden oder toten Personen
sind rein zufällig und nicht beabsichtigt.

Jetzt hör schon auf mit dem Unsinn, Granny, wenn du kommen willst, dann komm, aber verschone mich bitte mit diesen Alpträumen.

Ich zwinge mich, die Augen zu öffnen und richtig wach zu werden, streiche mir die verschwitzten Haare aus dem Gesicht und werfe einen Blick auf meinen Sessel. Der ist nicht da, und mir fällt ein, dass ich gestern umgezogen bin. Umzugskartons stapeln sich als sichtbare Zeichen die Wände hoch, und ich weiß, dass eine Menge Arbeit auf mich wartet.

Ich schüttele den letzten Rest Schlaf ab und versuche mich an meinen Traum zu erinnern: Granny mit angstgeweiteten Augen, wirren Haaren und ausgestreckten Händen. Merkwürdig, warum kommt sie denn nicht einfach, wenn sie etwas von mir will? Es ist ohnehin viel zu lange her, dass mir meine Ururgroßmutter einen Besuch abgestattet hat. Das letzte Mal im Juli 1897, also vor fast eineinhalb Jahren ihrer Zeit. Seither habe ich nichts mehr von ihr gehört oder gesehen. Gilt auch hier: ›Keine Nachrichten sind gute Nachrichten‹? Keine Ahnung, aber ich habe ein ungutes Gefühl, das ich einfach nicht loswerde. Wer jetzt vielleicht glaubt, ich sei etwas wunderlich, weit gefehlt! Ich habe tatsächlich eine Ururgroßmutter, die es schafft, die Gesetze von Raum und Zeit außer Kraft zu setzen, um sich von mir Hilfe bei der Aufklärung ungesühnter Verbrechen zu holen, die sich im vorletzten Jahrhundert ereignet haben. Also, genauer gesagt, vor 118 Jahren. Sie halten mich nicht nur für wunderlich, sondern für total übergeschnappt? Kann ich Ihnen nicht verdenken, denn das war auch mein Verdacht, als Granny das erste Mal bei mir auftauchte und ernsthaft versicherte, 1868 geboren worden zu sein. Der einzige Grund, warum ich sie damals nicht umgehend einweisen ließ, war mein Beruf. Ich bin Journalistin bei einer Tageszeitung und träume, seit ich denken kann, von DER Geschichte, die mich mit einem Schlag aus der Tristesse der Briefmarkensammler und Feuerwehrfeste befreit, über die ich in einer Endlosschleife berichten muss. Mit Granny wollte ich den Olymp der schreibenden Zunft erklimmen, Interviews mit Brad Pitt oder George Clooney ergattern, aber am Ende habe ich einsehen müssen, dass man mich eher für verrückt als für genial halten würde, und es vorgezogen zu schweigen.

Immerhin, etwas hat sich in der Zwischenzeit Positives getan, ich bin nicht mehr Single. Ich habe eines dieser raren Exemplare Mann ergattert, das weder schwul, verheiratet noch bei Mama wohnend ist. Nein, Karsten ist geradezu unheimlich normal, gesetzlich geschieden und beruflich erfolgreich. Was aber noch viel besser ist, er ist ebenso schwer in mich verliebt wie ich in ihn und weitet dieses wundervolle Gefühl auch auf meinen Nachwuchs aus, auf die achtjährige Luise und den sechsjährigen Lasse. Selbst meine beiden Jungkater, Mogli und Balou, behandelt er mit großer Zuneigung, im wahrsten Sinne des Wortes, denn er ist Tierarzt. Nun bin ich also vor nicht einmal 24 Stunden mit Mann und Maus in seine Wohnung eingezogen und habe die herrschende Ordnung in Chaos verwandelt.

Ich gehe langsam durch die Räume, genieße einen Augenblick die wunderbare Aussicht auf den Neckar, streichele einem der Kater über den Kopf und überlege, womit ich anfangen könnte. Die Kids sind noch ein paar Tage bei meinen Eltern, Karsten ist bereits in der Praxis, und mein Chef hat mir großzügig Umzugsurlaub gewährt, so kann ich den Tag in aller Ruhe angehen. Dann also erst einmal Kaffee und eine Zigarette. Ich mache das Radio an – und natürlich ertönt sofort »Last Christmas«. Gibt es eigentlich noch andere Lieder, mit denen man unausgeschlafenen Menschen den Tag verderben kann? Okay, wir hatten gestern den ersten Advent, aber ist das wirklich Grund genug, nun die nächsten 23 Tage mindestens dreimal täglich dieses Grauen ertragen zu müssen? Wie überlebt eigentlich Verkaufspersonal diese ach so besinnliche Zeit? Eine CD in einer Endlosschleife, die müssten meiner Meinung nach Schmerzensgeld bekommen.

»Kind, wo bist du denn nur, und was tust du hier?«

Ich habe es gewusst, Träume lügen nicht, Granny ist da!

»Hier bin ich, Granny, hier im Wohnzimmer, warte, ich komme.«

Ich stoße mit dem kleinen Zeh gegen eine Kiste – und das tut gemein weh, so sehr, dass mir die Tränen in die Augen schießen. »Gottverdammte Scheiße!«, fluche ich und hüpfe auf einem Bein zum Sofa.

»Schäme dich, Kind! Wie kann eine Dame nur so schlimme Dinge aussprechen? Außerdem steht doch geschrieben, dass du den Namen des Herrn …«

»Dann hätte der Herr mir diese Scheißkiste eben nicht in den Weg stellen sollen. Guck dir das mal an, ganz blau, der ist bestimmt gebrochen.«

Ich halte meinen Fuß in die Höhe und schaue Granny an, die gerade den Raum betritt. Sofort vergesse ich meinen Zeh, denn sie sieht furchtbar aus. Leichenblass, tiefe, schwarze Ringe unter den Augen, die Haare wirr, die Kleidung zerdrückt und fleckig. Außerdem trägt sie keinen Hut, und die nackten Füße stecken in karierten Pantoffeln. Sehr ungewöhnlich für meine penible Ururgroßmutter. Ich bin alarmiert.

»Granny, um Himmels willen, was ist passiert? Bist du krank, ist was mit Heinz, mit Heinrich? So rede doch endlich.«

»Mein Heinz liegt im Sterben«, sagt sie, mit einer Stimme, die heiser ist von vielen Tränen. »Der ›Würgeengel der Kinder‹ sitzt an seinem Bett und lässt ihm keine Luft zum Atmen. Der Doktor sagt, er kann nichts mehr für ihn tun, wir müssten mit dem Schlimmsten rechnen. Du musst mir helfen, Sabrina, bitte, hilf mir schnell, bevor es zu spät ist.«

Sie fällt auf das Sofa neben mich und verbirgt das Gesicht in den Händen.

Ich lege einen Arm um ihre zuckenden Schultern und streichele mit einer Hand über ihre Haare.

»Granny«, sage ich energisch, »Granny, hör mir zu! Was immer dein Heinz auch für eine Krankheit haben mag, er wird daran nicht sterben! Ganz sicher nicht. Ich muss es schließlich wissen, er war doch mein Urgroßvater, der Vater meiner Großmutter, stimmt's?«

Granny lässt die Hände sinken und schaut mich fragend an. »Na, überleg doch mal. Würde er jetzt sterben, wie könnte er dann in etwas über 20 Jahren ein Kind zeugen? Also, beruhige dich und erzähl mir genau, was er hat. Den Würgeengel kenne ich nämlich nicht.«

Granny greift nach meinen Händen und drückt sie sanft. »Kind, du hast recht, daran habe ich in meiner Angst überhaupt nicht gedacht, aber er ist so krank und leidet schrecklich. Er hat die Bräune, genau wie damals der kleine Franz von Kohlenhändler Blancke, und der ist daran gestorben, wie du dich erinnern wirst. Doktor Pohlmann sagt, diese Krankheit wird auch ›Würgeengel der Kinder‹ genannt, weil sie ihnen die Luft abdrückt, so sehr ist der Hals zugeschwollen. Sie husten Tag und Nacht, behalten überhaupt nichts bei sich, und nur der Herrgott kann sie schließlich von ihrem Leiden erlösen.«

»Komm, lass den Herrgott aus dem Spiel, ich verlasse mich lieber auf Antibiotika.«

Ich greife mir mein Smartphone vom Tisch und gebe ›Bräune‹ ein.

»Aha, hier steht's ja … Diphtherie! Au wei, das muss wirklich übel gewesen sein. Die Krankheit hat viele Opfer gefordert, überwiegend Kinder. In deiner Zeit war dagegen noch kein Kraut gewachsen, Flemming mit der Erfindung des Penicillins noch nicht so weit, darum konnte man nicht viel tun außer abwarten und beten.

Heutzutage spielt die Diphtherie kaum eine Rolle, weil bereits sehr früh dagegen geimpft wird, und sollte trotzdem mal ein Fall auftreten, nun ja, dafür wurde das Penicillin erfunden.

Bleibt allerdings die Frage, woher ich das kriegen soll?

Ist verschreibungspflichtig, das heißt, ein Arzt muss es mir rezeptieren.«

»Dann geh schnell hin und lass es dir geben, wir dürfen keine Zeit verlieren.«

»Leider geht das nicht so einfach, Granny, ich bin schließlich nicht krank, schon gar nicht so krank, dass ich ein Antibiotikum brauchen würde.«

»Aber du bist doch mit einem Arzt befreundet, der gibt es dir sicher, wenn du ihn darum bittest.«

»Karsten ist Tierarzt, und auch er würde wissen wollen, wozu ich es brauche.«

»Dann sag ihm, dass mein Heinz so krank ist, aber mach schnell jetzt!«

»Granny, das Problem ist, dass ich noch keine Gelegenheit gefunden habe, ihm von dir zu erzählen«, sage ich und spüre, dass ich ein bisschen rot werde.

Ich habe es bisher tatsächlich vermieden, das Thema »Granny« anzuschneiden, zu groß ist meine Sorge, Karsten könnte mich für übergeschnappt halten. Dieser Mann ist mir sehr wichtig, und ich will nicht riskieren, dass eine zeitwandelnde Ururgroßmutter unsere Beziehung gefährdet. Es ist ja ohnehin nicht so einfach, mit zwei lebhaften Kindern und vielen schlechten Erfahrungen im Gepäck eine neue Partnerschaft einzugehen, da braucht es nicht noch eine derart abgefahrene Verwandte. Echt nicht. Daher kann ich also nicht mal eben runter in die Praxis laufen und ihn um Penicillin bitten. Abgesehen davon, dass ich nicht einmal weiß, ob man das in der Veterinärmedizin überhaupt anwendet.

Granny hat mich nicht aus den Augen gelassen und rutscht unruhig auf dem Sofa hin und her.

»Sabrina, du musst etwas tun, du musst mir helfen! Soll mein Heinz weiter leiden, nur weil du so ein verzagtes Herz hast? Es steht doch geschrieben: ›Dein Glaube hat Dir geholfen – gehe hin in Frieden.‹«

Na, wer sagt es denn? Kaum hier, schon kommt der erste Bibelspruch.

»Genau, Granny, gehe hin in Frieden und glaube daran, dass dein Heinz auch ohne Penicillin wieder gesund werden wird.«

»Das habe ich aber nicht gemeint, Kind. Du solltest daran glauben, dass dein Verehrer dich liebt und dass du keine Geheimnisse vor ihm haben musst. Erst dann wird Segen auf dieser Verbindung liegen.«

»Ja, war klar, du drehst alles immer so, wie es für dich am besten passt. Okay, ich werde es versuchen, auch wenn ich echt keinen Plan habe, wie. Karsten kommt heute Mittag hoch, dann rede ich mit ihm, versprochen.«

Sie seufzt erleichtert, drückt meine Hand – und weg ist sie.

Auf Kartonsauspacken habe ich jetzt noch weniger Lust als vor ihrem Besuch, daher koche ich mir erst einmal einen Kaffee und gehe dann mit einer Zigarette auf den Balkon. Es ist saukalt, höchstens drei Grad, aber wer rauchen will, darf nicht zimperlich sein. Zwischen zwei Zügen wärme ich mir die Hände an der heißen Tasse und grübele darüber nach, wie ich das Gespräch mit Karsten anfangen soll. Nach knapp drei Minuten drücke ich die Kippe aus und flüchte zurück in die warme Wohnung und gleich weiter unter die heiße Dusche.

Als gegen halb eins mein Liebster gutgelaunt zur Tür reinkommt, habe ich es immerhin geschafft, ein Mittagessen zu kochen. Das bringt mir einen liebevollen Blick und einen besonders zärtlichen Kuss ein. Liebe geht offenbar auch bei ihm durch den Magen. Ich kriege keinen Bissen runter, stochere auf meinem Teller herum und schiebe das Essen von rechts nach links.

»Hör mal«, beginne ich dann, »ich muss dir etwas erzählen. Ich weiß, du wirst mich bestimmt für übergeschnappt halten, was ich dir nicht verdenken kann, aber ich schwöre, jedes Wort ist wahr.«

Karsten hat sein Besteck zur Seite gelegt und guckt mich beunruhigt an.

»Raus damit, ich bin auf alles gefasst. Wer ist der Kerl, wie heißt er, was macht er und was hat er, was ich nicht habe?«

»Hör mit dem Scheiß auf«, unterbreche ich ihn, »es geht nicht um einen anderen Mann, es geht um meine Ururgroßmutter. Die heißt übrigens auch Luise und war heute Morgen hier, weil ihr Sohn Diphtherie hat und sie daher Penicillin braucht.«

»Aha«, sagt Karsten, »deine Ururgroßmutter. Die muss aber eine eiserne Gesundheit haben, wie alt ist die Dame denn? Hundert?«

»Sie wurde 1868 geboren und ihr Sohn 1890, aber momentan ist sie erst 29. Vielleicht auch schon 30, so genau weiß ich das nicht.« Das verwirrt mich ein bisschen, und ich verliere den Faden. Ich weiß tatsächlich nicht, wann genau Granny geboren ist. Ob sie das überhaupt schon einmal erwähnt hat?

»Aha«, sagt Karsten wieder, »deine Ururgroßmutter ist also ein paar Jährchen jünger als du. Das ist ungewöhnlich. Aber was soll's? Wir haben bald Weihnachten, und da geschehen bekanntlich oft Wunder. Bisher dachte ich doch tatsächlich, Ururgroßmütter wären alt, sehr alt und meist sogar schon eine Weile tot.«

»Na ja, sicher, normalerweise ist das auch so, und wenn du aufhören könntest, alles, was ich sage, ins Lächerliche zu ziehen, könnte ich erzählen, es sei denn, du möchtest mich weiterhin ständig mit dummen Sprüchen unterbrechen.«

Ich bin, ohne es zu wollen, laut geworden, Karstens Reaktion ärgert mich, auch wenn ich sie erwartet habe. Meine Angst nimmt zu, dass es mir nicht gelingen wird, ihn zu überzeugen. Er schaut mich mit ziemlich ausdrucksloser Miene an, nickt dann aber und sagt: »Okay, dann erzähl mal, bin gespannt auf das, was kommt.«

Ich rede eine geschlagene Stunde, und er unterbricht mich nicht. Isst seinen Teller leer und hört mir zu.

»Ja, das war's in groben Zügen, und ich schwöre dir, ich lüge nicht, es ist alles wahr. Ich lüge nicht, ich spinne nicht, höre keine Stimmen und habe auch ansonsten meine fünf Sinne gut beieinander. Meine Mam hat mir auch nicht glauben wollen, aber mittlerweile haben wir sie überzeugt, obwohl *sie* Granny weder sehen noch hören kann.«

Ich schweige erschöpft und warte auf eine Reaktion von ihm. Er steht auf, vergräbt die Hände in den Hosentaschen, geht zum Fenster und schaut schweigend hinaus.

»Das ist wirklich mal eine abgefahrene Geschichte, so abgefahren, dass sie schon fast wieder stimmen könnte, auch wenn ich nicht die allerleiseste Ahnung habe, wie das funktionieren sollte. Das stellt mein Weltbild so was von auf den Kopf, das kannst du dir gar nicht vorstellen. Gibt es irgendwelche Beweise? Ich will dir ja gern glauben, aber es würde mir leichter fallen, wenn ich etwas Handfestes hätte, nicht nur eine Erzählung.«

»Ich habe dieses Medaillon von ihr bekommen und Mam das Tagebuch von Otto, aber so wirkliche Beweise sind das natürlich nicht, ich weiß. Die Dinge könnte ich schließlich Gott weiß woher haben.«

»Sag ihm, ich hätte mir schon gedacht, dass er ein ungläubiger Thomas ist. Darum habe ich etwas mitgebracht, um ihn zu überzeugen.«

Ich komme nicht mehr dazu, ihn zu warnen, schon schwebt ein großes Blatt Papier durch die Luft. Karsten streckt reflexartig die Hand danach aus und starrt es an.

»Es ist die *Lippische Zeitung* von heute, das müsste doch als Beweis ausreichen, oder?«

»Karsten? Granny ist hier, und das, was du da gerade anstarrst wie das achte Weltwunder, ist die Tageszeitung von heute. Also, nicht von heute, sondern von … ja, von wann denn? Granny, welches Datum ist gerade bei dir?«

»Sie ist vom 1. Dezember 1898«, sagt Karsten mit einer Stimme, die völlig ohne Atem ist, »und die Druckerfarbe ist frisch.«

Er lässt sich langsam auf das Sofa fallen, die Zeitung in der Hand, und schüttelt dabei ein um das andere Mal den Kopf.

»Ich glaube das nicht, das gibt es nicht, völlig unmöglich, wahrscheinlich bin ich überarbeitet. Sabrina, sag was, ich drehe sonst durch.«

»Ich habe dich gewarnt, mein Lieber, ssich an eine Ururgroßmutter aus dem Jahr 1898 zu gewöhnen, dazu gehört Nervenstärke, aber tröste dich, ich habe auch eine ganze Weile gebraucht und meine Mutter noch länger.«

»Das tröstet mich jetzt wirklich ungemein«, knurrt er, »wenn ich nicht gleich wieder in die Praxis müsste, würde ich mich volllaufen lassen. Aber Moment mal, das ist doch ein Fake, hier steht nämlich Donnerstag, und wenn ich mich nicht irre, haben wir heute Montag?«

Triumphierend hält er die Zeitung in die Höhe, bevor er sie samt seinen Schultern wieder sinken lässt. »Schon klar, Schaltjahre und so. 1898 fiel der 1. Dezember also auf einen Donnerstag, wie gut, dass ich das jetzt weiß!«

Seine Stimme ist immer noch sarkastisch, als er sich erhebt, die Zeitung auf den Tisch legt und sagt: »Okay, wie dem auch sei, ich muss arbeiten, um Weihnachtswunder kümmere ich mich später.«

»Vorher muss er mir aber das Penicillin geben«, lässt Granny sich vernehmen, und ich gebe ihren Wunsch schnell an Karsten weiter.

»Ich habe keine Medikamente aus der Humanmedizin, das weißt du doch, außerdem habe ich keine Ahnung, wie ich ein Kind dosieren sollte, dass weder geimpft, noch jemals mit Antibiotika in Berührung gekommen ist. Ich weiß nicht, wie groß und wie schwer dieser Junge ist, ich weiß nicht, ob er wirklich Diphtherie hat, ja, ich weiß nicht einmal, ob er überhaupt existiert. Ja, ja, schon gut, ich weiß, er heißt Heinz und ist der Sohn deiner Ururgroßmutter. Ich gebe es auf, gehe in die Praxis und schaue, was ich dahabe.«

Er schüttelt weiter mit dem Kopf, und gleich darauf fällt die Tür hinter ihm ins Schloss.

Nach knapp fünf Minuten ist er wieder da, sein Gesichtsausdruck ist resigniert, aber in der Hand hält er eine kleine Schachtel.

»Es geht eigentlich nicht! Alles, was ich an Penicillinmustern habe, muss gespritzt werden, weil es sonst überhaupt nicht wirkt. Ich weiß allerdings nicht, ob es deiner ominösen Ururgroßmutter möglich ist, dem behandelnden Arzt zu erklären, woher sie ein Präparat hat, das erst in 30 Jahren erfunden wird. Das Einzige, was ich habe und was vielleicht wirkt, ist das hier, ein

Antibiotikum in Tablettenform. Es ist völlig unverantwortlich, was ich hier mache, aber …«

»Es wird wirken, da bin ich ganz sicher, der Herrgott wird es segnen! Sag das deinem Verehrer und richte ihm meinen Dank aus.«

Ein Griff, ein Satz und Granny ist weg.

»Ich soll dir ausrichten, dass es wirken wird, weil der liebe Gott es segnet.«

»Mhm, ja, das muss er auch, ansonsten … ach, ich weiß nicht. Keine Wirkung wäre wahrscheinlich das Beste, was passieren kann, über mögliche Nebenwirkungen möchte ich gar nicht erst nachdenken«, seufzt mein Liebster und starrt auf seine leeren Hände, in denen sich gerade noch eine Medikamentenschachtel befunden hat.

»Dann tu es doch einfach nicht. Sie hat es so gewollt, und wenn Granny etwas will, dann kann man sagen, was immer einem einfällt, sie lässt nicht locker.«

»Das spricht tatsächlich für ein Verwandtschaftsverhältnis«, murmelt er, und dann etwas lauter: »Na gut, ich muss wieder runter, aber heute Abend würde ich doch sehr gern in Ruhe mit dir reden, wenn du verstehst, was ich meine.«

»Klar«, sage ich erleichtert, »kein Problem, ich erzähle dir gern alles, was ich weiß!«

Als sich die Tür hinter ihm erneut schließt, atme ich erst einmal ganz tief durch und rufe dann Mam an.

Sie hört natürlich mal wieder sofort, dass was los ist, riecht sie förmlich.

»Was ist passiert?«, ist daher ihre erste Frage.

»Granny war hier, Heinz hat Diphtherie, sie wollte Medizin, ich musste Karsten von ihr erzählen, er hält mich für bekloppt, um es kurz zu machen.«

Mam lacht doch tatsächlich, die hat vielleicht Nerven. Mein Leben droht in einem Scherbenhaufen zu enden – und meine Mutter lacht.

»Na ja«, schnieft sie, »ist für den armen Mann ja auch nicht ganz leicht zu verkraften, dass er neben zwei Kindern und zwei Katzen nun auch noch eine Ururgroßmutter an der Backe hat.«

»Haha, sehr witzig«, grummele ich in den Hörer, muss mir aber selber ein Lachen verkneifen.

Mam ist sich ganz sicher, dass Karsten damit fertigwerden wird, beruhigt mich und schickt mich dann an meine Umzugskartons. Natürlich nicht, ohne sich vorher zu vergewissern, dass ich einen Adventskranz auf dem Tisch stehen habe. Sie hält die alljährlichen Traditionen eisern hoch, weil sie das pädagogisch wichtig findet. Adventskranz, ich lache mich schlapp, das totale Chaos um mich herum, einen aus der Bahn geworfenen Lebensgefährten, eine verzweifelte Ururgroßmutter, aber Hauptsache, ich habe einen Adventskranz. Nee, habe ich nicht, aber auch keine Kraft, darüber mit meiner Mutter zu diskutieren. Darum nicke ich energisch und sage im Brustton der Überzeugung, dass ich natürlich einen habe, und sie gibt sich damit zufrieden.

Umzüge sind die reine Pest. Egal, wie sorgfältig ich Kartons auch beschriftet habe, wie systematisch alles gepackt ist, am Ende finde ich nichts mehr wieder, und auf geheimnisvolle Weise ist nichts mehr da, wo es hingehört. Zumindest bei mir ist das so. Ich räume Dinge von einer Ecke in die nächste, hänge Bilder an Wände, die völlig ungeeignet sind, zerdeppere gleich drei Gläser und gebe schließlich genervt auf. Außerdem starren mich aus jedem Karton mindestens zwei vorwurfsvolle Augen an. Katzen hassen wohl Umzüge noch mehr als ich.

Wie üblich, wenn ich auf etwas warte, schleicht die Zeit nur so dahin. Ich gucke alle fünf Minuten auf die Uhr, aber es will einfach nicht später werden.

Endlich, gegen 18.30 Uhr, geht die Wohnungstür auf, und Karsten hat Feierabend. Seine Miene lässt nicht erkennen, wie es in seinem Inneren aussieht, er ist ein Meister der Selbstbeherrschung, kenne ich schon. Mir sieht jeder auf den ersten Blick an, wie ich mich gerade fühle, egal, wie sehr ich mich bemühe. Als Pokerspielerin wäre ich ein Totalausfall, so viel steht mal fest.

»Hast du Hunger?«, eröffne ich ein Gespräch. Karsten seufzt und sagt: »Irgendwie schon, aber eigentlich doch nicht. Mir ist etwas ziemlich auf den Magen geschlagen, du ahnst nicht zufällig, was?«

Okay, er möchte es gern auf die sarkastische Art, kann er haben.

»Keine Ahnung, wovon du redest, war was in der Praxis? Möchtest du vielleicht darüber reden? Ich höre dir gern zu, wenn du irgendwelchen Kummer hast.«

Er wirft mir einen Blick zu, den ich beim besten Willen nicht als liebevoll interpretieren kann, schmeißt sich in einen Sessel und schnauft durch die Nase.

»Du weißt genau, was ich meine, tu also nicht so unschuldig. Ich will wissen, was genau es mit dieser Ururgroßmutter auf sich hat. Alles will ich wissen, von Anfang an, und lass ja nichts aus.«

Ich nicke zustimmend, setze mich ihm gegenüber, beginne und ende fast zwei Stunden später mit Grannys heutigem Besuch.

»Das war's, mehr gibt es nicht zu erzählen, weil ich mehr nicht weiß. Zufrieden?«

»›Zufrieden‹ ist nicht das richtige Wort. Entsetzt, durcheinander, verwirrt, ungläubig oder völlig planlos würde es besser treffen. Was du da erzählst, stellt alle Gesetze auf den Kopf. Zeit und Raum, Leben und Tod, einfach alles. Was würde Einstein nur dazu sagen?«

»Och, ich glaube, der würde eine neue Formel aufstellen, einen facebook-tauglichen Satz sagen und die Gegebenheiten so akzeptieren, wie sie nun einmal sind.«

»Vielleicht, aber ich bin nicht Einstein, ich bin ein schlichter Tierarzt, der bisher gedacht hat, tot ist tot. Für immer, nicht nur zeitweise.«

»Ja, ja, natürlich ist das so, aber Granny ist doch nicht tot. Sie ist in ihrer Zeit 30 Jahre alt und gesund und munter.«

»Stimmt, das habe ich gar nicht bedacht. Das ändert natürlich alles!« Karsten schnaubt wieder durch die Nase.

»Finde ich schon. Mir wäre der Gedanke unangenehm, dass eine Tote mich besuchen kommt, aber so tue ich einfach, als wäre sie eine Verwandte, die ab und an von weit her anreist. Aus Timbuktu zum Beispiel.«

»Du spinnst komplett, aber okay, wenn es nun mal so ist, muss ich mich daran gewöhnen. Ich hoffe nur, sie zaubert nicht wieder eine Leiche aus ihrer Zeit herbei.«

»Nein, nein, davon hat sie kein Wort gesagt, sie wollte wirklich nur Medizin für ihren Jungen. Ich glaube auch nicht, dass sie so bald wiederkommt.«

»Wenn ich hier unerwünscht bin, werde ich mich selbstverständlich fernhalten. Ich dränge mich niemandem auf, das ist nicht meine Art.«

»Äh, Karsten, ich habe mich da wohl geirrt, Granny ist gerade gekommen und hat das Gefühl, nicht willkommen zu sein.«

»Wie kommt sie denn bloß auf eine solche absurde Idee? Wer würde sich nicht über einen Gast freuen, der seit, ach, ich weiß auch nicht wie vielen Jahren tot ist?«

»Vielleicht könntest du deinem Verehrer sagen, er möge nicht über mich sprechen, als sei ich nicht anwesend, das ist unhöflich und darüber hinaus kränkend für mich. Ich bin nur gekommen, um ihm eine Frage zu stellen. Er hat mir nicht gesagt, wie oft und wie viele dieser Pillen ich meinem Heinz geben muss.«

»Hör schon auf, Karsten, sie kann dich doch hören. Außerdem möchte sie nur wissen, wie die Dosierung des Medikamentes aussehen soll.«

»Ach so, na dann, wenn's weiter nichts ist. Kann sie mir verraten, wie viel ihr Kind in etwa wiegt?«

»Genau weiß ich das nicht, aber er geht mir bis hierher«, Granny zeigt auf eine Stelle kurz oberhalb ihres Busens, »und ich kann ihn kaum noch heben.«

»Solche konkreten Angaben liebe ich, damit kann ich was anfangen«, schnaubt Karsten, nachdem ich das übersetzt habe, überlegt dann einen Augenblick und sagt: »Ich würde es mit dreimal täglich einer Tablette versuchen. Jeweils nach einer Mahlzeit, wenn das Kind denn überhaupt etwas isst. Ansonsten eben ohne. Keine Milch dazu geben, bitte! Notfalls in etwas Saft auflösen.«

»Vielen Dank, mehr wollte ich gar nicht wissen und werde euch nicht länger stören.« Granny spricht's und verschwindet prompt.

»Sie ist weg, aber du bist echt unmöglich, Granny stirbt fast vor Sorge um ihr Kind und du erschlägst sie mit deinem Sarkasmus. Ist das wirklich nötig?«

Karsten winkt resigniert ab, enthält sich aber weiterer Kommentare. Jedenfalls für den Augenblick.

Dass das Thema für ihn keineswegs beendet ist, merke ich, als er mich später allein ins Bett gehen lässt und keine Anstalten macht, mitzukommen. Auch gut, wer nicht will, der hat schon.

Am nächsten Morgen ist er ungewohnt schweigsam, und sein Abschiedskuss wirkt gezwungen und ist völlig leidenschaftslos. Ich fange an, mir Sorgen zu machen. So war er in der ganzen Zeit, die wir uns jetzt kennen, noch nie und wir kennen uns schon über ein Jahr. Granny muss ihn wirklich aus der Bahn geworfen haben.

»Mach dir keine Sorgen, Kind, dieser Mann wird sich schon wieder beruhigen. Mein Heinrich ist auch oft in sich gekehrt, wenn ihn ein Problem beschäftigt.«

»Granny! Eines Tages erschreckst du mich mit deinem plötzlichen Auftauchen noch zu Tode. Was machst du schon wieder hier, ich denke, du hältst Wache am Bett von Heinz?«

»Mein Junge schläft jetzt. Ich habe ihm die Medizin gegeben, daraufhin wurde er ruhiger und ist eingeschlafen. Ich habe dir doch gesagt, wenn man auf Gott vertraut, wendet sich alles zum Guten.«

»Na, wenn das so ist, wozu brauchtest du dann überhaupt das Penicillin?«

»Hilf dir selbst, dann hilft dir Gott, so steht es geschrieben.«

»Okay, ich geb es auf. Die Hauptsache ist nun, dass die Behandlung anschlägt und es Heinz bald besser geht. Bleibst du noch etwas, ich würde gern erfahren, was du in den letzten Monaten getrieben hast? Apropos getrieben: Ich habe mich schon gewundert, dass du gar nicht aufgetaucht bist, um Nachschub an Kondomen zu holen. Bist du plötzlich enthaltsam geworden?«

Granny errötet dezent und schüttelt den Kopf.

»Heinrich war sehr lange in Berlin und hatte nur selten die Gelegenheit, mir einen Besuch zu machen. Ich erzähle dir gern, was in meinem Leben geschehen ist. Aber vorher muss es mir erlaubt sein, dir zu sagen, dass es hier sehr unaufgeräumt, ja geradezu lieblos aussieht.«

Sie schaut sich mit eindeutig missbilligender Miene um und ihre um eine Winzigkeit zu lange Nase zuckt verächtlich.

»Liebste Granny, ich bin gerade erst hier eingezogen und hatte aus Gründen, die ausschließlich mit dir zu tun hatten, wenig Zeit zum Aufräumen.«

»Das versteht sich von selbst, und das meine ich auch nicht. Ist denn bei dir nicht auch Vorweihnachtszeit, möchtest du es deinen Lieben nicht besonders heimelig machen? Nicht mehr lange, dann wird unser Heiland geboren, und wir feiern das Fest der christlichen Nächstenliebe.«

»Na ja, Granny, ich fürchte, da hat sich in den letzten 120 Jahren einiges geändert. Was wir feiern, hat mit christlicher Nächstenliebe nicht mehr besonders viel zu tun. Weihnachten ist zu einem gigantischen Kaufmarathon geworden, der schon Ende August beginnt, wenn die ersten Weihnachtsmänner in den Läden auftauchen.«

»Ich verstehe dich nicht. Wer taucht in den Läden auf, und was ist ein Marathon?«

»Ach, Granny, lass uns darüber ein anderes Mal reden. Ich habe ja auch keine Ahnung, wie Weihnachten zu deiner Zeit gefeiert wurde, aber im Augenblick beschäftigt es mich mehr, zu erfahren, was du erlebt hast, seit wir uns zuletzt gesehen haben.«

Sie nickt, lächelt und setzt sich wie üblich sehr gerade, die Füße ordentlich nebeneinander, auf das Sofa.

GRANNY

»Blancke hatte kaum sein verdientes Schicksal ereilt, musste Heinrich zurück nach Berlin. Ich vermisste ihn unsäglich und fühlte mich schrecklich, auch wenn ich Einladungen von halb Detmold bekam. Ich würde in eine sehr bekannte Familie einheiraten, und jeder war plötzlich daran interessiert, sich mit mir gutzustellen. Natürlich ging es den Menschen weniger um mich als vielmehr um Klatsch und Tratsch. Da ich das wusste, dankte ich meist in höflichen Worten und entschuldigte mich unter irgendeinem Vorwand. Nur wenn ich zusammen mit Heinrichs Eltern eingeladen wurde, konnte ich mich nicht entziehen und ging mit. Dann saß ich in irgendeinem Salon, die sich alle ähnelten wie ein Ei dem anderen, lächelte, bis mir die Mundwinkel wehtaten, und beantwortete die immer gleichen Fragen: Ja, ich war sehr glücklich, ja, ich vermisste meinen Verlobten schrecklich, und ja, ich freute mich sehr auf unsere Hochzeit.

Was die Menschen wirklich interessierte, das zu fragen, verbot zum Glück die gebotene Höflichkeit. So wurde die Tatsache, dass ich bereits ein Kind hatte, ohne verheiratet gewesen zu sein, ignoriert. Meine zukünftigen Schwiegereltern betonten immer wieder, wie glücklich sie doch mit der Wahl ihres einzigen Sohnes waren und dass ich wie eine zweite

Tochter für sie sei. Saßen wir dann wieder in unserer Kutsche, seufzte Heinrichs Vater oft und sagte:

»Warum sind die Menschen nur so versessen darauf, völlig überflüssige Fragen zu stellen? Sie wissen doch sehr genau, dass sie nichts erfahren, was nicht für ihre Ohren bestimmt ist. Das ist in höchstem Maß ermüdend.«

Trotzdem war klar, dass er auch beim nächsten Besuch wieder lächelnd zwischen mir und seiner Gattin sitzen würde. Auch wenn er sie nicht liebte, er achtete die gesellschaftlichen Verpflichtungen, die seine Stellung ihm abverlangten. Wenn er es nicht um seinetwillen tat, so doch seiner Gattin und nicht zuletzt seinem Sohn und dessen zukünftiger Frau zuliebe.

Abgesehen von diesen Besuchen, die immer und ausnahmslos sonntags um elf Uhr stattfanden, war mein Leben ziemlich eintönig. Ich vermisste die Spannung der letzten Wochen, meine Besuche bei dir, bei Gottfried und Hermann, aber am allermeisten vermisste ich natürlich Heinrich. Ich vermisste sein Lachen, seinen Humor, seine Nähe, seine Wärme und seine Zärtlichkeiten. Die ganz besonders!

Der Sommer verging, ebenso der Herbst, und der Winter kam mit ungewöhnlicher Kälte, Eis und Schnee. Nicht einmal Fritz' Haus wollte richtig warm werden, egal, wie sehr die Öfen gefeuert wurden. Morgens waren die Fensterscheiben mit Eisblumen bedeckt und das Wasser gefror in den Vasen mit den grünen Zweigen. Die Küche war der einzige Ort, an dem die Menschen sich aufwärmen konnten. Nicht nur aus diesem

Grund verbrachte ich dort sehr viel Zeit, auch, weil bereits Weihnachten nahte und ich der Köchin beim Plätzchenbacken helfen wollte.

Auch riesige Christstollen wurden vorbereitet, und wenn man nach dem Walken des schweren Teiges noch fror, hatte man etwas falsch gemacht. Hätte ich an einem dieser Tage geahnt, welch furchtbares Schicksal mich im kommenden Jahr um diese Zeit erwarten würde, ich hätte keine ruhige Minute mehr gehabt.

Heinrich traf zwei Tage vor dem Heiligen Abend in Detmold ein, und ich stand am Bahnhof, ihn zu empfangen. Für einen Augenblick überfiel mich Wehmut, als ich das Fürstenzimmer sah und mich erinnerte, wie ich mit Otto hineingegangen war. In meinem Herzen hatte dieser Mann für immer und ewig seinen Platz, ich würde ihn niemals vergessen, das wusste ich genau, auch, wenn ich es umgehend vergaß, als Heinrich durch die Sperre trat. Ich lief nicht, ich flog auf ihn zu, und auch er breitete seine Arme aus, mich zu umfangen. Der Gepäckdiener schaute verlegen zur Seite, aber ich sah sein grinsendes Gesicht trotzdem. Es war mir gleich, ich war viel zu glücklich, Heinrich endlich wiederzusehen, berühren zu können, zu fühlen, dass es ihn gab.

Wir verbrachten die Zeit bis Anfang Januar so oft wie nur irgend möglich zusammen, wenn auch selten allein. Zu viele Einladungen mussten erwidert werden, zu viele Verpflichtungen warteten auf meinen Verlobten. Immerhin, ein paarmal schafften wir es, uns davonzuschleichen und wundervolle Stunden in seinem Haus zu verbringen. Die Sehnsucht ist ein guter Lehrmeister, und ich gab mich Heinrich mit einer ungeahnten Leidenschaft hin, die er seinerseits ebenso erwiderte. Einmal, als wir, nachdem wir uns geliebt hatten, zusammenlagen, erzählte Heinrich mir, dass er von Seiner Majestät dem Kaiser persönlich den Auftrag erhalten hatte, Oberregierungsrat Reichelt des Landesverrats zu überführen und ihm das Attentat auf den jetzt regierenden Fürsten nachzuweisen. Ich war nach diesem Gespräch sehr aufgeregt, hatte ich doch Reichelt und seinen Cousin Köhler lange verdächtigt, Otto umgebracht zu haben. Ich wusste, dass ich mich geirrt hatte, aber ich war mir nach wie vor sicher, dass sie es zumindest versucht hatten. »Gottes Mühlen mahlen langsam, aber sie mahlen gerecht«, sagte ich zu Heinrich und erzählte ihm von Ottos Abneigung gegen diese beiden Männer und seinem Verdacht, von ihnen vergiftet worden zu sein. Mein Verlobter hörte mir schweigend zu, nickte hin und wieder und sagte, als ich geendet hatte:

»Ich glaube, sein Verdacht war richtig. Reichelt wollte ihn aus dem Weg schaffen, um die Testamentseröffnung zu verhindern. Nur warum? Ich muss hinter sein Motiv kommen, um ihn überführen zu können. Außerdem bin ich mir ganz sicher, dass auch der Versuch, unseren Regenten zu vergiften, auf sein Konto geht. Nur, was haben diese beiden Fälle miteinander zu tun, welchen Vorteil hätte Reichelt davon gehabt?«

Wir überlegten noch eine Weile, kamen aber zu keinem Ergebnis und wandten uns schließlich wieder sehr viel erfreulicheren Dingen zu.

Bereits in der ersten Januarwoche verließ Heinrich Detmold wieder, um dem Kaiser zu berichten, kam aber wenige Wochen später überraschend zurück. Der Grund dafür war ein sehr ehrenvoller, Heinrich sollte von Fürst Ernst zu Lippe-Biesterfeld durch einen Orden geehrt werden. Ich war sehr aufgeregt und stolz auf ihn, zumal ich als seine Verlobte bei der Zeremonie anwesend sein durfte.

Ich verstand vermutlich viel zu wenig von Politik, aus der ich mich als Frau auch rauszuhalten hatte, um zu verstehen, warum Heinrich dieser Ehrung nicht mit freudigen Gefühlen entgegensah. Auf meine diesbezügliche Frage brummte er nur und sagte dann: »Unser Regent hat die unselige Angewohnheit, Orden und Ehrenzeichen zu verleihen, als handele es sich um Süßigkeiten für Kinder zu Weihnachten. Kaum einer der Bedachten hat es wirklich verdient. Außerdem gerate ich dadurch zu sehr in den Mittelpunkt der Aufmerksamkeit, und das ist für meinen Auftrag eher hinderlich als von Nutzen. Leider kann ich es nicht verhindern, also lass uns nicht mehr darüber reden.«

Die Verleihung war sehr feierlich, und ich stand stolz erhobenen Hauptes neben Heinrichs Eltern und sah zu, wie der Fürst persönlich meinem Verlobten den Orden an die Brust heftete.

»Für außergewöhnliche Verdienste um das Fürstenhaus und meine Person«, sagte der Regent und drückte Heinrich die Hand. Dieser überragte den Fürsten fast um Haupteslänge und sah so wundervoll aus, dass ich es ein weiteres Mal kaum glauben konnte, dass dieser Mann mich in wenigen Wochen heiraten würde. Anschließend gingen wir zusammen in ein schönes Lokal, natürlich ohne den Fürsten, dafür kamen die Deppes mit, auch Emilie, Karla und Heinrichs Eltern schlossen sich uns an. Noch lebten die beiden Frauen im Hause ihrer Eltern, würden aber nach der Hochzeit den geplanen Umzug in die Hauptstadt durchführen.

Ach ja, diese ungewöhnliche Geschichte habe ich noch gar nicht erwähnt, dabei bin ich sicher, dass sie dir gefallen wird. Fritz setzte dem Entschluss seiner Tochter, mit Karla nach Berlin zu gehen, ungewöhnlich hartnäckigen Widerstand entgegen, und daher war diese schließlich auf eine für sie sehr typische Idee verfallen. Sie verlobte sich mit Hermann Maurer, der ja bereits als Staatsanwalt in Berlin lebte. Sozusagen von einem Tag auf den anderen teilte sie ihren Eltern mit, den Mann fürs Leben gefunden zu haben, und stellte ihnen Hermann – als zukünftigen Schwiegersohn – vor. Fritz war nicht wenig verblüfft, letztendlich aber doch äußerst erfreut, dass seine Jüngste nun doch ihr Leben an der Seite eines erfolgreichen Mannes verbringen würde. Auch seine Gattin war sehr erleichtert, hatte sie doch schon sehr lange gefürchtet, ihre Tochter würde ein Leben als alte Jungfer führen, und die Aussicht, sie allein in Berlin zu wissen, hatte ihr sicherlich viele schlaflose Nächte bereitet. Ich vermied es, mir vorzustellen, wie es beiden gehen würde, käme die Wahrheit ans Licht.

Auch wenn ich mit dieser Komödie nicht einverstanden war, spielte ich sie doch mit. Ich gratulierte Emilie und Gottfried, saß während der offiziellen Verlobungsfeier an ihrer Seite und wunderte mich, mit welcher Überzeugung diese zwei Menschen ihre Rollen spielten. Natürlich ahnte von den geladenen Gästen niemand, dass dieses anscheinend so verliebte junge Paar bereits ganz andere Partner hatte, Partner des gleichen Geschlechtes! Emilie liebte Karla, Heinrichs Schwester, und Hermann lebte seit Langem mit Gottfried Baumann, dem Polizeichef von Bielefeld, zusammen. In aller Heimlichkeit und immer in Angst vor Entdeckung, schließlich war Homosexualität eine Straftat und zog empfindliche Strafen nach sich. Von den gesellschaftlichen und beruflichen Folgen ganz zu schweigen. Es war daher nicht so verwunderlich, dass die praktische Emilie auf eine derart ausgefallene Idee gekommen war. Ein bisschen verblüfft war ich dann allerdings, als wenige Wochen später die Verlobung von Gottfried und Karla bekannt gegeben wurde. Da hatten diese vier Menschen sich etwas ganz Ungeheuerliches einfallen lassen, und mir war ein bisschen bange zumute.

Heinrich war eher amüsiert und fand diese ungewöhnliche Lösung für alle Beteiligten perfekt.

»Luise, sieh es doch einmal so: Keiner ist mehr unglücklich, die gesellschaftlichen Normen sind erfüllt, sie tun niemandem weh. Außerdem besteht nicht mehr die Gefahr der Entdeckung, die ihrer aller Leben überschattet hat. Nach der Hochzeit können sie nun ganz offiziell in Berlin zusammen in einem Haus wohnen. Wer des Nachts in wessen Bett schläft, wird wohl keiner kontrollieren, oder?«

Nun ja, auch wenn ich zuerst ein bisschen konsterniert gewesen war, musste ich ihm am Ende zustimmen, war ich doch auch allen von Herzen zugetan.

An diesem Abend feierten wir alle zusammen Heinrichs Auszeichnung, und ich war einfach nur glücklich, ihn an meiner Seite zu haben. Leider dauerte dieses Glück nicht an, denn er musste zurück nach Berlin, kam aber zu meiner Freude im Abstand von einigen Wochen nach Detmold zurück. Das Jahr verging auf diese Weise mal mehr, mal weniger schnell vorbei, und ab Herbst fieberte ich meiner Hochzeit entgegen, die nun auf den Heiligen Abend festgelegt war. Martha und Emilie hatten viel Spaß daran, mit mir zu planen, Stoffe auszuwählen und Brautmodelle anzuschauen. Ich war glücklich wie ein junges Mädchen, und nichts schien dieses Glück trüben zu können. Nun, das Schicksal ist ein launischer Geselle, es schlug zu und veränderte von einem Tag auf den anderen alles. Vor zwei Tagen fühlte Heinz sich nicht ganz wohl und klagte über Halsschmerzen. Sein Zustand verschlechterte sich schnell, er fieberte hoch, hustete und klagte zunehmend über Atemnot. Der von Fritz herbeigerufene Doktor Pohlmann wirkte hilflos und gab offen zu, nicht zu wissen, wie er dem Kind helfen sollte. Da erinnerte ich mich daran, dass du mir einmal von einer Medizin erzählt hattest, die gegen dieses schreckliche Leiden helfen würde, und ich beschloss, dich aufzusuchen. Hätte ich gewusst, dass dein Verehrer mir so unfreundlich gegenüberstehen würde …«

»Wärst du trotzdem gekommen, liebe Granny, hättest ihm ein Bibelzitat entgegengeschleudert und deine Empörung über sein ungebührliches Verhalten noch deutlicher zum Ausdruck gebracht.«

Granny verzieht den Mund auf ihre typische Art und Weise zu einem Lächeln und fühlt sich offensichtlich ertappt.

»Nun scheint es ja deinem Heinz besser zu gehen, dein Heinrich ist in der Nähe, und eure Hochzeit steht bevor. Du musst doch rundum glücklich und zufrieden sein, zumal ich ja auch so gut wie unter der Haube bin.«

»*So gut wie* ist nicht genug, mein Kind. Du weißt doch, wie die Männer sind, sie heiraten nicht, wenn sie eine Frau auch so besitzen können.«

»Ach was, sagt wer? Du? Dann wäre ich an deiner Stelle aber mal in heller Aufregung, denn du bist schließlich nur verlobt und noch nicht verheiratet. Was, wenn dein Heinrich auch solche Gedanken hegt?«

»Nein, mein Heinrich ist nicht so einer.«

»Was für einer? So einer wie mein Karsten? Pass auf, was du sagst, zufällig liebe ich diesen Mann, und er liebt mich.«

»Ja, ja, natürlich, das wollte ich auch gar nicht in Abrede stellen, Kind. Ich wollte dich nur vor einer Enttäuschung bewahren, zumindest mir gegenüber war er nicht sehr höflich.«

»Jetzt mach mal ’nen Punkt, Granny, Karsten ist Tierarzt, kein Hellseher, er hat nicht gewusst, dass er sich mit mir, meinen beiden Kindern und zwei

Katern noch eine zeitreisende Ururgroßmutter einfangen würde.«

»Die Kater hat *er* ins Haus gebracht, übertreibe bitte nicht immer so, außerdem rechtfertigt das alles nicht sein schlechtes Benehmen mir gegenüber. Aber ich will nicht richten über ihn, ich bin nicht Gott.«

»Anhören tust du dich aber manchmal so, echt! Karsten ist nicht unhöflich, er ist traumatisiert, er isst kaum etwas, schläft unruhig und geht mir aus dem Weg. Dein Erscheinen hat ihn völlig aus der Bahn geworfen, das muss er erst einmal alles auf den Schirm kriegen. Außerdem wird er sich vermutlich immer noch fragen, ob ich nicht doch eine durchgeknallte Tussi bin, die sich auf seine Kosten amüsieren will. Lass ihm Zeit, er wird es nach und nach akzeptieren, und dann lernst du einen ganz neuen Karsten kennen. Er ist nämlich sehr charmant, amüsant, hilfsbereit, gutaussehend, klug und alles das, was man an einem Mann noch so schätzen könnte.«

»Gut, mein Kind, wenn du das sagst, wird es wohl so sein. Ich muss jetzt gehen, ich will meinen Heinz nicht allzu lange allein lassen. Ich komme wieder, wenn ich sicher bin, dass er außer Gefahr ist.«

Karsten ist tatsächlich komisch und verhält sich mir gegenüber weiterhin distanziert und befangen. Ich habe mehrfach versucht, ein Gespräch über Granny in Gang zu bringen, aber er schaut mich dann so waidwund an, dass ich schnell verstumme.

Auch am Mittwoch ist er in sich gekehrt, räumt ungewöhnlich lange in der Praxis herum, obwohl die heute geschlossen ist. Zum Mittagessen kommt er zwar hoch, bleibt aber einsilbig, und es gelingt mir nicht, eine längere Unterhaltung mit ihm zu führen.

Alter Falter, so langsam nervt mich sein Verhalten. Ich kann es nicht leiden, wenn jemand schmollt. Wer redet, dem kann bekanntlich geholfen werden, aber dieses maulige Beleidigtsein, damit kann ich nur schlecht umgehen. Daher stehe ich jetzt vom Tisch auf, schnappe mir meinen Teller und das Besteck und setze mich im Wohnzimmer vor die Glotze. Leider geht meine Rechnung nicht auf, er folgt mir nämlich nicht, dafür höre ich kurze Zeit später die Wohnungstür ins Schloss fallen.

Karsten taucht erst am späten Abend auf, und da bin ich sauer, schließlich habe ich mir den ganzen Tag Sorgen gemacht. Blödian! Was fällt dem eigentlich ein? Kann ich etwas dafür, dass ich so eine strange Vorfahrin habe? Der behandelt mich, als hätte ich ein Verbrechen begangen. So langsam reicht es mir. Ich überlege, ob ich ebenfalls einen türenknallenden Abgang hinlegen soll, bin dann aber zu müde und gehe schlicht ins Bett. Ich kann lange nicht einschlafen, horche auf jedes Geräusch aus der Wohnung, hoffe, dass Karsten doch noch kommt.

Irgendwann muss mich der Schlaf überrascht haben, und als ich die Augen öffne, ist es draußen dunkel, aber die Nachttischlampe brennt. Karsten sitzt neben mir im Bett und starrt auf einen Fleck an der Wand.

»Was ist los?«, murmele ich schlaftrunken. »Hast du schlecht geträumt?«

»Schön wär's, aber ich fürchte, der Kerl da ist echt. Du kannst mir nicht zufällig verraten, wie dieser Weihnachtsmann in unser Schlafzimmer kommt? Vielen Dank auch, nur, weil ich nicht sofort alles schlucken konnte, was du mir aufgetischt hast, schleppst du gleich einen anderen an, noch dazu hierher, in *mein* Schlafzimmer. Ich muss schon sagen, das ist an Geschmacklosigkeit wirklich kaum zu überbieten. Ganz abgesehen von dieser mehr als peinlichen Verkleidung.«

Karsten macht Anstalten aufzustehen, ich kriege ihn gerade noch an seinem T-Shirt zu fassen.

»Halt! Du bleibst hier und erklärst mir, wovon du redest. Ich verstehe kein einziges Wort. Was für einen Weihnachtsmann habe ich hierhergeschleppt, und seit wann ist das plötzlich wieder *dein* Schlafzimmer? Karsten! Mach den Mund auf!«

Endlich dreht er sich zu mir und sieht mich an. Dann zeigt er über seine Schulter in eine Ecke des Schlafzimmers, dorthin, wo mein alter Sessel steht.

»Den Mann dort meine ich, tu doch bitte nicht so scheinheilig. Ich habe dich erwischt, also steh dazu. Schade, dass wir keinen großen Kleiderschrank haben, dann hätte er sich ganz klassisch darin verstecken können.«

Ach so, jetzt verstehe ich. Er glaubt, ich hätte mir die Geschichte mit Granny nur ausgedacht, und zahlt es mir mit gleicher Münze heim. Na warte, mein Freund, dich kriege ich!

»Ach so, *den* Mann meinst du, sag das doch gleich. Ja, also, wie soll ich dir das erklären? Das ist unser

Nachbar, der wollte mir nur beim Gardinenaufhängen helfen. Du warst ja nicht da gestern, falls du dich erinnern kannst. Wahrscheinlich ist er vor lauter Müdigkeit im Sessel eingeschlafen, kein Grund zur Aufregung.«

Ich winke lässig in die leere Ecke und sage: »Moin, Herr Müller, Sie können gehen, ich brauche Sie nicht mehr, aber vielen Dank für Ihre Hilfe.«

Wieso lacht Karsten nicht endlich? Er muss doch merken, dass ich hinter seine Absichten gekommen bin. Nein, er lacht nicht, er verzieht keine Miene, schüttelt meine Hand ab wie ein lästiges Insekt und starrt weiterhin auf den Sessel.

»Wer sind Sie und was wollen Sie in meiner Wohnung? Wenn Sie sich schon von einer Frau abschleppen lassen, achten Sie das nächste Mal darauf, dass die Dame allein wohnt. Und ziehen Sie sich was Anständiges an. Raus hier, aber schnell!«

»Entschuldigen Sie bitte vielmals mein Eindringen, mein Herr, äh, meine Dame. Ich bin wirklich untröstlich, aber ich habe keine Erklärung, ich weiß nicht, wie ich hierhergekommen bin. Ich bin, ich habe, ich meine, also, die Sache ist so: Gestern habe ich meine Verlobte aufgesucht, nein, eigentlich nicht, ich habe nur ihr Zimmer aufgesucht, um dieses Kostüm anzuprobieren, weil sie selber nämlich verschleppt wurde. Ganz offensichtlich, der Brief lässt keine Zweifel mehr daran, und so war ich also in ihrem Zimmer, um vielleicht herauszufinden, wie sie es macht.«

Jetzt ist es an mir, mich erneut an Karsten festzuklammern, der sich zwischenzeitlich eine Zigarette angezündet hat, obwohl Rauchen in seiner Wohnung ungefähr so streng verboten ist, wie über rote Ampeln zu fahren. Das realisiere ich noch, dann stelle ich mich der Tatsache, dass ich Stimmen höre. Zumindest eine mir unbekannte, aber sehr sonore Stimme, und die kommt aus dem leeren Sessel unter dem Fenster.

Ich schüttele den Kopf und reibe mir über die Augen, sehe immer noch niemanden und greife nun meinerseits zur Kippe. Wer Stimmen hört, darf auf nüchternen Magen rauchen!

»Karsten, ich höre Stimmen. Na ja, nur eine, aber immerhin. Ich glaube, ich werde verrückt.«

»Nein, wirst du nicht, bist du schon. Oder willst du mir wirklich weismachen, du würdest den Mann im Sessel nicht sehen?«

»Ich will gar nichts weismachen, ich sehe niemanden, aber ich höre eine Stimme, und ich habe einen ganz bestimmten Verdacht.«

»Ach ja? Also nicht Herr Müller von nebenan?«

»Quatsch, natürlich nicht, das war doch nur ein Witz, aber wenn du ebenfalls gehört hast, was der Mann gerade gesagt hat, kann das doch nur eines bedeuten …«

»Nämlich?«

»Na, es muss Heinrich sein, Grannys Verlobter.«

»Ach so, na dann ist ja alles in bester Ordnung. Was rege ich mich auf, lass uns ein Ründchen weiterschlafen.«

»Hör auf mit dem Scheiß, du hast es doch gehört, oder etwa nicht? Er sucht Granny, die ist entführt worden. Wie schrecklich ist das denn?« Ich wende mich entschlossen dem leeren Sessel zu.

»Äh, also, ich bin Sabrina, und Granny ist meine Ururgroßmutter, sind Sie vielleicht Heinrich?«

»Oh, meine liebe gnädige Frau, wie bin ich so froh, Sie gefunden zu haben. Meine Verlobte hat mir sehr viel von Ihnen erzählt, sie hat immer auf Ihre Fähigkeiten vertraut, egal, worum es ging. Es ist mir zwar sehr unangenehm, hier hereinzuplatzen, noch dazu zu einer so ungehörigen Uhrzeit und in dieser lächerlichen Aufmachung, aber …«

»Machen Sie sich darüber mal keinen Kopf, das geht in Ordnung, kenne ich ja von Granny. Aber wieso kann ich Sie nicht sehen? Sehen *Sie* mich?«

»Klar und deutlich, und ich kann nicht umhin, festzustellen, dass Ihr Anblick sehr erfreulich ist.«

Wow! Ein Womanizer des 19. Jahrhunderts, wie cool ist das denn?

»Würden Sie umgehend damit aufhören, meine Lebensgefährtin anzubaggern, noch dazu in meiner Gegenwart. Ich kann Sie nämlich sehen und treffe Ihre Nase, wenn mir danach ist.«

Du heilige Scheiße, nicht einmal Männer, die 120 Jahre Altersunterschied trennt, können es unterlassen, sich wie Gorillamännchen aufzuführen.

»Hör schon auf, der Mann war doch nur freundlich, und außerdem ist er mit mir verwandt.«

»Ich dachte, du siehst nichts!«

»Tue ich auch nicht, aber ich kann ihn schließlich hören, und er hat nichts gesagt, was dein Benehmen rechtfertigen würde. Außerdem gibt es offensichtlich Wichtigeres als deine kindische Eifersucht: Granny ist entführt worden, hast du das nicht verstanden?«

»Ähm, doch, das habe ich gehört, auch wenn ich nicht wirklich verstehe, was hier eigentlich abgeht. Dann ist der Weihnachtsmann da drüben also der Verlobte dieser ominösen Ururgroßmutter und mal eben hierhergekommen, um zu schauen, ob sie gerade mit dir Kaffee trinkt, oder was?«

»Dass meine Verlobte nicht da ist, um Kaffee zu trinken, versteht sich wohl von selbst. Ich erwähnte doch bereits, dass ich ein entsprechendes Schreiben erhielt, das keinen Zweifel daran lässt, dass sie Opfer einer Entführung wurde. Dass ich Ihnen in dieser lächerlichen Kostümierung gegenübersitze, ist einzig und allein dem Umstand geschuldet, dass ich, ach was, Ihnen bin ich keinerlei Rechenschaft schuldig. Sie, gnädige Frau, werden mir doch Ihre Hilfe nicht verweigern?«

Neben mir schnauft Karsten einmal mehr durch die Nase, räuspert sich dann und sagt: »Okay, ich entschuldige mich, und wenn es wirklich etwas gibt, wobei wir helfen können, dann tun wir das selbstverständlich!«

»Ja, vielen Dank, gnädige Frau, mein Herr, genau das ist es, was ich brauche, Hilfe. Ich muss meine Verlobte finden, koste es, was es wolle. Dieser Schweinehund wird nicht davor zurückschrecken, sie zu töten, um seine Forderungen durchzusetzen.«

»Wir werden Ihnen unter allen Umständen helfen, das ist klar, aber erzählen Sie erst einmal, was Sie wissen, dann überlegen wir uns, wie wir vorgehen können. Einverstanden?«

Heinrich sagt sofort ja, und auch Karsten quält sich ein Kopfnicken ab, zu mehr reicht es nicht.

»Gut, dann klären wir zuerst die Frage, wer Granny entführt hat und warum.«

Aus der leeren Ecke erklingt ein energisches Räuspern, und dann erneut die sonore Stimme.

»Ich habe meine Verlobte am Freitagabend aufgesucht, um mich nach dem Befinden des kleinen Heinz zu erkundigen. Sie berichtete mir, von Ihnen ein Medikament erhalten zu haben, nach dessen Einnahme es dem Knaben besser zu gehen schien. Wir haben einen Augenblick im Salon zusammengesessen und uns für den nächsten Tag verabredet, danach habe ich sie nicht mehr gesehen und auch nichts von ihr gehört. Dafür lag dann das erwähnte Schreiben in meinem Flur, offensichtlich nächtens unter der Tür hindurchgeschoben. Da stand in knappen Worten, ich solle alle Untersuchungen umgehend einstellen, wollte ich nicht das Leben meiner Verlobten gefährden. Ich weiß, wer dahintersteckt, und kenne die Motive. Es handelt sich zweifelsohne um Oberregierungsrat Reichelt, den ich in Verdacht habe, vor einigen Jahren einen Giftanschlag auf den Kanzleiminister Otto von Wolffgramm verübt und damit gegen das Fürstenhaus geputscht zu haben. Außerdem bin ich sicher, dass dieser Mann vor wenigen Wochen ein weiteres Mal versucht hat, einen politischen Eklat auszulösen, indem er wiederum Gift in das Glas des neuen Regenten verbracht hat.

Es war Gottes Fügung, dass diese feige Tat nicht zum Tode des Fürsten geführt hat. Ein Lakai stieß ungeschickt gegen das Gefäß und verschüttete dessen Inhalt. Noch bevor er das Malheur beseitigen konnte, schleckte einer der Hunde die Pfütze auf und verendete unter schrecklichen Qualen. Nicht auszudenken, wenn unser Fürst davon getrunken hätte. Der Vorfall wurde unter strenge Geheimhaltung gestellt, um keine Unruhen aufkommen zu lassen, aber nun hat die Überführung und Dingfestmachung des Täters oberste Priorität.

Natürlich habe ich mich umgehend zum Haus der Deppes begeben, aber meine Verlobte nicht angetroffen, und niemand konnte mir über ihren Verbleib Auskunft geben.«

»Sind Sie ganz sicher, dass es Reichelt war? Haben Sie es gesehen – oder vermuten Sie es nur?«

»Hätte ich es gesehen, dann liefe der Schurke nicht mehr frei herum, und er hätte ganz sicher keine Gelegenheit mehr bekommen, meine Luise zu verschleppen.

Ich habe in der Tat einen schrecklichen Fehler begangen, aber wie hätte ich ahnen sollen, zu welchen Mitteln Reichelt greifen würde, um seinen Kopf aus der Schlinge zu ziehen?«

»Welchen Fehler, wovon reden Sie, und was hat Granny mit dieser ganzen Angelegenheit zu tun?«

»Mein Fehler war es, Reichelt auf den Kopf zuzusagen, dass ich ihn für den Täter halte und alles daransetzen würde, ihn alsbald zu überführen. Hätte ich geschwiegen und im Geheimen recherchiert, wäre meine Verlobte nun nicht in einer derartigen Gefahr.«

»Mhm, stimmt, das hat was, aber das kann man jetzt nicht mehr rückgängig machen. Wir müssen uns auf das konzentrieren, was wir wissen beziehungsweise was wir rausfinden können. Nur, wo fangen wir an?«

»Wie wäre es, wenn wir mal nach den Ereignissen im Dezember 1898 googeln würden, vielleicht stoßen wir auf etwas?«

Uiii, Karsten redet wieder und das sogar konstruktiv. Na also, geht doch!

»Super Idee, Schatz, bleib nur liegen, ich hole den Laptop.«

Ich springe aus dem Bett, renne ins Wohnzimmer und sprinte zurück unter die Bettdecke.

»Also, das ist das Teil, was Granny als ›internen Kasten‹ bezeichnet, ein Computer oder Laptop, und damit kann man so ziemlich alles rausfinden, wenn man weiß, wonach man suchen muss.«

»Ah, das ist sehr interessant, hochinteressant sogar, ja, meine Verlobte hat mir bereits davon berichtet. Das würde ich gern zu benutzen lernen. Wäre das eventuell möglich?«

»Zuerst einmal bleiben Sie bitte aus meinem Bett raus. Ich erkläre Ihnen später gern einmal, wie dieses Gerät funktioniert und wie es bedient wird. Aber für den Augenblick wäre ich Ihnen für etwas mehr Abstand sehr dankbar. Und wenn Sie bitte aufhören könnten, meiner Lebensgefährtin auf den Hintern zu starren!«

Karsten sieht meinen fragenden Blick und sagt: »Na *was*? Der sitzt förmlich auf meinem Bettrand und starrte erst dich, dann den Laptop an, aber so intim sind wir nun noch nicht miteinander, oder?«

»Ich bitte vielmals um Verzeihung, mein Herr, aber alles Mechanische fasziniert mich ungeheuer, da habe ich es wohl an der gebotenen Höflichkeit vermissen lassen. Ich werde mich künftig zurückhalten.«

»Okay, wenn das geklärt ist, können wir uns dann dem eigentlichen Thema zuwenden? Was suchen wir? Detmold im Dezember 1898? Mhm – wie aufregend! Da gab es gar nichts! Die neu errichtete Martin-Luther-Kirche wurde bereits am 23.3. eingeweiht, Fürst zu Lippe-Biesterfeld hat 37 Orden verliehen, Haus und Leopoldorden nicht mitgezählt, und Nebenlehrer – was soll das denn sein?– haben keinen Anspruch auf einen eigenen Haustürschlüssel. Das war's an aufregenden Informationen. Kein Mord, keine Entführung, kein Reichelt weit und breit. Was nun?«

»Hier ist was«, lässt sich Karsten vernehmen, der zu einer anderen Seite gesurft ist. »Nicht direkt Detmold, aber Heidenoldendorf. Hört mal zu:

»In der Nacht zum 3. Dezember loderten gegen 1.30 Uhr Flammen in den nächtlichen Himmel. Die umgehend alarmierte Feuerwehr rückte aus, und es gelang den tapferen Männern, den Brand zu löschen, bevor die Flammen auf andere Gebäude übergreifen konnten. Als gegen vier Uhr der Brandmeister das bis auf die Grundmauern niedergebrannte Haus betrat, fand er zu seinem Entsetzen die verkohlten Überreste eines Menschen. Bis zu diesem Zeitpunkt war nicht bekannt, dass sich jemand in dem leerstehenden Anwesen aufgehalten hatte. Ging man zuerst davon aus, dass es sich wohl um einen Landstreicher handeln müsse, stellte der herbeigerufene Doktor Fritsche schnell fest, dass es sich um eine weibliche Leiche handelte. Eine Befragung der Bevölkerung ergab keinerlei Hinweise auf eine vermisste Person. Wer also Kenntnis davon hat, wo eine Frau abgängig ist, möge sich mit der Gendarmerie ins Benehmen setzen.«

»Mein Gott, das kann, das darf nicht sein. Nicht meine Luise, bitte, das würde ich nicht überleben!«

»Nein, das ist nicht Granny, da bin ich ganz sicher. Das wüsste ich, das würde ich fühlen, irgendwie. Sie ist es nicht, ganz bestimmt nicht.«

Ich bin keineswegs so sicher, wie ich mich gerade gebe, und zittere innerlich vermutlich genauso wie Heinrich. Hat aber wenig Sinn, ihn weiter zu beunruhigen, bevor wir nichts Näheres wissen.

»Steht da noch was? Irgendwas? Die nächsten Tage, Wochen?«

»Ich finde nichts mehr, auch nichts über eine vermisste Frau oder so. Was machen wir nun?«

»Ich werde umgehend mit der Gendarmerie in Heidenoldendorf Kontakt aufnehmen. Die müssen mir berichten, und auch diesen Doktor Fritsche werde ich befragen, vielleicht kann er mir weiterhelfen.«

»Gute Idee, aber die Leiche wird ihm kaum ihren Namen verraten haben, und wenn es etwas gegeben hätte, womit eine Identifizierung möglich gewesen wäre, hätte das wohl ebenfalls in der Zeitung gestanden, oder? Wie gut sind denn Ihre Kontakte zu Ihrer Zeit?«

»Kontakte? Was meinen Sie? Ich stehe im Dienste Seiner Allergnädigsten Majestät des Kaisers, mir stehen alle Wege offen, alle Behörden haben Befehl, mich zu unterstützen. Im Ernstfall gilt das sogar für den Fürsten. Warum fragen Sie?«

»Nun, zu Ihrer Zeit mag das sehr schwierig bis unmöglich gewesen sein, einen Toten zu identifizieren, heutzutage kann man das. Zumindest wenn man einen Verdacht hat, wer es sein könnte. Könnte, sage ich, nicht ist! Ganz ruhig, noch ist überhaupt nichts bewiesen. Wenn es Ihnen gelingen würde, mir einen kleinen Teil dieser unbekannten Toten zu beschaffen, einen Fingerknochen, Haare, irgendwas, und dann noch die Haarbürste von Ihrer Verlobten, dann finden wir heraus, ob es sich um Luise handelt. Das dauert zwar etwas, ein DNA-Abgleich geht auch heutzutage nicht über Nacht, aber wir haben dann immerhin etwas, was uns Gewissheit verschaffen kann. Ist allerdings eine verhältnismäßig kostspielige Untersuchung.«

»Ich weiß nicht, was ein Deenaabgleich ist und wozu Sie Leichenteile brauchen, aber wenn Sie mir versprechen können, herauszufinden, ob es sich bei dieser unglücklichen Frau um meine Verlobte handelt, beschaffe ich Ihnen Kohlen aus der Hölle und Haare vom Teufel persönlich. Selbstverständlich ersetze ich Ihnen alle materiellen Auslagen.«

»Das dürfte schwierig werden, es sei denn, Sie haben zufällig Euros auf der Bank.«

»Was ist das, Euros? Ich besitze Wertpapiere, mehrere Häuser und verfüge über ein nicht unbeträchtliches Barvermögen.«

»Glaube ich Ihnen ja, nur dürfte Ihre Währung eine andere sein als unsere, und ob noch eines von Ihren Häusern zwei Weltkriege überstanden hat, steht auch in den Sternen. Versprechen kann ich ohnehin nichts, außer, dass ich alles daransetzen werde, es zu versuchen, das muss reichen.«

»Weltkriege? Sie meinen, es gibt nicht nur einen, sondern gleich zwei Kriege? Luise hat mir verraten, dass es bald einen Krieg geben wird und wir dann keinen Kaiser mehr haben, aber von einem weiteren hat sie kein Wort erwähnt. Das ist ja ein ganz furchtbarer Gedanke, aber gut, dann kann ich Ihnen vorerst nur für Ihre Freundlichkeit danken. Ich werde alles beibringen und so schnell wie möglich zurück sein. Oh, was mache ich nur, wenn das nicht klappt? Wenn ich es nicht schaffe, erneut hierherzufinden? Schließlich weiß ich ja nicht einmal, wie ich es dieses Mal bewerkstelligt habe.«

»Machen Sie sich darüber mal keinen Kopf«, mische ich mich in das Gespräch der Männer ein, bevor die noch gänzlich vergessen, dass ich überhaupt da bin. »Granny wusste anfangs auch nie, ob, wie und wann sie wiederkommen konnte, hat aber dann herausgefunden, dass sie sich nur in ihren Sessel setzen und ganz intensiv an das zu lösende Problem denken musste, und schwupps, war sie hier. Machen Sie es einfach genauso. Nehmen Sie den Knochen und die

Haarbürste, setzen sich in den Sessel und denken ganz fest daran, Granny finden zu wollen. Dann klappt das schon, keine Sorge. Und übrigens, Sie können Ihre ganz normale Garderobe tragen und müssen nicht als Nikolaus erscheinen.«

Er geht auf meinen Versuch zu scherzen nicht ein, sondern sagt mit sorgenvoller Stimme:

»Ach, hätte ich doch nur …«

»Hätte, hätte, Fahrradkette«, imitiere ich meine Tochter, »nicht lamentieren, handeln! Sie sind doch ein Mann der Tat, wenn ich meiner Ururgroßmutter glauben darf, oder? Na also, dann los!«

Ich schaue Karsten an, der schaut auf den Sessel und hält die Luft an. Dann nickt er.

»Er ist weg, einfach so, hat sich nicht einmal in Rauch aufgelöst, spurlos verschwunden im wahrsten Sinne des Wortes. Unglaublich, unheimlich, unmöglich und doch passiert. Ich drehe durch.«

»Nein, tust du nicht, das weiß ich, aber ich weiß auch, wie du dich gerade fühlst. Ist mir exakt genauso gegangen damals mit Granny. Ich habe tagelang nach Anzeichen beginnenden Wahnsinns gesucht, das kannst du mir glauben. Also entspann dich und erzähl mir ganz genau, wie Heinrich aussieht.«

»Frauen! Wir haben zeitreisende Vorfahren im Schlafzimmer sitzen, einer davon ein Entführungsopfer, und dich interessiert nur, wie der Kerl aussieht? Glaubt man das denn? Na ja, wie sieht er aus? Er hat ja gesessen, wie groß er ist, weiß ich daher nicht genau, vielleicht 1,75 oder so, schlank, dunkle Haare, kurz geschnitten und streng gescheitelt, Bartträger, seltsam gekleidet, reicht das?«

Natürlich reicht mir das nicht, aber viel mehr werde ich aus Karsten wohl nicht rauskriegen, daher rufe ich das Bild von Heinrich auf, zeige es ihm und frage: »So in etwa?«

»Ja, genau so, wieso fragst du mich denn, wenn du es ohnehin schon weißt? Er hatte diesmal ein Nikolauskostüm an, aber ansonsten sieht ihm das Bild ähnlich. Bist du nun zufrieden?«

»Klar, was Heinrichs Aussehen angeht, schon. Was dein Verhalten die letzten Tage angeht, überhaupt nicht. Du hast dich wie eine beleidigte Leberwurst aufgeführt, und das ist etwas, was ich überhaupt nicht leiden kann. Das geht mir schon bei Lasse tierisch auf den Wecker, und der ist sechs, nicht 45. Wenn dich was stört, mach den Mund auf und rede mit mir, aber lauf nicht tagelang mit Leichenbittermiene durch die Gegend und schweig die Wände an. Beim nächsten Mal packe ich meine Klamotten und verschwinde. Abgesehen davon, dass du nicht den allerkleinsten Grund für dieses Theater hattest. Ich kann nichts für Granny, habe dich nicht auf den Arm genommen, nix! Jetzt hast du es hoffentlich eingesehen?«

»Ja, schon gut, komm wieder runter, ich komme mir ohnehin vor wie der letzte Idiot, da musst du nicht noch mit dem Finger in die Wunde bohren.«

»Okay, bin schon still. Außerdem will ich endlich schlafen, auch wenn ich nicht weiß, ob ich das kann. Ich mache mir nämlich gewaltige Sorgen um

Granny. Wo hat der Kerl sie hingeschleppt und was hat er mit ihr vor? Keine Ahnung, warum, aber ich bin mir sicher, dass es ihr gut geht. Na ja, zumindest, dass sie lebt. Ich gehe davon aus, die nächsten Tage werden aufregend, morgen kommen die Kids nach Hause, also komm, lass es uns zumindest versuchen. In drei Stunden Frühstück, ganz viel Kaffee, frische Brötchen, Butter, Marmelade und zum Nachtisch dich.«

»Guter Plan, nur die Reihenfolge ist ganz falsch«, grinst Karsten und greift nach mir. Trotz aller Aufregung vergesse ich für eine Weile meine Sorgen. Nachdem wir auf angenehme Weise die erste große Krise unserer Beziehung bewältigt haben, reden wir später bei einem ausgedehnten Frühstück über das Erlebte.

»Was war das denn für eine abgefahrene Nummer mit dieser Emilie, die du mir erzählt hast? Da bin ich nicht ganz mitgekommen.«

»Grannys Freundin ist lesbisch, ebenso wie Heinrichs Schwester Karla. Die beiden lieben sich. Und damit daraus im kleinen Detmold nicht ein großer Skandal wird, wollten sie nach Berlin ziehen, wo man auch im 19. Jahrhundert schon weltoffener war. Damit war aber Emilies Vater ganz und gar nicht einverstanden, wollte er doch sein Töchterlein nicht der Gefahr einer Großstadt ausgesetzt sehen. Na ja, und da Gottfried und Hermann ebenfalls homosexuell sind, alle ohnehin gut miteinander befreundet, muss sie wohl auf diese geniale Idee verfallen sein, eine Doppelhochzeit zu feiern. Ich finde das echt cool, den Leuten wird das Maul gestopft, die vier können in Ruhe leben, und niemandem wird wehgetan. Die Welt will halt betrogen werden.«

»Dann wollen wir nur hoffen, dass der Plan aufgeht und sich nicht doch am Ende einer als hetero herausstellt, dann wird es kompliziert. Und selbst wenn nicht, wird es vermutlich komisch rüberkommen, wenn sich gleich bei zwei Paaren kein Nachwuchs einstellt, was meinst du?«

»Keine Ahnung, darüber habe ich noch nicht nachgedacht, aber ich bin sicher, sollte das der Fall sein, wird Emilie was Neues einfallen. Gab's schon künstliche Befruchtung im Kaiserreich?«

»Wohl kaum, aber ich bin sicher, wenn Emilie nichts einfallen sollte, dir bestimmt.«

»Aber klar, meine Großmutter hat schon gesagt: ›Dumm darf der Mensch sein, er muss sich nur zu helfen wissen.‹ Daran halte ich mich«, necke ich ihn, werde aber schnell wieder ernst.

»Können wir, bis Heinrich auftaucht, irgendetwas tun, um Granny zu finden? Ich weiß ja, dass der Kerl sie nicht umbringen wird, schließlich gehe ich davon aus, dass sie die Frau an von Radens Seite ist, mit der er später nach Wien geht. Das schließt aber nicht aus, dass er sie quält, foltert, vergewaltigt oder so was.«

»Das wollen wir nicht hoffen, weil wir es nicht verhindern könnten. Wir haben doch nicht den allerleisesten Schimmer, wo sie sein könnte, oder weißt du etwa mehr als ich?«

»Nicht wirklich, ich denke nur, dass die Menschen

früher aufmerksamer waren, mehr darauf geachtet haben, was der Nachbar so treibt. Es gab ja noch kein Fernsehen, und im Internet waren die auch eher seltener unterwegs. Wenn also dieser Reichelt eine Frau verschleppt, die vielleicht sogar bewusstlos ist, oder, wenn nicht, sich wehrt, hat das möglicherweise der eine oder andere beobachtet. Ich würde Heinrich dringend empfehlen, sich in der Nachbarschaft umzuhören, aber dazu muss er hier sein.«

»So schnell wird das nicht gehen, außerdem müssen wir die Kids abholen, meine Eltern sind bestimmt völlig am Ende mit ihren Nerven.«

»Och, die haben dich überlebt, sind also Kummer gewöhnt«, grinst Karsten und hat damit den Nagel auf den Kopf getroffen.

Das Mittagessen lassen wir ausfallen, besorgen unterwegs Kuchen und und machen uns auf den Weg in die Pfalz. Karsten fährt gern zu meinen Eltern, war aber nicht immer so. Am Anfang hat er sich lange davor gedrückt, auch wenn ich ihm versichert hatte, dass sie ihn bestimmt mögen würden. Es dauerte fast ein halbes Jahr, genauer gesagt bis zum vergangenen Weihnachtsfest, dass er endlich bereit war mitzukommen.

Natürlich wusste Mam schon lange, dass ich meine große Liebe gefunden hatte, und war sehr gespannt auf ihn. »Wer es mit dir aushält, hat sich ein für alle Mal als Held erwiesen und kann sich meiner Bewunderung sicher sein«, ließ sie mich wissen, und ich wusste nicht so recht, ob ich lachen oder weinen sollte.

Wir fuhren also am Heiligen Abend geschniegelt und gebügelt los, die Kinder vor lauter Aufregung außer Rand und Band. Nach einer knappen Stunde hatten wir den kleinen Pfälzer Weinort erreicht. Dad öffnete die Tür, hatte sofort vier Arme und vier Beine am Körper, vor allem Lasse kriegte sich vor Begeisterung kaum ein.

»Opa, heute kommt das Christkind, aber eigentlich gibt es das gar nicht, die Geschenke kauft nämlich der Weihnachtsmann. Hast du das gewusst?«

Dad tat erstaunt und versicherte, damit etwas völlig Neues erfahren zu haben. Luise guckte skeptisch und sagte: »Du machst bloß Witze, oder? Du wusstest das doch schon.«

Dann wurde Karsten freundlich begrüßt, und ich meinte den dicken Stein fallen zu hören, der ihm vom Herzen fiel. Mam stand ganz klassisch in der Küche, Radio an und ein Glas Sekt in greifbarer Nähe. Es roch himmlisch nach Rotkohl, Zimt und Nelken, und aus dem Backofen kamen Brutzelgeräusche. Mein erster Weg war zum Kühlschrank: Ich wurde nicht enttäuscht, zwei große Schüsseln, abgedeckt mit Folie, warteten auf uns. Eine mit Dads geliebtem Schokoladenpudding und eine mit Tiramisu. Gibt's beides nur einmal im Jahr, an Weihnachten, und da sind mir dann alle Kalorien völlig wurscht.

Karsten war in der Tür stehen geblieben und blickte unsicher von einem zum anderen. Ich zog ihn näher und sagte: »Sie beißt nicht, komm rein. Mam, das ist Karsten, Karsten, meine Mam.«

Meine Mutter musterte ihn nur kurz, bevor sie ihn sehr herzlich begrüßte, aber ich wusste, sie hatte alles gesehen, was sie sehen wollte, und war gespannt auf ihr Urteil.

Bevor es ans große Essen ging, stand die Bescherung auf dem Programm, was später den Frieden am Tisch sicherte. Ansonsten hätten die Kids vor lauter Aufregung keinen Bissen heruntergebracht und jedes Glas mindestens einmal umgeschüttet.

Es hat lange gedauert, bis Mam einverstanden war, von ihren hochgehaltenen Weihnachtstraditionen abzurücken. Bevor meine Kinder auf der Welt waren, gab es Heiligabend Kartoffelsalat mit Würstchen, und das auch nur, weil mein Dad sich standhaft weigerte, den von Mam in die Ehe eingebrachten Heringssalat zu essen. Ich erinnere mich gut an hitzige Diskussionen, die so gar nichts mit weihnachtlichem Frieden zu tun hatten. In ihrer Familie, die nun einmal aus Detmold stammte, gab es Heiligabend Heringssalat, niemand aß jemals etwas anderes. Sie erzählte mit leuchtenden Augen davon, wie ihre Großmutter die große Waschschüssel mit dem Goldrand vom Dachboden geholt hatte, um darin den besagten Salat für sehr viele Leute und eine noch längere Zeit zuzubereiten. »Der hielt immer bis Neujahr, es dürfen aber auf keinen Fall Kartoffeln rein, sonst wird er sauer«, war ein geflügeltes Wort bei uns, auch wenn keiner diesen Salat jemals zu Gesicht bekommen hatte, weder mit noch ohne Kartoffeln. Für einen Augenblick tat meine Mam mir plötzlich leid, sie hatte gegen den gesamten väterlichen Clan, der aus Ostpreußen stammte, nicht den Hauch einer Chance gehabt. Egal, Schnee von gestern, heute war ohnehin alles anders: Das große Weihnachtsessen vom ersten Feiertag wurde auf den Heiligen Abend vorverlegt, und Dad bekommt seinen Kartoffelsalat an Silvester. Nachdem alle Geschenke ausgepackt und Berge von Papier in einem Müllsack verschwunden waren, konnten wir uns endlich setzen und unser Weihnachtsessen genießen. Taten wir wirklich, denn die Pute war genauso perfekt wie jedes Jahr, der Rotkohl jede Kaloriensünde wert. Karsten verstand sich prächtig mit meinem Dad, beide sind Fußballnarren, und auch Mam nickte mir zu und hielt den Daumen nach oben. Super, kein Stress in Sicht, ich konnte mich ausgiebig mit meinem Nachtisch beschäftigen. Von da an kam Karsten oft mit, wenn ich meine Eltern besuchte, und fühlte sich offensichtlich in die Familie integriert.

So auch heute. Sie wollen die Aufzeichnung eines uralten Spiels zwischen Kaiserslautern und keine Ahnung wem gucken, aber beide Männer verschwinden umgehend und werden für lange Zeit nicht mehr gesehen. Nein, drei Männer, denn Lasse muss natürlich mit, er spielt ja selber mit Begeisterung Fußball und hält sich für einen absoluten Kenner, also sind wir auch ihn los. Isi hockt vor dem zweiten Fernseher und schaut zum ungezählten Male die Dance-Akademie.

Mam und ich setzen uns in die Küche, den einzigen Ort, der nicht von irgendjemandem mit Beschlag belegt wurde, und ich berichte, was in den letzten Tagen passiert ist.

Sie ist sehr beunruhigt, als sie von Grannys Entführung hört, und kriegt den Mund vor lauter Staunen kaum zu, als ich von Heinrichs Auftauchen erzähle.

»Du liebe Güte, und du kannst ihn nicht sehen, aber hören? Komisch, wieso sieht Karsten ihn denn, ich verstehe so langsam die Welt nicht mehr.«

»Tue ich schon lange nicht, aber es ist, wie es ist, wobei ich schon verdammt gern wüsste, wie er aussieht. Aus Karsten kriege ich nicht wirklich viel raus, ich glaube, der ist tatsächlich eifersüchtig.«

»Na ja, was würdest du sagen, wenn morgens plötzlich Marilyn Monroe in eurem Schlafzimmer auftauchen würde? Hättest du Lust, sie ihm auch noch in allen Einzelheiten zu beschreiben?«

»Nee, nicht wirklich vermutlich, wo du recht hast, hast du recht. Er soll aber seinem Bild im Internet durchaus ähnlich sehen, begnüge ich mich eben damit. Jetzt können wir nur abwarten, ob und wann er wiederkommt, mehr geht nicht, da wir nicht wissen, wo wir ansetzen sollen. Wenn ich nicht genau wüsste, dass Granny nicht die Tote sein kann, ich glaube, ich würde verrückt.«

»Das kann ich gut verstehen, dass du dich an den Gedanken klammerst, aber weißt du es wirklich so genau? Ich meine, definitiv, ganz sicher? Letzten Endes gehst du nur davon aus, dass es sich bei der Frau, die mit Heinrich in 20 Jahren nach Wien zieht, um sie handelt. Könnte doch auch sein, dass sie es nicht ist. Aber egal, es bleibt die Frage, wo sie ist und ob diese unbekannte Tote überhaupt etwas mit der Entführung zu tun hat.«

»Keine Ahnung, ich weiß es nicht. Trotzdem, ich bin mir ganz sicher, ich würde es fühlen, wenn Granny tot wäre. Da wir im Augenblick nichts weiter tun können, müssen wir wohl oder übel auf Heinrich warten, der hoffentlich bald kommt.«

Nach dem Abpfiff packen wir die Kids ein, verabschieden uns, versichern, Heiligabend wiederzukommen, auch über Nacht zu bleiben, und fahren nach Hause.

Da warten zwei beleidigte Kater auf uns, die sich bitterlich über diese Vernachlässigung beschweren. Mogli und Balou, zwischenzeitlich beide ihrer Männlichkeit beraubt, haben sich erstaunlich schnell in ihr neues Zuhause gefunden und toben durch die Wohnung, als gäbe es kein Morgen. Gardinen werden eindeutig überbewertet, es sei denn, man hängt sie nur zum Bespaßen von zwei Jungkatern auf. Bis auf wenige Kleinigkeiten hat mittlerweile alles seinen Platz gefunden, und ich fühle mich bei Karsten rundum wohl. Auch die Kinder sind mit dem Wohnungswechsel sehr einverstanden, auch wenn sie ihre Spielkameraden vermissen. Ich hoffe, dass das mit dem morgigen Schulbeginn und dem Kindergartenalltag schnell anders wird.

Leider ist mit dem heutigen Tag mein Sonderurlaub vorbei, und ich muss in den alltäglichen Wahnsinn zurückkehren. Furchtbarer Gedanke.

Der nächste Tag beginnt zu allem Überfluss trüb und grau. Schneetreiben behindert die Sicht, und die

Autos schleichen, als hätten sie nur zwei Gänge. Ich komme zu spät in die Redaktion – und das natürlich an dem einzigen Tag im Jahr, an dem mein Chef vor neun Uhr auftaucht.

»Wenn so ein Wetter ist, muss man sich eben darauf einrichten und früher losfahren, Frau Wagner, das müssten Sie doch wissen«, mault er mich an, und ich schlucke schwer an einer Erwiderung. Stattdessen nicke ich, gucke zerknirscht, entschuldige mich und verschwinde in mein Büro. Blödmann, der kann die Klappe gut aufreißen, er muss ja nicht dafür sorgen, dass zwei Kinder morgens in die Schule beziehungsweise den Kindergarten gelangen.

So wie der Tag angefangen hat, geht er weiter. Jede Menge Unfälle mit Bagatellschäden, ein Neckarschiff fährt auf ein anderes auf, in einem Kaufhaus wird Feueralarm gegeben, der sich als grober Unfug herausstellt und so weiter. Ich höre an drei unterschiedlichen Orten »Last Christmas« und habe am Nachmittag, kurz vor Feierabend, keine Zeile geschrieben, die es wert wäre, veröffentlicht zu werden. Frust pur.

Zu allem Unglück muss ich ab jetzt noch früher losfahren, um meine Kinder aus der Kita und dem Hort abzuholen, aber so kurz vor knapp wollte ich es keinem von beiden zumuten zu wechseln. Isi kommt im nächsten Sommer in die dritte Klasse, und Lasse wird eingeschult, dann beide am neuen Ort. Bis dahin muss ich es eben in Kauf nehmen, eine halbe Stunde länger unterwegs zu sein.

Der Abend verläuft, wie die Abende immer verlaufen, anstrengend. Die Kids maulen und wollen nicht ins Bett, und bis endlich Ruhe ist, bin ich so fertig, dass ich mich gleich dazulegen könnte.

Tue ich natürlich nicht, Karsten öffnet eine Flasche Wein und wir kuscheln uns zusammen auf die Couch. Ungefähr zwei Minuten haben wir für uns, dann ist plötzlich Heinrich da. Gut, dass er gleich etwas sagt, sonst hätte ich das nicht einmal bemerkt.

»Ich muss mich erneut entschuldigen, dass ich so ungelegen komme«, höre ich und muss unwillkürlich lachen. Karsten schmunzelt auch und sagt mit Blick auf einen Stuhl vor dem Schreibtisch: »Macht nichts, wir werden uns schon daran gewöhnen und sind eigentlich froh, dass Sie so schnell wiederkommen konnten.«

Heinrich räuspert sich und beginnt.

HEINRICH

Ich hatte großes Glück, Hermann und Gottfried zu Hause anzutreffen, was nicht selbstverständlich ist. Natürlich waren sie sehr erschrocken, als sie von der Entführung meiner Verlobten hörten, und sagten sofort ihre Hilfe zu, egal, was es sei.

Nicht nur erschrocken, sondern geradezu entsetzt hörten sie dann, dass es mir gelungen war, Luises Ururenkelin aufzusuchen und sie um Hilfe zu bitten. Entschuldigung, mein Herr, natürlich auch um Ihre. Leider war es mir entfallen, wie die Methode heißt, für die Sie einen Knochen und eine Haarbürste brauchen, aber der Name hätte meinen Freunden ohnehin nichts gesagt. Ich habe ihnen jedoch versichert, dass es eine Möglichkeit gibt, mit Hilfe dieser ungewöhnlichen Gegenstände herauszufinden, ob es sich bei dem Brandopfer um meine Luise handelt. Darüber waren sie sehr erstaunt, es klingt einfach zu märchenhaft. Gottfried war trotzdem sofort bereit, mich nach Heidenoldendorf zu begleiten, um zu schauen, ob es gelingen könnte, einen kleinen Teil der toten Frau zu bekommen. Hermann kam nicht mit, weil beide es weitgehend vermeiden, zusammen gesehen zu werden. Gottfried, als Polizeichef von Bielefeld, war der geeignetere Mann; auch wenn seine Kompetenz eingeschränkt war, würde allein sein Titel vielleicht Türen öffnen, ohne dass ich selber meine geheime Mission offenbaren musste. So war es denn auch. Der zuständige Beamte stand förmlich stramm und stammelte ein ums andere Mal: »Jawohl, zu Befehl, selbstverständlich, ohne Frage, natürlich, sofort, ich werde alles veranlassen. Gedulden Sie sich bitte ein kleines Weilchen.« Natürlich erwähnten wir nicht, dass wir die Absicht hatten, der Toten ein Körperteil zu entwenden, sprachen nur vage von einem Verdacht, dessentwegen wir uns die Frau genauer anschauen müssten.

Er trieb in rekordverdächtiger Geschwindigkeit diesen Doktor Fritsche auf, in dessen Räumen die Leiche vorläufig aufbewahrt wurde. Wieder schilderten wir in knappen Worten unser Anliegen, und der Doktor machte uns keinerlei Schwierigkeiten, auch wenn er weniger devot war. Er forderte uns in höflichen Worten auf, ihm zu folgen, und in weniger als fünf Minuten standen wir vor seiner Ordination. Er führte uns in eine kleine Kammer, wo das Opfer lag, von dem ich fürchten musste, dass es sich um meine Verlobte handeln könnte. Da die Tote mit einem weißen Laken bedeckt war, hatte ich Zeit, mich zu sammeln, obwohl meine Knie zitterten und mir Schweißperlen auf der Stirn standen. Gottfried, der treue Freund, ahnte wohl, wie mir ums Herz war, er legte mir eine Hand auf die Schulter und flüsterte mir ins Ohr: »Contenance, Heinrich, wir dürfen nicht auffallen.«

Ich nahm mich zusammen, ergriff einen Zipfel des weißen Lakens und zog es herunter. Bei dem Anblick, der sich uns bot, musste ich fast würgen, und der schreckliche Geruch tat ein Übriges.

»Ja, meine Herren, die Dame ist kein hübscher Anblick mehr, da stimme ich Ihnen zu, auch wenn ich eher an Leichen gewöhnt bin als Sie.«

»Sie ist ungewöhnlich klein. Sind Sie sicher, dass es sich um eine Frau und nicht vielleicht um ein Kind handeln könnte?«, überging ich seine Bemerkung.

»Ein Kind? Nein, auf keinen Fall, Brandopfer schrumpfen nun mal, aber schauen Sie sich das Becken an und den Kopfumfang. Nein, nein, es handelt sich eindeutig um eine Frau, da bin ich ganz sicher. Weniger sicher bin ich mir über die Todesursache. Ja, auf den ersten Blick ist sie ein Opfer der Flammen geworden, aber es stellt sich mir doch die Frage, ob sie nicht schon tot war, als das Feuer sie erfasste.«

Ich war mittlerweile einmal um den entstellten Leichnam herumgegangen, und in mir rührte sich nichts. Das dort war nicht meine Verlobte, niemals, das hätte ich doch spüren müssen, oder nicht?

Erst als Gottfried mich anstieß, fand ich zurück in die Gegenwart und konnte nachfragen, was genau der Doktor mit seiner Andeutung gemeint hätte.

»Schauen Sie sich den Schädel genauer an. Dort befindet sich ein Riss, eindeutig und mit bloßem Auge zu erkennen. Sehen Sie, hier? Der könnte von einem Schlag oder Sturz herrühren. Vielleicht hat sie geschlafen, ist vom Geruch des Rauches aufgewacht, auf der Flucht gestolpert und hat sich den Kopf so angeschlagen, dass sie das Bewusstsein verloren hat. Es könnte aber auch so gewesen sein, dass sie von einer unbekannten Person einen Schlag auf den Kopf bekommen hat und daran verstorben ist. Um die Leiche zu beseitigen, hat dieser Unbekannte sie dann zu dem leerstehenden Haus geschafft und dasselbe angezündet. Was halten Sie von meiner Theorie, meine Herren?«

»Gibt es Anhaltspunkte dafür, dass es sich um Brandstiftung gehandelt haben könnte? Zeugen vielleicht?«

»Nein, Zeugen haben sich bislang nicht gemeldet. Wer ist denn zu so später Stunde noch unterwegs?

Und Anhaltspunkte? Nun ja, das Haus war völlig leer, es gab nichts, was ein Feuer hätte auslösen können. Höchstens ein Blitzeinschlag, aber es gab kein Gewitter in dieser Nacht. Wieso brennt also ein leeres Haus plötzlich ab, wenn nicht jemand nachgeholfen hat, vielleicht um ein anderes Verbrechen zu vertuschen?«

Ich musste dem Mann recht geben. Seine Ausführungen waren durchaus vernünftig und seine Kombinationsgabe beachtlich, er war kein Dummkopf, mehr noch, für einen einfachen Landarzt war er von beachtlicher Intelligenz. Trotzdem konnten wir nicht darauf hoffen, dass er Verständnis für unser seltsames Anliegen aufbringen würde. Im Gegenteil, er dürfte vermutlich umgehend die Obrigkeit informieren und uns der Leichenfledderei anklagen. Trotzdem war ich nicht gewillt, mein Vorhaben aufzugeben, zu dringlich war ich von dem Wunsch beseelt, Gewissheit zu erlangen.

Gottfried schien meine Gedanken zu erraten, denn er räusperte sich und bat den guten Doktor, ihm bitte ein Glas Wasser zu holen, da ihm durch diesen schrecklichen Anblick ein bisschen flau im Magen sei. Diese Bitte verschaffte mir ein paar Minuten allein mit der armen Seele, die ich unter allen Umständen nutzen wollte. Leider war das nicht so leicht zu bewerkstelligen, und ich musste all meine Entschlossenheit aufbieten, um nach dem Knochen zu greifen, der einmal der kleine Finger eines Menschen gewesen war. Er löste sich unerwartet schnell von der Hand, aber das Geräusch, welches mein frevelhaftes Tun verursachte, ließ mir Magensäure in die Kehle steigen, und für einen Augenblick fürchtete ich, mich übergeben zu müssen. Ich atmete einige Male tief durch und barg meine Beute in der Hosentasche. Danach bedeckte ich die Unglückliche erneut mit dem Laken und wandte mich zur Tür, durch die exakt in diesem Augenblick der Doktor hereintrat. Ich streckte ihm meine Hand hin, bedankte mich für seine Hilfe und bat darum, informiert zu werden, sollte es neue Erkenntnisse geben. Wenn er verwundert war über diesen hastigen Abschied, so ließ er sich das nicht anmerken. Er ergriff meine Hand, schüttelte sie herzlich und versprach, meinem Wunsch zu entsprechen. Erst als ich zusammen mit Gottfried in der Kutsche saß, schlug mein Herz ruhiger und mein klares Denken setzte wieder ein. Auf den fragenden Blick meines Freundes nickte ich und sagte: »Ich danke dir für deine Geistesgegenwart, sie hat mir die erwünschte Gelegenheit verschafft. Nun bleibt nur zu hoffen, dass dem guten Doktor nicht auffällt, was wir getan haben.«

»Ich glaube nicht, dass er es bemerken wird. Das unglückselige Opfer war ohnehin kaum noch als Mensch zu erkennen, außerdem schien es doch so, als habe er seine Untersuchung abgeschlossen. Nein, nein, mach dir keine Sorgen, ihm wird nichts auffallen, und wenn sich niemand meldet, der Anspruch auf die sterblichen Überreste erhebt, wird die Tote in den nächsten Tagen ein Armenbegräbnis auf dem hiesigen Kirchhof erhalten. Schrecklich, aber nicht zu ändern, da man wohl nie herausfinden wird, wer sie war und auf welche Art sie ihr Leben verloren hat.«

»Soll das heißen, dass du auch sicher bist, dass es sich nicht um meine Verlobte gehandelt hat?«

»Aber ja, ganz sicher, auch wenn ich dir beim besten Willen nicht sagen kann, warum. Ich bilde mir ein, dass ich Luise sonst auf jeden Fall erkannt hätte.«

»So geht es mir auch, und ich war sofort erleichtert, als ich die Leiche gesehen habe. Trotzdem brauchen wir Gewissheit. Ich werde umgehend die Deppes aufsuchen, um die Haarbürste zu holen. Ich hoffe, dort auf Emilie zu treffen, die ja um Luises Ururenkelin weiß, dann muss ich nicht zu erneuten Lügen greifen, die mir zuwider sind.«

In Detmold angekommen, setzte ich Gottfried vor seinem Haus ab, bedankte mich auf das Herzlichste für seinen Beistand und machte mich sofort auf zum Haus der Deppes. Auch hier war das Glück mir hold, Emilie öffnete die Tür und teilte mir mit, dass ihre Eltern leider nicht im Hause weilten. Sie schaute etwas erstaunt, als ich meine Erleichterung über diesen glücklichen Umstand zum Ausdruck brachte, bat mich in den Salon und bot mir eine Erfrischung an, die ich von ganzem Herzen willkommen hieß. Ich bat sie ganz direkt um die Haarbürste meiner Verlobten, aber Emilie wäre nicht Emilie gewesen, hätte sie nicht energisch nachgefragt, wozu ich diese benötigen würde.

Ich bezwang also meine Ungeduld und berichtete von der Entführung, meinem Besuch hier, der unbekannten Toten und dem Diebstahl eines Fingers. Sie unterbrach mich nicht, wurde aber leichenblass und hatte Tränen in den Augen, schließlich war meine Verlobte ihre beste Freundin. Als ich geendet hatte, erhob sie sich sofort, forderte mich mit einer Handbewegung auf, ihr zu folgen, und lief die Treppe hinauf in Luises Zimmer.

»Hier ist sie, und nun setzen Sie sich schnell in den Sessel, damit wir bald Gewissheit haben, dass Luise lebt. Falls meine Eltern zurückkommen, werde ich sie ins Benehmen setzen und bitten, Sie nicht zu stören. Also los!« Sie schubste mich förmlich auf das Möbel, es gelang mir gerade noch, das Knöchelchen aus meiner Hosentasche zu befreien und die Haarbürste zu umklammern, da war ich schon hier.

»Prima, dann haben wir etwas zu tun. Ich werde morgen früh sofort mit einem Freund telefonieren, der in einem Labor arbeitet, ihm die beiden Gegenstände avisieren und um einen DNA-Abgleich bitten. Leider werden wir auf das Ergebnis einige Zeit warten müssen, das geht nicht so schnell. Bis dahin, haben wir uns überlegt, sollten Sie nach möglichen Zeugen für die Entführung suchen. Irgendjemand hat vielleicht etwas bemerkt, fangen Sie am Haus von Luise an, fragen Sie jeden, auch das kleinste Detail kann weiterhelfen.«

Ich kann nur immer zustimmend nicken, denn Karsten ist in seinem Element, gibt klare und deutliche Anweisungen. So spricht er auch mit seinen Patienten, den vier- und den zweibeinigen.

»Sie sollten auch mit der Familie reden, bei der Ihre Verlobte wohnt. Die müssen sich doch wundern, warum sie nicht auftaucht, schließlich dürfte es einigermaßen ungewöhnlich sein, dass sie ihr krankes Kind so lange alleine lässt.«

»Familie Deppe ist momentan oft nicht zugegen, und Emilie hat vermutlich angenommen, sie sei mit mir zusammen. Anders kann ich es mir nicht erklären. Ich werde aber versuchen, sie zu erreichen und über das Geschehene aufzuklären, wenn Emilie das nicht bereits getan hat.«

»Ist er weg?«, frage ich Karsten, als ich eine Weile nichts mehr höre, und der nickt. »Muss ziemlich schlimm für den Mann gewesen sein, eine Leiche zu betrachten, die vielleicht die eigene Verlobte ist.«

»Sie ist es nicht, da bin ich mir hundertpro sicher, obwohl ...«

»Was, obwohl? Woran denkst du?«

»Weißt du, als ich Granny das allererste Mal getroffen habe und mit ›Frau‹ angesprochen habe, hat sie zu mir gesagt: ›Ich bin nicht verheiratet und war bis zu meinem Tod Fräulein Klewe.‹ Das geht mir ständig im Kopf herum. Was, wenn sie doch tot ist oder der Kerl sie umbringt? Dann hat sie recht gehabt, denn noch ist sie ja Fräulein Klewe.«

»Ach Quatsch, sie war bestimmt nur nicht in der Verfassung sich vorzustellen, jemals einen anderen Mann zu heiraten als ihren Otto, und ist eben davon ausgegangen, als ledige Mutter zu sterben, mehr nicht.«

»Dein Wort in Gottes Ohr«, seufze ich und hoffe sehr, dass Karsten richtigliegt.

Wir unterhalten uns lange über Granny, stöbern im Internet, stoßen aber auf nichts, was uns weiterhelfen könnte. Karsten scheint sich mittlerweile mit meiner ungewöhnlichen Ahnin abgefunden zu haben und redet von Heinrich wie von einem Kumpel aus dem Fußballverein. Gegen halb zwölf Uhr bin ich so müde, dass ich die Augen nicht mehr aufhalten kann, und gehe ins Bett. Ich habe nicht das Gefühl, überhaupt schon eingeschlafen zu sein, als ich Grannys Stimme höre:

GRANNY

»Sabrina, hilf mir, mir ist gar nicht wohl, mir ist kalt und ich habe schrecklichen Durst. Sabrina, bitte! Ich weiß nicht, ob du mich hören kannst, Kind, aber ich muss es versuchen. Wo ich bin, das kann ich dir nicht sagen, ich war ohne Bewusstsein, als dieser Mann mich hergebracht hat. Ich vermute, dass ich mich in einem Keller befinde, es ist sehr kalt, feucht und riecht modrig. Dieser infame Mensch hat mir die Hände zusammengeschnürt, die Augen verbunden, und in meinem Mund steckt ein alter Lappen. Vermutlich sitze ich auf einem Stuhl, er ist hart und sehr unbequem, ich kann meine Position keinen Deut verändern. Wie, um des Himmels willen, konnte ich nur in eine derart unangenehme Lage geraten? Sabrina, kannst du mich hören? Vermutlich nicht, aber ich muss dir berichten, was geschehen ist, weil du es sonst nie erfahren wirst, gibt es doch niemanden außer mir, der dir davon berichten könnte.

Ich weiß, in der Bibel steht geschrieben: ›Und wenn ich auch wandele im finsteren Tal, fürchte ich kein Unheil, denn du bist bei mir.‹ Aber ich fürchte mich doch. Ich fürchte mich ganz schrecklich, und ich glaube, ich würde laut schreien, wenn ich es könnte. Ich fürchte mich so sehr, meinen geliebten Heinrich nie wiederzusehen, meinen Heinz, dich, meine Freunde. Ich darf nicht daran denken, dass ich vielleicht an diesem schrecklichen Ort sterben werde, sonst würde ich verzagen. Darum will ich mit all meiner Kraft, mit ganzem Willen versuchen, Kontakt zu dir aufzunehmen, und dir erzählen, was mir geschehen ist.

Ich weiß nicht einmal, welcher Tag heute ist oder wie lange ich schon gefangen gehalten werde, ich weiß aber, es war Freitagnachmittag, als ich, trotz der schlechten Witterung, zu einem Spaziergang in den Schlosspark aufbrach. Ich brauchte dringend frische Luft, hatte ich doch viele Tage und Nächte am Bett meines kranken Kindes verbracht. Es mag sein, dass ich die Zeit aus den Augen verloren habe, drehten sich doch meine Gedanken um meine Hochzeit, die bald stattfinden sollte. Vor einiger Zeit hatte ich zusammen mit Heinrich einen Besuch bei Gottfried und Hermann gemacht. Wir überlegten nämlich ernsthaft, ob wir nicht eine Dreierhochzeit feiern sollten. Nachdem ich mich mit dem Entschluss der beiden Männer und der beiden Frauen abgefunden hatte, stand ich dazu, und wir konnten gemeinsam herzlich über Emilies verwegene Idee lachen. Wir amüsierten uns also und überlegten, ob wir wohl einen Ort finden würden, der Platz für uns alle bot. Mein kluger Heinrich lachte und sagte: »Na, wir haben ja alle fast den gleichen Freundeskreis, da wird sich wohl etwas finden, nur der Pfarrer wird ins Schwitzen geraten.«

Ich gebe es ehrlich zu, mir war diese Idee nicht ganz willkommen. Vielleicht, weil ich meine Hochzeit für mich allein haben wollte. Ich sagte das natürlich nicht laut, sollte mich Heinrich doch unter keinen Umständen für kleinlich und neidisch halten. Es wurde also der Heilige Abend für unsere gemeinsame Trauung festgelegt und ich fügte mich. Wir verbrachten einen schönen Nachmittag zusammen, an dem viel gelacht und gescherzt wurde. Als Heinrich mich nach Hause brachte, war es schon dunkel, aber noch nicht sehr spät. Wir verabredeten, dass er mich am Sonntag besuchen kommen würde, um gemeinsam mit Fritz und Martha den ersten Advent zu begehen und den Ablauf unserer Vermählung zu besprechen. Dass das erst eine Woche her ist, erscheint mir geradezu unglaublich. Am Sonntag haben wir wundervolle und sehr besinnliche Stunden zusammen verbracht, eine erste Kerze am Kranz entzündet, der seit einigen Jahren im Haus von Fritz Tradition ist. Es gab Glühwein und Kekse, in der guten Stube brannte der Kamin, alles war, wie es sein sollte, feierlich und schön.

Ja, und wenige Tage später erkrankte mein Heinz, den Rest kennst du. Durch deine Medikamente ging es ihm schnell besser. Ich genoss meinen Spaziergang in der kalten, klaren Luft. Dabei verging unbemerkt eine geraume Zeit, denn plötzlich bemerkte ich, dass die Dämmerung weit fortgeschritten und Nebel aufgezogen war. Ich lenkte meine Schritte umgehend zum Ausgang, da befiel mich ein Gefühl von Bedrohung, ja, von Angst. Ich schaute mich um, aber es war weit und breit niemand zu sehen. Ich schalt mich selber eine Närrin und ging schnell weiter. Direkt vor dem Tor stand ein Einspänner, und ich atmete auf, froh, einen Menschen in der Nähe zu wissen. Als ich auf Höhe des Kutschbocks ankam, sprang ein mir unbekannter Mann hinab und hatte mich gepackt, bevor ich wusste, wie mir geschah, und mir etwas auf meinen Mund gepresst. Es stank furchtbar. Ich versuchte, die Luft anzuhalten, aber es half mir nichts. Ich muss wohl die Besinnung verloren haben, und als ich zu mir kam, saß ich hier und war wie ein Braten verschnürt. Ich kann wohl sagen, dass es zum guten Teil meinem eigenen Leichtsinn zu verdanken ist, dass ich mich in dieser schrecklichen Lage befinde, ich hätte früher heimgehen müssen, aber … Ach, Kind, was mache ich nur. Mein Heinrich wird sich schrecklich um mich sorgen, und du wirst dich wohl auch wundern, warum ich nicht komme, um dich über das Befinden von Heinz zu informieren. Ich habe versucht, diesen schrecklichen Lappen auszuspucken, aber es geht nicht. Mein Mund ist wie ausgedörrt und ich habe großen Durst.

Mir ist kalt, obwohl ich, dem Herrn sei es gedankt, meinen Umhang und gefütterte Stiefel trage. Meinen Pelzmuff hat dieser Mensch mir nicht gelassen, sodass meine Hände eisig sind. Ich bin sehr verzweifelt. Sabrina, hilf mir, hilf mir!«

Ich schrecke hoch, taste nach der Nachttischlampe und schmeiße sie prompt runter. »Scheiße!«, fluche ich und suche auf dem Boden weiter. Als ich sie endlich zu packen kriege, geht sie nicht an, offensichtlich ist die Birne kaputt gegangen. Karsten ist von dem Lärm aufgewacht und fragt schlaftrunken nach dem Grund für meine nächtliche Randale.

»Granny ist hier, sie braucht Hilfe und ich brauche Licht, die Lampe ist kaputt.«

Eine Taschenlampe flammt auf, die Karsten für nächtliche tierische Notfälle immer in greifbarer Nähe hat, und bescheint den leeren Sessel.

»Ist da jemand?«, fragt er. Und erklärt, als er keine Antwort erhält: »Du hast geträumt, schlaf weiter.«

»Nein, habe ich nicht, ich habe genau verstanden, dass sie mich um Hilfe gebeten hat, ihr war kalt und sie hatte Durst.«

»Mhm, hier ist sie aber nicht, aber ich meine, einer Ururgroßmutter, der es möglich ist, Zeit und Raum zu überwinden, ist es vielleicht ebenso möglich, auf telepathischem Wege zu kommunizieren.«

Ich bin mir nicht sicher, ob er das ernst meint oder mich verarschen will, daher sage ich vorsichtshalber mal gar nichts. Er knipst die Taschenlampe aus, dreht sich auf die Seite und schläft wieder ein. Ich liege noch lange wach, und in meinem Kopf ist ein Wort, das sich wie ein Perpetuum mobile wiederholt: Chloroform. Ich warte auf Grannys Stimme und auf eine Erklärung dafür, aber es kommt nichts. Ich habe das Gefühl, dass sie mir eine Menge mitgeteilt hat, aber immer, wenn ich denke, ich kriege es zu fassen, ist es verschwunden.

Am nächsten Morgen ist mein erster Blick zum Sessel, aber der ist leer, und da ich auch nichts höre, gehe ich davon aus, dass niemand da ist. Karsten ist weg. Ein Blick auf den Wecker treibt mir den Schweiß auf die Stirn. Schule, Kindergarten, Redaktion, wir kommen zu spät! Ich springe aus dem Bett und sprinte ins Kinderzimmer, wo ich nur leere Betten vorfinde. Auf dem Küchentisch liegt ein Zettel, der mich darüber aufklärt, dass Karsten mich geweckt, die Kinder versorgt und in ihre Einrichtungen gebracht hat. Heiliger Birnbaum, er hätte sich überzeugen sollen, dass ich auch wach geworden bin. Ich renne unter die Dusche, stoße mir ein weiteres Mal den ohnehin schon lädierten Zeh, fluche lästerlich und beschließe dann, das als Wink des Schicksals zu nehmen und krank zu sein. Das hat mein Chef nun davon, dass er Zuspätkommen immer so blöd kommentieren muss, jetzt komme ich dafür gar nicht. Ich rufe an und melde mich krank. Aus die Maus.

Danach stehe ich orientierungslos in der Wohnung herum und weiß nichts mit mir anzufangen.

Also Mam anrufen. Ihre erste Frage ist, wieso ich nicht in der Redaktion bin, und ich frage mich, ob sie hellsehen kann, bis mir einfällt, dass sie meine Nummer im Display sieht. Ich erzähle was von Kopfschmerzen und Zeh schwer gestoßen und darum heute zu Hause. Berichte von Heinrich und seiner Beweisbeschaffung und dass ich Grannys Stimme gehört habe, ohne dass sie dagewesen wäre.

»Du hast geträumt, Kind, ist doch kein Wunder. Du beschäftigst dich den ganzen Tag mit ihr, das nimmst du mit in den Schlaf.«

Ich versuche ihr zu versichern, dass ich noch nicht geschlafen hatte, aber das lässt sie nicht gelten.

»Kann sein, dass du das geglaubt hast, aber wenn du nicht geschlafen hättest, hättest du ja auch keine Stimmen gehört.«

Mütterliche Logik, dagegen komme ich nicht an, und ich sage, was sie hören will, nämlich, dass sie recht hat. Ich weiß es aber trotzdem besser, ich habe nicht geschlafen, und Grannys Stimme war da. Das heißt, sie lebt, ist aber in Gefahr, und es geht ihr nicht gut. Leider hilft mir diese Erkenntnis nicht wirklich weiter, weil ich nicht weiß, wo sie ist und wie ich ihr helfen könnte. Ich mache mir einen Kaffee, rauche eine und beschließe, zur Feier des unverhofft freien Tages wieder ins Bett zu gehen und noch ein bisschen zu schlafen. Ich werde erst wach, als Karsten zum Mittagessen hochkommt, das es leider nicht gibt. Er ist erst erstaunt, dann besorgt und am Ende leicht frustriert, weil hungrig. Ich traue mich nicht aus dem Haus, weil es nicht so richtig gut rüberkäme, würde ich beim Chinesen gesehen, während ich doch krank im Bett liegen sollte. Also Pizzalieferdienst. Der lässt so lange auf sich warten, dass Karsten kaum noch Zeit hat und gerade mal ein Stück im Stehen runterschlingen kann. Wenn's mal blöd läuft, dann richtig. Ich verspreche ihm das ausgefallene Mittagessen für den Abend und mache mich direkt an die Arbeit. Krank oder nicht krank, meine Kinder muss ich abholen, aber Kindergarten und Schule liegen so weit ab, dass kaum Gefahr besteht, gesehen zu werden. Dafür spricht mich Isis Lehrerin auf ihr oft wenig soziales Verhalten an. Sie bekommt Wutanfälle, wenn etwas nicht so läuft, wie sie es gern hätte, und kennt dann weder Freund noch Feind. Wem sagt die das? Ich höre mir den Sermon an, nicke und denke Böses, lächele aber freundlich. Auch die Kindergärtnerin möchte mir noch kurz etwas über meinen Sohn mitteilen, und ich wappne mich innerlich, aber, oh Wunder, es ist nichts Negatives. Er ist sozial und sehr nett zu den jüngeren Kindern. Das richtet mich ein bisschen auf. Doch nicht alles falsch gemacht.

Im Auto reden beide gleichzeitig auf mich ein, jeder will seine Erlebnisse zuerst loswerden. Lasse erzählt sehr dramatisch, dass sein Pipimann gejuckt hat, und Isi verstummt, um genau zuzuhören.

»Dann musst du den heute Abend in der Badewanne mal richtig waschen«, schlage ich vor, aber mein Sohn hat andere Vorstellungen. »Daran liegt das nicht«, lehnt er ab, »aber das kannst du gar nicht wissen, du bist ja ein Mädchen.«

»Der wäscht den nie richtig«, greift Isi das Thema auf, »der hat da manchmal so Krümel drauf.«

»Stimmt gar nicht! Das muss so sein, sagt der Papa.«

»Stimmt wohl!«

»Stimmt nicht, Mädchen wissen gar nicht Bescheid darüber, die haben nämlich keinen Pipimann.«

»Sagt das auch Papa?«, frage ich genervt nach, aber das Thema scheint ausgereizt zu sein und beide wenden sich der ewig spannenden Frage zu: »Was gibt es heute zu essen?«

»Es gibt Frikadellen, Bohnen und Salzkartoffeln, das Lieblingsessen von Karsten.«

»Ihh, Bohnen, die esse ich nicht!«

»Ihh, Frikadellen, die esse ich nicht!«

Wie schön, wenn man sich zumindest auf etwas im Leben verlassen kann. Ich komme an einer Gärtnerei vorbei und frage mich, ob die schon immer da war. Direkt vor der Tür ist ein Parkplatz frei, das nehme ich als Zeichen und beschließe, einen Adventskranz zu kaufen, bevor Weihnachten vorbei ist. Ich erstehe einen in kräftigem Blau und kaufe ein paar Tannenzweige für die Vase dazu. Das muss als Dekoration aber wirklich reichen. Die Summe, die die Verkäuferin von mir fordert, haut mich um. Habe ich aus Versehen den Laden gekauft?

Zu Hause werden wir von Mogli und Balou enthusiastisch begrüßt, immerhin war ich eine Stunde lang weg. Sie sind ausgehungert und brauchen umgehend etwas zu futtern. Die zwei sind wirklich hübsche, nette, putzmuntere Kater, und ich möchte sie unter gar keinen Umständen missen, aber meinen Amun ersetzen, das können sie nicht. Ich glaube, das wird nie eine andere Katze schaffen. Voriges Jahr wurde er überfahren, und es ist kein Tag vergangen, ohne dass ich an ihn gedacht und um ihn getrauert hätte.

Als Karsten aus der Praxis kommt, habe ich den Tisch gedeckt, die Kinder darauf eingeschworen, nicht schon wieder »Iih, das esse ich nicht« zu sagen. Wider Erwarten halten sie sich daran. Lasse gibt sich mit Kartoffeln und Butter zufrieden, und Isi kriegt dafür seine Frikadelle, auf die Bohnen verzichtet auch sie. Immerhin schmeckt es meinem Liebsten, er stöhnt wohlig und sagt: »Es geht doch nichts über eine Frau im Haus, die kochen kann.«

»Ist das ein Kompliment?«, frage ich etwas konsterniert nach, aber er grinst nur und meint: »Klar doch, aber deine anderen Fertigkeiten weiß ich durchaus genauso zu schätzen.« Welche genau, darüber lässt er sich nicht weiter aus, und auch meine teuer erstandene Weihnachtsdeko entgeht seiner Aufmerksamkeit. Dafür erregt etwas meine, und mir bleibt buchstäblich das Herz stehen. Wir haben den 5. Dezember, morgen ist Nikolaustag, und ich habe nichts, aber auch gar nichts eingekauft. Was bin ich nur für eine Rabenmutter? Ich winke Karsten ins Badezimmer und beichte ihm mein mütterliches Versagen, fast mit Tränen in den Augen. Er schaut mich eine Weile an, lächelt ein bisschen und sagt: »Ach Süße, nun sei mal nicht so streng mit dir, dich beschäftigt eben deine Granny, ist doch verständlich. Sag den beiden, sie sollen ihre Schuhe putzen, sonst gibt es wirklich nichts.« Meine Einwände, dass ich doch gar nichts eingekauft habe, tut er mit großer Geste ab und raunt geheimnisvoll: »Abwarten!«

Ich frage meinen Nachwuchs, ob sie eigentlich wüssten, was morgen für ein Tag ist, und beide gucken, als würden sie sich ernsthaft Sorgen um meinen Geisteszustand machen.

»Klar, morgen ist Nikolaus, du musst uns ganz viele Geschenke in die Schuhe tun«, freut sich Lasse, während Isi murmelt: »Nicht nur Süßigkeiten.« Ich teile ihnen mit, dass der Nikolaus nur in geputzte Schuhe etwas steckt, was der Beginn einer längeren und durchaus nicht fruchtbaren Diskussion ist.

Als sie später in den Betten liegen und tatsächlich jeder ein Paar sauberer Stiefel vor der Tür hat, bringt Karsten aus der Praxis Unmengen an bunt verpackten Weihnachtsmännern, Schokoladenkugeln und Tafeln, dazu zwei geeignete Kinderbücher, einen Plüschschäferhund für Lasse und eine leuchtend gelbe Plastikuhr für Isi. Ich bin baff, öffne eine Tafel Schokolade und breche einen Riegel ab. »Wo hast du das alles her?«, staune ich, und Karsten zuckt die Schultern. »Das ist jedes Jahr so, Patienten schenken mir was, Vertreter ebenso, na ja, die Bilderbücher habe ich gekauft für die zwei.« Wieder habe ich ein schlechtes Gewissen, er hat an meine Kinder gedacht und ich nicht. Darum brauche ich direkt einen weiteren Riegel Schokolade. Wir sortieren etwas aus und packen dann die Schuhe. Ein Päckchen in Goldfolie mit grüner Schleife bleibt liegen, ist aber schließlich verschwunden, bevor ich nachfragen kann, was es ist. Als wir endlich gemütlich im Wohnzimmer sitzen, jeder einen Kater auf dem Schoß, erscheint Heinrich. Ich merke es an Karstens Blick und der panischen Flucht von zwei Stubentigern. In dieser Hinsicht sind sie nicht anders als Amun, der Granny ebenfalls gehasst hat. Beim Absprung verpasst mir Mogli einen ordentlichen Kratzer auf dem Oberschenkel, und ich schimpfe: »Au, du dämliches Katzenvieh, kannst du nicht deine Krallen einziehen?«

Aus einer Ecke kommt die Antwort, die der Kater mir nicht geben will: »Meine Verlobte hat mir schon des Öfteren erzählt, dass Sie eine, hm, deftige Ausdrucksweise pflegen, jetzt kann ich mir vorstellen, was sie darunter versteht.«

»Freut mich, wenn ich Ihnen behilflich sein konnte«, gifte ich, bin aber viel zu neugierig auf seinen Bericht, um lange sauer zu sein. Außerdem hat er recht, wenn ich so richtig im Zeug bin, kann ich wirklich fluchen wie ein Droschkenkutscher, was für die Ohren eines Mannes aus dem 19. Jahrhundert merkwürdig klingen dürfte. Selbst mein Dad sagt manchmal, ich solle meine Ausdrucksweise mäßigen, aber der kommt ja auch aus dem vorigen, wenn auch nicht aus dem 19. Jahrhundert. Lieber fluche ich, wenn mir danach ist, als irgendwann ein Magengeschwür zu bekommen.

HEINRICH

»Ich habe leider kaum etwas zu berichten, was uns weiterhelfen könnte. Egal, wen wir befragt haben, niemand hat etwas gesehen oder gehört. Ich verstehe das nicht, Luise wäre niemals freiwillig mit diesem Menschen mitgegangen, er muss sie also gezwungen haben, und das kann doch nicht ohne einen Kampf erfolgt sein. Nun ist es aber leider so, dass alle Häuser in der Straße über große Vorgärten verfügen, die nicht nur mit Büschen und Bäumen bepflanzt, sondern oft von einer mannshohen Hecke umgeben sind, sodass eine freie Sicht auf das, was außerhalb passiert, daher nicht gegeben ist.

Die Familie Deppe habe ich angetroffen und informiert. Natürlich sind sie genauso entsetzt wie ich, aber leider genauso hilflos. Immerhin kann ich berichten, dass es dem Jungen viel besser geht, er scheint über den Berg zu sein, auch, wenn es noch eine ganze Weile dauern wird, bis er sich von dieser schrecklichen Erkrankung erholt hat. Der Arzt gibt zu, vor einem Rätsel zu stehen, und spricht von einem Wunder. Nun ja, damit hat er ja in gewisser Weise recht, auch wenn er das nicht weiß. Wir haben zusammen überlegt, ob wir die geplante Hochzeit in Anbetracht der Umstände nicht absagen sollen, aber ich weigere mich zu glauben, dass ich meine Verlobte bis dahin nicht wohlbehalten in den Armen halten kann.«

»Hochzeit! Das ist doch mal ein Stichwort!«, rufe ich aus und renne an den Laptop. »Sie sind doch kein Unbekannter zu Ihrer Zeit, da wird wohl die Detmolder Zeitung über ein solches Ereignis berichtet haben. Warum ist mir das bloß nicht früher eingefallen? Wann sollte das genaue Datum sein?«

»Am 24.12.«, kommt es aus der Ecke, »Heiligabend.«

Ich rufe die Seite auf und suche im Archiv. Nix, nicht am 24., nicht am 25. und auch danach nichts.

»Würden Sie eine Anzeige aufgeben? Ich meine, eine öffentliche Bekanntmachung, eine Annonce oder wie immer das zu Ihrer Zeit genannt wurde? Hatten Sie das vor?«

»Ich weiß es nicht, darüber haben wir noch nicht genauer gesprochen, das ist eigentlich Frauensache, aber ich vermute es. Finden Sie etwas?«

»Nein, leider nicht, aber das muss nichts heißen, vielleicht hat sich Granny dagegen entschieden oder die Hochzeit wurde verschoben, irgendetwas.« Ich versuche überzeugend zu klingen, kann mich aber eines mulmigen Gefühls nicht erwehren.

»Es könnte ja sein, dass Sie nicht in Detmold geheiratet haben«, assistiert mir Karsten, »und wir darum nichts finden.«

»Das könnte sein, auch wenn ich das nicht glauben kann. Nein, wenn unsere Hochzeit wie geplant stattgefunden hätte, dann in Detmold, und es stünde sicherlich in der Zeitung. Ich darf nicht darüber nachdenken, ich darf die Hoffnung nicht aufgeben, sonst verliere ich meinen Verstand. Luise bedeutet alles für mich.«

Daraufhin schweigen wir alle drei, keiner weiß so recht, was er sagen soll, selbst mir fällt für den Moment nichts ein, was nicht hohl und aufgesetzt klingen würde.

»Sie müssen sich das Umfeld dieses Reichelt näher ansehen«, schlägt schließlich Karsten vor, »er ist doch der Schlüssel zu allem. Hat er Verwandte, Freunde, Bekannte, Feinde? Hat er ein Hobby?«

»Was ist das, ein Hobby?«, fragt es aus der Ecke, und Karsten erklärt, dass es sich dabei um eine Freizeitbeschäftigung handelt.

»Ist er Jäger, wandert er, spielt er Schach oder Skat? Tut er irgendwas, wo er mit anderen Menschen in Kontakt kommt, Menschen, die man befragen könnte?«

»Das weiß ich nicht, aber ich werde es umgehend in Erfahrung bringen. Ich bin so froh, wenn ich etwas tun kann und nicht tatenlos dasitze und warte.«

»Kann ich gut verstehen«, stimme ich zu, »ich wünschte auch, wir könnten etwas tun, aber mir fällt ums Verrecken nichts ein. Außer vielleicht das Archiv durchsuchen. Könnte doch sein, wir finden etwas, das auf den ersten Blick gar nichts mit Granny und ihrem Verschwinden zu tun hat. So wie dieser Brand. Wäre die unbekannte Tote nicht gewesen, hätte uns das überhaupt nicht interessiert, oder?«

»Ja, richtig«, antworten unisono beide Männer, und Heinrich ergänzt: »Eine wundervolle Idee, gnädige Frau, wenn ich das bemerken darf. Meine Verlobte hat mir von Ihren Ausflügen in dieses Gebäude erzählt.«

Von Karsten kommt nur ein Schnauben.

»Dürfen Sie«, sage ich munter, weil es mir mit der Aussicht, etwas tun zu können, gleich besser geht.

»Okay, dann machen wir das so. Sie krempeln das Umfeld von diesem Typen um, gucken unter jeden Stein und nehmen bitte keinerlei Rücksicht. Wir suchen einen gefährlichen Menschen, da können wir nicht zimperlich sein mit unseren Mitteln. Kann sein, Sie treten dem einen oder anderen auf die Füße, aber auch das müssen Sie in Kauf nehmen, entschuldigen können Sie sich später, falls nötig. Wir fahren ins Archiv! Du liebe Güte, wer hätte je gedacht, dass ich mal in Detmold fast einen zweiten Wohnsitz anmelden könnte, so oft, wie ich in den letzten Jahren schon da war.«

»Wie weit ist das Kaff denn weg?«, fragt Karsten sicherheitshalber nach. »Schafft man das an einem Tag hin und zurück? Wo liegt diese Stadt eigentlich genau?«

»Kein Kaff, mein Liebster, sondern eine Kleinstadt im Teutoburger Wald. Gehört zum Bundesland NRW und zu Lippe. Allgemeinbildung, Erdkundeunterricht dritte Klasse.«

»Ach komm, gib bloß nicht an wie eine Tüte Mücken. Ich wette, du hast selber noch nie etwas davon gehört, bevor du das erste Mal hingefahren bist. Glaubt man es denn? Allgemeinbildung!«

»Hast recht«, nicke ich versöhnlich, »ich wusste selber nicht, wo Detmold liegt, obwohl doch meine Mam dort aufgewachsen ist. Sie wollte immer mal mit mir hin, aber ich konnte es lange verhindern. Aus mir unerfindlichen Gründen hat sie nämlich manchmal Heimweh nach dem Hermannsdenkmal, den Externsteinen und dem Donoperteich. Oh ja, nicht zu vergessen, sie schwärmt vom Detmolder Schützenfest, dabei hat sie das letzte gesehen, als sie acht oder neun war. Vor einigen Jahren ist es ihr gelungen, meinen Dad hinzuschleppen, und der lacht sich heute noch schlapp, wenn er davon erzählt. So ist das eben mit den Kindheitserinnerungen, die relativieren sich im Laufe der Jahre. Wie dem auch sei, Detmold ist nicht mit Heidelberg zu vergleichen, aber ganz hübsch, hat eine schöne Altstadt, und das Schloss kann sich ebenfalls sehen lassen. Ich mache den Stadtführer für dich, schließlich kenne ich mich inzwischen aus.«

Karsten lacht, und aus der Ecke erklingt so etwas Ähnliches.

»Nun, ich denke, das Detmold Ihrer Frau Mutter dürfte mit dem meiner Zeit nicht allzu viel gemein haben, obwohl es die Externsteine, das Hermannsdenkmal und unser Schloss schon gibt. Was mich bei aller Sorge um meine Verlobte trotzdem sehr interessieren würde, wäre, etwas mehr von Ihrer Zeit zu sehen als nur Ihr Wohnzimmer …«

»Das Schlafzimmer haben Sie vergessen«, murmelt Karsten, verstummt aber nach einem Blick meinerseits.

»Ich würde schrecklich gern dieses Automobil betrachten, von dem Luise mir berichtet hat. Ich kannte den Herrn Benz flüchtig, und er hätte mir sehr gern sein Patent verkauft, leider habe ich die Chance nicht erkannt und darauf verzichtet.«

»Waaaas?«, Karsten schreit fast. »Sie kannten Benz persönlich, wie geil ist das denn? Woher denn?«

»Nun, er wurde mir in Mannheim auf einer Ausstellung vorgestellt. Ich hatte von seiner Majestät den Auftrag, das Patent für diesen Motorwagen aufzukaufen, was ich leider nicht getan habe. Mir erschien es nicht praktisch, mit einer so lauten und stinkenden Kutsche herumzufahren. Ich habe mich da wohl geirrt, wie ich zugeben muss. Sie verstehen aber doch sicher, dass es mir heute ein großes Bedürfnis ist zu sehen, was aus dieser Erfindung geworden ist?«

»Klar, kein Ding, mein Auto steht in der Garage, das dürfen Sie sich gern anschauen, so lange es Ihnen Freude macht.«

Der Sessel rumpelt, und daraus schließe ich, dass Heinrich sehr hastig aufgesprungen sein muss, um dieser Einladung nachzukommen.

»Kommst du mit?«, bietet Karsten an, aber ich schüttele den Kopf. »Nee, geht ihr nur allein, ich bin hundemüde und gehe ins Bett. Bis denne.«

Ich schlafe ein, kaum dass mein Kopf das Kissen berührt.

Sie ist wieder da, die Stimme von Granny: »Hilf mir, Kind, hilf mir! Mir ist kalt, und ich bin so durstig. Sabrinaaaaaa!«

GRANNY

»Furchtbare Dinge sind passiert, so furchtbar, dass ich ernsthaft um mein Leben fürchte. Ich bin sicher, dieser schreckliche Mensch wird mich verhungern und verdursten lassen, wenn ich nicht vorher erfriere. Gestern ist er gekommen und hat eine andere Frau hergebracht. Nein, das stimmt so wohl nicht, zuerst war er allein, dann habe ich einen dumpfen Schlag gehört und er hat lange irgendwelche Dinge getan, bevor er verschwunden ist. Ich habe gehört, wie sich Türen geschlossen und Schlüssel gedreht haben. Erst als ich in meiner Nähe ein schreckliches Stöhnen hörte, wurde mir bewusst, dass ich nicht mehr allein in meinem Gefängnis war. Eine ganze Weile später fragte eine heisere Stimme, ob jemand da sei. Ich konnte nur undeutliche Laute von mir geben, weil der Mann auch heute diesen Lappen nicht aus meinem Mund genommen hatte. Danach erfolgte ein Rascheln von Röcken und schließlich griff eine Hand nach meinen Beinen und tastete sich daran hinauf. Ich spürte, wie ich am ganzen Körper Gänsehaut bekam vor Angst, aber dann sagte eine Frauenstimme: »Wer sind Sie, was machen Sie hier? Werden Sie ebenfalls gefangen gehalten? Warten Sie – oh, Ihre Hände sind gebunden, ich werde versuchen, den Knoten zu lösen.«

Durch meine Laute fiel ihr auf, dass ich nicht sprechen konnte, auf alle Fälle befreite sie mich von diesem schrecklichen Knebel. Das bereitete mir heftige Schmerzen, weil mein Mund so ausgetrocknet war, und ich schrie unwillkürlich laut auf. Sie entschuldigte sich und machte sich an meiner Augenbinde zu schaffen. Ich hörte sie weinen und fragte, ob sie Schmerzen habe und wer sie sei.

Ihr Name war Frieda Reimann, Soubrette am Landestheater. Nach und nach erfuhr ich, dass es dieser Oberregierungsrat Reichelt war, der mich verschleppt hatte. Sie gestand mir, ein Liebesverhältnis mit ihm zu unterhalten, obwohl ihr bekannt war, dass er eine Gemahlin hatte. In letzter Zeit hatte er immer weniger Zeit für sie aufgebracht, und sie war schließlich misstrauisch geworden und ihm heimlich gefolgt. Sie hatte nicht im Entferntesten an ein Verbrechen gedacht, nein, sie vermutete eine andere Frau in diesem Haus, mit der ihr Geliebter sich heimlich traf. So war sie sehr leise und vorsichtig zu Werke gegangen, weil sie ihn ja in flagranti erwischen wollte. Doch bevor sie überhaupt dazu kam, irgendetwas zu sehen, bekam sie einen Schlag auf den Kopf und verlor das Bewusstsein. All das erzählte sie stockend, immer wieder von Tränen und Schluchzen unterbrochen. Warum ihr Geliebter mich verschleppt und sie geschlagen hatte, darauf konnte sie sich keinen Reim machen, auch von Heinrich hatte sie angeblich nie etwas gehört. Sie war von dem Gedanken, dass ich die neue Freundin ihres Galans wäre, zuerst nicht abzubringen, und ich musste meine ganze Überzeugungskraft aufbieten, ihr die Lächerlichkeit dieser Vermutung vor Augen zu führen. Irgendwann glaubte sie dann meinen Worten wohl und bemühte sich weiterhin darum, meine Fesseln zu lösen. Leider gelang es ihr trotz aller Mühe nicht, zu fest hatte sich der Knoten durch die Feuchtigkeit und meine Bemühungen, ihn zu lösen, zugezogen. Ich bat sie daher, ihre sinnlosen Versuche einzustellen und lieber nachzuschauen, ob es einen Ausgang oder ein Fenster in diesem Raum gäbe. Es war so finster, nicht der kleinste Lichtschein drang zu uns durch, und meine Hoffnung war nur gering. Sie kroch eine Weile über den Boden hin und her, gelangte an eine Tür, aber diese war verschlossen. Ein Fenster entdeckte sie nicht. Wenn es überhaupt eines gab, dann war es wohl zu weit oben. Ich erzählte ihr, wer ich war, wie ich in diese Situation geraten konnte, und nahm ihr das heilige Versprechen ab, Heinrich zu informieren, sollte es ihr gelingen, lebend herauszukommen. Sie versprach es mir unter Tränen, konnte aber nicht aufhören zu weinen, außerdem klagte sie über Übelkeit und starkes Kopfweh. Ein Pulver hatte sie leider nicht einstecken, aber ein Tütchen mit Veilchenpastillen, und nie hat mir etwas köstlicher gemundet. Sabrina, ach Sabrina, so hör mich doch bitte. Wir brauchen so dringend deine Hilfe.«

»Sabrina, wach auf, du träumst. Hörst du mich? Hallo! Aufwachen.«

Mühsam schlage ich die Augen auf und sehe Karsten über mich gebeugt. Er hält mich an beiden Schultern und schüttelt mich unsanft.

»Aua, du tust mir weh! Spinnst du, was soll denn das?«

»Du hast schlecht geträumt und ganz laut ›Granny, ich komme‹ gerufen, als ich gerade reinkam.«

»Reinkam? Wieso reinkam, wo kommst du denn … Ach, ich weiß, du warst mit Heinrich Autos spielen. Nee, oder? Es ist halb drei, du musst morgen früh raus. Männer spinnen wirklich, egal, aus welchem Jahrhundert sie stammen.«

»Danke, das ist nun der Dank dafür, dass ich dich aus einem Alptraum befreit habe. Was war denn los?«

»Ach stimmt, jetzt fällt es mir ein. Ich habe wieder Grannys Stimme gehört, so deutlich, als würde sie an meinem Bett stehen. Sie hat Durst und ihr ist kalt, sie ruft nach mir und bittet um Hilfe. Und da ist noch etwas. Warte, es ist dunkel, jemand weint heftig, hat starkes Kopfweh, nicht Granny, aber ich komme einfach nicht drauf, wer.«

»Na siehst du, dann war es auch das letzte Mal nur ein Traum und nicht Granny selber. Solange sie ruft, ist sie am Leben, das ist doch ein gutes Zeichen. So, jetzt muss ich aber dringend schlafen, sonst komme ich morgen wirklich nicht aus dem Bett.«

Ich bin hellwach und bleibe das für eine lange Zeit. Ich zerbreche mir den Kopf darüber, warum ich Granny im Traum zwar hören kann, sie aber nicht sehe. Und überhaupt, warum kommt sie nicht einfach? Erzählt mir, wo sie ist, wir sagen es Heinrich, er geht sie befreien und alle sind glücklich und zufrieden. Kurz bevor ich einschlafe, habe ich zumindest auf eine

Frage eine Antwort gefunden: Granny kommt nicht, weil sie nicht in ihrem Sessel sitzt. Das muss es sein: Der Sessel in ihrem Zimmer ist der Schlüssel zu allen Zeitreisen. Ich überlege angestrengt weiter, ob mir noch etwas einfällt, schlafe aber darüber ein. Als der Wecker klingelt, bin ich versucht, ihn zu überhören, aber der arme Karsten hat auch heute die Praxis bis Mittag geöffnet und soll zumindest Frühstück bekommen. Ich stecke die Füße in meine Cloques, doch in dem einen befindet sich etwas, was da nicht hineingehört. Ich ziehe es hervor und halte das goldgrüne Päckchen in den Händen, das mir am Abend zuvor schon aufgefallen war.

»Oh, was hast du denn da?«, tönt es von der Tür. »Hat dir der Nikolaus etwa auch etwas gebracht, weil du das ganze Jahr über so lieb und brav warst?« Ich antworte nicht und nestele etwas verlegen an der Folie. Schließlich habe ich sie entfernt, und in dem kleinen Kästchen finde ich ein echt tolles Feuerzeug. Ich bin begeistert und fliege meinem Liebsten um den Hals. »Du bist wirklich der beste, liebste, fürsorglichste, aufmerksamste, tollste Freund von allen. Würde es dich nicht geben, müsste man dich dringend erfinden. Vielen, vielen Dank. Und ich habe nichts für dich, wie kann ich das nur jemals wiedergutmachen?«

»Ach, da wird mir bei Gelegenheit etwas einfallen«, grinst Karsten und küsst mich genießerisch.

Die Kinder schlafen noch, und ich kann tatsächlich eine zweite Tasse Kaffee ganz in Ruhe trinken, nachdem Karsten in die Praxis gegangen ist. Welch ein wunderbarer Tag. Ich überlege, was alles ansteht, und die Antwort gibt mir der leere Kühlschrank. Einkaufen, denn essen müssen wir, auch wenn Granny in Not ist. Luise und Lasse maulen, als ich sie wecke, lassen sich aber durch die Aussicht auf gefüllte Schuhe motivieren. Unter großem Geschrei wird ausgepackt, Isi findet die Uhr voll blöd und hätte lieber den Plüschhund, den Lasse unter keinen Umständen rausrücken wird.

Die Läden sind voll, weihnachtliches Ambiente überall, und natürlich fehlt »Last Christmas« nicht. An der heißen Theke steht ein Weihnachtsmann und schiebt sich einen Leberkäsewecken unter den Bart. Lasses Augen werden immer größer, er schaut abwechselnd den kauenden Mann, seine Schwester und mich an. Natürlich weiß er, dass es den Weihnachtsmann nicht gibt, theoretisch, denn ebenso natürlich vergisst er das, wenn er einen sieht. Der weihnachtliche Bote ist fertig mit seinem Frühstück, schüttelt letzte Krümel aus dem Wattebart, dreht sich um und verschwindet in der Menge. »Jingle Bells, Jingle Bells« hat »Last Christmas« abgelöst, und ich fliege förmlich durch die Reihen, um der Beschallung zu entgehen. Wie üblich stehe ich ausgerechnet an der Kasse, an der es überhaupt nicht vorangeht, die Kids haben tausendundeinen Wunsch, und ich muss auch »Little Drummer Boy« noch ertragen.

Im Auto gibt's als Kontrastprogramm AC/DC. Als ich endlich zu Hause eintreffe, ist Karsten schon da und hat Steaks aus dem Froster geholt. Er steht mit einer Schürze angetan in der Küche und schält Kartoffeln. Erinnert mich so sehr an unseren ersten gemeinsamen Abend, dass ich direkt auf ihn losmarschiere, um ihn zu küssen.

Nur, um ihn nicht allzu sehr von seinem Tun abzulenken, drehe ich gleich um und rufe ins Kinderzimmer: »Es gibt Pommes, selbstgemachte von Karsten.«

»Ich will Mayo!«

»Und ich will Ketchup!«

Bei Tisch erzählt mein Lebensgefährte zwar keine Schwanks aus seiner Jugend, aber einige aus seiner Praxis. Da passieren täglich hundert Dinge, mal zum Lachen, mal zum Weinen. Die zum Weinen verschweigt er immer, solange die Kinder anwesend sind, aber oft bringt er seine Trauer mit in den Feierabend, und wir reden darüber. Es ist für ihn nicht einfach, wenn er einen Kampf verliert oder ein Tier einschläfern muss. Stinkwütend kann er werden, wenn Menschen mit einem in die Jahre gekommenen Hund oder einer alten Katze darum bitten, das Tier, dem offensichtlich außer seinem Alter nichts fehlt, zu erlösen. Nie täte er das, und er kann sehr deutlich sagen, was er davon hält, ein Tier zum Tode zu verurteilen, nur weil es ein paar Alterswehwehchen zeigt. Von einer sehr beratungsresistenten und nicht mehr taufrischen Dame mit einem zwölf Jahre alten Dackel, der sich bester Gesundheit erfreute, aber trotzdem euthanasiert werden sollte, wäre er fast angezeigt worden. Dabei hatte er sie nur gefragt, ob er sie denn nicht gleich mit einschläfern solle. Die Dame war entrüstet, Karsten wütend, aber der Dackel am Leben. Zumindest als er mit diesem tollen ›Frauchen‹ die Praxis verließ.

Heute war ein Kind mit einem Kaninchen namens Feline zum Kastrieren gekommen, und als Karsten genau nachschaute, stellte sich Feline als Böckchen heraus.

Darüber wollen sich die Kids ausschütten vor lauter Lachen und wollen nicht glauben, dass es manchmal gar nicht so einfach ist, das Geschlecht eines Tieres zu bestimmen.

»Bei mir ist das ganz einfach«, amüsiert sich Lasse, »ich habe nämlich einen Penis, aber ich sage lieber Pipimann dazu.«

»Und ich habe eine Scheide«, ergänzt Isi. »Das kann man doch genau sehen, warum ist das denn schwierig?«

»Weil Tiere eben keine Menschen sind, außerdem oft sehr klein, da ist das nicht so einfach, aber meist rate ich richtig«, lacht Karsten, und die Kinder kichern mit. Ich sitze da, höre zu, beobachte die drei und bin einfach nur dankbar. Zwei gesunde Kinder und einen klasse Mann, Herz, was willst du mehr? Meine Ururgroßmutter zurück und zwar pronto!

Schon wieder höre ich Grannys verzweifelte Rufe, versuche, ihr zu antworten, aber ich kann meinen Mund nicht öffnen, egal, wie sehr ich es versuche. Ich befinde mich in einem völlig unbekannten Haus und taste mich im Stockdunkeln eine Kellertreppe hinunter. Wie schräg ist das denn? Täte ich im Leben nicht, dazu habe ich viel zu viel Angst vor Spinnen. Dieser

Gedanke kommt mir tatsächlich kurz, dann versuche ich wieder zu rufen, höre aber keinen Ton. Auch Grannys Stimme ist mittlerweile verstummt. Dafür hält mich etwas am Arm fest, und Panik macht sich in mir breit. Ich versuche mich loszureißen, schlage auf meinen eigenen Arm ein und höre Karsten brummen: »Hey, wach auf! Du träumst schon wieder.«

Scheiße, noch ein Alptraum, und das am helllichten Tag. Trotzdem bin ich sicher, dass Granny versucht, mir eine Botschaft zukommen zu lassen. Haben Träume nicht einen tieferen Sinn, sind Botschaften aus unserem Unterbewusstsein oder so? Dann müsste ich nur noch rausfinden, was für welche. Ein unbekanntes Haus, ein Keller, ich kann nicht reden. Ergibt das irgendeinen Sinn? Für mich nicht! Das ist doch eine dämliche Methode, was nützen mir Botschaften, die ich nicht entschlüsseln kann?

Trotzdem verfolgt mich mein Traum den ganzen Tag, ich suche sogar im Internet unter Traumdeutung und bin überrascht, wie viele Seiten es dazu gibt. Das Hinabsteigen einer Treppe bedeutet angeblich eine Verbesserung meiner Situation. Aha, leider kommt es darauf an, um was für eine Treppe es sich handelt und wie meine Gefühle beim Abstieg sind. Geil, das hat mir ja wirklich richtig weitergeholfen. Ach ja, wenn ich in einen Keller gehe, werde ich in den nächsten Wochen sehr viel Geduld und Ausdauer brauchen. Was es zu bedeuten hat, dass ich nicht reden kann, finde ich leider nicht. Als ich schließlich eine etwas esoterisch angehauchte Kollegin telefonisch um Rat frage, empfiehlt sie mir, das Universum um Hilfe zu bitten. Na super, die Leute kommen vielleicht auf Ideen. Ich frage mal eben das Universum, wo sich meine Ururgroßmutter gerade aufhalten könnte, die 1898 entführt wurde. Ich glaube, selbst das Universum würde mich für verrückt erklären.

Nach diesem Tipp verdränge ich entschlossen meinen Traum und stelle mich der Realität, die momentan auch eher an einen Alptraum erinnert. Zum Nichtstun verurteilt zu sein, ist einfach grässlich.

Spannend wird es erst gegen 22 Uhr, als Heinrich auftaucht. Ich merke es daran, dass Karsten mitten in einem Actionfilm zur Fernbedienung greift und sagt: »Keine Angst, das ist nur ein Fernseher, ich mache ihn schon aus.«

»Oh, das ist sehr interessant, meine Verlobte hat mir von dieser unglaublichen Erfindung einiges erzählt. Ich würde gern mehr darüber erfahren, wenn es möglich wäre.«

»Ach, das ist ganz einfach, man macht ihn an, zappt sich durch die Kanäle und bleibt da hängen, wo einen etwas interessiert. Findet man nichts, macht man ihn wieder aus.«

»Nun, mich würden mehr die technischen Gegebenheiten interessieren. Wie so ein Gerät funktioniert, zum Beispiel.«

»Wie das funktioniert? Ja, also ... keine Ahnung. Karsten, weißt du das?«

»Bin ich Elektriker? Ich bin Tierarzt, schon vergessen? Nein, das kann ich Ihnen leider nicht verraten, zudem glaube ich, dass wir im Augenblick Wichtigeres zu besprechen haben, oder irre ich mich?«

»Natürlich, ich bitte vielmals um Entschuldigung für meine unverzeihliche Neugierde. Ich kann es nur mit meinem großen Interesse an allem Mechanischen erklären und, nun ja, Sie können vielleicht verstehen, wie reizvoll all diese Neuerungen für mich sind.«

»Kein Ding, verstehe ich und erkläre Ihnen gern später mal, was Sie interessiert, aber vorrangig sollten wir uns um die Entführung kümmern. Also, haben Sie etwas in Erfahrung bringen können?«

HEINRICH

»Ich habe in Reichelts Kontor alles durchsucht, um einen Hinweis zu finden, der uns weiterhelfen könnte. Dabei bin ich auf eine Reisekostenabrechnung gestoßen, die dem alten Kanzleiminister vorgelegt worden sein muss, also Otto von Wolffgramm. Am Rand war eine Bemerkung in seiner Handschrift, die sich auf eine zweite Person beim Abendessen in einem Restaurant bezog. Ich weiß nicht, ob sich das aufgeklärt hat, ob er das Geld erhalten oder lieber darauf verzichtet hat.

Es ist schon über drei Jahre her, da wird sich in dem erwähnten Restaurant wohl keiner mehr erinnern, mit wem Reichelt dort gespeist hat. Mit anderen Beamten hat er offenbar keinen näheren Umgang gepflegt, jedenfalls wusste keiner etwas von Interesse zu berichten. Nur dieser Sekretär Köhler wirkte auf mich nicht vertrauenswürdig, und ich hatte den Eindruck, dass er mit etwas hinter dem Berg hielt. Er wich meinem Blick aus, schwitzte stark und seine Hände zitterten. Trotzdem bestand er darauf, nichts weiter zu wissen, auch nicht, wo sich Reichelt zurzeit aufhalten mochte.

Gottfried und Hermann haben sozusagen die Stadt durchkämmt, alle Schneider, Schuster und Kolonialwarenhändler befragt, ob Reichelt bei ihnen Kunde ist. Leider ohne nennenswertes Ergebnis. Ein Schneider hat für ihn einige Oberhemden angefertigt, wusste aber nichts weiter über den Mann zu berichten. Das ist alles unwichtig, bis auf eines. Er scheint ein großer Freund des Theaters zu sein, darüber waren sich auch im Kontor mehrere Beamte einig. Natürlich bin ich dem umgehend nachgegangen und habe mit dem Pedell des Landestheaters gesprochen. Der Mann war sehr gesprächig, wusste gleich, von wem die Rede war, hatte aber nichts weiter gegen ihn vorzubringen, außer, dass er eben häufig die Vorstellungen besucht hatte. Wäre nicht zufällig eine Aufwärterin dazugekommen, ich hätte unverrichteter Dinge gehen müssen, aber diese Frau konnte etwas Hilfreiches beitragen. Sie war sich sicher, dass Reichelt einige Male ein Blumenbukett bei sich getragen hatte. Leider vermochte sie nicht zu sagen, wem er das wohl überreicht haben mochte. Merkwürdig ist das aber, schließlich ist Reichelt ein verheirateter Mann, wieso trägt der Blumen ins Theater?

Leider endete meine Spur hier, und auch die Gärtnerei wusste nicht zu sagen, für wen die gekauften Buketts gedacht waren. Ja, mehr kann ich leider nicht berichten, aber wir haben überlegt, eine Annonce aufzugeben und eine Belohnung auszuloben für Hinweise über den Verbleib meiner Verlobten. Was denken Sie darüber?«

»Annonce ist keine schlechte Idee«, sage ich, »vielleicht hat doch jemand was gesehen. Allerdings kann das auch viele Vollpfosten auf den Plan rufen, die nur die Belohnung haben wollen und sich irgendeinen Scheiß aus den Fingern saugen, der dann in die völlig falsche Richtung führt. Interessant finde ich diese Theatergeschichte. Mit wem hat er sich dort getroffen, für wen waren die Blumen? Das muss sich doch rausfinden lassen, verdammt noch eins. Gehen Sie hinter den Vorhang, reden Sie mit den Schauspielern, Sängern, Balletttänzern, wer immer da beschäftigt ist. Irgendjemand weiß bestimmt, für wen das Gemüse war, egal, wie diskret er vorgegangen sein mag. Karsten? Sagst du auch mal was?«

»Wenn du mich zu Wort kommen lassen würdest, gerne. Ich finde die Idee nicht schlecht. Gehen Sie noch einmal ins Theater, diesmal aber hintenrum. Vergessen Sie Ihre diplomatische Schulung und benehmen Sie sich wie ein ordentlicher Detektiv. Die Idee mit der Anzeige können Sie immer noch umsetzen, das wäre mir für den Augenblick zu viel Öffentlichkeit. Sie wollen den Reichelt ja nicht in Panik versetzen, er soll nicht wissen, dass Sie ihm auf den Fersen sind.«

»Gut, dann werde ich mich sofort morgen früh erneut zum Theater begeben und jeden befragen, der dort beschäftigt ist. Heute Abend werde ich wohl nichts mehr erreichen können, würden Sie mir daher vielleicht doch die Freude machen und mir die Funktionsweise dieses …«

»Nix da! Theaterleute arbeiten nachts, nicht am frühen Morgen. Also machen Sie sich um Gottes willen auf die Socken und versuchen etwas herauszufinden. Ihr Interesse an der Technik in allen Ehren, aber meine Ururgroßmutter ist verdammt noch mal wichtiger, ich glaube, das habe ich schon erwähnt, oder?«

»Natürlich, gnädige Frau, verzeihen Sie mir, Sie haben recht. Ich werde umgehend sehen, was ich tun kann.«

»Guter Plan, aber falscher Ansatz! Sie sollen nicht *sehen*, was Sie tun können, Sie sollen etwas *tun*. Sie müssen mit aller Entschlossenheit, zu der Sie fähig sind, auftreten und die Leute ausfragen. Gehen Sie ihnen auf die Nerven, fragen Sie lieber einmal zu viel als einmal zu wenig nach. Vornehme Zurückhaltung und diplomatisches Taktieren sind eindeutig der falsche Weg. Okay, und bevor Sie jetzt gehen, verraten Sie mir, wie es Ihnen gelingt, aus Ihrer Zeit hierherzukommen. Ich dachte eigentlich, das geht nur aus Grannys Sessel.«

»Das stimmt wohl auch. Ich habe die Deppes gebeten, mich in Luises Zimmer aufhalten zu dürfen, um mich ihr nahezufühlen, und sie haben mir das sehr gern gewährt.«

»Ach so, dann ist das wohl tatsächlich die Erklärung dafür, dass Granny nicht kommen kann, von da, wo sie jetzt ist. Ich habe mich nämlich gefragt, warum sie nicht auftaucht, um uns zu verraten, wo sie festgehalten wird. Wäre doch genial, klappt aber leider nicht. So, jetzt schnell auf zum Theater und alle fragen, die Ihnen über den Weg laufen.«

Etwa zwei Stunden später, ich bin gerade im ersten Tiefschlaf, ist er wieder da. Karsten weckt mich auf, um mir seine Anwesenheit mitzuteilen.

»Grannys Verlobter ist in unserem Schlafzimmer, er hat offenbar Neuigkeiten. Bist du aufnahmefähig?«

Ich schüttele den Schlaf ab, ziehe die Bettdecke bis ans Kinn und nicke.

HEINRICH

»Ich habe etwas herausgefunden. Reichelt hatte offenbar Umgang mit einer jungen Dame, einer Soubrette. Ihr hat er des Öfteren Blumen zukommen lassen und sie wohl auch zum Essen ausgeführt. Leider konnte ich mit der betroffenen Person nicht reden, weil sie nicht anwesend war. Schon längere Zeit nicht mehr anwesend war, worüber alle sehr verärgert waren. Die Frau heißt Frieda Reimann, ist 22 Jahre alt und seit etwas über drei Jahren am hiesigen Theater beschäftigt.«

»Moment, wie heißt die Frau?«

»Frieda Reimann, hat man mir gesagt.«

»Kommt mir bekannt vor, der Name, den habe ich schon einmal gehört, leider habe ich keine Ahnung, wann und wo. Ich kenne relativ wenige Leute, die 1898 leben, daher ist das komisch, aber trotzdem klingelt was bei diesem Namen.«

»Na, vielleicht fällt es dir wieder ein, ich würde gern weiterschlafen, wenn es sonst nichts zu berichten gibt.«

»Ein Letztes noch. Ich habe die Adresse dieser jungen Frau beziehungsweise die von ihren Eltern und habe beschlossen, morgen dort vorstellig zu werden. Sie selber teilt sich ein Zimmer mit einer der anderen jungen Damen vom Theater. Das wird mich eine Weile in Anspruch nehmen, auch wenn die Eisenbahn dort hinfährt und ich nicht mit der Kutsche fahren muss. Ich weiß daher nicht zu sagen, wann ich erneut berichten kann.«

»Kein Ding«, Karsten renkt sich beim Gähnen fast den Kiefer aus, Heinrich verschwindet, und ich schlafe wieder ein.

»Kind! Du musst mich hören, du musst einfach. Saaaabrina!«

GRANNY

»Warum kommt nur keiner, uns aus dieser schrecklichen Situation zu befreien? Ich flehe unentwegt zu Gott und all seinen Heiligen, aber er erhört mich nicht und auch du, Sabrina, schweigst. Hörst du mich nicht? Ist alles vergebens, und wir sind verloren? Nein, noch will ich die Hoffnung nicht aufgeben, mein Vertrauen in meinen Gott ist groß, er wird mir nicht mehr aufbürden, als ich tragen kann. Er wird mich erretten. Trotzdem merke ich, wie ich immer schwächer werde. Es ist nicht so sehr der Hunger, der mich plagt, als vielmehr die Angst, dass ich mich dir nicht mitteilen kann. Ich wäre ja vermutlich, trotz der Veilchenpastillen, schon verdurstet, hätte meine Mitgefangene nicht einen Blechnapf mit einer ekelhaften Flüssigkeit gefunden. Ich will gar nicht wissen, was es war, wir haben es getrunken, um am Leben zu bleiben, aber auch das ist nun alle. Aber, was beklage ich mich, wo es doch der jungen Frau um so vieles schlechter geht als mir. Ich glaube, sie ist seit langer Zeit ohne Bewusstsein. Sie reagiert nicht auf mein Rufen, und ich höre ihren Atem nicht mehr. Vielleicht ist sie nicht einmal mehr am Leben, so schrecklich dieser Gedanke auch für mich ist.

Schon vor einer ganzen Weile haben ihre flehentlichen Rufe nach ihrer Frau Mutter, ihrem Herrgott und diesem unsäglichen Reichelt aufgehört und sie ist vollkommen verstummt. Oh, mein Gott, was soll ich nur tun? Sabrina, mein liebes Kind, höre mich bitte.«

»Ich höre dich doch, was ist denn?« Granny! Diesmal bin ich mir hundertpro sicher, dass sie mit mir gesprochen, mich gefragt hat, was sie nur tun soll. Ich habe es gewusst, es sind nicht nur Träume, es war jedes Mal Granny, die versucht hat, mit mir in Kontakt zu kommen. Gelingt ihr leider nur brockenweise und hilft nicht wirklich weiter, außer dass ich sicherer bin, dass sie am Leben ist. Karsten schläft friedlich neben mir, und ich bin versucht, ihn zu wecken und ihm von meiner neuen Erkenntnis zu berichten, aber ich bringe es nicht übers Herz. Dafür stehe ich auf, mache Frühstück und versuche, weitere Erinnerungsfetzen aus meinem Unterbewusstsein hervorzuholen. Frieda Reimann! Wusste ich es doch, dass ich den Namen schon einmal gehört habe. Granny hat ihn mir mitgeteilt, aber was hat sie mit der Frau zu tun? Fragen über Fragen und viel zu wenig Antworten, dabei vergeht die Zeit rasend schnell, Granny ist seit einer Woche in der Hand eines skrupellosen Verbrechers. Wie lange kann ein Mensch ohne Wasser und Nahrung überleben? Vielleicht ist sie längst verhungert, verdurstet oder erfroren.

Als Karsten kurze Zeit später aus dem Bett kommt, reagiert er sehr erfreut auf den gedeckten Frühstückstisch und küsst mich liebevoll in den Nacken.

»Na, mein Herz, wie war die Nacht, keine schlechten Träume gehabt?«

Ich bin wirklich kurz davor, ihm zu erzählen, was ich vermute, schweige aber doch. Ich will keine Diskussion am frühen Morgen und will auch nicht, dass er mir meine Hoffnungen zerstört. Also nicke ich, lächele freundlich und trinke meinen Kaffee. Als die Kinder aus den Betten kommen, ist es mit der Ruhe und dem Frieden vorbei, Karsten fragt, ob sie Lust auf Hallenbad haben, und beide rennen unter lautem Geschrei los, ihre Badesachen zu holen. Sie lieben es, mit Karsten schwimmen zu gehen, ganz im Gegensatz zu mir, ich halte Hallenbäder für eine moderne Foltermethode. Ich verspreche meinen dreien ein leckeres Mittagessen und schiebe sie ohne jeden Abschiedsschmerz aus der Tür.

Um 13 Uhr sind sie pünktlich und blitzblank zurück, haben unglaublich viel zu erzählen und überbieten sich gegenseitig mit vollbrachten Heldentaten. Mitten auf dem Tisch prunkt mein toller blauer Adventskranz, an dem zwei Kerzen brennen, aber es gelingt tatsächlich allen, ihn zu übersehen. Wozu gibt man sich eigentlich so viel Mühe?

Die Kids sind nach dem Essen erstaunlicherweise bereit, uns eine Mittagspause zu gönnen und im Kinderzimmer CDs zu hören. Wunderbar, ich mache einen Kaffee für uns und schmeiße mich auf die Couch, auf der sich Karsten schon ausgestreckt hat. Er greift nach seiner Tasse, seufzt und sagt mit einem Blick zur fest geschlossenen Wohnzimmertür: »Rat mal, wer da ist?«

HEINRICH

»Ich habe sehr vielversprechende Neuigkeiten, die ich umgehend überbringen wollte. Wie vereinbart, habe ich die Eltern dieser jungen Frau aufgesucht, und was sie mir erzählt haben, bestätigt mich in meinem Verdacht, dass es sich bei der unbekannten Toten um die Tochter handeln könnte. Ich habe allerdings überhaupt keine Ahnung, wie sie in dieses abgebrannte Haus gelangt sein könnte und warum jemand sie umgebracht haben sollte, wenn sie denn wirklich eines gewaltsamen Todes gestorben ist. Die Eltern ahnten, dass ihre einzige Tochter einen falschen Umgang hatte. Sie trug plötzlich teure Kleidung, die sie sich selbst nicht hätte leisten können, und ihr Verhalten veränderte sich zusehends. Dahingehende Fragen hat sie allerdings stets ausweichend beantwortet und kam seltener nach Hause als üblich. Zu Gesicht bekommen haben sie den Mann nie, auch seinen Namen kannten sie nicht, was angesichts der Situation verständlich ist. Sie haben versucht, ihrer Tochter ins Gewissen zu reden, aber die hat sie nur ausgelacht und gemeint, sie wisse schon, was sie tue. Vor vier Tagen hatte die Mutter Geburtstag, und wie jedes Jahr ging man davon aus, dass die Tochter zumindest an diesem Tag anwesend sein würde. War sie aber nicht, sie hat überhaupt nichts von sich hören lassen, was die Eltern beunruhigend fanden. Zuerst haben sie angenommen, sie hätte den

Tag vielleicht vergessen oder eine Vorstellung gehabt, aber die Mutter war so voller Sorge, dass ihr Mann sich auf den Weg nach Detmold gemacht hat, um sich Gewissheit zu verschaffen. Wie auch ich, erfuhr er, dass die junge Frau schon längere Zeit nicht mehr gesehen wurde und niemand etwas über ihren Verbleib wusste. Nun war der gute Mann alarmiert, wandte sich an die Gendarmerie und meldete seine Tochter als abgängig. Ich habe die guten Leute erst einmal beruhigt und nichts über meinen Verdacht verlauten lassen. Sie werden früh genug davon erfahren, wenn sich alles bestätigen sollte. Nach meiner Rückkehr bin ich sofort zur Gendarmerie gegangen und habe nachgefragt, was aus der Vermisstenmeldung geworden ist. Der Beamte musste lange danach suchen, dann wurde er sehr nervös und gestand mir schließlich, dass man schlicht vergessen hatte, der Sache nachzugehen. Irgendwie nahm man die Angelegenheit nicht wirklich ernst, schließlich war Frieda volljährig, und es lag kein Verdacht auf ein Verbrechen vor. Dass in Heidenoldendorf eine unbekannte Tote gefunden wurde, davon hatte der gute Mann angeblich noch gar nichts gehört. Sie können mir glauben, ich habe ihm ordentlich die Leviten gelesen, aber mehr konnte ich nicht tun. Jetzt haben wir also eine vermisste junge Frau, die eindeutig Kontakt zu Reichelt hatte, und eine Tote. Ob es eine Verbindung gibt, wissen wir leider nicht. Immerhin haben mir die Eltern den Namen einer Freundin ihrer Tochter geben können, und ich hege die Hoffnung, dass diese mehr weiß. Leider hat sie heute eine

Vorstellung, da sie ebenfalls am Landestheater beschäftigt ist, sodass ich sie erst später oder gar erst morgen befragen kann.«

»Dass die Eltern nicht so wirklich Bescheid wissen über das Treiben ihrer Tochter, kann ich verstehen, denn die wären wohl kaum begeistert darüber gewesen. Nein, wenn sie überhaupt jemandem etwas erzählt hat, dann dieser Freundin. Die weiß bestimmt was, davon bin ich überzeugt. Sie müssen sie unbedingt noch heute in die Finger kriegen. Und lassen Sie sich unter keinen Umständen abwimmeln. Bieten Sie all Ihren Charme und Ihre ganze Überzeugungskraft auf. Versichern Sie ihr, dass sie ihre Freundin nicht etwa verrät, sondern ihr hilft. Sagen Sie aber nichts von Ihrem Verdacht, das verschreckt sie vielleicht, und sie sagt nichts mehr. Sprechen Sie von Ihrer Sorge und Ihrer Vermutung, dass Reichelt böse Absichten hegt, die Freundin sich in großer Gefahr befindet und nur sie helfen kann, so in etwa. Kriegen Sie das hin?«

Ich bin plötzlich sehr aufgeregt und habe das sichere Gefühl, dass sich da eine Spur auftut, die zu Granny führt, keine Ahnung, warum.

»Ich weiß es nicht, aber ich kann Ihnen versichern, ich werde mein Möglichstes tun.«

»Das reicht nicht, zum Kuckuck! Ihr Möglichstes ist nicht genug, und für Granny wird die Zeit immer knapper. Sie müssen es schaffen, setzen Sie alles dran, bitte! Flehen Sie, zeigen Sic Emotionen, notfalls weihen Sie sie ein. Sagen Sie ihr, dass Ihre Verlobte von Reichelt entführt wurde, dann wird sie Ihre Verzweiflung verstehen und eher bereit sein, Ihnen zu helfen. Haben Sie verstanden, was ich meine?« Es ist furchtbar, wenn man die Mimik des Menschen, mit dem man redet, nicht sehen kann.

»Ja, ich denke schon, aber …«

»Kein Aber! Sie schaffen das, Sie müssen, denn eine andere Chance haben wir schließlich nicht!«

Diesmal verkneift sich Heinrich die Frage, ob er noch dieses oder jenes erklärt bekommt, er ahnt wohl, dass ich davon nicht begeistert wäre, und macht sich schnell davon.

Ich laufe im Wohnzimmer auf und ab und weiß vor lauter Unruhe überhaupt nicht, wohin mit mir. Karsten zieht mich zu sich auf das Sofa und nimmt mich in den Arm.

»Komm, beruhige dich ein bisschen, wir können momentan nicht mehr tun als warten. Klar, Geduld ist nicht deine hervorstechendste Eigenschaft, aber dadurch, dass du Rillen in das Parkett läufst, finden wir deine Ururgroßmutter auch nicht schneller.«

»Ich weiß, aber irgendwas muss ich doch tun können. Heute ist Sonntag, wir hätten längst nach Detmold fahren sollen, warum haben wir das bloß nicht getan?«

»Ich glaube nicht, dass uns das weitergeholfen hätte. Was willst du in dem Archiv Wichtiges finden, was nicht in der Zeitung gestanden hätte?«

»Das weiß ich auch nicht, und vielleicht hast du recht, es wäre vermutlich reiner Aktionismus gewesen. Außer Spesen nichts gewesen oder so, aber trotzdem, ich hätte jedenfalls das Gefühl gehabt, etwas zu tun. So sitze ich nur rum, während Granny vielleicht tot ist. Scheiße, Scheiße, Scheiße …«

Ich breche plötzlich in Tränen aus und bin darüber selber verwundert. Ich bin eigentlich nicht so nah am Wasser gebaut, aber mir tut das Weinen gut. Ich lehne meinen Kopf an Karstens Schulter und schluchze heftig. Er streichelt über meinen Kopf und murmelt: »Schscht, nicht weinen, es ist ja alles gut.«

Das bringt mich auf die Palme, und ich schieße in die Höhe: »Nichts ist gut! Granny ist entführt worden. *Meine* Ururgroßmutter, wie kannst du da sagen, es ist alles gut? Du verstehst wirklich gar nichts.«

Karsten guckt mich an und hat riesige Fragezeichen in den Augen.

»Was ist denn jetzt los? Was machst du mich so an, ich wollte dich nur trösten, mehr nicht. Soll ich mich aufmachen, eine Frau zu suchen, die im 19. Jahrhundert gelebt hat, soll ich zur Polizei gehen und eine Vermisstenmeldung aufgeben, oder was erwartest du von mir? Ich höre dir zu, finde mich mit diesem Heinrich in meinem Schlafzimmer ab, gebe ein Heidengeld für einen DNA-Abgleich aus, wecke dich jede Nacht aus deinen Alpträumen, und ich verstehe gar nichts? Ja, was willst du von mir? Was?«

»Gar nichts«, sage ich kleinlaut, »entschuldige bitte, das war nicht so gemeint. Ich bin nur so verzweifelt, ich höre Granny jede Nacht nach mir rufen, ich weiß, dass sie in großer Gefahr schwebt, und kann ihr doch nicht helfen. Du kennst sie ja nicht, aber ich, und ich fühle mich so schrecklich hilflos.«

»Verstehe ich ja, ist aber trotzdem kein Grund, auf mich loszugehen. Darum gehe ich jetzt in die Praxis und mache meine Buchführung. Bis später.«

Jetzt ist er sauer, das hat mir gerade noch gefehlt, warum muss er jedes Wort auf die Goldwaage legen. Du meine Güte, er muss doch sehen, in welcher Verfassung ich bin, oder etwa nicht?

Mir fällt ein Spruch meiner Mutter ein, die sagt immer:

»Männer sind sensible Pflänzchen, mit denen muss man ganz vorsichtig umgehen.« Na ja, daran hält sie selber sich keineswegs immer, aber vielleicht bin ich doch ein bisschen über das Ziel hinausgeschossen. Ich gehe in die Küche und räume auf, weil ich etwas tun muss, wenn ich nicht durchdrehen will. Er bleibt sehr lange weg, und als er endlich kommt, sagt er nur kurz, er gehe schlafen, und ist verschwunden. So geht es ja nun auch nicht, fest entschlossen, mich bei meinem Herzallerliebsten zu entschuldigen, betrete ich das Schlafzimmer, aber er schläft bereits tief und fest. Dieses sensible Pflänzchen scheint zumindest so schnell nichts um seinen Schlaf zu bringen. Ich überlege, was ich tun soll, kann mich aber zu nichts mehr aufraffen, gehe Zähne putzen, ziehe mich aus und lege mich ebenfalls ins Bett. Da wälze ich mich von einer Seite auf die andere und finde keine Lage, in der ich bequem liegen könnte. Dazu plagt mich die ganze Zeit ein Gedanke, den ich nicht zu packen kriege. Ich weiß, dass da etwas ist, aber ich habe keine Ahnung, was. Ich versuche, ganz intensiv an meinen Traum von letzter Nacht zu denken und an den Namen Frieda Reimann. Frieda Reimann … Frieda Reimann … mir ist so kalt, ich habe Durst, Kind, hilf mir, bitte!

GRANNY

Vor wenigen Minuten war dieser böse Mensch hier und hatte eine Kutscherlampe bei sich. Dadurch konnte ich erkennen, dass ich mich tatsächlich in einem Keller befinde und auf einem Stuhl festgebunden bin. Ich erkannte Ziegelsteine an den Wänden und einen Berg Kohle, eine niedrige Decke, kein Fenster, nur die Tür, durch die er gerade eingetreten war. Nur wenig von mir entfernt lag eine Frau auf dem Lehmboden und bewegte sich nicht. Reichelt vergewisserte sich, dass meine Fesseln nicht gelöst waren, dann stellte er die Lampe neben der Unglücklichen ab und kniete sich an ihre Seite. Er drehte sie auf den Rücken, legte sein Ohr an ihren Mund und lauschte offensichtlich auf ihren Atem. Dann wurde er sehr unruhig, rief ihren Namen, rüttelte sie, hob schließlich ihren Oberkörper an und schloss sie in die Arme. Er brabbelte unverständliche Worte, schluchzte zwischendurch und war ganz offensichtlich nicht mehr Herr seiner Sinne. Ich verstand nicht alles, nur einzelne Worte: ›Wollte ich nicht‹, ›verzeihen‹, ›aufwachen‹ und immer wieder ›Frieda‹.

Ich hatte längst begriffen, dass die junge Frau tot war, vermutlich eine Folge des Schlags auf den Kopf, den Reichelt ihr versetzt hatte, aber ihm schien das noch nicht klar zu sein. Nach einer gefühlten Ewigkeit bettete er ihren Kopf auf den Boden, erhob sich mühsam und wandte sich mir zu, ohne mich wirklich anzusehen.

»Warum ist sie tot? Sie war doch noch so jung, wer hat das getan? Wer hat mir meine Frieda genommen? Wissen Sie das, sagen Sie es mir?«

»Nein, ich weiß es nicht, aber Sie sollten sich erst einmal beruhigen, bitte.«

»Mich beruhigen? Meine Frieda liegt hier tot, und ich soll mich beruhigen? Wer sind Sie überhaupt? Ich kenne Sie nicht.«

»Mein Name ist Luise Klewe, und Sie haben mich hierhergebracht. Erinnern Sie sich nicht? Sie haben mich vor dem Schlosspark abgefangen und betäubt. Ich habe entsetzlichen Durst, und mir ist sehr kalt. Bitte, binden Sie mich los, dann können wir nach Hause gehen.«

»Luise Kle... Oh ja, jetzt weiß ich es wieder, Sie sind die Verlobte von Heinrich von Raden. Dieser Mann ist gefährlich, sehr gefährlich, Sie sollten sich von ihm fernhalten. Er will mich fangen, mich einsperren, aber das wird ihm nicht gelingen.«

»Nein, Heinrich ist nicht gefährlich, er ist mein Verlobter, und wir wollen in wenigen Wochen heiraten.

Warum binden Sie mich nicht los? Dann können wir Heinrich aufsuchen und Sie sprechen mit ihm über Ihr Anliegen.«

»Dieser andere Mann hat versucht, mich zu fangen, ist ihm aber nicht gelungen. Er hat lieber den Cognac getrunken, ha-ha-ha, den Cognac getrunken. Jawohl!«

Reichelt führte sich auf wie ein Wahnsinniger, er stampfte mit den Füßen im Kreis herum und lachte irre.

»Was reden Sie denn? Welcher andere Mann? Hören Sie doch bitte auf zu lachen, Sie machen mir Angst.«

Mein Mund war so trocken, dass ich kaum noch sprechen konnte und meine Stimme immer leiser wurde.

»Wie hieß er noch, der Kanzleiminister von Fürst Woldemar? Konnte mich nie leiden, vom ersten Augenblick an nicht. Ich ihn auch nicht, ich wollte ja, habe es auch vorgeschlagen, aber nein, auf mich muss man ja nicht hören. Er, wie hieß er denn nur, wurde genommen. Dabei kannte ihn keiner, kam überhaupt nicht aus Detmold, ein Fremder, der keine Ahnung hatte, wie wichtig das alles für mich war. Wichtig für meine Frieda, sie war doch noch so jung, hatte nur mich. Ja, ja, dann hat er den Cognac getrunken und plötzlich war er tot. Mausetot, ha-ha-ha.«

Mir lief es eiskalt den Rücken hinab, ich hatte längst begriffen, dass Reichelt den Verstand verloren hatte und von Otto sprach. Wir hatten es immer vermutet, dass Reichelt ihm einen vergifteten Cognac servieren ließ, damals, in dieser schrecklichen Nacht, als Fürst

Woldemar auf den Tod darniederlag, nur nachweisen konnten wir es ihm nicht. Jetzt hörte ich aus seinem eigenen Mund von dieser heimtückischen Tat und konnte ihn nicht dafür zur Rechenschaft ziehen. Im Gegenteil, ich musste um mein eigenes Leben fürchten, denn diesem Menschen war in seinem Zustand alles zuzutrauen. Vielleicht hätte ich den Mund halten sollen, aber sein Geständnis hatte mich sehr erregt, und in mir stieg die alte Trauer um meinen geliebten Otto auf.

»Sie Mörder, ein gemeiner Mörder sind Sie, und Ihre Frieda haben Sie auch ermordet. Meinen Otto und Ihre Frieda, beide sind durch Ihre Hand gestorben. ›Mein ist die Rache‹, spricht der Herr und wird Sie richten, darauf vertraue ich fest, selbst, wenn Sie mir mein Leben auch noch nehmen.«

»Otto, ja, ja, so hieß er, der feine Mann, der mich nie in seinem Kontor haben wollte. Otto von Wolffgramm! Kannten Sie ihn? Aber nein, Sie sind ja …, Sie sind …, kennen diesen von Raden, der kann mich auch nicht leiden, will mich fangen, ha-ha-ha.«

Er hörte mich offenbar nicht, sein Verstand war vernebelt, er wusste nicht mehr zu unterscheiden zwischen der Realität und seiner kranken Fantasie.

»Niemand will Sie fangen, das bilden Sie sich nur ein. Binden Sie mich los, und wir gehen gemeinsam nach Hause. Ich verspreche Ihnen, niemandem zu erzählen, was geschehen ist. Hören Sie? Das ist doch das Beste, glauben Sie mir.«

Hätte ich es vermocht, ich hätte die Finger meiner gefesselten Hände ob meiner Lüge gekreuzt, aber ich vertraute darauf, dass Gott mir in meiner Not vergeben würde.

Reichelt war stehen geblieben, starrte einen Augenblick auf Frieda herab, nahm dann die Laterne, hob sie hoch über seinen Kopf und leuchtete im Raum umher. Dann wandte er sich mir zu, als sähe er mich zum ersten Mal.

»Aha, wen haben wir denn da? Das Fräulein Klewe, wie schön, wie kommen Sie hierher? Oh, wie unhöflich von mir, ich habe mich noch gar nicht vorgestellt, ich bin Oberregierungsrat Reichelt, und das dort«, er drehte sich in einer großen Geste zu der Toten am Boden, »ist Frieda. Oh, meine Frieda, eine Stimme wie ein Engel, wenn Sie sie singen hören könnten. Wunderbar, sage ich Ihnen, einfach wunderbar. Frieda, würdest du für das Fräulein und mich etwas singen?«

Dann ließ er die Schultern sinken, die Laterne hing an seiner Seite herab.

»Nein, meine Frieda singt nicht mehr, nie mehr, Sie haben sie umgebracht, Sie sind an allem schuld.«

Seine Stimme war immer höher und wütender geworden, er ließ die Laterne fallen und schlug mir mit aller Kraft ins Gesicht. Ich fiel mitsamt dem Stuhl, an den ich gebunden war, zu Boden. Ich hatte noch nicht ganz begriffen, was geschehen war, da riss er mich in die Höhe, packte meinen Hals und drückte mir die Luft ab. Ich sah rote Blitze vor meinen Augen und bekam eine solche Angst, wie ich sie in meinem ganzen Leben noch nicht gefühlt hatte. Ich trat um mich und erwischte ihn irgendwo, vielleicht am Knie, vielleicht auch an seinem Gemächt, ich vermag es nicht zu sagen. Immerhin heulte er laut auf, ließ meinen Hals los, und ich bekam wieder Luft. Meine getroffene Wange brannte wie Feuer und ein Ellenbogen schmerzte mich heftig. Vermutlich war ich bei meinem Sturz auf ihn gefallen.

Es ist mir schrecklich peinlich, aber da ich schon so lange Zeit hier unten verbringen musste, hatte ich keine Möglichkeit, meine Notduft anders zu verrichten als eben dort, wo ich mich befand. Auch jetzt spürte ich, wie sich meine Blase vor Angst entleerte. Wie unglaublich demütigend das ist, ich glaube, fast schlimmer als der Tod.

Reichelt hörte plötzlich auf zu heulen, und ich machte mich bereit, vor meinen Schöpfer zu treten, aber nichts geschah. Er schaute mich an und sagte dann in einem völlig normalen Ton: »Ich werde Ihnen Wasser bringen und auch etwas zu essen, denn umbringen will ich Sie nicht, jedenfalls noch nicht.«

Damit packte er die Lampe und ging durch die Tür, die er hinter sich offen ließ. Ich versuchte, durch Ruckeln und Drehen mit dem Körper vorwärts zu kommen, aber es gelang mir nicht. Es dauerte auch nicht lange, da erschien Reichelt wieder. In der Hand einen blechernen, verrosteten Topf mit Wasser. Er hielt ihn mir an die Lippen, und ich war so entsetzlich durstig, dass ich mir keinerlei Gedanken darüber machte, ob er vielleicht Gift hineingetan hatte. Es war mir gleichgültig, dass das Wasser lauwarm und abgestanden war, für mich war es wie Nektar. Als der Topf leer war, stellte er den Napf weg und hielt mir ein Stück altes, sehr altes Brot hin, von dem ich Stücke abbeißen sollte. Das war nicht einfach, der Kanten war trocken, und ich hatte nichts als ein bisschen Spucke, um zu schlucken. Mehrere Male verschluckte ich mich und hustete, aber ich musste essen, wenn ich nicht verhungern wollte.

Als ich den letzten Bissen im Mund hatte, holte Reichelt einen Strick aus der Tasche und band damit meine Füße zusammen.

»Bah, du stinkst wie ein Schwein, feines Fräulein«, sagte er, und damit hatte er sicher recht, aber das Schwein war trotzdem er, nicht ich.

Als er ein altes Tuch hervorzog, wollte ich ihn bitten, mich nicht wieder zu knebeln, aber das hätte ich nicht tun sollen, denn ich kam nicht dazu, ein Wort zu sagen, schon steckte das Teil in meinem Mund.

»Ich komme wieder, dann unterhalten wir uns«, sagte Reichelt, zog die tote Frau in eine sitzende Haltung, legte sie über seine Schulter und verließ mit ihr den Raum. Diesmal verschloss er die Tür, und ich hörte, wie sich der Schlüssel im Schloss drehte.

Nun bin ich wieder allein und kann mich mit dem beschäftigen, was ich erfahren habe.

Ach, mein Kind, wenn ich doch nur wüsste, ob du mich hören kannst. Du musst ganz ruhig sein und in dich hineinhorchen. Ganz ruhig …«

»Ganz ruhig, hör auf, um dich zu schlagen, ich bin's, Karsten, du träumst mal wieder.«

Ich öffne die Augen nicht, auch wenn ich wach bin. Ich sehe einen Keller vor mir, einen dunklen Keller, der aber in ein merkwürdig grünes Licht getaucht scheint. Ein Mann redet auf eine Frau ein, die auf einem Stuhl sitzt. Den Mann kenne ich nicht, verstehe ihn auch nicht, aber die Frau ist Granny.

»Sie lebt! Sie sitzt auf einem Stuhl in einem Keller. Ein Mann ist bei ihr und spricht mit ihr. Ich weiß, du bist ein sensibles Pflänzchen, und ich werde das in Zukunft berücksichtigen, aber sag bitte nichts Falsches.«

»Du bist vielleicht ein merkwürdiges Wesen«, lacht Karsten und drückt mir einen Kuss auf die Wange.

Ich öffne die Augen und schaue ihn an, und mir wird ganz warm und heimelig zumute. Ich kuschele mich in seine Arme und berichte, was ich gesehen habe. Ganz sicher gesehen habe. Er hört mir tatsächlich zu, ohne mich zu unterbrechen, oh Wunder.

»Okay, bist du sicher, dass dein Traum die Realität gezeigt hat? Das hieße ja, deiner Granny wäre es gelungen, auf telepathischem Wege mit dir Kontakt aufzunehmen. Ähm, über 117 Jahre hinweg. Nicht schlecht, Frau Specht. Also, gehen wir davon aus, du hast gesehen, wo sie im Moment ist und was sie macht. Wie kann uns das weiterhelfen? Wir wissen zumindest, dass sie lebt und der Entführer sich um sie zu kümmern scheint.«

»Ob es der Entführer war, kann ich nicht sagen, aber es war auf alle Fälle ein Mann, den ich aber nur von hinten gesehen habe.«

»Wer sollte es denn sonst sein? Ihr Schneider?«

»Spinner, natürlich nicht. Nein, ich nehme auch an,

dass es der Reichelt war, der irgendwas von ihr wollte. Leider habe ich nicht verstanden, was.«

»Na gut, dann müssen wir beziehungsweise Heinrich Detmold und alle umliegenden Ortschaften nach einem Haus mit Keller absuchen, in dem zurzeit niemand wohnt. Dürfte etwas mehr Zeit in Anspruch nehmen, als wir haben.«

»Mhm, ich glaube nicht, dass dieses Haus außerhalb liegt. Und weißt du, warum?«

»Weiß ich nicht, aber du wirst es mir sicherlich gleich verraten.«

»Jawohl, lausche und lerne! Diese Frieda ist doch dem Reichelt gefolgt, was sie sicherlich nicht mit dem Taxi gemacht hat. Sie muss also zu Fuß gelaufen sein, und darum muss dieses Haus in der Nähe liegen, capice?«

»Kein Wort. Wieso ist die dem Reichelt gefolgt, woher willst du das wissen?«

Mein Herz beginnt zu rasen und ich atme schnell und heftig.

»Das ist eine gute Frage, ich kann das eigentlich überhaupt nicht wissen, aber ich weiß es doch. Und ich weiß noch etwas, sie liegt am Boden, vermutlich ist sie also tot. Ich habe nicht nur den Mann und Granny gesehen, sondern auch diese Person am Boden. Es war Frieda, ganz sicher.«

»Du lieber Himmel, dann scheint es Granny gelungen zu sein, zu dir durchzudringen. Wir können zwar nicht hundertprozentig sicher sein, aber so als Arbeitshypothese passt es ganz gut.«

Ich nicke versonnen und versuche, mich an weitere Einzelheiten zu erinnern, aber es kommt nichts mehr. Da ich nicht schon wieder krank sein kann, muss ich wohl oder übel die Beine aus dem Bett schwingen und den Tag starten.

Montagmorgen im Dezember, es fallen ein paar Flocken vom Himmel, aber die Heidelberger Autofahrer führen sich auf, als tobe ein Blizzard. Ich krieche im Schneckentempo, und als ich endlich meine Redaktion erreiche, bin ich so fertig, dass ich am liebsten gleich nach Hause gehen würde. Das wird auch nicht wirklich besser, als mein Chef auftaucht und sich mit süffisantem Grinsen erkundigt, ob ich ein schönes langes Wochenende gehabt hätte. Würde der auch fragen, wenn man dem Tod gerade noch von der Schippe gesprungen wäre. Einmal Blödmann, immer Blödmann. Aus reiner Boshaftigkeit schickt er mich zu einer Promihochzeit, die sich durch viel Prunk und noch mehr schlechten Geschmack hervortut. Die Braut hat sich offensichtlich in ein Korsett gezwängt, um in das sehr eng geschnittene weiße Kleid zu passen. Keine gute Idee, denn der Speck rächt sich, indem er unter den Armen hervorquillt. Warum tun sich Menschen das nur an? Ein paar Kilo zu viel sind doch kein Problem, oder? Der Brautvater begrüßt mich kaum, fragt sofort, warum mein Chef nicht selber gekommen ist. Ich bin versucht, ihm darauf eine ehrliche Antwort zu geben, lasse es aber sein und versichere ihm, einen schönen Artikel über diese wundervolle Hochzeit zu schreiben. Scheint er mir abzunehmen, er bietet mir ein Glas Champagner an und beginnt mit mir zu flirten. Schlimmer geht eben immer. Auch dieser Tag geht um, und Lasse überfällt mich an der Kitatür mit der dringenden Bitte, bei seinem Freund Torben übernachten zu dürfen. »Biiiiiiiitte, Mama, biiiitte, sag ja. Alle dürfen woanders übernachten, ich will auch.« Mein Einwand, dass auch Torbens Mutter es erlauben muss, wird großzügig überhört, und er spurtet los, seinem Freund die frohe Botschaft zu überbringen. Zwei glückliche Zwerge kommen kurze Zeit später Arm in Arm zurück auf den Flur und sehen derart begeistert aus, dass ich nicht weiß, wie ich aus der Nummer rauskommen soll, ohne dass es eine Katastrophe gibt. In diesem Moment kommt Torbens Mama rein, auch eine berufstätige Mutter gleich dreier Kinder. Auch sie wird sofort bombardiert und versteht, da beide gleichzeitig reden, vermutlich kein Wort. Sie wirft mir einen hilfesuchenden Blick zu, aber ich zucke nur die Schultern und schüttele mit dem Kopf.

Als sie endlich herausgefunden hat, worum es geht, sagt sie: »Ja, von mir aus, aber nicht heute, am Freitag, dann könnt ihr Samstagmorgen ausschlafen.«

Muss die falsche Antwort gewesen sein, denn die zwei Knaben heulen los, dass sie jede Feuerwehrsirene übertönen würden.

»Du bist ja so gemein«, klagt Torben, »nie erlaubst du mir was, nieee.« Und Lasse lässt sich auch nicht lumpen und stößt theatralisch hervor: »Das ist doch mein Leben, da kann ich selber drüber bestimmen, nicht immer du!«

Wir geplagten Mütter schauen uns an und brechen beide in schallendes Gelächter aus. Pädagogisch sicherlich nicht korrekt, aber befreiend.

Wir sagen noch einmal: »Freitag, nicht heute«, dann packt jede ihren widerspenstigen Nachwuchs und verfrachtet ihn ins Auto. Waren wir früher auch so? Meine Mutter würde vermutlich energisch mit dem Kopf nicken, aber ich glaube das einfach nicht.

Gegen 21 Uhr taucht Heinrich auf, dem ich sofort von meinen geträumten Erlebnissen berichte. Die Frage nach einem Haus mit Keller beschäftigt ihn eine ganze Weile, aber dann hat er einige geeignete Objekte gefunden.

HEINRICH

»Wenn ich mir das recht überlege, kann es sich eigentlich nur um zwei, höchstens drei Häuser handeln. Zwei liegen am Ortsrand, etwas abseits, und stehen allein, das dritte liegt in einer Straße, in der allerlei lichtscheues Gesindel wohnt. Ich nehme nicht an, dass Reichelt seinen Wagen dabeihatte, denn das hätte jemand bemerken können. Oder, Moment, zumindest, wenn er meine Verlobte tatsächlich in eines dieser Häuser gebracht hat, kann er nicht zu Fuß gegangen sein. Ich werde mich umgehend darum kümmern. Vielleicht finden wir Luise doch schneller, als wir erhoffen konnten. Ich habe diese Freundin aufgesucht, ihr Name ist übrigens Charlotte Meyer, und es genau so gemacht, wie Sie, gnädige Frau, es empfohlen hatten. Ich habe gebeten und gefleht, an ihre Vernunft appelliert und aufgezeigt, in welch großer Gefahr sich Frieda möglicherweise befinden könnte. Nachdem sie anfänglich sehr abweisend war, wurde sie langsam zugänglicher und bat mich schließlich sogar, mit zu ihrem gemeinsamen Zimmer zu kommen. Das war recht leichtsinnig von der jungen Frau und ließ wohl auf eine eher lockere Moral schließen. Die Kammer war klein, hatte gerade Platz für zwei Betten, einen wackeligen Tisch, zwei Stühle und einen kleinen Schrank. Es war sehr unordentlich, überall, selbst auf dem Boden, lagen Kleidungsstücke, und gelüftet wurde wohl schon länger nicht mehr.

Wie sie mir erzählte, wohnte sie bereits seit über zwei Jahren mit Frieda zusammen, hauptsächlich, um die Miete gering zu halten. Das Theater war finanziell in großen Schwierigkeiten und konnte häufig die Gagen für die Schauspieler nicht aufbringen. Wie ich nach und nach erfuhr, hatte Reichelt lange um die Gunst von Frieda gebuhlt, ihr immer wieder Blumen übergeben lassen, bis sie sich schließlich einverstanden erklärt hatte, mit ihm zu speisen. Von diesem Abend an versprach sich das Fräulein Reimann mehr von dem Mann als nur Blumen. Sie wusste, dass er verheiratet war, aber auf eine Ehe war sie auch nicht aus. Sie wollte erreichen, dass unser Regent seine Subventionen für das Theater erhöhen würde, und dazu brauchte sie Reichelt. Ich vermute ganz stark, dass dieser ihr dahingehende Versprechungen gemacht hat, auch wenn er in Wahrheit keinerlei Einfluss auf den Fürsten und seine Beschlüsse ausüben konnte. Nun hatte es in der letzten Zeit des Öfteren Streit gegeben, vielleicht weil Reichelt sein Wort nicht halten konnte, vielleicht spielte die Reimann aber auch mit dem Gedanken, sich einen einflussreicheren Galan zu suchen. Auf alle Fälle hat man sich sehr viel seltener getroffen als die Jahre zuvor.

Warum genau das so war, wusste das Fräulein aber nicht zu sagen. Ebenso wenig wusste sie etwas von einer Verabredung oder gar einer gemeinsamen Reise. Sie konnte es sich nicht erklären, wohin ihre Mitbewohnerin so spurlos verschwunden sein könnte, machte sich aber weiter keine Sorgen.

Ich habe sie zur Verschwiegenheit verpflichtet, damit unter den Theaterleuten keine Unruhe aufkommt, sie aber gebeten, mich umgehend zu informieren, sollte Fräulein Reimann oder gar Reichelt selbst am Theater auftauchen. Das hat sie mir fest und glaubwürdig versprochen.«

»Na ja, sie ist Schauspielerin, ob dieses Versprechen echt war, sei mal dahingestellt. Wie auch immer, viel weiter sind wir damit nicht. Ich würde alle Kraft darauf verwenden, das Haus mit dem Keller zu finden. In einem davon sitzt Granny, sehr verzweifelt und voller Angst. Außerdem, und das habe ich vorhin noch nicht erwähnt, bin ich sicher, dass Frieda Reimann tot ist. Ich habe in diesem Keller eine Frau am Boden liegen sehen, die meiner Meinung nach nicht mehr am Leben war. Reichelt hat sie auf den Kopf geschlagen, so fest, dass der Knochen verletzt wurde und sie an den Folgen gestorben ist. Sie hat über Kopfweh geklagt … Oh Gott, woher weiß ich das denn? So muss sich ein Mensch mit Amnesie fühlen, ständig fallen mir vergessene Brocken ein. Furchtbar.

Doch, sie hat über heftiges Kopfweh geklagt, und so würde ich mich niemals ausdrücken. Ich würde immer sagen, sie hatte starke Kopfschmerzen. Wie auch immer, das Ergebnis ist wohl das gleiche, sie hatte vermutlich ein Schädelhirntrauma und ist daran gestorben.«

»Oh Gott, welch ein furchtbarer Gedanke. Wenn dieser Mensch nicht einmal vor dem Mord an einer Frau, noch dazu an seiner Geliebten, zurückschreckt, dann hat er alle Hemmungen verloren, und Luise wird sein nächstes Opfer sein. Das müssen wir um jeden Preis verhindern.«

»Klar müssen wir das verhindern, aber da wir von hier aus nur wenig tun können, müssen Sie den Hauptteil dieser Arbeit leisten. Finden Sie das Haus, nehmen Sie Ihre beiden Freunde mit, dann geht es schneller. Zögern Sie nicht, Türen und Fenster einzuschlagen, sollte Ihnen niemand öffnen.«

»Das versteht sich von selbst, gnädige Frau, ich werde nicht eine Sekunde lang zögern, zu tun, was nötig ist.«

»Gut, dann los!«

Ich überlege trotzdem, ob es uns nicht doch weiterhelfen könnte, nach Detmold ins Archiv zu fahren. Als ich Karsten darauf anspreche, schüttelt er mit dem Kopf und sagt:

»Wonach sollen wir denn suchen, sag mir das?«

»Keine Ahnung, aber manchmal kommen einem doch auch das Glück oder der Zufall zur Hilfe.«

»Sicher, wir fahren hin und sagen, dass wir gern alles einsehen würden, was 1898 in Detmold oder den umliegenden Ortschaften passiert ist, oder wie hast du dir das vorgestellt?«

»Ich habe mir gar nichts vorgestellt, ich will etwas tun und nicht hier rumsitzen und warten, ob Heinrich etwas herausfindet.«

»Verstehe ich ja, aber warte doch einmal ab. Vielleicht bringen deine Träume etwas zum Vorschein, und dann können wir immer noch handeln.«

»Gut, vielleicht hast du recht. Lass uns ins Bett gehen, mehr können wir nicht tun.«

Ich kann nicht schlafen und male mir aus, wie Granny in diesem dunklen Loch sitzt und vor lauter Angst fast verzweifelt. Als dann mein Traum beginnt, weiß ich selbst im Schlaf, dass ich aufmerksam sein und auf jedes Detail achten muss.

GRANNY

»Kind, hörst du mich? Ich weiß, dass ich Kontakt zu dir habe, ich weiß nur nicht, was ich mitteilen konnte und was nicht. Aber der Gedanke, dass du weißt, wo ich bin und wie es mir geht, tröstet mich sehr und lässt mich auf Rettung hoffen. Du musst dich auf mich konzentrieren, alle anderen Gedanken beiseitelassen.

Reichelt war nicht noch einmal hier, nachdem er die Unglückliche fortgeschafft hat, und ich weiß auch nicht, ob er überhaupt noch einmal kommt. Sein Geist ist verwirrt, also wird er wohl kaum vernünftig handeln, sofern er das überhaupt je getan hat. Was ist an einer Entführung und einem Mord schon vernünftig? Otto wusste, dass dieser Mann einen sehr schlechten Charakter hat, warum nur hat er nicht mit seinem Fürsten darüber gesprochen? Vielleicht wäre dann alles, was später passiert ist, vermieden worden? Aber wie steht es geschrieben: ›Gottes Wege sind unergründlich, daher seid fröhlich in Hoffnung, geduldig in Trübsal, beharrlich im Gebet.‹ Danach will ich mich auch in dieser schweren Situation richten, außerdem habe ich dich und meinen Heinrich, und ihr werdet mich gewiss nicht im Stich lassen.

Nun, was musst du noch wissen, was kann ich dir mitteilen, um dich bei deiner Suche zu unterstützen. Ich glaube, das Haus, in dem ich mich befinde, ist bewohnt, aber der Besitzer vielleicht verreist. Wer würde einen Berg guter Kohlen zurücklassen, wenn er umzieht, oder im Kalten sitzen, wenn er sie hat? Es sind mindestens zwei Türen bis zu mir, und die sind mit Schlüsseln verschlossen. Ansonsten höre ich keinerlei Geräusche, sehe niemals einen Lichtschimmer, nicht einmal Ratten scheint es hier zu geben, wofür ich sehr dankbar bin. Dass Reichelt den Verstand verloren hat, habe ich dir schon mitgeteilt und auch, dass die junge Frau von ihm erschlagen und fortgeschafft wurde. Mehr gibt es im Augenblick nicht zu sagen, außer, dass ich fest auf dich vertraue.

Oh, ich höre einen Schlüssel, der sich im Schloss dreht, jemand kommt, ob es Reichelt ist, kann ich nicht sagen, aber ich werde meine Verbindung zu dir jetzt verlieren, weil meine Gedanken nicht mehr ruhig sind. Die Tür öffnet sich, und, oh, mein Gott, was hat er vor?«

Ich schrecke nicht einmal mehr hoch, schreie auch nicht, bleibe ganz still liegen und lasse Grannys Gedanken in mich eindringen. Es sind immer nur Fetzen, kein Zusammenhang zu erkennen. Irgendwas mit Ratten und einem Schlüssel, keine Ahnung, was das miteinander zu tun haben soll. Ratten? Wie furchtbar ist das denn? Wenn Granny sich nicht wehren kann, ob die sie vielleicht annagen oder so was? Ich glaube, ich würde durchdrehen, obwohl, lieber Ratten als Spinnen. Na ja, das ist wohl die Wahl zwischen Pest und Cholera, ich brauche beides nicht wirklich. Was war noch? Unruhe zum Schluss, ein Gefühl von

Angst, beschleunigter Herzschlag … Reichelt! Genau, sie hat gesagt, dass Reichelt kommt. Oh Gott, jetzt im Augenblick ist sie diesem Irren hilflos ausgeliefert, und ich liege gemütlich in meinem warmen Bett. Granny, bitte halte durch, du schaffst das! Offensichtlich hat Karsten meine Unruhe mitbekommen, wacht auf und sieht mich nach einem Blick auf den Wecker und darauf folgendem resignierten Seufzen fragend an. »Es ist halb fünf, erzähl, was los ist, oder ich schlafe umgehend wieder ein.«

Ich berichte, was ich weiß, aber er kriegt auch keinen Zusammenhang rein. »In Kellern von unbewohnten Häusern leben doch immer Ratten, oder etwa nicht? Keine Ahnung, vielleicht auch nur, wenn Wasser in der Nähe ist. Mit Farbratten kenne ich mich aus, die sind ganz putzig, aber wie das mit der gemeinen Hausratte ist, noch dazu einer hungrigen, das weiß ich leider nicht.«

»Ich erinnere mich auch nicht, ob Granny gesagt hat, es gibt Ratten, oder ob sie gesagt hat, es gibt keine. Was ist denn ungewöhnlicher?«

»Na, ich vermute mal, dass es 1898 auch nicht weniger von diesen Nagern gab als heutzutage, vielleicht war man damals mit den Giften etwas großzügiger und hat es überall verstreut.«

»Okay, scheint eine weitere Sackgasse zu sein, überlegen wir weiter. Ein Haus, in dessen Keller ein Berg Kohle liegt. Ha, ist das nicht eine Spur? Kohle war bestimmt auch zu Grannys Zeit nicht billig, und geheizt werden musste im Dezember sicherlich. Da kein Mensch sie für mehrere Tage in der Wohnung gestapelt haben dürfte, wäre doch jemand in den Keller hinabgestiegen. Kam aber keiner, ergo ist das Haus nicht bewohnt! Es sei denn, es handelt sich um ein Geschäftshaus und es sind gerade Betriebsferien oder, noch besser, eine Behörde, alles schläft.«

Karsten macht eine scheibenwischerartige Bewegung vor seinen Augen, und ich muss lachen. »Ja, ich weiß, meine Ideen sind manchmal etwas weit von der Realität entfernt, ich versuche nur, konstruktiv zu sein.«

»Schon klar, aber ich glaube nicht, dass uns diese Überlegungen weiterhelfen, ob nun Ratten oder Kohle. Es hilft nix, wir müssen abwarten, was Heinrich an Neuigkeiten zu berichten hat, wenn er kommt.«

Der kommt, als hätte er nur auf diesen Satz gewartet, und Karsten flüstert mir ins Ohr: »Der Mann sieht echt scheiße aus, total fertig.«

HEINRICH

»Wir hatten beschlossen, uns nicht zu trennen, um jeder für sich die infrage kommenden Häuser zu durchsuchen, sondern gemeinsam vorzugehen. Nur für den Fall, dass wir meine Verlobte in einer kritischen Situation, in der schnelles Handeln vonnöten gewesen wäre, auffinden sollten. Einer allein hätte dann nicht effektiv handeln können.

Das erste infrage kommende Haus steht in der Nähe des Palaisgartens, etwas abseits am Waldrand. Wir nahmen meine Kutsche, gingen aber die letzten etwa 300 Meter zu Fuß, um keine Aufmerksamkeit zu erregen. Das war unnötig, denn es war absolut niemand in der Nähe, und auch das Haus war vom Keller bis zum Boden leer. Eine dicke Staubschicht bedeckte den Boden und die Treppen, hier war schon lange kein Mensch mehr gegangen. Danach fuhren wir zum nächsten Objekt, das sich ein gutes Stück entfernt in der Adolfstraße befindet. Hier gibt es eine Nachbarschaft, und wir wurden trotz der ungewöhnlich späten Stunde von allerlei Bewohnern misstrauisch beobachtet, als wir an die windschiefe Holztür pochten und schließlich, als niemand öffnete, durch die lange ungeputzten und teilweise zerbrochenen Fenster spähten. Ein Mann näherte sich uns, die Hände in den Taschen einer ausgebeulten und schmutzigen Hose vergraben.

Er fragte, was wir hier zu suchen hätten, und wir antworteten, das ginge ihn nichts an, er möge sich um seine eigenen Angelegenheiten kümmern. Daraufhin stieß er einen schrillen Pfiff aus, und wie aus dem Nichts tauchten weitere Männer auf, die uns nicht eben freundlich musterten. Gottfried wandte sich ihnen zu und ließ sie in seinem besten Befehlston wissen, wen sie vor sich hatten. Er drohte ihnen ihre umgehende Festnahme an, sollten sie sich nicht schleunigst aus dem Staub machen. Einige verschwanden daraufhin, aber der erste blieb bockig stehen und verschränkte die Arme vor der Brust.

»Guter Mann«, sagte Gottfried in versöhnlichem Ton, »da Sie nun wissen, mit wem Sie es zu tun haben, wem gehört dieses Haus? Wer hat dort gewohnt und seit wann steht es leer?«

»Weeß ich nich, kümmere mir nich um Dinge, die mir nichts angehen«, war die knappe Antwort.

Da tauchte aus dem Nebenhaus eine Frau undefinierbaren Alters auf, stemmte die Hände in die Hüften, wischte sich ein paar Haarsträhnen aus dem Gesicht und zischte zahnlos: »Die sinn man lange wech, sinn nach dem Ruhrgebiet, mehr kann ich nich sagen.«

Ihr Mann packte sie am Arm und zog sie mit sich fort. Wir wollten schon wieder gehen, da fielen mir Ihre Worte, gnädige Frau, wieder ein. Sie sagten, wir müssten gründlich sein, dürften nichts übersehen. Ich trat daher ohne große Mühe die windschiefe Tür ein und wir durchsuchten alles genau. Auch hier erwartete uns außer Staub, Spinnweben und dem Geruch von Armut und Schmutz nichts. Einen Keller gab es gar nicht erst, drei winzige Kammern, das war alles. Trotzdem musste dieses Haus, wenn man es denn überhaupt so nennen konnte, einen Besitzer haben, ansonsten wären sicher längst ein paar Menschen, auf der Suche nach einem Dach über dem Kopf, hier eingezogen. Das war aber für uns im Augenblick nicht von Interesse, wir mussten das dritte Objekt einer

Durchsuchung unterziehen. Es war nicht besonders weit weg und wir erreichten es über die Leopold, nahe der Hornschenstraße. Da es schon nach Mitternacht war, begegnete uns niemand mehr, leider war es dunkel, obwohl der Schnee alles etwas sichtbarer machte.

Dieses Haus bot ebenfalls keinen heimeligen Eindruck, war aber nicht verwahrlost oder heruntergekommen, ganz im Gegenteil, es wirkte nur irgendwie abweisend.

Ich klopfte an die Haustür, die einen durchaus soliden Eindruck machte. Die Fenster waren zwar schmutzig, hatten aber von innen Gardinen, sodass man nicht hineinsehen konnte. Es öffnete auch auf wiederholtes Klopfen und lautes Rufen niemand. Nun war guter Rat teuer, die Tür eines bewohnten Hauses ohne Not einschlagen durften auch wir nicht, und so gingen wir erst einmal durch einen sehr großen Garten um das Haus herum. Genauer gesagt, Gottfried und ich gingen rechts herum, Hermann links, nur für den Fall, dass jemand flüchten wollte. Der trockene Schnee knirschte bei jedem Schritt unter unseren Füßen und die Kälte biss sich durch unsere Kleidung.

Seltsamerweise trafen wir uns aber nicht auf der Rückseite, was uns nicht sogleich auffiel, weil etwas unsere Aufmerksamkeit erregte. Es gab eine steinerne, sehr solide Kellertreppe mit einem schmiedeeisernen Geländer. Ich war sehr aufgeregt, regelrecht vom Jagdfieber gepackt, stürmte die Stufen hinab und stand vor einer dicken Eichentür, die mit einem massiven Schloss gesichert war. Ich hämmerte mit den Fäusten dagegen, rief in meiner Angst laut nach meiner Verlobten, aber es war nur mein eigenes Keuchen zu hören. Endlich drang Gottfrieds Stimme zu mir durch, der mir aufgeregt berichtete, dass Hermann zu Boden geschlagen worden war. Das brachte mich zurück in die Gegenwart, und ich rannte in die angegebene Richtung. Soeben richtete der Freund sich wieder auf und hielt mit beiden Händen die blutende Nase bedeckt. Dicke rote Tropfen fielen auf seine Hemdbrust, und seine Stimme klang, als hätte er Schnupfen.

»So ein unverschämter Mensch! Was glaubt der denn wohl, wen er vor sich hatte? Na warte, wenn ich den in die Finger kriege, Zuchthaus ist ihm sicher. Das war ein tätlicher Angriff auf einen kaiserlichen Beamten, ihr seid meine Zeugen.«

»Beruhige dich doch, mein Lieber«, sagte Gottfried sanft und streichelte dabei die Schulter seines Freundes. Zog aus seiner Tasche ein blütenweißes Tuch hervor und reichte es ihm. »Sag uns, was passiert ist, wie es dazu kam, dass du verletzt wurdest.«

»Wie es dazu kam, ist schnell erzählt. Ich lief auf meiner Hälfte um das Haus herum, da stürmte dieser rüde Mensch um die Ecke und haute mir mit irgendetwas so heftig auf die Nase, dass ich zu Boden ging. Das war's! Als ich wieder klar sehen konnte, war er verschwunden, dafür stand Gottfried vor mir. Danke, mein Liebster, es geht schon wieder.«

»Nun, dieses Haus müssen wir uns näher anschauen, aber Hermann sollte untersuchen lassen, ob seine Nase gebrochen ist, er muss zu einem Arzt. Gottfried, das übernimmst am besten du, ich sehe zu, dass ich einen Handwerker finde, der uns dieses vermaledeite Schloss aufbrechen kann.«

Die beiden Freunde sträubten sich, wollten mich nicht allein zurücklassen, sahen aber schließlich ein, dass es die beste Lösung war. Da sie den Wagen brauchten, musste ich mich zu Fuß auf die Suche machen, wurde aber in der nahe gelegenen Meyerstraße fündig. Es gab einen Schmied, den ich mit lautem Klopfen und Rufen aus dem Bett aufscheuchte. Auf meine Frage, ob er ein Schloss aufbrechen könne, schaute er mich sehr merkwürdig an, und ich fürchtete schon, er würde die gesamte Nachbarschaft alarmieren. Ich gab mich als kaiserlicher Beamter zu erkennen, der mit Sondervollmachten ausgestattet war. Das brachte ihn auf die Beine. Gemeinsam machten wir uns auf den Weg zurück. Es dauerte kaum zwei Minuten, und das Hindernis war beseitigt. Ich bedankte mich bei dem braven Mann, entlohnte ihn großzügig, auch wenn ich vor Ungeduld schier verging. Erst in allerletzter Sekunde stellte ich mir die Frage, was ich machen sollte, befände sich meine Luise in bewusstlosem Zustand in diesem Keller. Allein konnte ich sie unmöglich wegschaffen, also rief ich den Schmied zurück und bat ihn zu warten. Er zuckte nur die Schultern und ließ sich auf einer Treppenstufe nieder, von der er den Schnee beiseiteschob. Ich drückte die schwere Eichentür auf und gelangte in einen schmalen Gang. Zum Glück hatte der Schmied so viel Geistesgegenwart besessen, eine große Stalllaterne mitzunehmen, sodass ich zumindest etwas sehen konnte, wenn auch nicht viel. Am Ende des Ganges war eine weitere Tür, weit weniger stabil als die erste und nicht verschlossen.

Ich ging hinein und befand mich in einem Kellerraum, in dessen Mitte ein Stuhl stand. An einer Wand lag ein Berg Kohlen, und eine Kutscherlampe stand nahe der Tür. Der Gestank war furchtbar und der ganze Raum bedrückend, allerdings menschenleer. Ich ging zurück durch die Tür und sah eine nach oben führende Treppe, die ich vorher übersehen hatte. Ich rannte, mehrere Stufen auf einmal nehmend, nach oben, durchsuchte jeden Raum und jeden Winkel, fand aber keine lebende Seele. Das Haus war offensichtlich das Heim von wohlhabenden Menschen, denn alle Sessel und Kanapees sowie die Vitrinen und Buffets waren mit weißen Laken abgedeckt, die Teppiche aufgerollt an den Wänden gestapelt. Wahrscheinlich befand sich der Eigentümer auf einer längeren Reise. Das alles sah ich, aber ich nahm es nicht wirklich wahr, zu groß war meine Enttäuschung, meine geliebte Luise wieder nicht gefunden zu haben, wieder einer falschen Fährte gefolgt zu sein. Ich gab dem gutmütigen Schmied noch etwas Geld und bat ihn, für die Außentür ein Schloss zu besorgen und anzubringen, was er mir versprach. Ja, das war es, was ich berichten kann, es ist nicht eben hilfreich.«

»Ganz im Gegenteil«, ergriff ich das Wort. »Granny war in diesem Haus, wurde dort gefangen gehalten, nur hat Reichelt sie kurz zuvor weggeschafft. Ich glaube, Hermanns Nase wurde von Granny getroffen, die von Reichelt getragen wurde. Bleibt die Frage, woher hat er gewusst, dass ihr kommen würdet, wer hat ihn gewarnt?«

»Das weiß ich nicht, darauf kann ich mir wirklich keinen Reim machen, ich habe doch mit keiner Menschenseele gesprochen.«

»Nun ja, Sie haben doch sein Kontor durchsucht und die anderen Beamten befragt, waren im Theater, bei den Eltern von Frieda und so weiter. Es wissen also schon eine ganze Menge Leute, dass Sie hinter ihm her sind. Einer wird dabei gewesen sein, der auf seiner Seite steht und ihn gewarnt hat. Vielleicht auch einfach nur erzählt, dass Sie sich nach ihm erkundigt haben. Möglich ist alles.«

»Köhler! Das kann nur dieser Köhler gewesen sein. Der, der mir nicht in die Augen sehen konnte. Natürlich, er ist doch der Cousin von Reichelts Gattin.«

»Ja, ist er. Wenn ich das richtig in Erinnerung habe, ist er ein echtes Herzchen. Er hat doch mal damit geprahlt, Otto Gift in den Cognac geschüttet zu haben, oder war das Reichelt? Nee, das war Köhler, ich erinnere mich genau, Granny hat's mir erzählt. Wo steckt denn dieses Cremeschnittchen? Ist er auch verschwunden oder geht er brav seiner Arbeit nach?«

»Das herauszufinden, dürfte nicht schwierig sein. Als ich das letzte Mal im Kontor war, habe ich ihn angetroffen, verschwunden ist nur Reichelt. Ich begebe mich ohne Umwege in das fürstliche Schloss und lasse Köhler zu mir rufen, danach komme ich wieder hierher und berichte.«

»Langsam, es ist ja erst fünf Uhr, da wird selbst 1898 wohl noch niemand arbeiten. Legen Sie sich ein paar Stunden aufs Ohr, sonst brechen Sie uns noch zusammen, damit ist dann niemandem geholfen.«

Als er weg ist, stelle ich fest, dass man mit Verwandten aus dem 19. Jahrhundert nicht zum Schlafen kommt. Ich gucke Karsten an, der gähnt herzergreifend, und wie auf Kommando rollen wir uns beide auf die Seite, um noch einmal einzuschlafen. Vielleicht fünf Minuten, dann beginnt es wieder, ich träume und weiß doch, dass es kein Traum ist.

GRANNY

»Sabrina, Kind, ich bin ihm entkommen, der Herrgott selber hat mich aus den Klauen dieser verlorenen Seele errettet. Ich weiß aber nicht genau, wo ich bin, weil alles so gleich aussieht. Es muss sehr früh oder schon spät sein, denn es ist vollständig dunkel. Ich höre keine Vögel, aber irgendwo, weiter entfernt, fallen Bäume, und ich höre Männerstimmen. Hier gibt es nichts außer Bäumen, ich kann nicht einmal einen Weg erkennen. Sabrina, höre mich, ohne dich bin ich verloren! Es liegt Schnee, es ist bitterkalt, meine Kleidung ist völlig durchnässt, das überlebe ich nicht lange. Folgendes ist geschehen: Reichelt kam zurück und war in großer Eile. Ich kam gar nicht dazu, mich zu fragen, was er vorhatte, da stülpte er mir bereits einen Sack über den Kopf. Ich spürte, wie er mit einem Messer die Stricke zerschnitt, die mich mit dem Stuhl verbanden. Leider band er mir die Hände anschließend erneut zusammen und warf mich wie ein totes Schwein über seine Schulter. Er stöhnte und fluchte, als er offenbar eine Treppe hinaufstieg. Dann waren wir im Freien, das konnte ich deutlich spüren, und urplötzlich stieß ich mit dem Kopf heftig gegen einen Widerstand. Ich weiß nicht, was es war, aber durch diesen Stoß lockerte sich der Knebel in meinem Mund so weit, dass ich ihn mit der Zunge hinausschieben konnte. Wunderbare frische Luft strömte in meine Lungen, auch wenn dieser stinkende Kohlesack dazwischen war. Reichelt warf mich nach einer ganzen Weile, während der er eine große Strecke im Laufschritt zurückgelegt hatte, auf einem hölzernen Untergrund ab, der sich gleich darauf in Bewegung setzte. Vermutlich ein Leiterwagen oder etwas in der Art. Die Fahrt ging zuerst über ruckelndes Kopfsteinpflaster, später eher über Feld- oder Waldwege. Geräusche waren keine zu hören, kein Schnauben von Pferden oder Rattern von Rädern, alles war beängstigend still. Irgendwann tat es einige heftige Schläge und das Gefährt geriet in eine bedrohliche Schieflage. Ich hörte Reichelt fluchen, sich abwechselnd mit Frieda, Otto und mit seiner Gattin unterhalten. Er war wirklich gänzlich irre geworden, gefährlich und unberechenbar.

Ich lag nicht gerade bequem auf dem harten Untergrund, wurde seit geraumer Zeit durchgewalkt wie ein Hefeteig, traute mich aber nicht, eine Bewegung zu machen, geschweige denn zu erkennen zu geben, dass ich nicht mehr geknebelt war.

Angstvoll lauschte ich auf Reichelts Selbstgespräche, bis mir auffiel, dass sie leiser und leiser wurden und schließlich gar nicht mehr zu hören waren. Ich wartete sicher zehn Minuten, bis ich den Mut aufbrachte, einmal seinen Namen zu rufen. Er antwortete nicht, es blieb alles still. Ich versuchte, mich an den Rand des Wagens zu rollen, aber mein Körper gehorchte mir nicht. Durch das lange Sitzen auf dem harten Stuhl war ich steif und wund, schien keine Muskeln mehr zu haben und nur aus Schmerz zu bestehen. Trotzdem gab ich nicht auf und schob mich Richtung Wagenwand, auch wenn ich nur beten konnte, dass dieses Gefährt über eine solche verfügte. Irgendwann stieß ich an Holz und rieb und drehte mich so lange, bis ich diesen Sack von meinem Kopf wegbekommen hatte. Ich spähte sehr vorsichtig über den Rand, sah aber lediglich die dunklen Silhouetten der Bäume, sonst nichts. In meinem Kopf war nur der Gedanke an Flucht, weg von diesem schrecklichen Menschen, aber ich konnte nicht erkennen, wie tief ich fallen würde. Schließlich siegte die Angst, mir bei einem Sturz vom Wagen etwas zu brechen, außerdem boten mir die hölzernen Seiten immerhin etwas Schutz vor der Kälte.

Ich blieb also eine Weile still liegen und versuchte, ruhiger zu atmen, auch, wenn ich im ganzen Körper heftige Schmerzen verspürte. So liege ich nun hier und habe nur dich, mir Hilfe zu senden, wer sonst würde mich wohl mitten im Wald suchen? Sabrina, bitte, hilf mir, aber schick mir nicht Heinrich, ich könnte ihm nie mehr unter die Augen treten, sollte er mich in meinem beschmutzten, stinkenden Zustand sehen. Kind, ich höre etwas, Stimmen, die sich etwas zurufen, und ich glaube, es wird heller.«

Ich schlage die Augen auf und springe umgehend aus dem Bett, rufe nach Karsten, der neben mir schläft, auf meine panische Stimme aber sofort reagiert.

»Was ist los, was hast du? Eine Spinne? Wo, ich rette sie vor dir.«

»Nein, keine Spinne. Granny! Sie konnte dem Reichelt entkommen, liegt aber verletzt und gefesselt irgendwo im Teutoburger Wald. Ich muss ihr helfen, sofort, bevor sie in dieser Kälte erfriert. Vielleicht hat sie innere Verletzungen, gebrochene Knochen, was weiß ich, sie ist auf alle Fälle in akuter Lebensgefahr. Wenn uns nichts einfällt, habe ich die längste Zeit eine zeitreisende Ururgroßmutter gehabt.«

»Ach du Scheiße, bist du dir ganz sicher? Ja, klar bist du dir sicher, ich weiß, aber was können wir tun? Sie liegt dort vor 117 Jahren und nicht heute, außerdem im Teutoburger Wald, nicht am Neckar. Ich weiß, es brennt dir unter den Nägeln, das kann ich auch gut verstehen, aber ich habe keinen Plan, was wir machen sollen.«

»Ich auch nicht«, antworte ich resigniert und würde am liebsten in Tränen ausbrechen. »Wenn Heinrich nicht bald kommt, ist alles zu spät.«

»Gnädige Frau, worüber echauffieren Sie sich so sehr?«

»Oh Gott, Heinrich, wie gut, dass Sie da sind. Ich weiß, wo Granny ist. Sie konnte dem Reichelt entkommen, ist aber irgendwo im Wald auf einem Leiterwagen.«

»Was, wieso, woher wissen Sie … Oh, ich verstehe, Sie hatten Kontakt zu Luise. Schnell, erzählen Sie mir alles, was sie gesagt hat, jede Kleinigkeit kann wichtig sein. Wir werden sie finden, wir müssen sie finden.«

»Reichelt hat sie in einem Leiterwagen dort hingebracht, dann ist irgendwas daran kaputtgegangen, was, das weiß ich nicht. Er ist weggegangen, Granny hat er dort ihrem Schicksal überlassen. Ich weiß aber nicht, wie lange sie bei diesen Temperaturen überleben kann, nicht sehr lange, vermute ich mal. Ach ja, sie hört irgendwo in der Ferne Stimmen und meint, es seien Bäume umgestürzt.

Mehr weiß ich nicht, ach doch, sie will unter gar keinen Umständen, dass Sie sie finden. Sie schämt sich zu sehr, weil sie …, weil sie …, na ja, Sie wissen schon, sie ist nicht besonders präsentabel nach der langen Zeit in Fesseln. Ich kann das nachvollziehen, mir wäre das auch peinlich. Sie müssen also Emilie und wenn möglich Karla, Frau Deppe, oder wer immer an weiblichen Wesen greifbar ist, alarmieren und dann schnellstens los. Haben Sie eine Ahnung, wo sie sein könnte?«

»Nein, aber ich werde beim Forstamt nachfragen, wo Baumfällarbeiten durchgeführt werden oder Schneebruch zur Gefahr wurde. Oh, ich habe einen guten Bekannten, der hat einen ausgebildeten Jagdhund, vielleicht hilft das weiter?«

»Keine Ahnung, aber alles muss blitzschnell gehen. Halten Sie dem Tier irgendwas von Granny unter die Nase und dann los. Nein, nicht Sie; Emilie und Karla oder so. Sie halten sich bitte zurück und respektieren den Wunsch Ihrer Verlobten.«

»Auch wenn ich es nicht verstehe, werde ich tun, was Sie sagen, keine Sorge. Beten Sie für Luise und für alle Helfer, das werden wir brauchen.«

»Na ja, ob meine Gebete da ankommen, wo sie gehört werden, das wage ich zu bezweifeln, aber ich tue mein Bestes, versprochen.«

Den letzten Satz hat Heinrich wohl schon nicht mehr gehört, denn Karsten schüttelt den Kopf und sagt: »Er ist weg, jetzt können wir wirklich nur noch warten und hoffen, dass man sie findet. Was für eine Scheißsituation, ich habe mich lange nicht mehr so hilflos gefühlt.«

»Frag mich mal, ich darf gar nicht an die nächsten Stunden, vielleicht Tage denken, die ich hier sitze und nichts tun kann. Blöde Zeitreisen, blöde.«

Es kommt natürlich genau so, wie ich befürchtet habe, es vergehen zwei volle Tage in Ungewissheit und Angst, bis wir endlich, endlich erlöst werden. Es sind die längsten zwei Tage meines Lebens. Dazu muss ich sie ja auch noch völlig normal verbringen, muss arbeiten gehen, meine Kinder versorgen, Essen kochen und bin doch in Gedanken überhaupt nicht hier. Karsten tut wirklich, was er kann, um mich nicht in Resignation versinken zu lassen. Er erfindet hundert Gründe, warum Heinrich immer noch nicht aufgetaucht ist, was alles dazwischengekommen sein könnte, aber am zweiten Tag habe ich die Hoffnung trotzdem aufgegeben. Es war ja auch völlig unmöglich, einen Menschen in einem riesigen Waldstück aufzuspüren, wenn man keine Ahnung hat, wo man mit der Suche anfangen soll. Selbst heutzutage, mit GPS und Wärmebildkamera an Bord von Rettungshubschraubern, gelingt das nicht immer. Dazu war es kalt, es lag Schnee, sie war verletzt, halb verhungert und verdurstet, und es war stockfinster. Tausendundein Gedanken quälen mich jede wache Minute. Mein gedanklicher Kontakt zu ihr ist vollständig abgerissen, egal, wie sehr ich mich auf sie konzentriere. Nichts als Schweigen im Walde. Oh Gott, der einzige Gedanke, der mich vor der völligen Resignation bewahrt, ist der, dass ich immer noch glaube, ich würde es spüren, wenn Granny tot ist.

Als ich am späten Dienstagabend ins Bett gehen will, mir im Bad gerade die Zähne putze und mich traurig und völlig hoffnungslos fühle, höre ich plötzlich ihre Stimme. Du hast Halluzinationen, denke ich noch, da fliege ich schon, die Zahnbürste im Mund, ins Schlafzimmer. Granny sitzt im Sessel, aber mein Gott, wie sieht sie aus? Grün und blau ist ihr Gesicht, eine Wange geschwollen, die andere ziert ein ordentlicher Kratzer. Sie kommt offensichtlich aus dem Bett, denn sie trägt ein Nachthemd, die Haare in einem langen Zopf und auf dem Kopf eine weiße, gestickte Haube.

Außerdem ist sie barfuß, das rechte Bein verbunden, ebenso eine Hand.

»Granny, oh Granny, bin ich froh, dich zu sehen!« Ich laufe auf sie zu und will sie umarmen, stoße ihr dabei die Zahnbürste in die geschwollene Wange, und sie wimmert auf.

»Entschuldige, oh bitte, das wollte ich nicht, tut mir so leid, ich wollte doch nur …«

»Schon gut, mein Kind, schon gut«, sagt sie, hebt die unverletzte Hand und streichelt meine Wange. »Ich weiß, dass du das nicht mit Absicht getan hast, ist schon gut, es tut nicht mehr weh.«

Ich glaube das nicht, denn Tränen laufen über ihre Wangen und verschwinden im weißen Stehkragen ihres Nachthemdes.

»Karsten, Kaaaarsten, schnell, komm her, Granny ist da!« Ich möchte schreien, dämpfe meine Stimme aber, damit die Kinder mich nicht hören, mein Liebster reagiert trotzdem sofort. Drei Sekunden später steckt er den Kopf durch die Tür und schaut auf den Sessel.

»Echt jetzt? Seit wann, und wie sieht sie aus, geht es ihr gut, ist sie verletzt? Meine Güte, das grenzt ja an ein Wunder.«

Daran, dass Karsten sie weder sehen noch hören kann, scheint sich leider nichts geändert zu haben, aber offensichtlich haben seine Erfahrungen mit Heinrich ihm geholfen, Granny immerhin als Realität wahrzunehmen.

»Sie sieht schlimm aus, ganz schlimm sogar, und ich blöde Kuh habe sie auch noch mit der Zahnbürste verletzt«, jammere ich. Karsten fragt gar nicht erst nach, warum und wieso, er nimmt mich in die Arme und hält mich ganz fest.

»Schscht«, macht er mal wieder, »ist ja alles gut. Sie ist hier, das heißt doch, dass sie lebt, und das ist im Augenblick die Hauptsache. Erzähl mir, wie sie aussieht und was passiert ist.«

»Was passiert ist, weiß ich selber noch nicht, aber sie ist verletzt, außerdem trägt sie Nachthemd und Haube, liegt also sicherlich in ihrer Zeit krank im Bett.«

»Klar, was hast du denn gedacht, dass sie nach über einer Woche Martyrium, Hunger und Durst, von Todesangst gar nicht erst zu reden, aussieht wie das blühende Leben? Wir können froh sein, wenn ihre Verletzungen nur äußerlich sind, das heilt wieder, aber wie sieht es mit ihrer Psyche aus. Sie ist doch sicher traumatisiert, oder?«

»Ich träume nicht, ich bin tatsächlich hier, und der Herr möchte das schon wieder nicht zur Kenntnis nehmen.«

»Nein, Granny, das meint er doch gar nicht, er macht sich wirklich große Sorgen um dich. Außerdem hat er nicht gesagt, dass du träumst, sondern dass du vielleicht traumatisiert bist, also, dass durch all die schrecklichen Ereignisse deine Psyche Schaden genommen haben könnte.«

»So etwas habe ich nicht, wo soll das denn sein? Davon hat Doktor Pohlmann nichts gesagt. Mein Gesicht ist verletzt, ich habe einen verstauchten Knöchel, eine Prellung an der Hand und eine gebrochene

Rippe, aber nichts weiter. Nun ja, vielleicht ist mir die Aufregung ein bisschen auf mein Gemüt geschlagen, aber das wird sicher bald vergehen.«

»Wunderbar, Granny, ganz wunderbar, lass uns bitte nicht streiten. Karsten hat es nicht böse gemeint, er ist Arzt und wollte nur genau über deine Verletzungen informiert werden. Wenn du sagst, dass alles okay ist, dann ist es ja gut. Jetzt lass mich aber nicht länger zappeln, ich sterbe vor Ungeduld und will sofort hören, was alles in den letzten Tagen passiert ist.«

Ich flüstere Karsten »Ich erzähle dir alles nachher!« ins Ohr, dann lege ich mich auf mein Bett und höre gebannt zu.

GRANNY

»Ich kann wohl sagen, dass ich dir mein Leben verdanke, denn ohne dich hätte mich sicherlich niemand gefunden, jedenfalls nicht in der wenigen Zeit, die mir blieb. Die Nächte im Dezember sind bitterkalt, und kein Mensch überlebt davon eine im Freien. Noch dazu sind die frühen Morgenstunden immer die kältesten. Doch habe ich keinen Augenblick die Hoffnung verloren, ich war mir sicher, dass mein Herrgott nicht vorhatte, mich nach allem, was ich erlitten hatte, einfach so sterben zu lassen. Trotzdem, so viel kann ich wohl sagen, war ich nahe davor, zu verzagen, als ich plötzlich Stimmen hörte. Zuerst sehr weit entfernt, nur leise, und ich mochte nicht auf mich aufmerksam machen, aus Angst, es könnte sich um Reichelt handeln. Als ich dann weibliche Stimmen unterschied, die näher kamen, nahm ich alle meine Kraft zusammen und rief um Hilfe. Da nichts geschah, hatte mich wohl niemand gehört. Daher versuchte ich es noch einmal, diesmal so laut, wie es mir nur möglich war, und darauf antworteten gleich mehrere Personen. Ich verstand: »Da ist sie!«, und: »Wir kommen!«, dann habe ich vor lauter Erleichterung kurz das Bewusstsein verloren. Als ich die Augen aufschlug, blickte ich in das besorgte Gesicht von Emilie, die an meiner Seite kniete. Ich wollte sie darauf hinweisen, dass sie sich ihr Kleid ruinierte, war aber zu schwach dazu. Sie streichelte meine Wange und sagte ein ums andere Mal: »Alles wird wieder gut, keine Angst, alles wird gut.«

An meiner anderen Seite erschien Karla, die resolutere der beiden, und fragte mich, wo ich Schmerzen hätte, ob ich aufstehen und mit ihrer Hilfe ein paar Schritte laufen könnte.

Das konnte ich wirklich nicht beantworten, ich hatte es schließlich nicht versucht.

Emilie hielt mir eine Blechflasche an die Lippen, die mit stark gesüßtem und noch warmem Pfefferminztee gefüllt war, der köstlich schmeckte. Sie nahm sie viel zu schnell fort, meinte, es sei genug fürs Erste, ich müsse ganz langsam trinken nach der langen Zeit ohne Nahrung und Wasser. Vermutlich hatte sie recht, denn mein Magen wollte sogar die wenigen Schlucke nicht behalten, aber ich schaffte es doch, die Flüssigkeit nicht ausspucken zu müssen.

Die beiden Frauen beratschlagten offenbar, was zu tun sei, denn sie schauten immer wieder den Weg entlang, prüften die Möglichkeiten, von hier wegzukommen. Plötzlich tauchte Heinrichs Mutter in meinem Blickfeld auf, und ich wollte vor lauter Scham im Boden versinken, mich ihr so stinkend und voller Exkremente zu zeigen. Sie schien meine Gefühle zu ahnen, denn sie schüttelte mit dem Kopf und sagte: »Luise, du hast nicht den geringsten Grund für Peinlichkeit. Du hast Furchtbares durchgemacht und warst sehr mutig und tapfer. Jetzt musst du uns nur ein bisschen helfen, damit wir dich nach Hause bringen können, dann wird alles gut, das verspreche ich dir. Mein Sohn wird dich nicht eher zu Gesicht bekommen, bis du gebadet und wieder wunderschön bist. Du hast mein Wort, auch wenn er vor lauter Ungeduld fast die Tapeten von den Wänden zieht. So, nun lass dir beim Aufstehen helfen, wir stützen dich, und du, meine Gute, hilfst mit, soweit es geht.«

Damit wurde ich von den drei Frauen vorsichtig hochgezogen und auf die Füße gestellt. Leider knickte ich beim ersten vorsichtigen Schritt ein und konnte nur mit Mühe einen Schmerzensschrei unterdrücken.

»So geht das nicht«, beschied Karla, »so bekommen wir sie nicht von diesem Fuhrwerk runter. Der

Fuß könnte gebrochen sein, und selbst wenn nicht, sie hat keinerlei Kraft in ihren Beinen. Es ist nicht weit, nur etwa 100 Meter, wir werden sie tragen.« Hinterher erzählten sie mir, dass der Weg durch den hohen Schnee für ihre Kutsche nicht mehr passierbar gewesen war, sie aber, meinem Herrgott sei Dank, den Wagen in der hereinbrechenden Morgendämmerung gesehen hatten. Jetzt schaute Karla mich an und sagte: »Emilie und ich tragen dich, und meine Mutter hilft uns dabei. Wir schaffen das schon, hab keine Angst.«

Ihre Stimme schien mir plötzlich von sehr weit herzukommen, vor meinen Augen drehten sich bunte Kreise.

»Sie wird ohnmächtig, festhalten!«, hörte ich noch, dann versank die Welt um mich herum.

Als ich zu mir kam, saß ich, in eine Decke gewickelt, in einer fahrenden Kutsche und hatte keine Ahnung, wie ich dahingekommen war.

Karla bemerkte als Erste, dass ich aus meiner Ohnmacht erwacht war, ergriff meine Hand und sagte lächelnd: »Hallo, da sind Sie ja wieder und haben es bald überstanden. Wir haben Ihren Zustand genutzt, Sie vom Wagen herab und zu unserer Kutsche zu tragen. Genauer gesagt zu ziehen, wir haben Sie auf eine Decke gelegt und gemeinsam gezogen. Wären Sie nicht ohne Bewusstsein gewesen, hätte Ihnen das sicherlich Schmerzen verursacht, aber so ging es recht gut.«

»Ich danke euch«, flüsterte ich, zu mehr reichte meine Kraft nicht aus.

Als wir vor unserem Haus ankamen, liefen sofort

Fritz und Martha herbei und halfen, mich in mein Zimmer zu tragen.

Die Frauen zogen mir meine schrecklich verschmutzte Kleidung aus, die ohne Umschweife im großen Küchenherd verbrannt wurde. Martha brachte heißes Wasser, damit mein Körper notdürftig und sehr vorsichtig gereinigt wurde, bevor ich ein vorgewärmtes Nachthemd anziehen durfte. Fritz schickte die Köchin zu Doktor Pohlmann, der auch umgehend eintraf.

Er schaute sehr besorgt drein, untersuchte mich gründlich, trug Salben auf die verschiedensten Stellen auf und wickelte Verbände um meinen Fuß und die Hand.

»Eine vermutlich gebrochene Rippe, ein verstauchter Fuß und etliche Blutergüsse, sonst nichts«, sagte er, als er fertig war, »aber es wird eine ganze Weile dauern, bis alles verheilt ist. Sie brauchen viel Ruhe, kräftigende Nahrung in kleinen Portionen und natürlich heiße Flüssigkeit, Sie sind völlig unterkühlt. Morgen täte Ihnen ein Bad mit ansteigenden Temperaturen gut, aber heute wird nur geschlafen.«

Er wandte sich an Martha, die im Raum geblieben war.

»Sorgen Sie dafür, dass sie im Bett bleibt, und halten Sie sie warm. Sollte Fieber auftreten, schicken Sie bitte sofort nach mir, ansonsten komme ich morgen wieder.«

Martha versicherte, sich um alles kümmern zu wollen, und lief los, die Köchin anzuweisen, das Gewünschte zu richten.

Doktor Pohlmann schaute auch nach meinem Heinz, dessen wundersame Genesung ihn immer noch erstaunte. Leider durfte mein Sohn mich nicht besuchen, da er selber bettlägerig war und mein Anblick ihn zur Stunde sicherlich sehr erschreckt hätte. Es schmerzte mich sehr, dass er die heilige und für Kinder so erwartungsfrohe Weihnachtszeit im Bett verbringen musste. Aber Emilie hatte mir zu meiner innigen Freude berichtet, dass Heinrich, als Nikolaus verkleidet, ihm einen Sack voll mit Leckereien gebracht hatte. Oh, wie gerne hätte ich seine leuchtenden Augen gesehen und seine Freude mit ihm geteilt. Ich tröstete mich aber mit dem Gedanken, dass es nicht mehr lange bis Weihnachten war, und das würden wir ja gemeinsam verbringen. Als ich diese Gedanken aussprach, räusperte sich Emilie energisch und sagte: »Ja, Weihnachten werden wir zusammen feiern, auch Hochzeit, aber nicht die von Heinrich und dir.« Bevor ich überhaupt antworten konnte, sprach sie schnell weiter: »Verstehst du, wir wussten ja nicht, ich meine, du warst über eine Woche unauffindbar, wir … wir …«

»Wir mussten mit dem Schlimmsten rechnen, meine Liebe«, sprang ihr meine zukünftige Schwiegermama bei. »Natürlich haben wir gebetet und die Hoffnung nicht für einen Augenblick aufgegeben, aber wir hielten es dennoch für das Beste, eure Hochzeit zu verschieben, ich hoffe, du hast dafür Verständnis.« Ich konnte nur nicken, ihre Worte erreichten mich nicht wirklich, außerdem spürte ich, dass noch nicht alles gesagt worden war. Emilie, die neben mir saß, ergriff meine Hand, holte tief Luft und sagte: »Es waren aber schon sehr viele Vorbereitungen getroffen worden, wie du dich sicher erinnern wirst, und darum haben wir beschlossen, dass wir anderen doch heiraten, nur du und Heinrich eben später. Ich hoffe, du verstehst das nicht falsch und bist uns nicht gram.«

Ich empfand gar nichts, weder Enttäuschung noch Ärger, darum schüttelte ich mit dem Kopf und hielt den Mund. Emilie schien das zu reichen, sie streichelte meine Hand und versicherte mir, gewusst zu haben, dass ich einverstanden sein würde.

Ich konnte die Augen kaum aufhalten, brachte es aber doch fertig, nach meinem Verlobten zu fragen.

Emilie beruhigte mich und sagte, dass Karla sich längst auf dem Weg zu ihm befände, um ihm die Nachricht von meiner glücklichen Rettung zu bringen.

»Heute können wir ihn vielleicht noch von dir fernhalten, aber morgen müsste ich wohl eine Kanone nehmen, wollte ich ihm den Zutritt zu dir verweigern. Ich verspreche dir aber, ihn so lange unten festzuhalten, bis du gebadet und vorzeigbar bist.«

Ich wollte ihr danken, aber schlief vor lauter Erschöpfung ein.

Martha weckte mich noch einmal auf, um mir ein paar Schlucke Milch und ein paar Bissen eines Omeletts zu reichen, aber viel schaffte ich nicht.

»Macht nichts«, sagte sie, »morgen sieht die Welt bestimmt viel freundlicher aus, und wenn erst dein Appetit zurückkehrt, geht es schnell aufwärts.«

Als ich erneut erwachte, war es Morgen, denn helles Licht drang durch die Vorhänge. Ich fühlte mich so zerschlagen, dass es mir kaum gelang, mich aufzusetzen, ohne dass mir die Tränen kamen. Vermutlich stöhnte ich so laut, dass Emilie mich hörte, die wohl längere Zeit vor der Tür Wache stand. Sie wirbelte mit schwingenden Röcken in den Raum, zog die Gardinen auf und drehte sich lächelnd zu mir um.

»So, du Schlafmütze, es ist schon Mittag vorbei. Wie fühlst du dich? Abgesehen davon, dass du am ganzen Körper grün und blau sein wirst?«

Ich musste trotz meiner Schmerzen lachen, Emilie war erfrischend, und ich liebte sie wie eine jüngere Schwester.

»Ich kann wohl sagen, dass ich schon bessere Tage hatte, aber ich will mich nicht beklagen, ich bin gerettet und am Leben. Was ich jetzt mehr als alles andere möchte, ist ein Bad, könntest du das möglich machen?«

»Das habe ich bereits möglich gemacht. In der Küche steht der große Zuber bereit, ich helfe dir die Treppe hinunter.

Komm, ganz langsam aufrichten, so ist es gut.«

Ich humpelte wie eine uralte Frau, von Emilie mehr getragen als gestützt, die Treppe hinab bis zur Küche. Die Köchin schlug die Hände zusammen, als sie meiner ansichtig wurde, und schüttelte ein ums andere Mal den Kopf.

»Jesses nee, wat ham se nur mit dem Frollein jemacht? Nee, nee, wat gottlose Leut sin das, sach ich immer.«

Emilie brachte mich zu einem Stuhl, wickelte die Verbände ab und zog mir das Nachthemd über den Kopf. Ich war viel zu schwach und viel zu müde, um Peinlichkeit ob meiner Nacktheit zu empfinden, und ließ mir von den beiden Frauen in den Zuber helfen. Das heiße Wasser schmerzte in den vielen Abschürfungen, die ich erlitten hatte, tat aber meiner verwundeten Seele doch gut.

Meine Finger waren ganz schrumpelig geworden, da hielt Emilie mir ein großes, warmes Leintuch hin und wickelte mich wie ein Kind hinein. Einen Augenblick lang lehnte ich meinen Kopf an ihre Schulter und schluckte schwer, um die Tränen zurückzuhalten.

»Weine nur, Luise, weine dich richtig aus. Du hast vermutlich schreckliche Dinge erlebt, die vergiften dich, wenn du sie in dich reinfrisst. Tränen reinigen, das weißt du doch. Ich habe keine Ahnung, was dir in all den Tagen geschehen ist, aber wenn du es mir erzählen möchtest, höre ich dir jederzeit zu. Ich verspreche auch, es für mich zu behalten und niemandem ein Sterbenswörtchen zu verraten. Es muss ja nicht gleich sein, aber irgendwann. Im Augenblick habe ich eine einzige Frage an dich: Hat der Kerl dich …, ich meine, hat er dir etwas angetan, was Folgen haben könnte?«

Ihre Frage löste etwas in mir aus und brachte mich dazu, wirklich in heftiges Schluchzen auszubrechen. Ich weinte und weinte, so sehr, dass ich kaum Luft bekam.

Emilie schwieg und streichelte meinen Rücken.

»Dieser gottlose Mensch, wie konnte er nur?«, stieß sie hervor, und mir wurde klar, dass sie meinen Ausbruch als Beantwortung ihrer Frage ansah.

»Nein, nein«, sagte ich daher schnell und putzte mit einem Zipfel des Lakens meine laufende Nase trocken. »Geschändet hat er mich nicht, aber ich spüre, wie groß meine Angst die ganze Zeit über genau davor war. Ich hätte Heinrich nicht mehr in die Augen schauen, geschweige denn ihn heiraten können. Lieber wäre ich gestorben, als mit einer solchen Schande weiterzuleben.«

»Nun ja, es ist ein großes Glück, dass es dazu nicht gekommen ist, auch wenn das, was er dir angetan hat, sicher schlimm genug ist.

So, ich bringe dich nach oben in dein Bett, denn Heinrich läuft seit Stunden Rillen in das Wohnzimmerparkett, und ich will nicht riskieren, dass er hereinstürmt und dich, nur mit einem Leinentuch bekleidet, überrascht. Obwohl, na ja, er hat dich ja wohl schon mit weniger am Körper gesehen.«

Emilie lachte fröhlich, sie konnte nie lange ernst bleiben, egal, worum es gehen mochte.

Ich zog ein sauberes Nachthemd an, das die gute Köchin gerade frisch geplättet und warm bereitgelegt hatte.

Emilie packte mich unter den Schultern, und wir begannen den mühseligen Weg in die obere Etage und in mein Bett. Das alles hatte mich sehr angestrengt und ich wollte nur noch schlafen. Daran war allerdings nicht zu denken, denn Heinrich klopfte ungestüm an die Tür.

»Nicht lange, sie braucht unbedingt Ruhe, und reg sie ja nicht auf«, hörte ich Emilie sagen, als sich die Tür öffnete und mein Verlobter hereinstürmte.

»Luise, oh Luise, meine Geliebte, mein Leben, du ahnst ja nicht, welche Angst ich um dich ausgestanden habe. Ich habe nicht geschlafen, nicht gegessen, habe beinahe den Verstand verloren, bei dem Gedanken, dich niemals wiederzusehen. Wie geht es dir, hast du Schmerzen? Ach, natürlich hast du Schmerzen, wie kann ich dich nur so etwas fragen. Verzeih mir, bitte, ich bin nicht Herr meiner Sinne.«

Heinrich sah wirklich bemitleidenswert aus. Tiefe Ringe unter seinen Augen, hohlwangig und die Weste viel zu weit geworden. Er kniete neben meinem Bett nieder und bettete seinen Kopf an meine Schulter. Mit der gesunden Hand strich ich ihm über die Haare und sprach zu ihm wie zu einem kranken Kind. »Schscht, es ist alles gut, mir ist nichts passiert, alles ist in Ordnung, ich bin wieder hier, und niemand kann mir etwas tun.«

Nach einer Weile schaute er hoch, strich ganz sanft mit einem Finger über meine geschwollene Wange, während eine Träne über seine Wange rann.

»Luise, ich hätte es mir in diesem Leben nicht verziehen, wäre dir meinetwegen etwas zugestoßen, ich meine, noch Schlimmeres zugestoßen, hättest du meinetwegen dein Leben verloren. Du ahnst ja nicht, welche Vorwürfe ich mir mache, dich nicht beschützt zu haben.«

»Ach Heinrich, du konntest doch gar nicht ahnen, zu welchen Mitteln dieser Mensch greifen würde, also hast du keinen Grund, dich so zu quälen. Der liebe Gott hätte es nicht zugelassen, dass er mir mein Leben nimmt.«

»Nun, da hat sich der liebe Gott aber sehr viel Zeit gelassen, uns von dieser Sorge zu befreien, wir alle haben kaum geschlafen und uns unentwegt den Kopf zerbrochen, wo wir dich finden könnten und wie dir helfen. Ich kann dir gar nicht sagen, wie es mir gestern gegangen ist, als Karla kam, um mir von deiner Rettung zu berichten. Ich wollte natürlich umgehend zu dir, keine Sekunde mehr verlieren, aber sie hat mich erbarmungslos festgehalten, und auch meine Mutter war dagegen. Ich habe mich schließlich daran erinnert, dass auch Sabrina sagte, du wolltest mich zuerst einmal nicht sehen …«

»Sabrina? Sabrina hat dir gesagt … Heinrich, rede! Was ist geschehen, wo warst du während meiner Abwesenheit und was hat Sabrina damit zu tun?«

»Nun, nun, ich rede ja schon. Es war so, als ich dieses Schreiben erhielt, in dem stand, dass du entführt worden bist, habe ich mich in den Sessel dort drüben gesetzt und gegrübelt. Plötzlich saß ich in einem völlig anderen Sessel, in einer anderen Wohnung, in einem anderen Jahrhundert. Es war mir sehr peinlich, das kann ich wohl sagen, schließlich gehört es sich nicht, einfach bei fremden Menschen zu nachtschlafender Zeit im Schlafgemach aufzutauchen. Aber deine Ururenkelin wusste sofort, wer ich bin, auch wenn sie mich leider nicht sehen konnte, nur hören. Ihr Verlobter hingegen war anfangs sehr konsterniert, hielt er mich doch offensichtlich für ihren Galan. Er hat sogar damit gedroht, mich zu schlagen, stelle sich das nur einer vor.«

»Dich zu schlagen? Das ist wirklich sehr ungezogen, warum denn nur? Das heißt aber wohl auch, dass der Herr dich sehen konnte?«

»Ja, ja, ohne jeden Zweifel, er hat mir sogar sein Automobil gezeigt und hätte mir sicherlich auch die Funktionsweise von diesem Ferngerät erklärt, leider hat das deine Ururenkelin nicht zugelassen, sie war immer der Meinung, es gäbe Wichtigeres. Auf der anderen Seite muss ich zugeben, dass sie recht hatte, wir hatten so viel zu tun, da galt es wirklich, keine Zeit zu verlieren. Als sie dann wieder Kontakt zu dir hatte, war alles viel einfacher, aber vorher waren wir völlig ratlos und wussten nicht, welche Spur erfolgversprechend war und welche nicht.«

»Dann konnte ich mich also Sabrina tatsächlich mitteilen, sie hat meine Gedanken verstanden?«

»Zumindest so viel, dass es uns weitergeholfen hat. Wir wussten, dass es dir gelungen war, vor Reichelt zu fliehen und du dich verletzt im Wald befinden musstest, mehr nicht. Ich bin selbstredend sofort hierher zurück, bin wie von tausend Teufeln gejagt aus deinem Zimmer gerannt, habe nach Emilie gerufen, die noch schlief. Ich habe sie kurz aufgeklärt und gebeten, sofort die Kutsche bereit zu machen und mir zu meinem Haus zu folgen, ich selber bin losgerannt. Es dauerte auch nur wenige Minuten, bis Emilie mit heißem Tee und warmen Decken vor der

Tür stand. Natürlich wollte ich unbedingt mit, aber meine Eltern hielten mich energisch zurück, genauer gesagt mein Vater, denn meine Mutter stieg ebenfalls in die Kutsche. Nun, den Rest kennst du besser als ich, sie haben dich gefunden, möge der liebe Gott sie dafür segnen.«

»Ja, das haben sie wirklich verdient«, sagte ich leise, »aber wie ist es denn nur möglich, dass auch du durch die Zeit gereist bist? Es ist so unglaublich, unwirklich, und doch sollte es wohl genau so sein. Der Herrgott selber muss dich geleitet haben, anders kann ich es mir nicht erklären.

Sag mir, wie geht es meiner Ururenkelin? Hat sie sich große Sorgen gemacht?«

»Ich vermute, ja, aber sie hat eine sehr seltsame Art, das zu zeigen. Sie benutzt Worte, die einen Droschkenkutscher zum Erröten bringen würden, und auch ihren Verlobten behandelt sie keineswegs immer mit dem gebotenen Respekt. Sie fällt ihm ins Wort, und wenn er einen Vorschlag macht, hat sie mit Sicherheit eine andere Idee. Sehr ungewöhnlich, aber den Mann scheint das alles nicht besonders zu stören.«

»Ja, so ist sie, aber sei versichert, sie hat ein Herz aus Gold, auch wenn es sich manchmal hinter einer rauen Sprache verbirgt. Hat sie nicht alles getan, was in ihrer Macht stand, mich zu finden?«

»Doch, das hat sie, sie wollte sofort in dieses Archivgebäude fahren, um etwas zu suchen, aber das hat Herr Karsten ihr ausgeredet, weil ja niemand wusste, wonach man suchen sollte. Ja, es war alles sehr aufregend und wäre meine Sorge um dich nicht gewesen, ich hätte diese Besuche sehr genossen. Es gibt in dieser Epoche so vieles, was ich gern verstehen würde. Weißt du, was ich glaube? Jules Verne konnte, wie wir auch, in eine andere Zeit reisen und darum diese unglaublichen Bücher schreiben. Weißt du noch, wie du mir das erste Mal von deinen Reisen zu deiner Ururenkelin erzählt hast? Ich habe es für einen Spaß von dir gehalten und geglaubt, du hättest seine Bücher gelesen. Erinnerst du dich daran, mein Herz?«

»Ach, mein Liebster, natürlich erinnere ich mich. Ich weiß sehr genau, wie groß meine Angst war, du könntest mir vielleicht nicht glauben, mich sogar verlassen. Nun hast du es mit eigenen Augen gesehen, und ich kann mir sehr gut vorstellen, wie interessant das alles für dich gewesen sein muss. Leider gibt es auch vieles, was ich überhaupt nicht gutheißen kann. Es ist eben nicht alles Gold, was glänzt, und wir sollten dankbar und zufrieden sein, dass wir in unserer Zeit leben und uns wiederhaben.«

Heinrich nahm mich vorsichtig in die Arme und küsste meine Lippen ganz zart.

»Ja, meine Herzallerliebste, das sollten wir, aber vielleicht ergibt sich ja noch einmal die Gelegenheit – dieses Ferngerät ist sehr verlockend. Jetzt ruh dich aus, iss und trink etwas, ich komme morgen wieder. Ich liebe dich, vergiss das bitte keine Sekunde.«

»Nein, das werde ich nicht, denn ich liebe dich auch«, war meine Antwort, und dann verließ Heinrich leise den Raum.

So, ich glaube, mehr gibt es im Augenblick nicht zu erzählen, ich muss wieder zu Bett gehen, ich bin sehr erschöpft. Ach, eines wüsste ich noch gern. Wie hat dir denn mein Heinrich gefallen?«

»Keine Ahnung, ich habe ihn nicht gesehen, und Karsten weigert sich, ihn mir genauer zu beschreiben. Seine Stimme ist allerdings sehr sexy. Große Sorgen um dich hat er sich auch gemacht, wenn man mal davon absieht, dass er gern erklärt haben wollte, wie das Internet funktioniert oder ein Fernseher.«

»Ja, Heinrich ist wirklich sehr interessiert an allem, was mit Mechanik zu tun hat, ich verstehe sehr gut, wie das alles auf ihn gewirkt haben muss.«

»War klar, dass du das verstehen würdest«, lache ich, »ich glaube nämlich, es gibt überhaupt nichts, was dich an deinem Traumprinzen je stören würde. Mich stört allerdings eine ganze Menge an deinem Bericht, aber lass uns darüber später reden, wenn es dir besser geht. Jetzt husch, husch ins Körbchen.«

Ich bleibe eine Weile liegen, muss das alles erst verdauen. Dann stehe ich auf und gehe ins Wohnzimmer, Karsten zu berichten, wie Grannys Rettung abgelaufen ist.

»Mensch, das war echt Glück und hätte böse ins Auge gehen können. Sie sieht zwar momentan aus, als wäre sie vor einen Bus gelaufen, aber das verheilt sicher alles, vergewaltigt hat sie das Arschloch zum Glück nicht. Ach ja, das ist typisch Granny. Emilie hat sie danach gefragt, und sie war sehr froh, das verneinen zu können. Weißt du, warum? Nicht etwa, weil ihr selber damit ein traumatisches Erlebnis erspart geblieben ist, nein, sie war nur froh, weil sie sonst ihren Heinrich nicht hätte heiraten können. Nee, echt, darüber muss ich mit ihr beim nächsten Mal dringend reden. Glaubt man das denn? Es wäre ihr so schrecklich peinlich gewesen, dass sie es dann vorgezogen hätte zu sterben. Kannst du dir das vorstellen?«

»Na ja, zu ihrer Zeit war das wohl so, da hat man auch geglaubt, eine Zuchthündin, die einmal von einem Straßenhund gedeckt wurde, wäre für immer verdorben.«

»Karsten! Du willst doch Granny nicht mit einer Hündin vergleichen, du bist vielleicht ein …«

»Komm runter, so war das doch nicht gemeint. Ich stimme dir völlig zu, es ist eine überholte und veraltete Denkweise, aber zur Zeit deiner Ururgroßmutter ganz normal. Eine vergewaltigte Frau trug einen Makel mit sich rum, fair oder nicht, ich kann nichts für die Moralvorstellungen des 19. Jahrhunderts. Es grenzt überhaupt an ein Wunder, dass dieser Superheinrich sie heiraten will, wo doch schon ein anderer mit ihr im Bett war. Männer fürchten Vergleiche, das war früher nicht anders als heute.«

»Ist schon gut, nur, als sie mir das so selbstverständlich erzählt hat, konnte ich das überhaupt nicht glauben. Ich war so schockiert, dass ich völlig versäumt habe, ihr das auszureden.«

»Das wäre dir auch nicht gelungen, man ändert solche Dinge nicht mit einem Satz. Glaubst du wirklich, es gäbe nicht auch heutzutage Männer, die genau dieser Meinung sind, und Frauen, die glauben, das sei richtig? Wo lebst du denn? Guckst du ab und an auch Nachrichten?«

»Tu bloß nicht so überheblich. Natürlich weiß ich das und auch, dass ich gar nicht so viel essen kann, wie ich kotzen möchte, wenn ich so was höre.«

»Trotzdem, sei froh, sie ist nicht vergewaltigt worden, muss also nicht damit rechnen, von diesem Kerl die Syphilis zu kriegen oder schwanger zu sein, eine große Sorge weniger. Was war eigentlich mit dem Hund?«

»Welchem Hund? Wovon redest du?«

»Na, dem ausgebildeten Jagdhund, den Heinrich herbeischaffen wollte? Hat deine Ururgroßmutter den nicht erwähnt?«

»Nee, hat sie nicht, kein Wort von einem Hund.«

»Dann wird er wohl nicht dagewesen sein oder ist unterwegs abgebogen, um einer Hasenfährte zu folgen. Ein Jagdhund eignet sich nicht zwangsläufig zum Rettungshund, und ich glaube nicht, dass der in Mantrailing ausgebildet war.«

»Nee, eher nicht, das war noch nicht erfunden. Na egal, nicht so wichtig, die Hauptsache ist, sie wurde gefunden und liegt nun sicher und warm zu Hause in ihrem Bett. Dahin würde ich übrigens auch sehr gerne gehen, also nicht in ihr Bett, sondern in meins und zwar mit dir. Was hältst du von meinem Vorschlag?«

»Tja, was halte ich davon, lass mich mal überlegen …«

Karsten fängt das Kissen, das ich ihm an den Kopf werfe, lachend auf.

Erst eine geschlagene Stunde später öffnen wir die Schlafzimmertür, um Mogli und Balou reinzulassen, die draußen vor der Tür randalieren. Sie haben eigentlich jederzeit Zutritt zu allen Räumen, aber zwei junge Kater wirken abtörnend auf mein Liebesleben. Sie scheinen sich nämlich einzubilden, wir würden uns nur zu ihrer höchsteigenen Unterhaltung durch das große Doppelbett bewegen. Sie jagen Füße, beißen in Zehen, zerren an Haaren und sind überall im Weg. Darum haben wir beschlossen, Liebesleben ja, Katzen dabei nein! Sollte jemand den Tierschutz alarmieren wollen, nur zu.

Bis Freitag lässt sich keiner blicken, weder Granny noch Heinrich. Lasse darf heute bei Torben übernachten und mit auf den Königsstuhl fahren, was Luise ätzend findet. So gern sie ihren kleinen Bruder piesackt, wenn er nicht da ist, fehlt ihr was. Als Trost verkünden wir, am nächsten Morgen meine Eltern besuchen zu wollen, was Lasse in Nöte bringt. Bei Torben zu übernachten, ist toll, aber seiner Schwester allein das Feld bei den Großeltern zu überlassen, findet er nicht so prickelnd.

Das Leben ist kein Ponyhof, er muss sich entscheiden, und die Entscheidung fällt zu Gunsten des Kumpels aus. Wunderbar, kein Gezanke während der Autofahrt.

Wir laufen gegen Mittag auf, und bereits als wir aus dem Auto steigen, riecht es wunderbar aus der Küche. War klar, Mam hat gekocht, hätte ich, ehrlich gesagt, auch nicht anders erwartet. Die Tür geht auf und ihr Hund Teddy stürmt die Stufen hinunter, dabei singt er in den höchsten Tönen vor lauter Begeisterung. Er ist ein italienischer Hund, vielleicht liegt es daran. Luise versteckt sich hinter Karsten, ihr ist die anstürmende Begeisterung auf vier Pfoten ein bisschen suspekt, dabei liebt Teddy sie heiß und strahlenförmig. Ich bin dabei, seine Ohren zu kraulen, da kommt eine Mischung aus Rantanplan und Pluto die Treppen hinuntergesprungen. Ich schaue etwas entgeistert, während Mam prompt aus dem Küchenfenster ruft: »Mach den Mund zu, es zieht, das ist nur Brenda, die tut nichts.« Das ›die will nur spielen‹ schenkt sie sich. Gleich darauf erscheint mein Vater oben auf der Treppe und ruft völlig erfolglos nach den Hunden, die interessiert das kein bisschen, aber als Mams Stimme »Leckerchen« ruft, überschlagen sich die zwei, um ja als Erster durch die Tür zu kommen.

Nachdem wir alle im Haus sind, werden wir über Neuzugang Brenda aufgeklärt, den sie seit einer Woche haben und unter gar keinen Umständen behalten wollen. »Nur als Pflegehund«, sagt Dad, »einen zweiten Hund auf Dauer wollen wir nicht mehr. Sie kommt aus Spanien, und niemand wollte sie dort, na ja, so ein großer Hund ist auch schwierig zu vermitteln.« Dabei liegt sein Blick so liebevoll auf diesem Ungetüm, dass ich jede Wette darauf eingehen würde, dass der bleibt!

Die beiden Vierbeiner haben sich neben Karsten niedergelassen, himmeln ihn an und sabbern ihn voll. Mein Liebster hat mit Sicherheit in früher Kindheit einen Hundemagneten verschluckt, denn sie lieben ihn alle, selbst in der Praxis sind sie handzahm.

Nach dem Essen gehen die Männer mit den Hunden Gassi, Isi guckt fern, und Mam und ich setzen uns in die Küche. Ich berichte, was in der Zwischenzeit geschehen ist. Sie ist genauso erleichtert wie ich, dass Granny nichts Ernsthaftes zugestoßen ist.

»Liebe Güte, das hätte schiefgehen können, die arme Frau kann einem leidtun. Hat man den Kerl erwischt, oder rennt der immer noch frei rum?«

»Keine Ahnung, darüber haben wir nicht gesprochen, aber ich glaube nicht, dass sie ihn haben, das hätte sie doch sicherlich erwähnt. Na, Heinrich wird schon dafür sorgen, dass er gefasst wird, und dann hoffe ich, dass der für den Rest seines Lebens gesiebte Luft atmet. Die Zuchthäuser der damaligen Zeit sollen nicht so richtig gemütlich gewesen sein.«

»Wenn er so durchgeknallt ist, wie Granny erzählt, wird er eher in die Landesheilanstalt kommen, die vermutlich Irrenanstalt hieß.«

»Ja, kann sein, ist mir ehrlich gesagt egal, Hauptsache von der Straße und keine Bedrohung mehr für Granny.«

»Was ist aus der verbrannten Frauenleiche geworden? Hat man herausgefunden, wer es ist?«

»Nee, nicht wirklich, denke ich mal. Heinrich vermutete ja, dass es sich um diese Frieda Reimann handelt, aber das kommt zeitlich überhaupt nicht hin. Er kann zwar eine Aussage machen, dass diese Frau vermisst wird, aber Grannys Aussage, dass Frieda vermutlich von Reichelt erschlagen wurde, kann er nur verwenden, wenn er ihre Entführung öffentlich macht, und das will er nicht. Unter keinen Umständen.«

»Warum denn nicht? Sie ist doch nur das unschuldige Opfer?«

»Schon, aber er befürchtet, dass dann sein Inkognito auffliegt und dadurch die Hintermänner verschreckt werden. Er glaubt nicht, dass Reichelt allein für die Attentate auf den Kanzleiminister und den Regenten verantwortlich ist. Das ergibt für ihn keinen Sinn, weil er sich damit schließlich den Ast abgesägt hätte, auf dem er sitzt. Kein Fürst, kein Oberregierungsrat, you see? Er vermutet eine groß angelegte Verschwörung, hinter denen die Sozialisten stecken. Das könnte sich schnell zu einer Revolution auswachsen, und davor fürchtet sich sogar der Kaiser im fernen Berlin.«

»Verstehe ich nicht. Ich denke, er ist davon überzeugt, dass Reichelt der Attentäter ist, und der ist doch so verschreckt, dass er seinen Verstand verloren hat.«

»Noch steht das aber nicht fest, außerdem will er andere Ganoven nicht auf dumme Gedanken bringen.«

»Merkwürde Rechtsauffassung, muss ich schon sagen, aber da es kaum helfen wird, wenn wir auf der nächsten Wache Anzeige erstatten, kann ich nur hoffen, der weiß, was er tut. Ich fände den Gedanken echt schrecklich, dass der Kerl, der Granny so in Angst und Schrecken versetzt hat, davonkäme.«

»Bestimmt nicht, Granny würde mit Sicherheit sagen: Gottes Mühlen mahlen langsam, aber sie mahlen gerecht.«

»Ich wusste gar nicht, dass du so bibelfest bist. Hat deine Ururgroßmutter dich angesteckt?«, amüsiert sich Mam.

Da fällt mir was ein: »Weißt du, Grannys Entführung ist ein kapitales Verbrechen, aber der Kerl hat auch noch eine junge Frau ermordet, das habe ich fast vergessen. Die armen Eltern sollten erfahren, was aus ihrer Tochter geworden ist und wo sie begraben wurde. Darüber muss ich dringend mit Granny reden, wenn sie das nächste Mal kommt. Vielleicht kann man auch von der eine Haarbürste besorgen, den Finger haben wir ja schon. Klar, Heinrich kann das schlecht als Beweis anführen, aber zumindest hat man dann Gewissheit. Weißt du, was uns noch eingefallen ist? Wir haben doch nach der Hochzeitsanzeige von Granny und Heinrich gesucht und nichts gefunden, ne? Was nun im Nachhinein kein Wunder ist, weil es keine Hochzeit gegeben hat, aber wir Deppen hätten nach den anderen Paaren googeln sollen.«

»Klar, die hättet ihr vielleicht gefunden und die von Granny nicht! Hätte euch das beruhigt? Na siehste, war schon gut so.«

»Auch wieder wahr. Wir werden uns nach Hause aufmachen, ich muss Lasse abholen.«

Karsten und Dad sind in eine Unterhaltung über die Bundesliga vertieft und reagieren ungehalten auf meinen Aufbruchswunsch, haben aber ein Einsehen. Selbst Isi hat genug von der Dance Akademie und schält sich aus dem tiefen Sessel. Es ist fast 18 Uhr, als wir bei Torbens Eltern ankommen, und ich habe ein leicht schlechtes Gewissen. Seine Mama beruhigt mich aber und versichert, es sei überhaupt kein Problem, die zwei hätten ganz prima miteinander gespielt, man könne das gern öfter machen.

»Au ja!«, kreischen beide zusammen und hüpfen wie die Frösche umher. »Ja, Mama, ich will hier wohnen, zu Hause ärgert mich immer die Isi. Kann ich hier wohnen, biiiiiitte?«

Meine Erklärungen, warum das nicht geht, interessieren ihn nicht die Bohne, er heult laut und ist die nächste Stunde beleidigt. Bis ich die beiden in ihren Betten habe und mich gemütlich zu meinem Liebsten auf die Couch fallen lassen kann, ist es ein weiteres Mal fast 22 Uhr.

Wir unterhalten uns, keiner hat Lust auf DVD oder so, und kurz vor 23 Uhr kann ich die Augen kaum noch aufhalten und mache mich auf den Weg in mein Bett.

Karsten folgt mir, wir machen das Licht aus, kuscheln uns aneinander, und dann geht's los: Jeden, wirklich jeden Abend, sobald es dunkel ist, beginnen diese beiden irren Kater ihr Fitnessprogramm. Sie springen auf die Schränke und wieder runter, jagen sich buchstäblich senkrechte Wände rauf. Aus dem Schlafzimmer haben wir sie aus diesem Grund schon vor geraumer Zeit verbannt, aber der Lärm ist trotzdem unüberhörbar, für uns und vermutlich auch für die armen Menschen, die unter uns wohnen. Die gucken mich schon ganz komisch an, vermutlich denken die bei dem nächtlichen Spektakel weniger an spielende Katzen als an wilden Sex. Nach genau zehn Minuten ist Ruhe, immer! Könnte man die Uhr nach stellen.

Am nächsten Morgen springt mein Radiowecker an, und eine Frauenstimme spricht das Wort zum Sonntag. Ich kneife meine Augen zu und lasse mir alle Gründe dieser Welt einfallen, warum ich heute auf gar keinen Fall arbeiten gehen kann, bis mir endlich ein überzeugender einfällt: Es ist Sonntag!

Welch ein wunderbares Gefühl, ich seufze tief, rolle mich auf meine bevorzugte Schlafseite, überlege kurz, warum ich den Wecker nicht ausgeschaltet habe, da sagt der:

»Guten Morgen, mein Kind, ich fragte dich gerade, warum du dich immer noch nicht entschlossen hast, zur Kirche zu gehen? Damit würdest du mir wirklich eine große Freude bereiten.«

»Och nee, Granny, bitte! Ich wollte noch einmal einschlafen und sonst gar nichts. Wenn ich dir eine Freude machen soll, such dir was anderes aus.«

»Das ist sehr lieb von dir, dann hätte ich gern, dass dein Verehrer meinem Heinrich zeigt, wie der interne Kasten funktioniert. Das ist ein Herzenswunsch von ihm, das weiß ich.«

»Okay, alles, was du willst, aber muss das wirklich in aller Herrgottsfrühe sein, noch dazu an einem Sonntag?«

»Es ging leider nicht anders, wenn wir nicht auffallen wollen. Im Haus steht keiner vor acht Uhr auf, und so wird es wohl unbemerkt bleiben.«

Ich überlege eine Weile, was sie mit dieser kryptischen Äußerung gemeint haben könnte, da fährt mir der Schrecken in die Glieder. Ich richte mich auf und schaue auf den Sessel, in dem Granny gewöhnlich sitzt. Sie sitzt auch heute da, aber anders als sonst, irgendwie merkwürdig. Es sieht aus, als hinge sie schief in der Luft, denn ihr Hinterteil berührt die Sitzfläche überhaupt nicht. Ich reibe mir über die Augen, gucke genauer, da sagt Karsten neben mir verschlafen: »Ach nee, wen haben wir denn da in unserem Schlafzimmer sitzen? Guten Morgen, Heinrich, was gibt es Neues?«

»Heinrich? Wieso Heinrich, das ist Granny, brauchst du eine Brille?«

»Quatsch, das ist eindeutig Heinrich, es sei denn, Granny hat sich einen Vollbart wachsen lassen und trägt neuerdings Anzüge.«

»Ich glaube, das kann ich aufklären«, tönt die unverkennbare sonore Stimme von Grannys Verlobtem aus der Ecke.

»Es ist nämlich so, dass wir beide hier sind.«

»Stopp«, unterbreche ich ihn, »jetzt weiß ich, warum Granny in der Luft hängt, sie sitzt auf Ihrem Schoß, richtig? Und da ich nur sie, aber nicht Sie sehen kann und Karsten nur Sie, aber nicht sie … Ach, lassen wir das, das kriegt doch kein Mensch mehr auf die Kette. Karsten, Granny ist auch da, sie sitzt bei Heinrich auf dem Schoß, und das sieht für mich aus, als würde sie in der Luft hängen.«

Karsten schnaubt belustigt und schüttelt mit dem Kopf.

»Gut, dass ich diese Geschichte niemandem erzählen muss, ich würde ernsthaft um meine Freiheit fürchten.«

»Dann kannst du jedenfalls nachempfinden, wie es mir gegangen ist, als ich dir von Granny erzählen musste, und warum ich das so lange hinausgeschoben habe.«

»Na und ob, ich hoffe nur, da kommen nicht noch mehr Verwandte von dir im Laufe der Zeit.«

»Darüber sollten Sie sich keine Sorgen machen, ich kann schließlich nichts dafür, dass mein Verlobter gezwungen war, hierherzukommen. Das waren außergewöhnliche Umstände, die das notwendig gemacht haben. Nun gehe ich aber davon aus, dass Sie gastfreundlich genug sind, ihm seinen sehnlichsten Wunsch zu erfüllen, auch wenn es Ihnen wirklich an Höflichkeit mangelt.«

»Luise, ich bitte dich, Herr Karsten war immer sehr freundlich zu mir, außerdem kann ich gut für mich allein sprechen, das musst du nicht für mich tun.«

»Oh, natürlich, verzeih bitte, Heinrich, ich wollte dich nicht bevormunden, ich wollte nur …«

»Jetzt hört auf, ihr beiden«, unterbreche ich die Unterhaltung. »Ich kann am frühen Sonntagmorgen keine streitenden Ahnen in meinem Schlafzimmer leiden. Ihr seid doch sicherlich nicht hier, nur weil Heinrich was über unsere Technik erfahren möchte. Wie habt ihr es überhaupt angefangen, am frühen Morgen zusammen hier aufzutauchen? Ich kann mir nicht vorstellen, dass die Familie Deppe plötzlich gestattet, dass ihr zusammen übernachtet.«

»Nein, selbstredend nicht!« Granny klingt direkt entsetzt.

»Emilie hat ihn hineingelassen, als alle schon geschlafen haben, und er muss natürlich fort sein, bevor die Familie aufwacht.«

»Na super, hoffentlich fallt ihr nicht mal auf, das gibt einen ausgewachsenen Skandal«, lache ich, »dann habt ihr euch also gemeinsam in den Sessel gequetscht und gehofft, dass es klappt.«

»Ja, genau so. Ich habe mich auf Heinrichs Schoß gesetzt, und wie du sehen kannst, sind wir beide hier.«

»Nicht ganz, Granny, ich kann schließlich nur dich sehen, aber das ist egal. Was genau ist passiert, wie geht es dir? Du siehst noch nicht aus wie das blühende Leben.«

»Kannst du mir übersetzen, was deine Ururgroßmutter sagt, sonst kriege ich überhaupt keinen Sinn in das Ganze.«

»Sorry«, sage ich und bringe Karsten schnell auf den neuesten Stand.

»Ich weiß allerdings nicht, was sie genau hier wollen, das sollte besser Heinrich erzählen, den kann ich wenigstens hören. Würde das alles etwas abkürzen.«

»Das ist eine gute Idee, gnädige Frau«, beginnt die sonore Stimme, »wir haben schließlich nicht viel Zeit und müssen bald zurück.«

HEINRICH

»Ich hatte am gestrigen Morgen eine sehr ausführliche Unterhaltung mit meinem Fürsten. Ihm habe ich über die abscheuliche Tat Reichelts berichtet und auch, dass meine Verlobte bestätigen kann, dass die junge Soubrette vom Landestheater vermutlich von ihm getötet wurde. Unser Regent war geradezu angewidert und forderte eine schnelle und kompromisslose Aufklärung, unabhängig von Ansehen und Person. Er sagte mir alle Vollmachten und jede Unterstützung zu, selbstverständlich auch so viele Beamte, wie ich benötigen würde, um Reichelt festnehmen zu können. Allerdings bat er mich, die ganze Angelegenheit weiterhin mit Diskretion zu behandeln, um keine Unruhe in der Bevölkerung aufkommen zu lassen. Das Vertrauen in den fürstlichen Beamtenapparat dürfe nicht leiden, und ein Attentäter mitten unter ihnen wäre dafür denkbar schlecht geeignet. Die Zeiten sind unruhig, die Sozialisten lassen keine Gelegenheit aus, gegen die herrschende Klasse und den Adel zu rebellieren. Ein solcher Vorfall käme ihnen sicher sehr gelegen und wäre Wasser auf ihre Mühlen. Des Weiteren berichtete ich ihm, dass Reichelt gegenüber meiner Verlobten den Giftanschlag auf Otto von Wolffgramm zugegeben habe und dass sie mit den erhobenen Anschuldigungen gegen das Fürstenhaus durchaus recht gehabt hätte. Er stimmte mir zu, befand aber die Angelegenheit als abgeschlossen. Der Kanzleiminister sei tot, Fräulein Klewe zwar zu Unrecht bestraft worden, was sicherlich sehr bedauerlich wäre, aber da könne er heute auch nichts mehr daran ändern. Damit musste ich mich zufriedengeben, auch wenn ich es nicht verstand. Ich bin der Meinung, er hätte zumindest sein Bedauern ausdrücken können, auch wenn er selber mit dieser Angelegenheit nichts zu tun hatte.

Nach diesem Gespräch ließ ich mir den Sekretär Köhler holen, bot ihm weder einen Gruß noch einen Stuhl an, sondern begann sofort mit einer energischen Befragung. Leider ist dieser Mann ein hartgesottenes Individuum, das sich nicht ins Bockshorn jagen ließ. Er bestritt frech jede Beteiligung am Mordversuch an Otto von Wolffgramm, wisse nichts von einem Attentat auf den Regenten und habe Reichelt schon viele Wochen nicht mehr gesehen. Es brachte mich sehr in Rage, aber da ich ihm nichts nachweisen konnte, musste ich ihn schließlich gehen lassen. Nicht, ohne ihm mit auf den Weg zu geben, dass ich von seiner Mittäterschaft überzeugt sei und es auch beweisen würde. Er zuckte nur mit den Schultern und verließ den Raum. Ich war wirklich sehr unzufrieden mit dem Verlauf des Verhörs, aber was hätte ich tun sollen? Es gibt keinerlei Beweise gegen ihn, und ehrlich gesagt weiß ich nicht, wo ich die hernehmen sollte. Erst wenn wir den Reichelt geschnappt haben und er ihn beschuldigt, können wir handeln.«

»*Wenn* ihr ihn schnappt«, unterbreche ich, »der kann doch längst über alle Berge sein. Dass Granny von diesem Operettenfürsten weder eine Entschuldigung noch eine Entschädigung dafür bekommt, dass sie zwei Monate unschuldig im Frauengefängnis sitzen musste, finde ich krass. Geht ja gar nicht. Was passiert denn nun? Wo wird Reichelt gesucht und wie? Druckte man zu eurer Zeit Steckbriefe wie im wilden Westen? Dead or alive oder so?«

»Gnädiges Fräulein, seien Sie versichert, es ist alles in die Wege geleitet, er wird Preußen nicht verlassen können. An jeder Grenze würde er auffallen und sofort verhaftet werden.«

»Toll, aber Preußen war ja nicht gerade klein, da hat er doch eine Million Möglichkeiten, unterzutauchen, ohne sich einer Grenze überhaupt zu nähern. Er hat kein Geld, ist wirr im Kopf, wo wird er denn hingehen? Vermutlich doch heim zur Gattin, oder? Zumindest, um sich umzuziehen und sich mit Geld zu versorgen. Vielleicht tanzt er nackt über den Marktplatz, keine Ahnung, aber er wird ganz sicher nicht logisch vorgehen. Ich denke, man müsste das Naheliegende im Auge behalten, und das ist sein Zuhause bei der Frau Gemahlin.«

»Das ist selbstverständlich bereits in die Wege geleitet. Zwei Wachtmeister haben vor seinem Haus Posten bezogen und werden zugreifen, sobald er sich zeigt.«

»Dann hoffen wir mal, dass er nicht zuerst zugreift, der steht doch mit dem Rücken zur Wand. Auf ein Verbrechen mehr oder weniger wird es ihm kaum ankommen. Aber egal, ihr werdet das Kind schon schaukeln.«

»Ja, ich denke, es wird uns in Bälde gelingen, seiner habhaft zu werden. Herr Karsten, wäre es sehr vermessen von mir, würde ich Sie bitten, mir dieses Ferngerät genauer zu erklären?«

Karsten verdreht die Augen, nickt aber und sagt:

»Ehrlich gesagt, ich habe nicht den blassesten Schimmer, wie das Teil funktioniert, aber wir können mal googeln. Ob Sie allerdings ein Wort davon verstehen, kann ich nicht garantieren.«

Granny schwebt ein Stück in die Höhe und dann ganz langsam zurück in den Sessel. Sie spitzt die Lippen und lächelt verklärt. Daraus schließe ich messerscharf, dass Heinrich aufgestanden ist und sie zurück in den Sessel gesetzt hat, worauf sie sich mit einem Kuss von ihrem Liebsten verabschiedete. Pantomime der besonderen Art.

»So, meine Liebe, jetzt, da wir unter uns sind, erzähl mir mal, wie's dir wirklich geht.«

»Oh, ich habe noch hier und da Schmerzen, meine Rippen tun mir beim Atmen sehr weh, außerdem bin ich überall grün und blau, aber das wird alles verheilen.«

»So, so, und trotzdem lässt du heimlich deinen Verlobten in dein Zimmer schmuggeln. Wenn das der Onkel Doktor wüsste.«

Granny errötet dezent, lächelt milde und sagt: »Nun, Kind, ich bin zwar verletzt, aber lebe ja noch, und wenn Heinrich in meiner Nähe ist, vergesse ich alle Beschwerden.«

»Klar, auch die gebrochenen Rippen, schon klar.

Damit nicht noch mehr an dir kaputtgeht, solltet ihr es wie die Stachelschweine machen: ganz, ganz vorsichtig.«

Granny schüttelt den haubengeschmückten Kopf, und ihr langer Zopf schwingt hin und her.

»Wir passen schon auf, keine Sorge, Heinrich ist nicht grob, er tut mir kein bisschen weh.«

»Dann ist gut. Ich habe ja auch nichts gegen dein Liebesleben, nur was dagegen, dass du dich weiter verletzt. Pass also ein bisschen auf dich auf, versprochen?«

»Natürlich, Kind, alles kommt in Ordnung, und meine Hochzeit kann dann im schönen Mai stattfinden.«

»Ach Gott, die Heirat, stimmt ja, das habe ich über all dem völlig vergessen. Wir haben Dezember, bis Mai solltest du sicherlich fit sein. Hast du dich an den Gedanken gewöhnt, weitere fünf Monate warten zu müssen, bis du endlich eine respektierliche Gattin sein wirst?«

»Ach Kind, das zu akzeptieren, ist mir wirklich sehr, sehr schwergefallen, schwerer, als du es dir vorstellen kannst. Ich habe Emilie und Karla sowie Gottfried und Hermann ihr Glück geneidet und mit meinem Schicksal gehadert. Ich habe den Neid in mein Herz gelassen und für eine Weile vergessen, was meine Freunde für mich getan haben. Das bereue ich nun zutiefst und schäme mich für meine kleinlichen Gedanken und Gefühle. Abgesehen davon, etwas Gutes hat es ja auch, ich werde meine Hochzeit ganz für mich alleine haben.«

»Na ja, Heinrich darf schon dabei sein, oder?«, lache ich, und Grannys kummervolles Gesicht hellt sich auf.

»Natürlich, das versteht sich von selber, und ich werde wohl bis zum Heiligen Abend so weit wiederhergestellt sein, dass ich auf der Hochzeit meiner Freunde zugegen sein kann.«

»Klar, Granny, wie ich dich kenne, kannst du bis dahin wieder Polka tanzen oder was immer ihr zu deiner Zeit getanzt habt. Was mich aber interessieren würde: Hat noch niemand etwas von der Scharade mitbekommen, die diese vier Leutchen da aufführen? Auch in deinem Jahrhundert werden sich Verlobte doch mal an den Händen gehalten, sich verklärt angelächelt oder gar geküsst haben? Wie machen die das?«

»Du stellst sehr seltsame Fragen, Kind. Kein Mensch kommt auch nur auf die Idee, es könnte sich um etwas anderes handeln als um zwei verlobte Paare. Bis auf Emilie sind alle nicht mehr ganz jung, man erwartet also keine großen Albernheiten von ihnen, und in der Öffentlichkeit schon gar nicht. Sie haben alle vier einen herzlichen Umgang miteinander, sodass niemand Grund zu Misstrauen hat.«

»Ist schon gut, reg dich nicht gleich auf, ich habe mir nur vorgestellt, was passieren würde, wenn Karla ganz in Gedanken versehentlich mal die Emilie küsst oder, noch besser, Gottfried den Hermann …«

»Kind!«, Granny keucht direkt vor Entsetzen. »Ich würde nicht wagen, so etwas auch nur zu denken. Es wäre ein Skandal, von dem sich Detmold so schnell nicht erholen und der viele Menschen unglücklich machen würde. Die Deppes, die von Radens, Heinrich und auch mich. Nein, ich bitte dich, lass uns nicht an so etwas Schreckliches denken.«

»Okay, ich bin still, aber es ist schon komisch, wenn ich mir das vorstelle, schließlich könnten die heute eine entspannte und fröhliche Doppelhochzeit feiern, ohne ein so entwürdigendes und obendrein gefährliches Theater aufführen zu müssen. Aber gut, anderes Thema, wie geht's deinem Sohn? Auch wieder besser, habe ich gehört. Da fände ich mal ein Dankeschön für Karsten angebracht, denn wer weiß, was ohne seine Medizin geworden wäre.«

Granny verzieht die Lippen, nickt dann und sagt: »Das stimmt, ich habe mich undankbar verhalten, das tut mir leid.«

»Sag das nicht mir, sag das ihm«, lasse ich sie mit ihrem schlechten Gewissen hängen. Endlich bin ich mal die moralisch Integre.

Die Tür geht auf, und Karsten kommt rein, ein Lächeln auf den Lippen.

»Ich weiß nun endlich, wie so ein Fernseher funktioniert«, grinst er. »Ich glaube allerdings nicht, dass Heinrich ein einziges Wort davon verstanden hat.«

»Da haben Sie recht, Herr Karsten, leider ist das alles sehr viel komplizierter, als ich gedacht habe. Es gibt zu viele Begriffe, mit denen ich gar nichts anfangen kann. Nun ja, ganz offensichtlich ging es Ihnen ebenso, das tröstet mich ein wenig. Jetzt sollten wir dringend wieder gehen, es ist schon hell, und ich will Luise nicht kompromittieren.«

»Okay, dann macht euch auf den Weg, ich finde auch, Luise gehört ins Bett, und zwar alleine. Sie ist noch lange nicht wiederhergestellt. Sollten Sie den Reichelt verhaften, würden wir das aber gern erfahren.«

Granny schwebt in die Höhe, hängt einen Augenblick lang in der Luft, dann ist sie verschwunden.

Ich schaue Karsten an, der nickt und mir damit bestätigt, dass auch Heinrich nicht mehr anwesend ist.

Ich lasse mich zurück aufs Bett fallen, auch wenn an Schlaf nicht mehr zu denken ist.

»Das erinnert mich jedes Mal an Captain Kirk, Scotty, Energie oder wie war das noch? Die stellten sich auch hin, wurden in ihre Einzelteile zerlegt und kamen zusammengesetzt woanders an. Ich kann nur hoffen, dass das in Grannys Fall nicht ähnlich läuft und sie irgendwann nur teilweise hier ankommt und der Rest in ihrer Zeit hängenbleibt. Wäre das nicht schrecklich?«

»Keine Ahnung, ich denke darüber nicht nach und nehme es, wie es kommt, auch wenn ich zwischendurch immer noch an meinem Verstand zweifele«, erwidert Karsten gerade, da geht die Tür auf und beide Kinder stürmen mit Gebrüll auf uns los. Es folgen eine heiße Kissenschlacht, Kitzelduelle und weitere von den Kindern geliebte Unterhaltungen, bevor wir uns aufraffen, Frühstück zu machen.

Das Wochenende vergeht wie immer viel zu schnell, und dann ist schon wieder Montagmorgen.

Granny taucht am Abend erneut auf, diesmal nicht im Nachthemd, sondern in voller Pracht, mit Mantel,

Hut, Handschuhen und Schnürstiefelchen. Einem, der andere Fuß ist dick verbunden. Karsten guckt völlig gebannt eine politische Diskussion, darum lege ich einen Finger auf die Lippen und hoffe, dass diese internationale Geste auch 1898 bekannt war. Dann winke ich ihr, mir zu folgen.

»Oh, möchte dein Galan nicht, dass ich in seinem Wohnzimmer sitze, oder warum gehst du mit mir ins Schlafzimmer?«

»Mein Gott, Granny, so langsam übertreibst du es mit deiner Abneigung gegen Karsten. Er hat dir wirklich überhaupt nichts getan, ganz im Gegenteil. Er guckt Politik, das ist eine genauso heilige Handlung wie Fußball und sollte nicht von zeitreisenden Ururgroßmüttern gestört werden.«

»Nun, wenn du das sagst …«

»Ja, das sage ich, also komm mit und hör auf zu nörgeln. Wie ich sehe, scheint es dir besser zu gehen, kein Nachthemd mehr, dafür im vollen Ausgehstaat. Wo willst du hin?«

»Ich werde gleich von Heinrich abgeholt, wir müssen seinen Eltern einen Besuch abstatten. Allerdings ist das nicht der Grund für mein Kommen, sondern etwas sehr Tragisches. Vor wenigen Stunden haben Marktleute einen Mann im Schlossgraben gefunden. Als er herausgeholt wurde, war er tot und konnte nicht wiederbelebt werden. Es ist Reichelt, er wurde durch mehrere Messerstiche getötet und dann wie eine tote Ratte ins Wasser geworfen. Schrecklich, so ein Ende, möge Gott seiner armen Seele Frieden schenken.

Heinrich kam gegen Mittag kurz vorbei, um es mir zu erzählen, hatte dann aber mit der Untersuchung der näheren Umstände, der Befragung von Zeugen und dergleichen zu tun, sodass er nicht lange bleiben konnte.«

»Aha, und du kommst erst jetzt, um mir davon zu erzählen. Wie finde ich das denn?«

»Ich habe geschlafen, schließlich bin ich noch nicht wiederhergestellt. Ich bin gekommen, sobald es eben ging. Du bist immer so schrecklich ungeduldig, das ist kein schöner Zug an dir. Jetzt muss ich wieder gehen, ich will Heinrich nicht warten lassen, das verstehst du doch sicher.«

»Verstehe ich, kein Problem. Geh schon und grüße ihn von mir.«

Als ich ins Wohnzimmer zurückkomme, wird gerade mit einem in die Jahre gekommenen Torwart über Fußball diskutiert. Sieben erwachsene Männer reden endlos darüber, warum und wieso vor 20 Jahren die einen gewonnen und die anderen verloren haben. Mir fällt es schwer, darin einen Sinn zu erkennen, für mich hat der eine Verein mehr Tore geschossen als der andere. Ende Gelände! Karsten schüttelt über so viel Unverständnis nur den Kopf, hat es aber aufgegeben, mich in die tieferen Geheimnisse dieses Sports einzuweihen.

»Es geht nicht nur um das Torverhältnis, es geht um Strategien, Mannschaftsaufstellungen, um Technik, Schiedsrichterentscheidungen und andere wesentliche Dinge mehr. Wenn du das nicht verstehst, kann ich dir nicht helfen, ich verstehe auch nicht, warum Frauen unentwegt Schuhe kaufen müssen oder beim Anblick einer Handtasche in Entzückensschreie ausbrechen.«

Seit dieser Ansage reden wir nicht mehr über Fußball und auch nicht mehr über Schuhe, sichert den häuslichen Frieden. Jetzt schaltet er immerhin den Fernseher aus und wendet sich mir zu.

»Na, Neuigkeiten aus der jüngeren Vergangenheit?«

»Und ob! Stell dir vor, der Reichelt ist ermordet und dann in den Schlossgraben geworfen worden. Heute Morgen haben sie ihn gefunden. Nicht, dass es schade um den Kerl wäre, aber Granny wurde weich und bekam Mitleid mit ihm.«

»Sie ist eben eine gute Seele, die es mit der Bibel hält und ihre Feinde liebt, kannst du nichts dran machen, so ist sie eben. Stellt sich die Frage, wer den guten Mann ins Jenseits befördert hat. Selbstmord konnte man ausschließen?«

»Er kann versehentlich mehrfach in sein Messer gefallen sein, wer weiß das so genau? Nee, kein Selbstmord, eindeutig Mord durch mehrere Messerstiche. Ich denke, da war jemand sehr wütend, er hat sich offensichtlich mindestens einen Feind zu viel gemacht. Was ich nicht so ganz verstehe, ist, wieso ist dieser Schlossgraben bei den herrschenden Temperaturen nicht zugefroren? Egal, nun ist Heinrich damit beschäftigt, den Täter ausfindig zu machen. Ich gehe davon aus, dass der Köhler ganz weit oben auf seiner Liste der Verdächtigen steht. Für mich hatte der als Allererster einen Grund, den Kerl aus dem Weg zu räumen, schließlich hätte er ihn belasten können und das sicherlich auch getan, um seine eigene Haut zu retten.«

»Ja, kann sein, aber ist der wirklich so blöd, unmittelbar, nachdem Heinrich ihn verhört hat, einen Mord zu begehen? Er muss sich doch an fünf Fingern abzählen, dass er dann der Hauptverdächtige ist?«

»Keine Ahnung, wir müssen abwarten, wie die Geschichte weitergeht, man darf gespannt sein. Kommst du mit ins Bett oder ist die Frage, warum einer gewonnen beziehungsweise verloren hat, für dich noch nicht ausreichend geklärt?«

»Na warte«, sagt Karsten mit finsterer Miene, »wenn du glaubst, du könntest mich auf den Arm nehmen, hast du dich geschnitten.« Er springt vom Sofa und stürzt auf mich zu. Es gelingt mir, ihn so lange abzuhängen, bis wir auf unserem Bett angekommen sind, dann lasse ich mich gerne fangen.

Am Dienstag habe ich mit beiden Kindern einen Termin beim Zahnarzt. Ich besteche sie vorher mit dem Kauf einer DVD, wenn sie ihr Theater in erträglichen Grenzen halten, und bin tatsächlich verblüfft, wie gut es klappt. Beide reißen den Schnabel auf, Luise lässt es sogar zu, dass ein winziges Löchlein plombiert wird, ohne in hysterisches Geschrei auszubrechen. Sie werden doch langsam größer und vernünftiger, hoffe ich jedenfalls.

Als wir nach Hause kommen, ist Karsten schon da und steht erfreulicherweise am Herd. Seine Laune ist bestens, er pfeift vor sich hin und lächelt mich liebevoll an, als ich auf ihn zugehe. Er hat Granny natürlich nicht gesehen, dabei guckt sie ihm buchstäblich über die Schulter.

»Granny steht neben dir«, wispere ich in sein Ohr, und er lässt vor Schreck das Messer fallen, das er gerade zum Zwiebelschneiden benutzt hat, und guckt sich hektisch um.

»Pass bitte auf, dass die Kids nicht ins Schlafzimmer kommen«, bitte ich ihn, »ich höre mir an, was los ist, komme gleich wieder.«

»In zehn Minuten gibt es Essen, wäre schön, wenn du da wärst«, grummelt er hinter mir her, bevor ich die Zimmertür schließen kann.

»Du kommst wirklich zu den unmöglichsten Zeiten, du weißt doch ganz genau, dass ich berufstätig bin.«

»Auf deiner Arbeitsstelle warst du aber nicht, daher habe ich dich hier gesucht. Du hättest mir sagen können, dass du noch anderweitige Verabredungen hast.«

»Soll ich dir meinen Terminplan kopieren?«, frage ich süffisant, aber das prallt an Granny ab.

»Es wäre günstig für mich zu wissen, wann ich dich erreichen kann und wo. In Detmold überschlagen sich förmlich die Ereignisse, und du warst es doch, die sofort informiert werden wollte, oder nicht?«

»Ja, ja, schon gut, du hast wie immer recht, erzähl schnell.«

»Wie du dir sicher denken kannst, gibt es eine Menge Gerede um den Toten im Schlossgraben. Es wird spekuliert, und jeder weiß besser, was geschehen ist, als sein Nachbar. In der Zeitung erschien allerdings nur eine sehr kleine Meldung, ohne den Namen des Toten zu erwähnen, die war viel zu sehr mit dem Spanienkrieg beschäftigt. Außerdem hätte der Fürst eine größere Berichterstattung über die Gewalttat an einem seiner höheren Beamten sicherlich nicht gestattet.

Trotzdem wird sehr gewissenhaft nach dem Täter geforscht, und ich bekomme Heinrich kaum zu Gesicht. Ein Dutzend Beamte ist damit beschäftigt, jeden Stein in der Nähe des Tatortes umzudrehen und jeden Menschen zu befragen, der in der Nähe wohnt oder nur dort entlangging. Zum Glück ist der Tatort vermutlich bekannt.

Er lag an der Mauer hinter der reformierten Kirche, da wo sich die Enten und Schwäne aufhalten und der Graben nicht zugefroren ist. Du musst wissen, der Schlossgraben ist nicht rund, das heißt, er bildet etwa einen Dreiviertelkreis um unser Schloss und ist an manchen Stellen sehr breit. Wenn die Eisdecke im Winter fest ist, wird er zum Schlittschuhlaufen freigegeben, was besonders die Kinder gerne tun. Wäre der Reichelt also in der Nähe des Theaters ermordet worden, hätte der Täter mit der Leiche durch die halbe Stadt fahren müssen, um an die einzige Stelle zu kommen, die eisfrei bleibt. Das erscheint mir sehr unwahrscheinlich, zumal ein Zeuge gefunden wurde, der einen Mann beobachtet hat, der um Mitternacht einen schweren, länglichen Gegenstand von einem Wagen gehoben und in den Graben geworfen hat. Er war nach seinen Angaben aber zu weit entfernt, um Genaueres sehen zu können, ist sich aber sicher, dass es sich um einen Mann von großer, kräftiger Statur handelte. Heinrich hat ihn als wichtigen Zeugen auf die Wache bestellt und will ihn mit Köhler konfrontieren. Erkennt der Mann ihn, ist es um den Sekretär geschehen, dann fährt er für immer ins Loch. Das wollte ich schnell berichten, damit du dir keine Sorgen machst, mein Kind.«

»Danke schön, Granny, das ist nett von dir, aber deine Geschichte hat deutlich logische Mängel. Wieso ist der Tatort bekannt? Euer Zeuge hat doch angeblich nur gesehen, wie ein Mann einen Gegenstand von einem Wagen gehoben und ins Wasser geworfen hat. Das spricht für mich eher dafür, dass Reichelt ganz woanders ermordet und später mit einem Fuhrwerk dorthingebracht wurde. Immer vorausgesetzt, der längliche Gegenstand war der Verblichene, ist der Tatort nicht der Tatort, sondern lediglich der Fundort.«

»Oh, wie gut, dass ich dir davon erzählt habe, darauf bin ich gar nicht gekommen. Du hast recht, so kann es auch gewesen sein.«

»Dann los, mach dich auf und erzähle deinem Heinrich von meinen kriminalistischen Fähigkeiten, ich muss jetzt zurück in die Küche.«

»Geh nur, ich weiß ja, dein Verehrer wartet mit dem Abendessen auf dich, auch wenn ich wirklich nicht begreife, was ein Mann in der Küche zu suchen hat.«

Spricht's und ist weg. Ganz im Ernst, das geht alles gar nicht. Kommt und geht, wie's ihr passt, stellt unser gesamtes Leben auf den Kopf und ist beleidigt, wenn wir was anderes vorhaben.

Am Mittwoch passiert nichts Außergewöhnliches, aber dafür kommt es ganz dicke, als wir im Bett liegen. Ich stupse Karsten an, als ich Granny im Sessel sitzen sehe.

»Mein Gott, wie siehst du denn aus?«, rufe ich erschrocken, denn sie ist leichenblass bis auf die mittlerweile violetten Verfärbungen in ihrem Gesicht.

»Ach, mein Kind, es sah eigentlich alles gut aus. Ich war am Leben und Reichelt tot, auch wenn ich mir das nicht gewünscht habe. Heinrich leitete die Ermittlungen und war davon überzeugt, in Köhler den Täter gefunden zu haben. Da meldete sich sogar noch dieser Nachtwächter, mit dem Heinrich ihn konfrontieren konnte. Viel mehr, als er bereits bei seiner ersten Befragung erzählt hatte, wusste er auf der Wache nicht zu sagen, außer, dass der Unbekannte einen langen Mantel und einen Hut getragen habe. Das dürften allerdings bei den herrschenden nächtlichen Temperaturen so ziemlich alle Einwohner Detmolds angehabt haben.

Der Zeuge heißt übrigens Anton Kümmerling, ist 58 Jahre alt und seit seiner Jugend bei der Schlosswache beschäftigt. Sein Leumund ist einwandfrei, er ist verheiratet und Vater von sieben Kindern, die bereits selber Kinder haben. Es liegt nichts gegen ihn vor, was Heinrich Grund geben würde, an seiner Aussage zu zweifeln. Was wollte ich eigentlich erzählen? Oh Gott, ich bin völlig verwirrt. Heute Mittag ist mein Verlobter auf einen Sprung vorbeigekommen und hat mir etwas Unglaubliches berichtet.

Es war am späten Vormittag, als der Herr Kümmerling die Wache betrat. Er wurde erneut darüber belehrt, dass er die Wahrheit sagen musste, was er sofort versprach. Heinrich klärte ihn darüber auf, dass gleich ein Mann hereinkommen würde, den man der Tat für schuldig hielt.

Er wurde angewiesen, ihn sich in aller Ruhe und sehr genau anzuschauen und dann zu sagen, ob es sich bei ihm um den Mann handeln könne, den er des Nachts gesehen hatte.

Ein Wachtmeister wurde gebeten, Köhler hereinzuholen, der wenige Minuten später eintraf.

Die beiden Männer wurden auf das Schärfste beobachtet, ob sich einer beim Anblick des anderen verdächtig benahm, aber dem war nicht so.

Heinrich fragte den Herrn Kümmerling, ob es sich bei Köhler um den Mann mit dem Leiterwagen handeln könne. Kümmerling schien verwundert, musterte den Verdächtigen noch einmal sehr genau, bevor er den Kopf schüttelte und verneinte. Der Mann sei viel größer und kräftiger gewesen. Ob er sich nicht irren würde? Nein, er sei sich ganz sicher, dieser Mann konnte es nicht gewesen sein.

Daraufhin schaute er sich im Raum um, taxierte

die Anwesenden, um ausgerechnet auf Heinrich zu zeigen und zu behaupten, der Mann habe eher seine Größe und Statur gehabt. Die Wachleute lachten noch, da sprang Köhler derart hastig von seinem Stuhl auf, dass dieser umfiel, und rief: »Ja, er war es, ganz genau, ich habe ihn gesehen. Er will es mir anlasten, wie er es mir angedroht hat. Haltet ihn fest, bevor er mir etwas antun kann.«

Alle standen wie vor den Kopf geschlagen, und keiner reagierte, bis Heinrich dem Wachtmeister erneut einen Wink gab, den Tobenden hinauszubringen. Auch der Nachtwächter wurde verabschiedet, der im Hinausgehen Heinrich einen sehr seltsamen Blick zuwarf.

Die Männer waren teils belustigt, teils bestürzt, versicherten meinem Verlobten, kein Wort von dem zu glauben, was sie gerade gehört hatten, aber Heinrich wusste, dass es sich wie ein Lauffeuer im Schloss verbreiten würde. Es war daher nur eine Frage der Zeit, bis es auch dem Regenten zu Ohren kommen würde. Er beschloss daher, den Stier bei den Hörnern zu packen und um eine Audienz zu bitten, die ihm für den späten Nachmittag gewährt wurde.

Das gab Heinrich die Gelegenheit, zu mir zu eilen und mir das Vorgefallene zu berichten.

Wir haben Fritz und Emilie dazugeholt, die beide sehr besorgt sind.

Vor allem Fritz nahm das Gehörte nicht auf die leichte Schulter, sondern sagte sofort:

»Heinrich, diese Anschuldigung ist selbstverständlich frei erfunden, aber sie kann dir eine ganze Menge

Scherereien machen. Die Zeiten, wo der Adel sich alles leisten konnte, sind fast vorbei, und auch ein kaiserlicher Diplomat steht nicht über allen Gesetzen. Schon gar nicht, wenn es um einen Mordvorwurf an einem höheren Regierungsbeamten geht. Was, glaubst du, wird der Fürst dazu sagen, gerade jetzt, wo sich die Sozialisten aufführen, als wären sie die herrschende Klasse in Detmold. Die warten doch nur auf eine solche Gelegenheit, um erneut die Ungerechtigkeiten der Welt anzuprangern. Du kämst ihnen gerade recht: Reich, von Adel und mit Geheimauftrag des Kaisers. Sie würden dich rasch einen adeligen Spitzel nennen, und du wärst deines Lebens nicht mehr sicher. Nein, nein, du brauchst sofort einen Advokaten. Ich werde umgehend mit Doktor Breckerfeld Kontakt aufnehmen, der ist vertrauenswürdig und erfahren.«

»Ach Fritz, das ist gut gemeint, aber absolut nicht nötig. Ich werde nachher ein Gespräch mit unserem Regenten führen und ihm die Zusammenhänge erklären. Er wird die Unsinnigkeit einer solchen Behauptung sehen, und damit ist diese lächerliche Anklage aus der Welt.«

Das war wirklich Heinrich, so wie ich ihn kannte. Immer unbesorgt, immer zuversichtlich, darauf vertrauend, dass die Welt sich für ihn jederzeit nur von ihrer sonnigsten Seite zeigen würde.

Emilie und ich warfen uns einen Blick zu, wussten wir doch sehr genau, wo Heinrich zur fraglichen Zeit wirklich gewesen war. Sie hatte ihm selber die Haustür geöffnet und ich ihm die meines Zimmers.

Wir schwiegen aber beide, denn diese Erklärung hätte die Deppes in große Bedrängnis gebracht, was wir unbedingt vermeiden wollten. Zu guter Letzt stimmte Heinrich einem Anwalt zu, auch wenn er es sicherlich eher zur Beruhigung von Fritz als zu seiner eigenen tat. Danach verabschiedete er sich, weil er seine Eltern informieren wollte.

So, mehr weiß ich nicht, aber ich kann sagen, dass ich äußerst beunruhigt, ja regelrecht ängstlich bin. Ich weiß nicht, was passieren wird, habe aber eine sehr ungute Vorahnung.«

Ich brauche zehn Minuten, um Karsten die Situation zumindest in groben Zügen zu schildern, und er macht ein besorgtes Gesicht.

»Mmmm«, beginnt er dann, »ich kenne mich mit den polizeilichen Maßnahmen deiner Zeit überhaupt nicht aus, aber ich kann mir doch vorstellen, dass man einer solchen Anschuldigung nachgegangen sein wird. Wobei, was hat denn dieser Fritz gemeint, wenn er sagt, die Privilegien des Adels und so? Konnte ein ›von und zu‹ nicht verhaftet werden, oder brauchte es die Genehmigung vom Kaiser persönlich? Keine Ahnung, ich weiß aber, dass es zur Kaiserzeit deutlichere Standesunterschiede gab als heutzutage. Die sogenannte normale Bevölkerung schuftete sich krumm und lahm, 16-Stunden-Tage waren keine Seltenheit, nicht einmal der Sonntag war frei. Die aufstrebende Mittelschicht scherte sich den Teufel drum, und der Adel lebte wie eh und je auf Kosten anderer. Nein, nein, natürlich nicht dein Heinrich, nur so grundsätzlich.

Keine Ahnung, wie es mit Immunität oder so aussah und welche Macht dieser Lippische Fürst hatte. Müsste ich erst das Internet bemühen. Wen interessiert heute das Fürstentum Lippe? Keine Sau, wenn wir ehrlich sind, es sei denn, jemand hat eine Ururgroßmutter, die da lebt. Um es auf den Punkt zu bringen: Köhler beschuldigt deinen Verlobten, weil er seinen eigenen Kopf aus der Schlinge ziehen und sich den Verfolger damit vom Hals schaffen will. Das könnte ihm durchaus gelingen, zumindest so lange, wie Heinrich seine Unschuld nicht nachweisen kann oder ihn kein cleverer Advokat freibekommt.«

Damit wendet er sich mir zu, und ich fahre fort:

»Was ich nicht verstanden habe: Warum sagst du nicht, dass Heinrich bei dir war? Mea culpa, mein Geist war willig, aber das Fleisch wollte doch oder so.«

»Nein, niemals, dann würden die Deppes am Ende wegen Kuppelei bestraft. Niemand darf Unverheirateten in seinem Haus die Gelegenheit zum Beischlaf geben, das habe ich dir aber schon gesagt, und daran hat sich nichts geändert.«

»Kann sein, vielleicht habe ich das vergessen, ich bin nicht mehr die Jüngste. Bescheuert fand ich das aber schon beim ersten Mal. Was kann denn deinem Heinrich wirklich passieren, weißt du das?«

»Nein, das weiß ich nicht, darum bin ich hier. Ich kenne die Gesetze nicht so gut, und wie du weißt, ist Politik Männersache. Ich habe mir erhofft, du könntest nachsehen, wie das alles ausgegangen ist, dann wäre ich beruhigter.«

»Guter Plan, gib mir mal den Laptop rüber«, bitte ich Karsten, aber der hat ihn schon auf dem Bauch.

»Alter Falter, das Beamtengesetz hat mehr Seiten als ich Haare auf dem Kopf, da bin ich nächsten Monat noch nicht mit fertig. Außerdem weiß ich nicht, ob Heinrich Beamter ist oder als Diplomat dem Militär oder den kaiserlichen Stiefelputzern zuzuordnen ist. Nee, ihr Lieben, so geht das nicht. Du hast doch schon mal nach ihm Ausschau gehalten, war da nicht von einem Spionagevorwurf die Rede?«

»Au Scheiße, jetzt, wo du es sagst, fällt mir das auch wieder ein, der wurde aber fallengelassen, soweit ich das in Erinnerung habe. Außerdem – war das nicht vor dieser Angelegenheit? Auf alle Fälle ist er später nach Wien ausgewandert. Vielleicht gibt es da einen Zusammenhang?«

»Keine Ahnung, echt nicht. Wäre alles Spekulation. Tatsache ist aber, er hat eine Menge zu verlieren, wenn Anklage gegen ihn erhoben wird. Ich glaube, ich würde es vorziehen, der unmoralischen Verlustierung beschuldigt zu werden.«

»Ich sagte doch, dass das nicht geht, Heinrich würde das nicht zulassen. Wir müssen einen anderen Weg finden, zu beweisen, dass er mit dem Mord nichts zu tun hat, und das schnell.«

»Sagtest du *wir*, liebste Granny? Was denkst du denn, was wir von hier aus tun können, außer dir die Daumen zu drücken?«

»Ihr müsst in dieses Zeitungsarchiv fahren und alles durchsuchen, was es gibt. Ich bin mir ganz sicher, dass sich etwas findet. Denk an die arme Hedwig, Gott habe sie selig, da wolltest du mir auch nicht glauben, aber wir haben sie doch gefunden.«

Ich schaue zu Karsten rüber, der scheinbar in seine neu aufgerufene Seite vertieft ist.

»Granny, du weißt, ich tue alles für dich, wenn ich auch nur den Hauch einer Chance sehen würde, sogar ein weiteres Mal nach Detmold fahren, aber …«

»Können wir doch machen, die Kids sind am Wochenende beim Vater, lass uns ein paar Tage Urlaub damit verbinden. Wenn wir etwas finden, ist es schön, wenn nicht, machen wir es uns schön. Was hältst du davon? Ich war noch nie im Teutoburger Wald und auch noch nie in Detmold.«

»Kannst du denn am Freitag die Praxis schließen? Ich muss auch erst einmal sehen, ob mein Chef mir Urlaub gibt. Ich könnte vielleicht eine Recherche anführen, aber ich fürchte, nachdem das die letzten Male ein Schuss in den Ofen war, riecht er den Braten. Das wäre aber egal, dann nehme ich einen Tag frei. Ich muss auf alle Fälle morgen bei der Lippischen Landeszeitung und im Landesarchiv anrufen, ob wir einfach so kommen dürfen oder uns anmelden müssen. Außerdem wäre es ganz geschickt, wir könnten dem Archiv nähere Angaben machen, was wir suchen. Hast du einen Plan, was wir suchen? Ich nicht!«

»Nein, genau weiß ich das auch nicht, aber wir könnten uns alles, was sie zum Dezember 1898 haben, kommen lassen, vielleicht stoßen wir durch Zufall auf das Richtige.«

»Okay, so machen wir's. Beruhigt, Granny?«

»Ja, mein Kind, jetzt vertraue ich auf Gott und warte ab, was die nächsten Tage uns bringen.«

»Falsche Antwort, Granny, du solltest auf uns vertrauen, wer fährt schließlich fast 1.000 Kilometer, um in verstaubten Akten rumzuwühlen? Wir oder Gott?«

»Du versündigst dich schon wieder, aber ich weiß, auch du wirst es früher oder später begreifen, dass Gott …«

»Eher später, Granny, eher später, und jetzt würde ich wirklich gern schlafen. Kommst du mit nach Detmold oder hast du etwas anderes vor?«

»Ich werde sehen, ob ich es einrichten kann«, spricht sie hoheitsvoll, bevor sie verschwindet.

»Die hat echt einen Sprung in der Schüssel, behandelt uns wie ihre Angestellten«, schimpfe ich, aber Karsten lacht nur und nimmt mich in die Arme. »Du solltest weniger despektierlich über deine Ururgroßmutter reden, weißt du, ob sie dich nicht vielleicht hören kann? Zuzutrauen wäre es ihr.«

Der hat gut lachen, er hat sie ja auch nicht reden hören.

»Das geht mir, ehrlich gesagt, am … Also, ich meine, das ist mir herzlich egal. Wir reißen uns für sie den A… auf, okay, sage ich jetzt nicht, aber wir bemühen uns doch wirklich, und was macht sie? Sagt, sie schaut mal, ob sie es einrichten kann, das ist doch echt …«

»Sie ist eben, wie sie ist, und daran musst du dich wohl gewöhnen. Hast du doch längst, wenn du ehrlich zu dir bist. Wer konnte denn keinen klaren Gedanken mehr fassen, nicht mehr schlafen und nix, als sie entführt wurde, hm, wer war das?«

»Ja, schon gut, schon gut, ich geb's zu, ich mag sie, schließlich ist sie die einzige Ururgroßmutter, die ich habe.«

Am nächsten Morgen spreche ich zuerst mit meinem Chef, der mir brummelnd einen Urlaubstag genehmigt, rufe dann die Zeitung und das Archiv an. Beide Stellen sind deutlich freundlicher und erklären, das sei kein Problem, wir sollen vorbeikommen. Ich erinnere mich, dass ich von meinem letzten Besuch noch die Besucherkarte habe, und nehme mir fest vor, sie am Abend zu suchen und einzustecken. Natürlich weiß ich, dass ich das vergessen und mich später darüber ärgern werde. Am Nachmittag fällt mir ein, dass wir eine Übernachtungsmöglichkeit brauchen, und ich überlege, wieder in unsere bewährte Pension zu gehen, entscheide mich dann aber um. Wenn schon Titanic, dann bitte erster Klasse, also *Detmolder Hof*. Ein Anruf bestätigt mir, dass ein Doppelzimmer für uns frei wäre. Der Einfachheit halber melde ich uns als Ehepaar Heller an und überlege eine geraume Weile, ob ich an meiner Emanzipation arbeiten müsste.

Drauf gepfiffen, beschließe ich und mache Feierabend.

Am Abend informiere ich Karsten darüber, was alles wunderbar geklappt hat, ich habe Urlaub, wir haben ein Hotel auf seinen Namen reserviert, und auch ansonsten gibt es überhaupt keine Probleme. Er schaut mich intensiv an, räuspert sich und sagt:

»Auf meinen Namen. So, so, warum denn das? Du legst doch immer so großen Wert darauf, nicht Dinge vorzutäuschen, die nicht sind.«

»Das musst du nicht gleich überbewerten, ich habe es einfacher gefunden, das ist alles.«

Leider sehe ich nicht so cool aus, wie ich daherrede, ich spüre nämlich deutlich, wie ich rot werde, und Karsten sieht das mit Sicherheit auch.

Nein, ich bin kein bisschen scharf auf eine erneute Ehe, ehrlich nicht, ich bin sehr zufrieden mit dem Zustand, wie er ist. Bilde ich mir jedenfalls ein.

Den letzten Anruf habe ich mir aufgespart, aber genau der kann alle unsere Pläne zum Kippen bringen. Mein Ex muss die Kinder von Schule und Kita abholen, macht er das nicht, können wir nicht fahren. Das heißt, fahren schon, aber erst gegen Abend und dann hat das Archiv längst zu.

Ich hole tief Luft und bringe es hinter mich. Nicht nur das, ich bringe es sogar fertig, ihn zu fragen, wie es ihm so geht. Vermutlich ist er darüber derart überrascht, dass er sofort zustimmt, als ich ihn bitte, die Kinder morgen gleich an Schule und Hort abzuholen. Ich bedanke mich artig und lege sehr erleichtert auf.

Ich bin gerade dabei, ein paar Sachen in meinen kleinen Reisekoffer zu packen, als Granny auftaucht. Sie sieht sehr beunruhigt aus, und ich bilde mir ein, dass sie noch dünner geworden ist, als sie es ohnehin war.

»Granny, ach Mensch, was ist denn los? Immer noch keine guten Nachrichten? Wo steckt Heinrich, er ist doch nicht mitgekommen, oder?«

Nein, ist er nicht, denn Granny sitzt ordentlich im Sessel und schwebt nicht in der Luft.

GRANNY

»Du wirst es kaum glauben, aber der Fürst hat meinen Verlobten unter Hausarrest gestellt. Empörend ist das, einfach empörend. Hätte nicht Doktor Breckerfeld mit ihm reden können und anschließend die Deppes und mich informiert, ich wüsste nicht einmal, was überhaupt geschehen ist. Er hat seine Audienz beim Regenten gehabt und wahrheitsgemäß berichtet, welche Vorwürfe Werner Köhler gegen ihn erhoben hat. Natürlich hat er versichert, dass es sich um pure Verleumdung handele und niemand ihn in der Nähe des Tatortes habe sehen können, aus dem einfachen Grund, weil er nicht dort gewesen sei. Er erwähnte auch, dass seiner Überzeugung nach Köhler der Täter sei, der Zeuge aber behaupte, der Mann sei größer und kräftiger gewesen.

Unser Regent hat ihn daraufhin gefragt, wo er sich denn zum fraglichen Zeitpunkt aufgehalten habe, und Heinrich hat ausgesagt, er sei in seinem Hause gewesen, leider allein, sodass es dafür keine Zeugen gäbe.

Ich weiß nicht, ob das richtig war, vielleicht hätte er sagen sollen, er habe sich bei Gottfried oder bei seinen Eltern aufgehalten, aber so ist er eben, er will niemanden zu einer Lüge zwingen. Diese Anständigkeit kann ihn aber seine Reputation, seinen Titel und sein Vermögen kosten und das alles nur, weil ein durch und durch schlechter Mensch ihn einer Tat beschuldigt, die er nicht begangen hat. Das ist nicht richtig, und ich bin sehr versucht, zum Fürsten zu gehen, um ihm zu sagen, wo Heinrich wirklich war.

Natürlich glaubt unser Regent nicht daran, dass Heinrich den Mann umgebracht hat, auch wenn er guten Grund gehabt hätte, aber er hat eben Rücksichten auf die angespannte politische Lage zu nehmen. Leider wusste er durch Heinrich von meiner Entführung und hat geäußert, dass bestimmte Kreise das durchaus als Motiv betrachten könnten.

Ich weiß allerdings nicht, woher denn diese Kreise davon erfahren könnten, wo doch nur er selber davon Kenntnis hat.

Wie dem auch sei, sah er sich genötigt, Heinrich unter Arrest zu stellen. Inoffiziell, wie Doktor Breckerfeld betonte. Was das genau zu bedeuten hat, weiß ich nicht, ich weiß nur, dass er sein Haus nicht verlassen und auch niemand zu ihm rein darf, außer seinem Anwalt. Wie lange dieser unselige Zustand andauern soll, wusste der nicht zu sagen, zumal, wer soll denn den wahren Täter suchen, wenn Heinrich es nicht darf? Natürlich kennt Heinrichs Vater viele wichtige Männer in dieser Stadt, und auch Fritz hat seine Verbindungen, aber gegen einen Befehl des Fürsten wird kaum einer etwas unternehmen.

Sein Anwalt will versuchen, Zeugen aufzutun, die am fraglichen Abend gesehen haben, wie und wann Heinrich nach Hause gekommen ist. Nur, das wird nicht viel Erfolg haben, da er schließlich gar nicht dort war, sondern bei mir. Glaube mir, ich würde es gern als Bekanntmachung in der Zeitung veröffentlichen lassen, aber damit gegen Heinrichs ausdrücklichen Wunsch handeln, und das kann ich nicht. Der Köhler wird auch noch einmal vernommen, aber der wird bei seiner Aussage bleiben, welchen Grund hätte er, die zu widerrufen? Auch der Zeuge kann nichts anderes sagen, als was er gesehen hat, und Heinrich hat dem guten Mann geglaubt. Darum müssen wir uns, denke ich mir jedenfalls, auf diesen kräftigen Mann konzentrieren. Wenn es ihn gibt, müssen wir ihn nur finden, und es wird alles gut. Nur schnell muss es gehen, denn wenn es erst nach außen dringt, dass mein Heinrich eines Mordes verdächtigt wird, ich weiß nicht, wie es dann weitergehen soll.«

»Schöne Scheiße«, sage ich, korrigiere mich aber schnell und wiederhole, »schöner Schlamassel, wollte ich sagen, was ist das denn für ein Regent, der einfach so einen Mann festsetzt? Ganz ohne Beweise, nur auf die Aussage eines einzigen Mannes hin. Noch dazu eines Mannes, der selbst unter Verdacht steht, die Tat begangen zu haben. Das ist doch absurd, sieht der das denn nicht?«

»Ich weiß nicht, wie oder was sich unser Fürst denkt, das ist mir im Augenblick auch nicht wichtig, ich will nur, dass mein Heinrich von diesem Verdacht reingewaschen wird und den wahren Mörder ausfindig machen kann. Dabei müsst ihr mir helfen, bitte.«

»Machen wir doch auch! Wir fahren morgen nach Detmold und stellen alles auf den Kopf, was im Jahre 1898 passiert ist. Irgendwas werden wir schon finden, entweder etwas, was auf den Täter hinweist, oder etwas, was uns sagt, wie es mit Heinrich in der unmittelbaren Zukunft weitergegangen ist. Und du, liebste Granny, hältst bitte, bis wir zurück sind, die Füße still und tust nichts Unüberlegtes, versprochen?«

Granny schaut auf ihre keusch parallel stehenden Füße in den niedlichen Knopfstiefelchen und schaut mich fragend an.

»Nee, schon gut, war nicht wichtig. Versprich mir nur, nicht wieder zum Schloss zu laufen und Anklagen gegen den Regenten zu schleudern, das ist schon einmal mächtig schiefgegangen. Mir wäre viel wohler, du könntest mitkommen, dann hätte ich dich jedenfalls im Auge.«

»Nein, Kind, dieses Mal nicht, ich bin so schrecklich unruhig, ich muss im Haus sein. Wer weiß, vielleicht findet Heinrich ja doch einen Weg. Du musst dir aber keine Sorgen machen, ich wiederhole meinen Fehler gewiss nicht. Damals war ich verwirrt und verzweifelt und wusste mir nicht anders zu helfen, aber heute habe ich ja dich … äh, euch.«

»Gut, das ist die richtige Einstellung, lass uns nur machen, wir werden uns sehr gründlich umschauen. Am Sonntag gegen 16 Uhr sind wir zurück. Dann kommen aber zuerst die Kinder, unter uns sind wir erst später.«

»Ist gut, mein Kind, Gott segne dich und dein Tun, aber du solltest weniger respektlos mit deinem Verlobten reden, sonst wird er dich gewiss nicht um deine Hand bitten.«

Nach dieser letzten Breitseite ist sie verschwunden, wie immer, bevor ich den Mund zu einer Erwiderung aufmachen kann. Respektlos? Wo bin ich denn respektlos?

»Schatz, rede ich respektlos mit dir?«, rufe ich ins Wohnzimmer, und Karsten schaut erstaunt von seinem Fachmagazin auf.

»Immer! Warum fragst du?«

»Granny war hier und hat erzählt, dass der Fürst ihren Heinrich unter Hausarrest gestellt hat, und als Abgang hat sie darum gebeten, ich solle nicht respektlos mit dir reden, weil du mich sonst vielleicht nicht heiraten möchtest.«

»Die Frau wird mir von Tag zu Tag sympathischer«, grinst Karsten. Steht vom Sofa auf, reckt sich, gähnt und kommt auf mich zu.

»Ich sag mal so: Weniger nervenstarke Charaktere hätten mit dir und deinen gelegentlichen Wutausbrüchen sicherlich ihre Schwierigkeiten. Du kannst ganz schön um dich schlagen und bist auch in deiner Wortwahl nicht immer ladylike, um es mal vorsichtig auszudrücken, aber …«

»Du spinnst doch«, unterbreche ich ihn, »wann habe ich denn Wutausbrüche? Ganz selten mal, und dann gibt es bestimmt Gründe.«

»Sag ich doch, ansonsten bist du liebreizend, charmant, umgänglich, gutaussehend und sehr sexy. Vor allem jetzt, wo du so empört aussiehst und kurz vor einem Wutausbruch stehst.«

»Überhaupt nicht wahr, ich bin die friedlichste Person auf dieser Erde, man darf mich nur nicht reizen, das ist alles«, gehe ich auf sein Spiel ein.

»Reizen! Genau, das ist das Stichwort. Dich darf man nicht reizen, aber du reizt gerade mich und zwar ganz besonders.« Zwei warme, weiche Lippen legen sich auf die meinen, und was immer ich zu sagen hätte, bleibt ungesagt.

Wir treffen am nächsten Tag gegen Mittag in Detmold ein, finden auf Anhieb einen Parkplatz neben dem *Detmolder Hof* und checken als Herr und Frau Heller ein. Ich scheine die Einzige zu sein, der das peinlich ist. Unser Zimmer ist nett, mit Erkerchen, und ich stelle mir vor, wie es wohl für Granny wäre, mit uns hier zu sein. Vor fast 120 Jahren hat sie in diesem Hotel mit ihrem Heinrich gespeist, hat gelebt und gelacht. Ob sie etwas wiedererkennen würde?

Der Geist der Vergangenheit scheint mich zu verfolgen, auf alle Fälle werde ich etwas sentimental. Nicht lange, denn viel Zeit haben wir nicht, und daher machen wir uns gleich auf den Weg ins Archiv. Natürlich habe ich meine Chipkarte vergessen, weshalb wir das schon bekannte Prozedere wiederholen müssen. Nach gut zwei Stunden weiß ich, dass sich das nicht gelohnt hat, denn wir finden rein gar nichts. Viele Dinge über den alten und den neuen Regenten, einige vergilbte Fotos der Parade, aber nichts, was auch nur im Entferntesten etwas mit Reichelt oder Heinrich zu tun haben könnte. Wir sind enttäuscht, haben aber noch das Zeitungsarchiv vor uns. Eine halbe Stunde später treffen wir dort ein, werden freundlich begrüßt und dürfen uns an zwei Bildschirme setzen. Wir nehmen uns die Jahre 1897 und 1898 vor.

»Das ist Reichelt mit seiner Frau«, sagt Granny so plötzlich hinter mir, dass ich mir einen Aufschrei nur knapp verkneifen kann.

»Mensch, was machst du denn hier? Ich denke, du wolltest nicht kommen, weil du zu nervös bist, und jetzt erschrickst du mich fast zu Tode.«

»Tut mir leid, ich habe es mir anders überlegt, das wird doch erlaubt sein. Und das Paar dort in der Kutsche sind die Reichelts.«

Ich vergrößere das Bild, das offensichtlich während der Parade des neuen Regenten aufgenommen wurde. Ein Einspänner mit einem wunderschönen, schneeweißen Pferd davor, das sofort mein Interesse weckt. Ich gebe Karsten einen Wink, er steht auf und schaut mir über die Schulter.

»Granny sagt, das sind die Reichelts.«

»Boh, herrlich«, flüstert mein Liebster, und ich bin, gelinde gesagt, verblüfft. »Wer, er oder sie?«

Ich drehe den Kopf, schaue zu ihm hoch und bemerke,

dass er gar nicht auf die Menschen, sondern auf das Pferd schaut.

»Ein Lipizzaner, wundervoll! Dafür hat der Mann bestimmt eine ordentliche Stange Geld hingelegt, sieh nur diese edlen Ohren und die großen Nüstern, ein traumschönes Tier.«

»Äh, ja, aber ich glaube nicht, dass das Pferd seinen Herrn ermordet hat, darum hilft das auch nicht weiter.«

»Stimmt, aber, na ja, die Leute sehen ziemlich durchschnittlich aus.«

Das stimmt. Reichelt ist untersetzt, mit deutlichem Bauchansatz. Er trägt den typischen Kaiser-Wilhelm-Bart und einen Hut wie Pan Tau. Seine Gattin ist imponierender, eine richtige Walküre, mit einem Vorbau, der fast den Mantel zu sprengen droht. Auf dem Kopf hat sie eines dieser Gebilde, das mit ganzen Hühnerfarmen geschmückt zu sein scheint. Sie hält sich unnatürlich gerade und überragt ihren Gatten fast um Hauptеslänge. Beide sehen nicht aus, als würde ihnen die Veranstaltung wirklich Freude machen, aber das mag täuschen.

»Mhm, wie ein Womanizer wirkt der aber nicht. Was mag die Reimann bloß an ihm gefunden haben?«, überlege ich laut, und Granny antwortet:

»Er ist doch ein recht respektabel aussehender Mann, dazu in einer gehobenen Position mit nicht wenig Einfluss. Seine Frau stammt ursprünglich aus Frankreich, sehr vermögend, aber nicht mehr jung, als er sie geheiratet hat. Kinder haben sie keine, aber mehrere schöne Pferde. Heinrich hat mir erzählt, dass die Schwiegereltern in Frankreich eine Zucht betreiben.«

»Gut, jetzt weiß ich, wie der Typ aussah, der dich entführt hat, aber der ist tot und wird uns nicht verraten, wer sein Mörder war.« Das tut leider auch unsere folgende Suche nicht, und gegen 18 Uhr sehen wir es ein, dass unser Ausflug nicht von Erfolg gekrönt war. Granny hat sich längst verabschiedet, und wir beratschlagen, was wir unternehmen können. Das Wetter ist zwar keineswegs winterlich kalt und von Schnee keine Spur, trotzdem beschließen wir, dem Weihnachtsmarkt einen Besuch abzustatten. Wir fahren zurück zum Hotel und stellen das Auto ab. Jetzt heißt es laufen, denn die Innenstadt ist Fußgängerzone.

Auch hier ist alles geschmückt, die Schaufenster der Geschäfte, an denen sich die Kinder die Nasen plattdrücken, sind mit Märchenmotiven dekoriert. Über der Straße leuchten riesige Sterne, und die Läden prunken ebenfalls im Lichterglanz. »Hier hat meine Mom mal ein Kleid gekauft«, sinniere ich vor mich hin, »und ich glaube, hier war früher mal Grannys Arminushalle, da bin ich mir aber nicht sicher.« Karsten nimmt meinen Arm und zieht mich zu sich ran: »Alles in Ordnung mit dir? Ich glaube, du redest irre!«

»Nein, tue ich nicht, ich suche Erinnerungen zusammen, mehr nicht, alles gut«, lache ich und zeige auf das Kaufhaus. »Schau mal, selbst die Seitenstraßen sind beleuchtet und geschmückt, da gibt sich eine Stadt richtig Mühe, ihre Bürger in Weihnachtsstimmung zu versetzen.«

»Eher in Kauflaune, vermute ich mal«, grient Karsten, »ganz selbstlos machen das die Geschäftsleute gewiss nicht.«

Wir haben schon bei unserer Ankunft die Buden und Stände gesehen, aber bis zum Marktplatz sind wir nicht gekommen. Den erreichen wir jetzt, leider beginnt es fast im selben Augenblick wie aus Kannen zu schütten. Damit ist für mich der Weihnachtszauber buchstäblich ins Wasser gefallen und auch Karsten stimmt zu, auf dem schnellsten Weg zurück ins Hotel zu rennen. Er wollte zwar gern das Schloss sehen, aber bei einem solchen Wolkenbruch verzichtet er darauf. Mich hätte eher die Stelle interessiert, an der Reichelt gefunden wurde, aber ich beschließe, meiner Neugier nicht nachzugeben, zumal ich nicht weiß, ob ich sie überhaupt gefunden hätte. Also gut, dann eben keine Tatortbesichtigung und auch kein Residenzschloss! Platschnass stehen wir kurze Zeit später in der Hotelhalle und wissen nicht, was wir anfangen sollen. Hunger haben wir beide, daher beschließen wir, schnell eine heiße Dusche zu nehmen, trockene Klamotten anzuziehen und dann im Hotel zu Abend zu essen. Gesagt, getan, und genau zwei Stunden später liegen wir zusammen im Bett und amüsieren uns über unsere ins Wasser gefallene Besichtigungstour.

»Nun musst du, was Detmold angeht, wohl dumm sterben, mein Liebster, denn wie ich das sehe, wird es morgen weiterregnen.«

»So wie du das siehst? Lächerlich, du hast genau wie ich den Wetterbericht gesehen, gib also nicht so an. Trotzdem hast du recht, die Aussichten sind mehr als trübe und ich werde damit leben müssen, Detmold nicht näher kennenzulernen. Vielleicht kann ich, sozusagen als Entschädigung dafür, dich noch näher kennenlernen«, grient er und macht sich gleich darauf ans Werk.

Am nächsten Morgen wache ich mit heftigen Kopfschmerzen auf, die ich auf das blöde Wetter zurückführe. Eine heiße Dusche und anschließend viel Kaffee helfen mir einigermaßen auf die Beine. Leider behält der Wetterbericht recht, es schüttet, und wir haben keine Lust auf irgendwas anderes als die Heimreise. Pech für Detmold! Natürlich unterhalten wir uns während der Fahrt über Granny, ihren Heinrich und unsere vergebliche Suche nach irgendwas, was ihm aus der Patsche helfen könnte.

»Was täten wir heutzutage, wenn wir unter falschen Verdacht geraten würden?«, fragt Karsten, und ich zucke mit den Schultern, weil ich keine Antwort darauf habe.

»Na, zuerst mal würden wir uns einen Anwalt nehmen und darauf hoffen, dass der was taugt.«

»Wenn wir Geld genug hätten, einen zu bezahlen«, werfe ich ein. »Anwälte sind teuer, und wenn du nicht zumindest eine Rechtsschutzversicherung hast, siehst du schnell alt aus.«

»Ja, okay, lassen wir das beiseite. Also, wir würden einen Anwalt einschalten, ihm die Geschichte erzählen, und dann? Was täten wir selber? Hände in den Schoß legen und abwarten? Bestimmt nicht! Also, ich würde versuchen, entweder Beweise für meine Unschuld oder welche für die Schuld eines anderen zu finden. Natürlich nicht irgendeines anderen, sondern für die des wirklich Schuldigen, das ist klar. Ich würde …«

»Willst du damit sagen, Heinrich soll sich auf die Socken machen und nach dem wahren Täter suchen? Geht doch nicht, er hat Stubenarrest.«

»Hausarrest, meine Süße, das hieß damals Hausarrest und nicht Stubenarrest. Bedeutete aber, er durfte das Haus unter gar keinen Umständen verlassen und wird das auch nicht getan haben. Nein, nicht Heinrich soll suchen, sondern deine Granny. Die hat doch immer eine Menge Helfer um sich herum, Gottfried, Emilie und wie sie alle heißen. Kann sie die denn nicht mobilisieren?«

»Kann sie sicher, aber wonach soll sie suchen und wo anfangen?«

»Mit einem Brainstorming, so wie das jeder gute Bulle im Tatort auch macht. Zusammensetzen, zusammentragen, zusammenschlagen.«

»Gute Idee, werde ich ihr vorschlagen, wenn sie das nächste Mal kommt. Ich finde auch, die müssen aktiv werden, sonst hat Heinrich die nächsten Jahre noch Stuben… ach nee, Hausarrest.«

Wir kommen nach Hause und werden von zwei einsamen, zurückgelassenen Katern enthusiastisch begrüßt. Natürlich hat eine Nachbarin sie mit Futter und Wasser versorgt, auch Streicheleinheiten werden sie reichlich bekommen haben, aber sie gehen ganz in ihren Rollen auf. Schmeißen sich auf den Boden und wälzen sich theatralisch singend hin und her. Wo bleibt der Tierschutz, wenn man ihn mal wieder braucht? Das Wetter ist auch in Heidelberg nicht unbedingt weihnachtlich kalt, und von Schnee keine Spur, aber immerhin ist es trocken und der Himmel voller Sterne. Ich stehe am Fenster und genau in diesem Moment saust eine Sternschnuppe vorbei. »Karsten«, rufe ich, »ich habe eine Sternschnuppe gesehen, ich darf mir etwas wünschen!«

»Klar darfst du, was hättest du denn gern?«, fragt mich mein Liebster und legt von hinten seine Arme um mich.

»Ich möchte jetzt mit dir auf den Weihnachtsmarkt gehen, Zuckerwatte essen und gebrannte Mandeln, und vielleicht einmal mit dem Kinderkarussel fahren.«

»Wenn's weiter nichts ist, schon genehmigt, zieh dir aber was Warmes an, sonst kommen wir nicht weit.«

Samstagabend auf den Heidelberger Weihnachtsmarkt zu wollen, ist ein gewagtes Unternehmen, weil gefühlte drei Millionen Menschen, überwiegend aus Japan, exakt die gleiche Idee haben. Laufen oder gar schlendern ist vollkommen unmöglich, man muss sich mit dem Hauptstrom treiben lassen. Trotzdem ist es schön und sehr stimmungsvoll. Auf Zuckerwatte verzichte ich zugunsten eines Schwenkbratenbrötchens und danach trinken wir in einem Brauhaus einen Glühwein. Hier ist die Stimmung ungefähr so ausgelassen wie auf der Wies'n und einige japanische Männer haben offensichtlich die Wirkung des heißen Weines unterschätzt, auf alle Fälle singen sie ebenso lautstark wie falsch: »Oh, du Flöhliche«. Fremdschämen tut sich aber keiner, im Gegenteil, immer mehr Gäste aus dem Land der aufgehenden Sonne versuchen sich ebenfalls am Refrain. Irgendwas machen wir Deutschen falsch, denn von denen singt kein einziger und auch die Gesichter sind nicht sonderlich fröhlich. Als einer der Söhne Nippons energisch versucht, Karsten mit in den Gesang zu integrieren, ziehen wir es allerdings auch vor, das Lokal zu verlassen. Wir lachen, bis uns der Bauch wehtut, und lassen uns noch ein bisschen durch die wundervoll geschmückte und hell erleuchtete Hauptstraße schieben und kommen dann auf die glorreiche Idee, Schlittschuhlaufen zu wollen. Auf echtem Eis, nicht etwa auf Kunsteis, wie uns der Mann an der Kasse berichtet. Ich stelle fest, dass sich Glühwein und Schlittschuhlaufen nicht besonders gut vertragen, und lande schon nach wenigen Metern auf dem Hintern. Karsten kurvt elegant heran und hilft mir auf, hält mich dann die nächsten Runden auch gut fest. Wir finden schnell einen gemeinsamen Laufrhythmus und nach einer halben Stunde sind wir glücklich, atemlos und fest entschlossen, dieses Vergnügen bald zu wiederholen. Von diesem Plan rücke ich am nächsten Tag schnell ab, als ich mit einem üblen Muskelkater, der vor allen Dingen meine Fußgelenke betrifft, aufstehe. Karsten will sich ausschütten vor Lachen, als ich in die Küche humpele, verstummt aber auf einen bitterbösen Blick von mir.

Die Kinder sind durch den Wind, als sie nach Hause kommen, sagen nicht mal guten Tag und schmeißen sich direkt vor den Fernseher. Als sie kurze Zeit später Karsten fragen, wann es denn Abendessen gibt, reagiert der nicht, und die Frage wird lauter wiederholt. Karsten dreht sich zu ihnen um, tut sehr erstaunt und sagt:

»Ach, ihr seid wieder da? Dann muss ich überhört haben, dass ihr uns begrüßt habt. Das nette ›Hallo‹ oder ein ›guten Tag‹ oder so. Wie konnte mir das nur passieren?«

Lasse grinst verlegen, aber Isi versteht die Spitze und murmelt »guten Tag«.

»Ja, guten Tag, meine Hübsche, wie war dein Wochenende? Hattest du es schön? Doch, doch, vielen Dank, mir geht es gut, wir hatten es nett.«

Beide Kinder gucken sich an und fangen an zu kichern, wissen nicht so recht, was los ist, fragen aber tatsächlich, ob sie den Tisch decken sollen. Ich überlege, ob ich mich verhört habe, aber da fangen sie schon an, Teller, Besteck und Gläser aus Schränken und Schubladen zu holen. Sogar die Flimmerkiste macht Lasse freiwillig, ohne dreimalige Aufforderung aus. Pädagogisch wertvoll, mein Liebster, ich bin sehr stolz auf ihn.

Granny taucht auf, als wir Tagesthemen schauen. Sie wirkt trauriger als die letzten Male, scheint regelrecht resigniert zu haben.

Ich weise Karsten auf ihre Anwesenheit hin, der daraufhin die Kiste ausschaltet.

Ich habe keine Neuigkeiten, und ihr habt sicherlich auch nichts weiter gefunden als das Bild von den Reichelts.

Doktor Breckerfeld hat versucht, eine Audienz beim Fürsten zu erhalten, aber der hat ihn auf einen unbestimmten Zeitpunkt vertrösten lassen, ohne ein genaues Datum zu nennen. Das ist kein gutes Zeichen. Auch Heinrichs Vater hat nichts erreichen können, ebenso wenig wie Fritz. Es ist zu bedenken, dass es nicht breitgetreten werden soll, in welchen Schwierigkeiten mein Verlobter sich befindet, und beide daher nur sehr vorsichtig zu Werke gehen konnten, aber dennoch hatten wir uns erhofft, einen Fürsprecher zu finden.

Gottfried ist der Meinung, man solle unbedingt den Nachtwächter noch einmal genauer befragen, ob ihm nicht doch etwas aufgefallen sei, aber er hat in Detmold leider keinerlei amtliche Befugnis. Ich weiß nicht einmal zu sagen, ob endlich der Köhler erneut angehört worden ist, ob er seine Behauptung beweisen konnte oder nicht. Es darf doch nicht sein, dass dieser Mann eine Anschuldigung vorbringen kann, ohne diese mit Fakten zu belegen. Und genau das kann er nicht, ihr zumindest wisst, warum. Es ist sehr schwer zu ertragen, nichts tun zu können, als zu warten und zu beten.

Nun, etwas habe ich zumindest getan, ich habe

mich aus dem Haus geschlichen, als alles schlief, und bin zu Heinrich gelaufen. Oh, keine Angst, ich war sehr, sehr vorsichtig, habe dunkle Sachen getragen, um nur ja nicht gesehen zu werden. Fast zehn Minuten habe ich, hinter einem Busch versteckt, gewartet, bis die Wache sich von der Haustür entfernt hat, wohl, um sich die kalten Füße zu vertreten.

Erst dann bin ich schnell hingelaufen und habe geklopft, immer in Angst, von dem guten Mann gehört zu werden. Zum Glück hat mein Heinrich geahnt, dass ich in der Nähe bin, er hat sofort geöffnet, mich hineingezogen und in die Arme geschlossen.

»Ich habe es gewusst, ich war mir ganz sicher, dass kein Hausarrest des Fürsten dich davon abhalten würde, hierherzukommen. Oh, meine Geliebte, wie sehr ich deinen Mut liebe, wie sehr ich dich liebe. Trotzdem muss ich dich schelten, denn es ist äußerst gefährlich, was wir tun.

Solltest du durch einen dummen Zufall gesehen werden, geraten wir in erhebliche Schwierigkeiten, denn damit verstoßen wir beide gegen einen ausdrücklichen fürstlichen Befehl.«

»Heinrich, bitte schimpfe nicht mit mir, ich habe es nicht mehr ausgehalten, dich nicht zu sehen, nicht mit dir reden zu können. Ich will dir helfen, beweisen, dass du unschuldig bist. Bitte, lass mich zum Fürsten gehen und gestehen, dass wir beide zusammen waren, als der Mord geschah. Dann muss er dich freilassen.«

»Nein, Luise, weder das eine noch das andere. Er wird glauben, dass du mich schützen willst und dafür bereit bist, deinen Ruf durch eine solche Lüge zu opfern.«

»Meinen Ruf? Ach, Heinrich, ich bin doch schon lange nicht mehr unbescholten. Ich habe ein Kind, ohne verheiratet zu sein, und ich habe im Frauengefängnis eingesessen, das weißt du doch. Die hochanständigen Bürger in Detmold haben mir ihre Salons nur geöffnet, weil ich in deine Familie einheiraten werde. Wäre das nicht, hätte ich durch den Dienstboteneingang eintreten müssen, wenn überhaupt. Nein, nein, du musst nicht widersprechen, ich weiß, dass es so ist, ich kenne die Menschen hier lange genug. Daher ist es mir gleich, ob sie sich ein weiteres Mal das Maul über mich zerreißen, es ist mir egal, hörst du! Wenn ich mit meiner Aussage dazu beitragen kann, dass du deine Stellung und deinen untadeligen Ruf wahren kannst, werde ich das mit tausend Freuden tun.«

»Ach, meine Liebste, das weiß ich doch, ich kenne deinen guten und ehrlichen Charakter, aber mein Ruf ist auch nicht ganz so untadelig, wie du dich erinnern wirst. Was hat Sabrina noch herausgefunden? Ich gerate unter Spionageverdacht? Na, und die Geschichte mit meiner angeblich von mir sitzengelassenen Verlobten dürfte durchaus im Gedächtnis der Leute haftengeblieben sein.

Nein, gib diese Idee auf, bitte, mir zuliebe. Es wäre schrecklich für mich, würdest du dich auf diese Art und Weise für mich opfern.«

»Opfern? Nein, das ist kein Opfer für mich, es ist die reine Wahrheit. Was haben wir denn getan? Wir sind verlobt, werden in wenigen Monaten vor dem Altar stehen, und dann soll es ein Verbrechen sein, wenn wir gemeinsam eine Nacht verbringen? Das will ich nicht einsehen.«

»Es ist kein Verbrechen, mein Herz, sondern ein Verstoß gegen die guten Sitten, ein öffentlicher Verstoß, und genau darum geht es. Was die Menschen im Geheimen tun, ist das eine, aber öffentlich? Nein, das geht nicht. Und selbst wenn es dir und mir egal wäre, denk an die Deppes, zumindest an Martha Deppe, der so viel an ihrem untadeligen Ruf liegt. Es wäre ihr gegenüber wirklich nicht anständig, das wirst du doch einsehen? Auch wenn sie überhaupt nichts davon gewusst hat, wird sie das nicht vor Gerede und Häme bewahren. Nein, Luise, es geht nicht, unter gar keinen Umständen. Irgendwann wird sich herausstellen, dass ich unschuldig bin, und dann hat das ein Ende.«

»Wie soll es sich denn herausstellen, wie, Heinrich? Es müsste jemanden geben, der weiß, dass du es nicht gewesen bist, und der darum nach dem wahren Täter sucht. Natürlich, Gottfried, Hermann, Fritz und deine Eltern, alle wissen darum, aber sie können nichts tun. Zum einen soll der Kreis der Menschen, die um deine Arretierung wissen, klein bleiben, zum anderen liegt die Untersuchung des Mordfalles in Händen der hiesigen Gendarmerie. Kennst du jemanden gut, der damit betraut ist, hast du vielleicht sogar einen Freund unter ihnen?«

»Nein, leider nicht. Natürlich kenne ich ein paar der Männer, aber keinen so gut, dass er sich für mich verwenden würde. Ja, wären wir in Berlin, läge die Sache anders, aber hier in Detmold – nein, da fällt mir niemand ein.«

»Oh Heinrich, wenn du in Berlin wichtige Freunde hast, müssen die davon erfahren, was hier vorgeht. Du musst ihnen eine Depesche schicken, sie in Kenntnis setzen. Sie müssen zum Kaiser gehen und sich für dich verwenden.«

»Luise, ich darf keine Depeschen schicken, das ist mir ebenso untersagt, wie Besuch zu empfangen. Und auch meine Berliner Freunde können nicht einfach so zum Kaiser gehen. Wie stellst du dir das vor? Das ist eine lange und mühsame Prozedur, bis jemand bei Seiner Majestät eine Audienz erhält. Das kannst du nicht mit Fürst zu Biesterfeld vergleichen, und selbst da ist es nicht einfach. Der Kaiser hat wichtige Staatsgeschäfte zu erledigen, gekrönte Häupter aus dem Ausland sind zu Gast, der Besuch Seiner Majestät in Ägypten wird vorbereitet, Reichskanzler Bismarck ärgert ihn, weil er von seiner sozialen Politik nichts hält, und viele andere wichtige Dinge mehr. Da wird er sich kaum die Zeit nehmen, sich um meine Belange zu kümmern.«

»Warum nicht? Wenn du doch sagst, er möchte eine soziale Politik machen, dann gehört es dazu, gegen Ungerechtigkeit zu sein. Außerdem, du kümmerst dich auch um seine Belange, stehst in seinem Dienst und wirst von ihm einen Orden bekommen, also musst du doch ein wichtiger Mann sein.«

»Ein Mann ist so lange wichtig für einen Regenten, wie er für ihn von Nutzen ist, seine Befehle ausführt.

Kann er das nicht mehr, weil er, wie ich, gerade unter Arrest gestellt wurde, mein Liebes, ist es schnell vorbei mit der Wichtigkeit. Lass uns nicht weiter darüber sprechen, finden wir uns damit ab, dass wir für den Moment nichts tun können als abzuwarten. Die Angelegenheit wird sich früher oder später aufklären. Ich finde aber, wenn du so unglaublich mutig warst hierherzukommen, sollten wir diese Zeit nicht mit unnötigen Diskussionen vertun, sondern uns erfreulicheren Dingen zuwenden. Was meinst du?«

Natürlich wartete er keine Antwort ab, sondern zog mich ohne Weiteres in das Schlafgemach. Ich wollte mich aber nicht geschlagen geben und versuchte zu reden, da verschloss er mir den Mund energisch mit dem seinen.

Wie du weißt, war ich immer schon ungewöhnlich empfänglich für diese Dinge, und so erlag ich auch dieses Mal schnell seinen leidenschaftlichen Küssen und wehrte mich nicht, als er begann, mich zu entkleiden. Im Gegenteil, ich musste sogar kichern, als ich mir vorstellte, wie sich der gute Wächter vor der Tür die kalten Füße warmlief, während Heinrich und ich uns innig liebten. Ja, ›innig‹ ist das einzig richtige Wort dafür, wir gaben uns einander hin, als wäre es das letzte Mal.«

»Granny, du bist ein leichtsinniger Vogel. Stell dir nur vor, der Wächter hätte dich erwischt. Was hätte das wohl für deinen Heinrich für Konsequenzen gehabt? Du hattest mir fest versprochen, nichts Unüberlegtes zu tun, und trotzdem läufst du durch Nacht und

Nebel zu Heinrich. Tzt, Tzt, dich kann man wirklich nicht allein lassen. Und außerdem, meine Liebe, bin ich mir sicher, dass du nicht rein vorsorglich ein paar Präservative in der Tasche hattest!«

Sie wird ein bisschen rot, sieht eindeutig ertappt aus, zuckt die Schultern und schweigt.

»Karsten, sag mal was. Diese leichtsinnige Dame hat sich des Nachts aufgemacht, ihren Herzallerliebsten zu besuchen. Na ja, nicht nur zu besuchen, sondern auch ...«

»Sabrina! Kein Wort weiter, bitte. Was ich dir anvertraut habe, ist nicht für die Ohren eines Mannes bestimmt.«

»... um sich mit ihm über Möglichkeiten zu unterhalten, wie man ihn freibekommen kann«, sage ich langsam und deutlich mit einem Blick auf Granny, die erneut dezent errötet.

»Und? Hatten sie eine Idee?«

»Nee, nicht wirklich, er sieht gar keine, will abwarten und Tee trinken, und sie möchte gern nach Berlin zu Kaiser Wilhelm, um dem zu sagen, was sie davon hält, dass er ihrem unschuldigen Verlobten nicht umgehend zu Hilfe eilt.«

»Mhm, vielleicht hat sie gar nicht so unrecht damit. Ob der überhaupt etwas von der ganzen Geschichte erfahren hat? Wenn ich alles richtig verstanden habe bis hierher, ist doch Heinrich im Auftrag genau dieses Kaisers überhaupt in Detmold, also sollte er auch unter seiner Gerichtsbarkeit stehen, oder? Der Kaiser war der oberste Heeresführer, und nicht nur das, er war auch der erste Beamte im Staat. Das heißt, *er* war der Chef vom Ganzen und nicht der Fürst vom kleinen Lippe. Kann sein, ich irre mich, aber ich habe wirklich null Bock, mich durch dieses kilometerlange Beamtengesetz zu arbeiten. An ihrer Stelle aber würde ich es auf einen Versuch ankommen lassen. Sie muss ja nicht persönlich hinfahren, aber vielleicht einer der Männer, Gottfried oder – wie hieß der andere?«

»Hermann? Stimmt, der kam sowieso aus Berlin, war oder ist da Staatsanwalt, oder, Granny?«

»Ja, Hermann lebt in Berlin, aber ob er eine Audienz bei Seiner Majestät bekommen würde, vermag ich nicht zu sagen.«

»Versuch macht kluch, oder fragen kostet ja nichts. Ist er im Augenblick in Detmold oder Berlin?«

»Das kann ich herausfinden, oh, ich denke, er ist in Berlin, denn Gottfried ist nicht da. Er ist gestern zurück in sein Amt nach Bielefeld. Beide werden erst wieder zu ihrer Hochzeit erwartet, und die ist am Heiligen Abend.«

»Oh je, nee, das geht nicht. So lange können wir deinen Heinrich nicht zu Hause eingesperrt sitzen lassen. Was ist mit Fritz? Würde der nach Berlin fahren und um eine Audienz ersuchen?«

»Kind, was denkst du denn? Heinrich hat mir erklärt, wie beschäftigt Seine Majestät ist, worum er sich alles zu kümmern hat. Da sind unsere Probleme gewiss sehr unbedeutend. Daher wird er Fritz keine Audienz gewähren. Außerdem ist Fritz ein angesehener Mann in Detmold, aber in Berlin völlig unbedeutend. Nein, nein, da hätten wir sicher kein Glück.«

»Dann eben doch Gottfried oder Hermann. Man wird doch einen von denen erreichen können, notfalls per Depesche oder Brieftaube, wie immer ihr früher Botschaften verschickt habt.«

»Nein, das geht nicht. Ich könnte versuchen, Hermann eine Nachricht zukommen zu lassen, aber … Nein, es hilft alles nichts, ich muss selbst nach Berlin. Hermann allein kann in dieser wichtigen Angelegenheit nichts ausrichten, das kann nur ich. Er muss mir nur eine Möglichkeit verschaffen, dem Kaiser mein Anliegen zu unterbreiten. Wenn er das schafft, müsste mich Fritz allerdings nach Berlin begleiten, ich kann unmöglich als Frau allein so weit reisen.«

»Tja, mit der Postkutsche bist du sicherlich eine Woche unterwegs, oneway, und da wir bereits den 14.12. haben, verpasst du die Doppelhochzeit!«

»Ich muss nicht mit der Postkutsche reisen, nach Berlin fahren Züge, wir leben schließlich nicht mehr im Mittelalter«, antwortet Granny hoheitsvoll und richtet sich sehr gerade auf. »Ich werde pünktlich in Detmold eintreffen.«

»Okay, sorry, das wusste ich nicht. Umso besser, ist weniger anstrengend und geht schneller. Dann versuch doch, das alles anzuleiern, und lass dich auf jeden Fall vorher sehen.«

»Das werde ich tun, mein Kind. Ach, was ich dich fragen wollte: Hat dein Galan dich gefragt, ob du seine Frau werden möchtest?«

Eine Antwort hat sie wohl selber nicht erwartet, denn sie verschwindet blitzschnell.

Die letzte Frage behalte ich für mich, informiere aber Karsten über die nächsten Pläne meiner taffen Ururgroßmutter.

»Die Frau ist wirklich unglaublich, zumal für ihre Zeit. Mit ihr hat Heinrich einen guten Fang gemacht, alle Achtung. Wie ich sie kennengelernt habe, bringt sie den Kaiser höchstpersönlich dazu, ihren Verlobten aus der Verbannung zu befreien. Man darf auf alle Fälle gespannt sein.«

»Bis zum Kaiser wird es selbst Granny nicht schaffen, aber ich bin auch überzeugt, dass sie irgendjemanden auftreibt, der ihr weiterhilft. Was ich nicht so ganz verstehe, ist, warum hat Heinrich ihr nicht zumindest ein paar Namen genannt, an die sie sich in Berlin wenden könnte?«

»Na, warum wohl? Weil er es sich erstens überhaupt nicht vorstellen kann, dass sie nach Berlin aufbricht, und zweitens, weil er es unter keinen Umständen gutheißen würde.

Er kann doch als Mann seiner Zeit nicht eine Frau losschicken, um seine Probleme zu lösen. Undenkbar, ein kompletter Gesichtsverlust. Nee, auf die Idee ist unser Heinrich sicher nicht gekommen. Kann ich sogar nachvollziehen, wäre mir heute noch peinlich.«

»Ihr Männer seid wirklich komische Wesen, damals wie heute, ich werde euch nie verstehen.«

»Das kann ich bestätigen. Also nicht, dass wir komische Wesen wären, aber dass du uns nicht verstehst.«

»Danke für die Blumen, du Oberfrauenversteher«,

gebe ich mich beleidigt, kann mir aber das Lachen nicht verkneifen.

Drei lange Tage lässt Granny sich nicht sehen. Tage, die mit täglicher Routine gefüllt sind und trotzdem schleppend langsam vergehen. Dann ist sie am frühen Mittwochmorgen plötzlich da, trägt Hut, einen langen Mantel und hat einen Regenschirm quer über ihrem Schoß liegen.

GRANNY

»Ich habe nicht viel Zeit und bin nur gekommen, damit ihr euch nicht um mich sorgt. Ich werde sicherlich einige Tage keine Möglichkeit haben, mich euch mitzuteilen, während ich in Berlin weile. Mein Zug geht in weniger als einer Stunde, und schon gegen Abend werde ich in der Hauptstadt sein. Ich bin sehr aufgeregt und ängstlich, aber Fritz und Emilie werden mich begleiten und Hermann uns am Bahnhof erwarten.

Es war äußerst schwierig, die beiden Männer von meinem Plan zu überzeugen, und Fritz hat überhaupt nur zugestimmt, weil ich gedroht habe, allein zu fahren. Dafür hat er darauf bestanden, dass Emilie uns begleitet, weil ich ansonsten allein in einem Hotel absteigen müsste, und das wollte wiederum Hermann nicht verantworten. Er konnte mir zwar keine Hoffnungen machen, aber er hat Kontakt zu einem Angehörigen des Zivilkabinetts und hofft, über diesen näher an den Kaiser heranzukommen. Ich weiß, das wird alles seine Zeit brauchen, aber es wird von Erfolg gekrönt sein, ihr werdet sehen. Was mir einige Sorgen bereitet, ist die Tatsache, dass ich Heinrich nicht über meine Pläne informieren konnte …«

»Konnte oder wollte?«, unterbreche ich sie, und sie wird rot.

»Nun ja, ich hatte Angst, er würde es mir ausreden, aber ich wollte auch nicht Gefahr laufen, doch bei einem Besuch erwischt zu werden. Ich hoffe nur, er macht sich nicht allzu viele Gedanken um mich oder tut etwas Unüberlegtes. So, nun seid ihr informiert, betet für mich, denn meine Absichten sind gerecht.«

»Machen wir, Granny, gute Reise und passe verdammt noch mal auf dich auf. Berlin ist auch zu deiner Zeit eine Millionenstadt und überhaupt nicht mit Detmold zu vergleichen. In Berlin gibt es bereits Straßenbahnen, ganz ohne Pferd davor, Autos und sogar Omnibusse, gib also gut acht, wenn du über eine Straße gehst.«

»Oh, verglichen mit deiner Zeit wird das nicht so schlimm sein, und hier komme ich schließlich auch gut zurecht. Adieu!«

Peng, das war's dann, sie ist weg und auf dem Weg in den Sündenpfuhl Berlin. Warum Ururgroßmütter nie auf die Warnungen ihrer Ururenkelinnen hören?

Ich meine es doch nur gut mit ihr, und in meiner Zeit ist sie noch nie auch nur einen Schritt ohne mich unterwegs gewesen. Das kann man also überhaupt nicht vergleichen, du meine Güte.

»Was hast du? Was hat sie gewollt am frühen Morgen?«

»Was sie gewollt hat? Mir mitteilen, dass sie gleich nach Berlin aufbrechen wird. Meine gut gemeinten, fürsorglichen Ratschläge hat sie in den Wind geschlagen.«

»Tja, sie hat sicherlich so ihre Zweifel, wie gut du das Berlin um 1898 kennst.«

»Mach du dich nur lustig über mich. Ich kenne das damalige Berlin zwar nicht persönlich, aber da ich mich für Granny verantwortlich fühle, habe ich recherchiert und festgestellt, dass es im 19. Jahrhundert eine echte Metropole war. Millionenstadt, jawohl! Es gab ungefähr so viel Schwule wie heute in Köln. Außerdem Autos, Straßenbahnen und Omnibusse ohne Pferde, wusstest du das? Nee, wusstest du nicht, na also, aber sich über mich lustig machen.«

»Erstens mache ich mich überhaupt kein bisschen über dich lustig, ganz im Gegenteil, ich finde es rührend, wie du dich um deine Granny sorgst, und zweitens habe ich genau den gleichen Artikel bei Wikipedia gelesen wie du. Was sagst du nun?«

»Ich bin baff«, grinse ich, »dann weißt du immerhin auch, dass meine Sorge um Granny und meine Warnungen an sie durchaus Hand und Fuß haben.«

»Sie wird schon klarkommen, sie ist ja nicht allein. Sie hat Hermann, sie hat Fritz …«

»Und sie hat Emilie«, füge ich hinzu.

»Na also, dann dreh nicht durch, sonst werden die nächsten Tage fürchterlich.«

Ich drehe mich zu meinem Liebsten um und werfe ihm heimtückisch ein Kissen an den Kopf. Seine Reflexe sind beachtlich, er fängt es, bevor es ihn trifft, hält meine Hände fest und revanchiert sich dann für diesen Angriff.

Die Zeit vergeht ohne ein Lebenszeichen von Granny, und auch wenn ich weiß, warum, bin ich unruhig und nervös. Ich nerve Karsten mit meiner Sorge ein um den anderen Abend, rufe mehrfach meine Mutter an, die bald nicht mehr weiß, wie sie mich beruhigen soll.

»Sie wird sich schon melden, mach dich doch nicht verrückt. Sie ist in Berlin, nicht am Amazonas, sie ist erwachsen und nicht allein. Ich könnte mir vorstellen, dass es eine Weile dauert, bis sie einen Termin an der richtigen Stelle erhält, und bis sie dann eine Antwort hat, vergeht auch wieder Zeit. Das wird damals nicht anders gewesen sein als heute. Du weißt doch aus eigener Erfahrung, wie langsam Behörden arbeiten. Hör auf, dich in was reinzusteigern, und lass uns morgen alle zusammen auf den Weihnachtsmarkt gehen, ist für dieses Jahr die letzte Gelegenheit.«

Sie hat recht, wir haben es den Kindern versprochen, also müssen wir es auch halten. Meine Eltern kommen am Samstag gegen 17 Uhr, und wir starten gemeinsam Richtung Heidelberg. Da wir nicht alle in ein Auto passen, außerdem in der Innenstadt ohnehin keinen Parkplatz finden würden, nehmen wir, zur Begeisterung der Kinder, die S-Bahn. Diese Idee teilen wir mit halb Heidelberg und mit … Granny! Ich kriege fast den Herzkasper, als ich sie durch die dichtgedrängt stehende Menschenmenge auf mich zukommen sehe. Da aber niemand reagiert, der Fahrer nicht die Notbremse zieht und Dad sich weiter mit Karsten unterhält, beruhige ich mich und lege unauffällig den Zeigefinger auf meine Lippen. Granny nickt, und ein gewaltiger Hut bleibt dabei erstaunlich unbeeindruckt auf ihrem Kopf sitzen. An unserer Haltestelle gebe ich ihr einen Wink mit dem Kopf, was Karsten zu der besorgten Frage bringt, ob ich mir den Hals verrenkt hätte. »Granny ist hier«, zische ich in sein Ohr, und er schaut sich sofort um. »Mann, nicht so auffällig, weder mein Dad noch die Kinder dürfen das mitkriegen. Lenk sie bitte ab, so gut es eben geht.« Ich ziehe Mam am Ärmel, die mich erstaunt ansieht. »Granny ist hier, will wahrscheinlich mit auf den Weihnachtsmarkt. Karsten lenkt Dad ab, hilfst du ihm bitte dabei?« Mom schüttelt resigniert den Kopf und seufzt tief: »Klar, wenn ich mich schon mal auf einen Familienausflug freue«, nickt mir aber beruhigend zu.

»So, und nun zu dir, was tust du hier, ich dachte, du bist in Berlin?«

»Das war ich auch, und davon wollte ich erzählen, aber da sah ich dich gerade aus der Tür kommen. Ich habe gehört, dass ihr auf einen Weihnachtsmarkt gehen wollt, und da dachte ich, ich gehe einfach mit.«

»Dachtest du? Na wunderbar! Ich glaube, du hast

wirklich keine Ahnung, worauf du dich einlässt. Bleib eng an meiner Seite, sonst haben wir uns nach den ersten drei Metern verloren.«

Auch bei meinem heutigen Besuch stelle ich fest, dass der Heidelberger Weihnachtsmarkt dem Detmolder in nichts nachsteht. Auch hier strahlen Tausende von Glühbirnen, es duftet nach Zimt und gebrannten Mandeln, Karussells drehen ihre Kreise, und sämtliche Weihnachtslieder, die je komponiert wurden, vermischen sich zu einem merkwürdigen Gesamtkunstwerk. Die Kinder wollen Waffeln, Bratwurst, Zuckerwatte und ein Eis, möglichst alles auf einmal und möglichst auf einem der Karussells, für die sie längst viel zu groß geworden sind. Wir laufen die Hauptstraße rauf und runter, gehen über den Markt, dann wird es derart voll, dass ich Platzangst bekomme. So ähnlich muss man sich in Tokio fühlen, mehr Japaner als hier gibt es dort sicher auch nicht. Granny klammert sich geradezu an meinem Arm fest und versucht gleichzeitig, sich die Ohren zuzuhalten. Dann wieder schaut sie mit großen Augen umher und schüttelt unentwegt mit dem Kopf. »Das ist …, das ist barbarisch. Die Vorweihnachtszeit soll ruhig und besinnlich sein, auf die Geburt unseres Herrn Jesus Christus vorbereiten. Das hier ist ein Jahrmarkt, schlimmer, als ich es mir je hätte ausmalen können.« Ich bleibe vor einem Schaufenster stehen und winke Karsten zu, weiterzugehen. »Wer wollte denn mit? Wer war denn hier neugierig? Das war deine Entscheidung, nicht meine. Ich habe geahnt, dass es dir nicht gefallen würde.«

»Nun, Kind, damit hast du recht, obwohl ich den großen Baum dort sehr beeindruckend finde.« Sie zeigt auf eine mächtige Tanne vor der Kirche. »So etwas gab es zu meiner Zeit nicht, jedenfalls nicht in Detmold, und in Berlin habe ich auch keinen geschmückten Baum auf der Straße stehen sehen. Warum muss es aber so schrecklich laut sein und so bunt? Wie soll ein Mensch sich bei einem solchen Lärm besinnen können? Und dann die armen Kinder. Sie werden sich die Mägen verderben und Weihnachten krank zu Bett liegen.«

»Mal den Teufel nicht an die Wand, Granny, die werden das schon überstehen, ist doch jedes Jahr das Gleiche, egal, in welcher Stadt.«

»Nun gut, Kind, wenn du das sagst. Ich habe genug gesehen und möchte mich verabschieden. Ich weiß nicht, ob ich vor dem Heiligen Abend noch einmal kommen kann. Du weißt ja, da haben wir Hochzeit, und es müssen noch sehr viele Vorbereitungen getroffen werden. Wenn ich es also nicht schaffe, komme ich aber danach schnellstmöglich und berichte dir davon.«

»Halt, Granny, untersteh dich, einfach zu verschwinden! Ich will wissen, was du in Berlin erreicht hast, wie es Heinrich geht und wieso deine Freunde ausgerechnet am Heiligen Abend heiraten müssen. Da hat doch kein Standesamt geöffnet, und der Pfarrer hat bestimmt auch anderes zu tun.«

»Wieso sollte das Standesamt nicht geöffnet haben? Der Bürgermeister weiß doch, dass die vier heiraten wollen, schließlich ist das Aufgebot lange ausgehängt.

Nein, nein, das ist kein Problem, die Trauung wird um neun Uhr vollzogen, danach geht es in die Kirche. So gehört es sich, und so wird es gemacht.«

»Okay, okay, aber wann wird gefeiert? Doch nicht am Heiligen Abend, oder etwa doch?«

»Nun, es wird ohnehin nur ein kleiner Kreis sein, so um die hundert Gäste. Wir haben uns alle darauf verständigt, im *Lippischen Hof* zu feiern. Zuerst wird es dort einen Sektempfang und dann ein Mittagessen geben. Danach ziehen sich die Brautpaare in ihre privaten Räumlichkeiten zurück.«

»Aha, aber wann wird denn Weihnachten gefeiert? Fällt das aus wegen Doppelhochzeit, oder was?«

»Du hast recht, es ist in diesem Jahr alles etwas viel, gut, dass Heinrich und ich unsere Hochzeit verschoben haben, auch wenn mir sicherlich das Herz wehtun wird, wenn sich die Paare das Jawort geben. Nun, was wollte ich gleich … Ach ja, wir haben doch Küchenpersonal, das sich um das Festessen kümmern wird. Am Heiligen Abend gibt es weiter nichts Besonderes, da werden alle sehr erschöpft sein und früh zu Bett gehen wollen. Am Weihnachtstag sieht das anders aus, vor allen Dingen Heinz wird sehr aufgeregt sein und sich voller Ungeduld auf die vielen guten Sachen und die Bescherung freuen. Viele werden wir nicht sein, denn die Brautpaare sind bereits zu ihren Hochzeitsreisen aufgebrochen und auch Heinrichs Eltern wollen lieber für sich bleiben. Am Morgen wird Fritz in der guten Stube den Weihnachtsbaum schmücken, unter den dann die Geschenke gelegt …«

»Ja, Granny, das ist alles wahnsinnig spannend, aber eigentlich wollte ich was über Berlin und deinen Versuch, Heinrich freizubekommen, hören!«

»Du hast mich nach der Hochzeit gefragt, also habe ich geantwortet. Hätte ich allerdings geahnt, dass dich das so wenig interessiert, hätte ich es für mich behalten.«

»Ach, Granny, nun sei doch nicht beleidigt, so war das nicht gemeint, aber guck doch, mein Dad winkt mir schon zum zweiten Mal, der muss ja glauben, ich sei vor diesem Schaufenster versteinert worden. Außerdem gucken mich die Leute komisch an, weil ich ständig Selbstgespräche führe. Ich muss daran denken, mir das nächste Mal Kopfhörer einzustecken, dann denken die, dass ich telefoniere. Bitte, du musst noch mal kommen! Bitte, versprich es mir!« Sie verzieht den Mund, nickt aber schließlich und sagt: »Gut, ich werde versuchen, ob ich es einrichten kann«, und weg ist sie. In diesem Moment kommt Dad entschlossen auf mich zu und sagt: »Was hast du vor, willst du den Laden kaufen oder warum starrst du seit geraumer Zeit in dieses Schaufenster? So spannend ist doch die Auslage nun auch nicht, irgendwie bist du heute abwesend. Ich wollte vorschlagen, ein ruhiges Plätzchen zu suchen, um etwas zu essen. Mir ist es entschieden zu voll und zu laut, ich glaube, ich werde alt.«

Karsten ist mittlerweile auch da, lacht und schüttelt den Kopf. »Wirst du nicht finden, jedenfalls nicht heute und nicht morgen. Dazu müssen wir raus aus der Stadt, am besten über die Brücke.«

Wir laufen los, Isi jammert, weil ihr übel ist, und Lasse, weil er noch Hunger hat, daher entern wir schließlich einen chinesischen Imbiss, in dem es weder Weihnachtsschmuck noch -lieder gibt. Dafür frisch zubereitetes und sehr leckeres Essen. Es ist nach 22 Uhr, als wir endlich zu Hause sind. Meine Eltern kommen nicht einmal mehr mit rein, sondern steigen ins Auto und machen sich auf den Heimweg. Ihre armen Hunde sind schließlich seit Stunden allein und darüber todunglücklich, wenn man meiner Mam glauben darf. Ich glaube eher, die machen es sich gemütlich und pennen. Als wir die Kinder in den Betten haben, erzähle ich Karsten, dass Granny den Weihnachtsmarkt nicht wirklich besinnlich gefunden und kein Wort über Berlin verloren hat, aber versuchen wird, einen weiteren Besuch einzurichten.

Er lacht und sagt: »Sie ist echt ein Original, aber das mit dem Weihnachtsmarkt kann ich ihr nicht verdenken, deinem Dad ging es ähnlich, dem war's auch zu laut, und der ist 70, Granny schon 140.«

Der vierte Advent beschert uns Nieselwetter, was vor allen Dingen den Kindern auf die Stimmung schlägt. Vielleicht ist es die Vorfreude auf Weihnachten, keine Ahnung, auf alle Fälle sind sie unleidlich, quengeln dauernd, und alle zwei Minuten schreit einer wie am Spieß. Nach dem Mittagessen ist Karsten es leid, er steht auf und sagt entschlossen: »So, Feierabend mit dem Gezeter, wir fahren schwimmen. Bade zeug einpacken, zack, zack! Wer nicht in fünf Minuten fertig ist, bleibt hier.«

Zwei Stühle fallen unter lautem Jubelgeschrei um, und zwei Kinder stürmen aus dem Raum.

»Kommst du mit?«, werde ich gefragt, aber mein Liebster kennt die Antwort, denn ich hasse Hallenbäder aus tiefstem Herzen. Ich schüttele daher mit dem Kopf und verweise auf die viele Arbeit, die vor mir liegt bis zum Heiligen Abend. Ist nicht gelogen, ich habe wirklich viel vorzubereiten, genauer gesagt, alles, weil ich noch nicht ein einziges Geschenk verpackt habe. Ich bin ehrlich heilfroh, dass wir bei meinen Eltern feiern werden, denn sonst müsste ich mir auch Gedanken darüber machen, was ich einkaufen und kochen soll. Daher kommt mir die Abwesenheit aller sehr gelegen. Nachdem ich die Küche aufgeräumt, einen Kaffee getrunken und eine Zigarette geraucht habe, mache ich mich daran, gefühlte hundert Pakete in Geschenkpapier zu wickeln und mit Schleifen und Namenskärtchen zu versehen. Ich verstehe es nicht, wir alle versichern uns immer wieder, uns dieses Jahr aber wirklich ganz bestimmt nichts schenken zu wollen, und nie hält sich einer dran. Nein, nein, wirklich, nur für die Kinder … Ja, ja, und am Ende steht man als Einzige mit leeren Händen da. Nicht mit mir, ich habe vorgesorgt, wie jedes Jahr!

»Das sieht aus wie in einem Krämerladen. Für wen ist das denn alles? Bescheidenheit und Mäßigung in allen Dingen sind Tugenden, die du wohl nicht besitzt.«

Granny! Und offensichtlich immer noch angefressen.

»Hallo, liebste aller Ururgroßmütter. Wie schön, dass du es einrichten konntest, mich aufzusuchen trotz der großen Ereignisse, die vor dir liegen.«

»Du brauchst gar nicht so schnippisch zu werden, sonst gehe ich gleich wieder«, weist sie mich zurecht und sieht so aus, als würde sie meinen, was sie sagt. Daher bremse ich mich, hole tief Luft und starte erneut:

»Gut, streiten wir uns nicht, schließlich ist demnächst Weihnachten. Frieden auf Erden! Ich freue mich, dass du da bist, und das hier sind in der Tat ziemlich viele Geschenke. Wir sind aber auch viele Leute, und für dich, liebste Granny, sind gleich zwei dabei!« Ha, jetzt habe ich sie, ihre Augen werden groß und blicken suchend über den Berg. Kleine, hektische Fleckchen erscheinen auf ihren Wangen, und ich weiß, dass sie zu gern fragen würde, welche es sind. Sie beherrscht sich, schluckt einmal, zieht die Schulten zurück, setzt sich in ihrem Sessel zurecht und beginnt zu erzählen.

GRANNY

»Ich kann es kaum glauben, dass ich wirklich in der Hauptstadt war. Eines weiß ich aber genau, leben möchte ich dort auf keinen Fall, es ist laut, hektisch, und die Leute sprechen äußerst merkwürdig. Es gibt viele wunderschöne Straßen und Plätze, Theater und Cafés, große Hotels, aber es gibt sehr viel Schmutz und Elend. Was es vor allen Dingen gibt, sind unglaublich viele Menschen. Menschen, wie ich sie noch nie gesehen habe. Einige waren kohlrabenschwarz, kannst du dir das vorstellen? Ich habe mich sehr vor ihnen gefürchtet, aber Hermann hat mir erklärt, sie kämen aus Afrika, da würden alle so aussehen. Ist das nicht ausgesprochen seltsam? Aber ich schweife ab, wo war ich? Ach ja, als wir in Berlin ankamen, hat Hermann uns abgeholt. Da die Reise sehr anstrengend war und ich mich ausruhen wollte, brachte er Emilie und mich gleich in unser schönes Hotel. Das war viel vornehmer als der *Detmolder Hof*, allein die Eingangshalle war so groß, dass ich Angst hatte, ich würde mich darin verlaufen. Selbst Emilie bekam ganz staunende Augen und war nicht mehr so vorlaut wie sonst. Überall hingen Kristalllüster von den Decken, und dicke Teppiche lagen auf dem Boden, sodass man fast darin versank. Unser Zimmer war sehr groß und genauso luxuriös wie die Halle. Ein riesiges Himmelbett stand darin, und an den Wänden hingen gerahmte Fotografien der kaiserlichen Familie. Ich konnte mich gar nicht sattsehen an all dieser Pracht.

Nachdem wir uns ausgeruht und Toilette gemacht hatten, führte uns Hermann herum. Du kannst dir nicht vorstellen, wie viel Verkehr es in der Hauptstadt gibt, und du hattest recht, beim Überqueren der Straße gerät man leicht in Gefahr, unter ein Gefährt zu geraten. Hermann wusste aber geschickt allem auszuweichen und führte uns sicher zurück zum Hotel. Hier nahmen wir das Abendessen ein und besprachen unser weiteres Vorgehen. Er machte mir große Hoffnungen auf ein Treffen mit einem Oberstleutnant von Sandmann, der bereits signalisiert habe, helfen zu wollen. Der Mann kennt sogar Heinrich persönlich und hatte sich sehr betroffen gezeigt, als er hörte, dass dieser in Kalamitäten war. Diese Auskunft erleichterte mich ungeheuer und ich konnte den nächsten Tag kaum erwarten. Hermann kam gegen zehn Uhr und ließ uns wissen, dass mich Freiherr von Sandmann morgen um halb 12 Uhr empfangen werde. Mich allein, was Fritz überhaupt nicht gefiel. Auch ich war darüber erschrocken, schon der Gedanke, ohne Begleitung durch Berlin laufen zu müssen, ließ mich schaudern. Hermann lachte aber und beruhigte uns. Wir würden natürlich mit der Droschke fahren, und dann musste ich nur allein in ein Gebäude gehen. Alle anderen würden in unmittelbarer Nähe auf mich warten.

»Mach dir nur keine Gedanken«, sagte er, »Sandmann ist Offizier, ein Ehrenmann also, er will wohl nur helfen, ohne allzu viel Aufsehen zu erregen. Auch Heinrich muss hier mit Neid und Missgunst rechnen. Daher will er vermeiden, dass irgendjemand, der ihm nicht wohlgesonnen ist, von eurem Treffen erfährt, mehr nicht.« Den Sonntag verbrachten wir damit, uns Berlin anzuschauen und über alles zu staunen, was wir nicht kannten. Sei versichert, Kind, das war eine große Menge, und ich hätte Wochen gebraucht, alles zu sehen.

Am nächsten Morgen kleidete ich mich sehr sorgfältig an und überlegte genau, was ich sagen wollte. Natürlich konnte ich nicht preisgeben, wo Heinrich wirklich gewesen war, aber ich wollte doch die Umstände wahrheitsgetreu schildern und darum bitten, dass Köhler in einer erneuten Befragung nicht nur Rede und Antwort stehen, sondern auch Beweise für seine Behauptung vorbringen musste. Trotzdem schlug mir das Herz im Hals, als ich das große Gebäude ›Unter den Linden‹ betrat. Ich wurde von einem Mann in Uniform gefragt, zu wem ich wolle, und dann musste ich, auf einer sehr unbequemen Holzbank sitzend, warten.

Nach einer geraumen Zeit, als ich schon dachte, man habe mich vergessen, kam ein Mann den langen Flur herauf, blieb vor mir stehen und fragte, ob ich das Frollein Klewe sei.

Ich bejahte, und er bat mich, ihm zu folgen. Er führte mich in ein Zimmer, das mehr ein Saal war. Ganz am Ende stand ein sehr großer Schreibtisch und dahinter saß ein Mann in Uniform.

»Eure Exzellenz, dat jnädige Frollein wäre dann hier«, sagte mein Begleiter und schlug die Hacken zusammen. Der Mann erhob sich schnell und kam mir entgegen, verbeugte sich schneidig und sagte: »Gestatten, gnädiges Fräulein, von Sandmann, zu Ihren Diensten.« Dann küsste er mir die Hand und bat mich, Platz zu nehmen. Er war sehr aufmerksam, fragte, ob er mir eine Erfrischung anbieten dürfe, ob ich eine angenehme Reise gehabt hätte, gut untergebracht sei und dergleichen Höflichkeiten mehr. Langsam entspannte ich mich, mein Herz schlug ruhiger, und ich konnte mir mein Gegenüber genauer betrachten. Er war zweifellos ein attraktiver Mann, nicht mehr ganz jung, aber auch noch lange nicht alt. Kleiner als mein Heinrich, aber genauso schlank und in seiner Uniform sehr gut aussehend.

Nach einer Weile beugte er sich vor, nahm meine Hand, küsste sie noch einmal und bat mich dann, ihm nunmehr genau zu erzählen, womit er mir behilflich sein könne.

Ich berichtete wahrheitsgemäß von meiner Entführung durch Reichelt, von der bedauernswerten jungen Frau, die er vermutlich getötet hatte, und wie man ihn schließlich selber tot im Schlossgraben gefunden hatte.

Er unterbrach mich nicht, machte nur hier und da betroffen »Ah« und »Oh je«. Als ich schließlich bei der Aussage Kümmerlings und Köhlers ungeheurer Anschuldigung angekommen war, schien er geradezu entsetzt.

»Ja«, schloss ich, »das ist natürlich eine Lüge, denn mein Verlobter hat nichts mit diesem Mord zu tun, das weiß ich genau. Ich bin nun hierhergekommen, um Seine Majestät zu bitten, sich für ihn zu verwenden. Er ist unschuldig, und doch hat man ihn unter strengen Arrest gestellt, sodass er sich nicht selber zu seiner Verteidigung hierherbegeben konnte.«

Herr von Sandmann schwieg eine Weile, spielte mit seinem Monokel, dann nahm er erneut meine

Hand und sagte: »Ungeheuerlich, ganz ungeheuerlich. Bedauerliche Geschichte, muss man natürlich etwas tun, versteht sich von selbst. Ich schätze den Herrn Verlobten, Offizier des Kaisers, durch und durch Deutscher, keine Frage. Ein solches Verbrechen ist ihm unter keinen Umständen zuzutrauen. Überlassen Sie getrost alles mir und kommen Sie morgen zur gleichen Zeit her. Werde sehen, was ich tun kann, habe da schon eine Idee.«

Ich wollte mich natürlich bedanken, aber er wehrte ab, nahm meinen Ellbogen und führte mich persönlich bis zur Tür.

Meine Begleiter, die wohl schon in Sorge um mich gewesen waren, standen direkt vor dem Eingang und schauten mich fragend an.

»Oh Hermann, ich bin dir sehr dankbar, dass du mir dieses Treffen ermöglicht hast. Herr von Sandmann war sehr zuvorkommend und hat mir versichert, sich meiner Angelegenheit anzunehmen. Ich muss morgen wiederkommen, vielleicht hat er bis dahin gute Neuigkeiten.«

Darüber waren auch meine Freunde sehr erfreut, und wir verbrachten einen weiteren vergnügten und sehr aufregenden Tag in Berlin. Natürlich war ich in Gedanken oft bei Heinrich und hegte große Hoffnung, dass bald Hilfe für ihn möglich sein würde.

»Granny, mach mal Pause, bitte, ich muss eine rauchen. Ja, ich weiß, das erregt dein Missfallen, aber dann kann ich dir besser zuhören. Bist du eigentlich sicher, dass der Typ wirklich nur höflich und hilfsbereit war und dich nicht doch ein kleines bisschen angebaggert hat? Ich meine, ständig deine Hand zu küssen und dich am Ellbogen zu führen, kommt mir echt etwas merkwürdig vor.«

»Ach Kind, er war ein hoher Beamter, ein Offizier, außerdem mit Heinrich bekannt. Er hat sehr nett von ihm gesprochen und hielt ihn für einen Ehrenmann, wie sollte ich also auf den Gedanken kommen, er könnte etwas anderes im Sinn gehabt haben, als mir und ihm behilflich zu sein?«

»Aha, also habe ich recht, der hatte Hintergedanken. So ein mieser Vogel, macht dir Versprechungen und will dir doch nur an die Wäsche? Nicht gerade die feine englische Art.«

»Er war doch kein Engländer, er war Preuße, noch dazu einer mit einem sehr bekannten Namen, und nun komm endlich wieder rein, damit ich weitererzählen kann.«

GRANNY

»Natürlich fand ich mich am nächsten Tag pünktlich ein und musste diesmal nicht lange auf der Bank sitzen, es kam gleich ein Mann, ein anderer, der mich zu von

Sandmann brachte. Der sprang auch wie am Tag zuvor auf, schlug die Hacken zusammen und küsste wirklich etwas zu lange meine Hand, bevor er mich bat, Platz zu nehmen. Er erzählte mir, er habe meine Geschichte einem Kameraden erzählt, der darüber genauso empört gewesen sei wie er selber. Man sei sich sicher, es könne sich nur um einen Irrtum handeln, und Seine Majestät, der Kaiser, habe davon in keinem Fall Kenntnis. Um dem Regenten aber wirklich in allen Einzelheiten berichten zu können, sei es unumgänglich, dass ich alles, was ich ihm bereits gestern erzählte, diesem Mann gegenüber wiederholen würde. Daher habe er sich erlaubt, für den heutigen Abend einen Tisch bei Fries zu reservieren. Dort seien wir ungestört, und ich könne ganz ohne Ablenkung auch die kleinste Kleinigkeit, die vielleicht gerade sehr wichtig sei, berichten.

Mein Einwand, dass ich nicht allein in Berlin sei, wischte er mit einer Handbewegung beiseite und versicherte, das würde geregelt. Es ginge schließlich um die Reputation eines Diplomaten und vom Kaiser hochgeschätzten Mannes.

Ich war einerseits aufgeregt, sah ich mich doch meinem Ziel näher kommen, andererseits unsicher. Etwas an der Art dieses Mannes wollte mir nicht gefallen.

Ich beruhigte mich damit, schließlich nur einem Abendessen zugestimmt zu haben, das in Begleitung zweier hoher Beamter stattfinden würde. Also willigte ich ein, ihn und seinen Kameraden am Abend im genannten Lokal zu treffen.

Als ich meinen drei Begleitern von diesem Gespräch

und der getroffenen Verabredung erzählte, war ich von der heftigen Reaktion überrascht. Insbesondere Fritz echauffierte sich sehr, und es war nur Hermann zu verdanken, dass er nicht in das Gebäude stürmte, um meinem Helfer zu erzählen, was er von einer derartigen Einladung hielt.

Seltsamerweise kam er später am Tag mit keinem Wort mehr auf meine Verabredung zu sprechen, und Emilie erzählte mir, er habe eine Nachricht erhalten, sie wisse aber nicht, von wem, und auch über den Inhalt habe ihr Vater kein Wort verloren. Ich musste an die Bemerkung von Sandmanns denken, dass man das regeln würde, und plötzlich war ich mir selber nicht mehr sicher, ob ich das Richtige tat.

Ich wollte aber meinen Ängsten nicht nachgeben, zu viel stand für Heinrich auf dem Spiel. Außerdem dachte ich daran, dass diese beiden Männer meinen Verlobten kannten. Er sollte sich meiner nicht schämen müssen, weil ich so ein Hasenfuß gewesen war. Ich sprach mit Emilie über meine Gefühle, und sie bot an, mich zu begleiten, aber das lehnte ich aus den gleichen Gründen ab. Nein, ich war in Berlin, um Heinrich zu helfen, und nun gab es kein Zurück mehr für mich.

Fritz hatte mir eine Droschke bestellt und nahm mir das Versprechen ab, spätestens um 23 Uhr im Hotel zu sein.

»Nicht zu Fuß, Luise, und auch nicht in der Kutsche einer der Herren. Du nimmst dir eine Mietdroschke, hast du das verstanden? Versprich es mir!«

Die Eindringlichkeit, mit der er sprach, verunsicherte mich, aber ich nickte und stieg ein. Die Fahrt war kurz, bereits nach knapp zehn Minuten hielt der Kutscher vor dem Lokal. Ich entlohnte ihn, streckte meinen Rücken und betrat dann hoch erhobenen Hauptes den Eingang. Ich wollte den Eindruck erwecken, als sei es für mich etwas ganz Alltägliches, in einem Restaurant zum Essen verabredet zu sein. Niemand sollte mich für eine Landpomeranze halten, nicht einmal der Page. Ich teilte dem Mann in Livree mit, dass ich mit Herrn von Sandmann verabredet sei, und er geleitete mich in den großen Speisesaal. Schon in der Tür vergaß ich mein Vorhaben, weltgewandt wirken zu wollen, und stand vermutlich mit offenem Mund da. Mindestens 30 Tische, alle mit blütenweißem Leinen bedeckt. Gläser funkelten mit dem Schmuck der anwesenden Damen um die Wette. Geschirr, wie ich es noch nie gesehen hatte, aus feinstem Porzellan mit Goldrand, und so viel Besteck neben jedem Teller, dass es für eine ganze Familie ausgereicht hätte. An einem Ende des Saals saßen auf einer Empore drei Musiker, die für die Gäste spielten, auch wenn ich nicht den Eindruck hatte, dass diese ihnen zuhörten. Angestellte im Frack trugen silberne Platten zu den Tischen, und auf allen standen Champagnerkühler oder ganze Batterien von Weinflaschen. Ich hatte so etwas noch nie gesehen und musste mich sehr zusammennehmen, um wieder einen Fuß vor den anderen setzen zu können. Ganz am Ende des Saales erhoben sich zwei Männer und blickten mir entgegen. Von Sandmann kannte ich, der andere war mir unbekannt und bereits auf den ersten Blick unangenehm.

Er war dicklich, mit einem feisten, roten Gesicht und kleinen wässrigen, blauen Augen. Auf seinen Lippen lag ein unangenehmes Lächeln, und als ich ihm die Hand zum Kuss reichte, bemerkte ich seine abgekauten Fingernägel.

Von Sandmann verbeugte sich galant und stellte ihn mir als Oberst von Reichshagen vor, der sich freundlicherweise bereit erklärt habe, sich meine Geschichte anhören zu wollen. Sollte sie ihm glaubhaft erscheinen, würde er sie an einen Verwandten weitergeben, der direkten Zugang zum Kaiser hätte.

Die Herren hatten Champagner bestellt und füllten mein Glas, bevor sie mich nach weiteren Wünschen fragten. Sie selber tranken Rotwein, der in einer geschliffenen Karaffe funkelte.

Als mir die Menükarte gereicht wurde, wusste ich nicht, was davon ich wählen sollte. Vieles kannte ich gar nicht, ja, konnte es nicht einmal aussprechen, außerdem hatte ich überhaupt keinen Appetit. Von Sandmann bemerkte mein Zögern, nahm mir die Karte ab und wandte sich an den wartenden Ober, der an unserem Tisch stand. »Dem gnädigen Fräulein bringen Sie die Kalbsleber mit Gemüse. Achten Sie darauf, dass sie ordentlich heiß serviert wird, verstanden? Wir nehmen zweimal den Kalbsnierenbraten mit Erbsen und Möhren. Das war's, alles andere später.«

Zum Glück wurde mir mein Essen von der Platte auf den Teller gelegt, denn ich glaube nicht, dass ich es geschafft hätte, es selber zu tun. Meine Hände zitterten, und ich war so eingeschüchtert von der vornehmen Atmosphäre wie noch nie in meinem Leben.

Während wir aßen, füllte mir Oberst von Reichshagen immer wieder mein Glas und erhob dann das seine. Da ich ihn nicht brüskieren wollte, es aber nicht gewohnt war, so viel Alkohol zu trinken, spürte ich bald seine Wirkung. Ich verlor meine Unsicherheit und wurde zunehmend fröhlicher. Als mich Herr von Sandmann schließlich bat, meine Geschichte zu wiederholen, tat ich das ohne Umschweife. Allerdings fiel mir auf, dass sich die Herren hin und wieder Blicke zuwarfen, die ich nicht zu deuten wusste. Ich betonte daher mehrfach, dass Heinrich unschuldig sei und ich das genau wisse.

»Liebes gnädiges Fräulein«, sagte, als ich zum Ende gekommen war, der Oberst, »woher können Sie das so genau wissen? Doch nicht etwa auf seiner Bettkante gesessen und Händchen gehalten, oder?«

Ich erschrak und überlegte einen Augenblick, bevor ich das schnell verneinte. Ich versicherte, meinen Verlobten gut genug zu kennen, um sicher zu sein, dass er zu einer solchen Tat niemals fähig wäre. Das schien dem Oberst aber nicht zu reichen, denn er bohrte weiter: »Sicher, gut und schön, wenn ihr Weibsleut so eine hohe Meinung von uns Männern habt, aber es könnte doch sein, dass Ihrem Herrn Verlobten die Nerven durchgegangen sind. Wäre schließlich verständlich. Mord aus Eifersucht, in seiner Offiziersehre gekränkt. Immerhin hat dieser, wie hieß er doch gleich, Reichelt, seine hübsche Braut in den Fingern gehabt. Da fragt man sich als Mann doch, was alles vorgefallen sein mag, oder nicht? Sandmann, was sagst du dazu?«

Der Angesprochene lachte nur und zuckte mit den Schultern.

»Ich verstehe wirklich nicht, was Sie damit andeuten wollen«, begann ich, wurde aber sofort unterbrochen.

»Ich will gar nichts andeuten, aber ich kann Seine Majestät nicht mit halben Sachen behelligen. Muss mich also überzeugen, dass alles seine Richtigkeit hat. Das versteht das hübsche Fräulein doch sicher, oder?«

Ich nickte, obwohl ich nicht verstand, und trank mein Glas leer, weil mein Mund vor lauter Unsicherheit ganz trocken war.

»Ja, trinken Sie nur, trinken Sie, der Schampus ist gut und lockert die Zunge. Und dann erzählen Sie uns noch, was Sie bisher verschwiegen haben. Woher wollen Sie wissen, dass der Herr Verlobte unschuldig ist? Vielleicht war's doch ein Duell? Der Herr Bräutigam hat den Entführer gefordert, gewonnen und den Verlierer schnell beseitigt, weil Duelle im Reich verboten sind? Oder hat er vielleicht während der Tat Euer Bettchen gewärmt? Dann sagen Sie uns das einfach, und schon sind Sie alle Ihre Sorgen los.«

Die beiden lachten immer lauter, und ich wusste nicht mehr, was ich tun sollte. Meine Hoffnung, von diesen Herren Hilfe zu bekommen, schwand von Minute zu Minute, und so schob ich meinen Stuhl zurück und erhob mich.

»Meine Herren, ich denke, es ist an der Zeit, dass ich in mein Hotel zurückkehre. Es tut mir sehr leid, Ihre Zeit in Anspruch genommen zu haben. Da Sie mir offensichtlich nicht glauben, erübrigt sich ein weiteres Gespräch. Guten Abend.«

Von Sandmann ergriff meine Hand und zog mich auf den Stuhl zurück.

»Nun, nun, nur nicht so empfindlich, mein Fräulein. Wir wollen wirklich nur helfen, Ehrensache, aber dafür müssen wir die ganze Wahrheit kennen. Sie wären doch nicht hergekommen, wenn Sie nicht ganz genau wüssten, wo sich der ach so integre Heinrich zur fraglichen Zeit aufgehalten hat. Das glaube ich Ihnen nicht, auch wenn Sie noch so ehrliche Augen haben. Sie haben überhaupt ganz zauberhafte Augen, hat Ihnen das Ihr Heinrich schon gesagt? Na, die wird er wohl eine ganze Weile nicht sehen, denn so wie ich den Kaiser kenne, mischt er sich nicht in die Belange seiner Fürsten ein. Was sagst du dazu, Karl?«

»Sicher nicht«, lachte der Dicke und schüttete ein weiteres Glas Rotwein hinunter.

»Meine Herren, ich bitte Sie, ich habe Sie um Hilfe gebeten, und Sie haben mir diese zugesagt. Jetzt erzählen Sie mir aber, dass es keine geben wird? Ich verstehe das nicht, erklären Sie sich bitte!«

»Ist sie nicht reizend? Sag was, Franz! So ein entzückendes Weibsbild hätte ich auch gern mal in meinem Bett. Macht sich aus der Provinz auf nach Berlin, um dem Herrn Verlobten beizustehen. Nein, um den Kaiser um Beistand zu bitten, ist das nicht reizend?«

»Ganz reizend, Karl, wirklich, ganz reizend, wird ihr aber nicht viel helfen. Was würde wohl Seine Majestät dazu sagen, wenn er wüsste, dass sich die Braut seines geschätzten Diplomaten mit zwei völlig Fremden trifft und Schampus trinkt? Noch dazu eine ganze Flasche. Na, und was würde erst der gute Heinrich dazu sagen, wenn er davon erfährt?«

Er nahm die Flasche aus dem Kühler und schüttelte sie. Ich sah mit Entsetzen, dass sie wirklich fast leer war, konnte mir aber nicht vorstellen, wirklich so viel getrunken zu haben.

Wieder erhob ich mich und drehte mich Hilfe suchend nach einem Ober um. Erneut ergriff einer der Männer meinen Arm, um mich zurück auf den Stuhl zu zwingen. Ich wehrte mich und zog heftig, um mich zu befreien.

Plötzlich stand ein Mann an unserem Tisch und sagte mit leiser, aber schneidender Stimme: »Meine Herren! Wie ich sehe, möchte die Dame gehen, und da Sie offensichtlich beide vergessen haben, wie sich ein deutscher Offizier zu benehmen hat, werde ich die Begleitung übernehmen. Seien Sie aber versichert, dass das ein Nachspiel für Sie haben wird. Guten Abend!«

Er wartete keine Antwort ab, zog den Stuhl zurück, bot mir höflich den Arm und führte mich aus dem Saal.

Erst als ich draußen im Foyer angekommen war, fand ich meine Sprache wieder und begann, mich bei meinem Retter zu bedanken, der wehrte aber mit einer Handbewegung ab.

»Dafür gebührt mir kein Dank. Ich sah eine Dame mit zwei Herren, die diese Bezeichnung nicht verdienen. Habe nur getan, was jeder Offizier getan hätte, der Ehre im Leib hat. Wenn ich mich der Dame vorstellen dürfte: Falkenberg, Wilhelm, Graf zu Falkenberg, im Dienste Seiner Majestät des Kaisers. Entzückt, Sie kennenzulernen. Wohin darf ich die gnädige Frau begleiten?«

Ich muss diesen Mann peinlich mit offenem Mund angestarrt haben, denn ein Lächeln glitt über die etwas strengen Züge.

»Verzeihung, konnte nicht ahnen, dass mein Name Sie derart in Schrecken versetzt, bitte untertänigst um Vergebung.«

»Nein, nein, verzeihen Sie. Es ist nicht Ihre Schuld, es ist nur, es ist …«

»Ja? Sagen Sie mir nur, was Sie sagen wollen, ich beiße für gewöhnlich nicht.«

Das brachte mich zum Lachen, und ich entspannte meine geballten Fäuste und holte tief Luft.

»Mein Herr, ich danke Ihnen vielmals für Ihren Beistand, aber ich muss umgehend nach einer Droschke schicken lassen, man erwartet mich im Hotel.«

»Der Herr Gemahl …?«

»Nein, Freunde, ich bin noch nicht verheiratet, erst verlobt, und das ist auch der Grund, warum …«

Ich brach erschrocken ab, wurde mir bewusst, dass ich schon wieder dabei war, meine Geschichte zu erzählen.

»Na, nur Mut, ich bin Preuße und Offizier, habe nicht die geringste Ähnlichkeit mit den beiden Subjekten dort drinnen. Gebe Ihnen mein Wort, die werden es zu bereuen haben, eine Dame nicht wie eine solche behandelt zu haben.«

»Lassen Sie nur, sie haben mir nichts weiter getan. Herr von Sandmann hatte mir Hilfe in einer sehr wichtigen Angelegenheit, die meinen Verlobten betrifft, zugesagt, und ich habe ihm dummerweise geglaubt.«

»Wenn ein deutscher Offizier sein Wort gibt, dann steht er dafür mit seinem Leben ein. Da gibt es keine Hintertüren und keine Ausflüchte, so einfach ist das. Der Herr Verlobter ist wer? Vielleicht kenne ich ihn ja?«

Ich überlegte einen Augenblick, aber gab mir einen Ruck, was hatte ich schließlich zu verlieren, wenn ich dem Mann Heinrichs Namen verriet?

»Ja, Sie kennen ihn, denn er hat mir des Öfteren von Ihnen erzählt. Er heißt Heinrich von Raden, mein Herr.«

»Von Raden? Weilt doch gerade in diplomatischer Mission irgendwo in einem Fürstentum.«

»Ja«, sagte ich aufgeregt, »das stimmt. Er ist in Detmold, und genau das ist das Problem.«

»Warum ist das ein Problem? Gibt es dort Unruhen?«

»Nein, nein, das nicht, nur einen Mord an einem Oberregierungsrat, aber der hatte mich vorher entführt, und weil Heinrich sicher war, dass der Köhler der Täter ist, hat der ihn …«

»Moment bitte, kann nicht ganz folgen. Sie wurden entführt? Ungeheuerlich, hoffe doch, es ist Ihnen nichts weiter passiert und es blieb bei dem Schrecken. Wer ist Oberregierungsrat Reichelt, und wer ist Köhler?«

»Oberregierungsrat Reichelt wurde von Heinrich verdächtigt, ein Attentat auf den regierenden Fürsten verübt zu haben, weil er schon Otto vergiftet hatte, und Köhler …«

»Mein sehr verehrtes gnädiges Fräulein, ich glaube, diese Geschichte werden wir hier nicht klären können. Werde mir das in Ruhe anhören, wenn Sie einverstanden sind. Wo haben Sie Quartier genommen, und wer erwartet Sie dort?«

»Entschuldigen Sie bitte, ich bin sehr aufgeregt, darum rede ich sicherlich zu viel. Im Hotel erwarten mich Hermann Maurer, Fritz Deppe und seine Tochter Emilie. Herr Maurer ist Staatsanwalt in Berlin und hat mir die Audienz bei Herrn von Sandmann ermöglicht. Die Deppes sind gute Freunde aus Detmold. Sie wollten mich heute Abend gar nicht allein gehen lassen, aber Fritz hat wohl eine Nachricht erhalten, und dann konnte er nichts dagegen tun.«

»Aha, verstehe«, sagte mein Retter, sah aber überhaupt nicht so aus.

»Vorschlag, Gnädigste, und ich hoffe sehr, Sie von meinen absolut lauteren Absichten überzeugen zu können. Ich lasse umgehend meinen Kutscher rufen, dann fahren wir gemeinsam zu Ihrem Hotel, suchen uns einen ruhigen Platz, bitten Ihre Begleiter dazu, und Sie erzählen diese merkwürdige Geschichte in aller Ruhe. Einverstanden?«

Ich war mir unschlüssig, da kam ein weiterer Mann auf uns zu, salutierte, verbeugte sich sehr tief und begrüßte meinen Begleiter fast unterwürfig.

»Graf von Falkenberg, zu Ihren Diensten. Fühlen uns geehrt. Hoffe, es war alles zu Ihrer Zufriedenheit. Wünschen der Herr Graf seine Kutsche?«

»Ja, Josef, alles wie immer ganz wunderbar und nun meine Kutsche, aber schnell!«

»Sehr wohl, Exzellenz, sehr wohl, wird sofort erledigt«, dienerte dieser Josef und ließ blitzschnell einen Geldschein in seiner Jackentasche verschwinden.

»Josef ist die gute Seele dieses Hauses«, lachte der Graf, »mit ihm muss man sich gutstellen.«

Als nach wenigen Minuten die Kutsche vorfuhr, ließ ich mir hineinhelfen und hoffte, nicht wiederum einen Fehler zu begehen.

»Du lieber Himmel, Granny, den Kerl kanntest du doch auch nicht und konntest nicht wissen, welche Absichten der nun wieder hatte. Die anderen beiden waren offensichtlich nicht daran interessiert, deinem Heinrich zu helfen, die wollten dich in Schwierigkeiten bringen. Ich glaube allerdings nicht, dass sie dir persönlich etwas antun wollten, es ging wohl eher darum, Heinrich später zu erzählen, welch einen angenehmen Abend man doch mit seiner Verlobten verbracht hatte. Kannste in der Pfeife rauchen, die helfen dir sicher nicht, aber wieso der Hermann ausgerechnet den von Sandmann auf dich losgelassen hat, verstehe ich nicht. Der wusste wahrscheinlich gar nicht, was das für ein Scheißtyp war, oder?«

»Natürlich wusste er es nicht, hätte er davon nur geahnt, er hätte ihn nie erwähnt. Hermann ist ein guter Mensch, anständig und integer, daher geht er davon aus, dass alle Menschen so sind wie er.«

»Na, als Staatsanwalt sollte er schon bemerkt haben, dass das nicht stimmt.«

»Ja, aber dass es Menschen mit derart unlauteren Absichten unter deutschen Offizieren gibt, das wusste er sicherlich nicht. Nein, nein, Hermann vertraue ich voll und ganz.«

»Schön, und da du gesund und munter vor mir sitzt, gehe ich davon aus, dass du mit diesem Falkenauge oder so mehr Glück hattest.«

»Der Herr heißt Falkenberg und ja, es war ein Segen, dass ich ihm begegnet bin, da hatte wieder einmal der Herrgott seine Hand im Spiel.«

Ich verzichte auf eine Bemerkung und nicke Granny nur auffordernd zu, weiterzuerzählen.

GRANNY

Wir fuhren schweigend die wenigen Minuten bis zu meinem Hotel. Ich war unruhig, wusste ich doch nicht, was Fritz zu meinen Erlebnissen sagen würde und wie er auf meinen unerwarteten Begleiter reagieren mochte. Sein Name war mir tatsächlich geläufig, Heinrich hatte voller Hochachtung von ihm gesprochen, hatte er doch Seiner Kaiserlichen Majestät einmal das Leben gerettet, indem er sich zwischen ihn und einen Attentäter geworfen hatte.

Dieser Mann reichte mir gerade die Hand und war mir beim Aussteigen aus der Kutsche behilflich. Als wir eintraten, kam uns der Pförtner entgegen, und auch er schien im Boden versinken zu wollen.

»Eure Exzellenz, welche Ehre, Sie in unserem Hause begrüßen zu dürfen. Wenn Sie die Güte hätten, sich einen kleinen Augenblick zu gedulden, benachrichtige ich umgehend den Herrn Direktor …«

»Keine Umstände, bin gänzlich zufrieden, wenn Sie mir einen ruhigen Tisch und ein Glas Wein besorgen wollen.«

»Selbstredend, überhaupt kein Problem, wenn Eure Exzellenz mir bitte gütigst folgen wollen?«

Der aufgeregte Mann übersah mich in seinem Eifer gänzlich, brachte uns in einen Salon, in dem sich niemand mehr aufhielt, und zeigte auf einige kleine Tische mit Sesseln.

»Wenn Sie gütigst Platz nehmen wollen, der Wein kommt sofort, Eure Exzellenz«, haspelte er und wollte sich entfernen.

»Halt, hiergeblieben! Lassen Sie die Herren … Wie waren doch gleich die Namen?«, wandte er sich an mich.

»Deppe und Maurer«, gab ich Auskunft, »und bitte auch Fräulein Emilie.«

»Also, diese Herrschaften möchten sich bitte einfinden.«

»Selbstredend, wird sofort erledigt, nur einen Augenblick bitte, Exzellenz.«

Der Graf schaute dem sich schnell entfernenden Mann hinterher.

»Gute Schule, hat gedient, der Mann. So eine Haltung lernt man nur beim Militär. Haltung und Benimm! Einen Deutschen erkennt man überall auf der Welt an seinem korrekten Verhalten, und einen Offizier misst man an seinen Taten. Seien Sie versichert, die beiden Herren, die gegen diesen Ehrenkodex so grob verstoßen haben, werden sich dafür zu verantworten haben.«

Ich wusste nicht, was ich darauf erwidern sollte, also lächelte ich nur schweigend.

Es dauerte nicht lange, bis meine Freunde den Raum betraten. Fritz stürmte regelrecht auf mich zu und sah äußerst besorgt aus.

»Luise, ist dir etwas passiert? Wer ist dieser Herr und warum hast du uns rufen lassen?«

Graf von Falkenberg hatte sich bereits erhoben, streckte Fritz die Hand entgegen und sagte:

»Bitte um Entschuldigung für die Umstände, aber seien Sie versichert, ich habe meine Gründe. Gestatten, Wilhelm Graf zu Falkenberg, ich hatte heute die Ehre und das Vergnügen, dem gnädigen Fräulein in einer, sagen wir, etwas misslichen Lage beistehen zu dürfen.

Sie hat mir von den Schwierigkeiten berichtet, derentwegen sie in Berlin weilt, aber ich muss gestehen, daraus nicht ganz schlau geworden zu sein. Ich habe aber verstanden, dass es sich um Heinrich von Raden handelt, und da ich den Mann kenne und schätze, möchte ich um nähere Auskünfte bitten, wenn es den Herren genehm ist.«

Hermann verhielt sich fast wie der Pförtner, als er die Hand meines Begleiters nahm, seine Verbeugung war ungewöhnlich tief. Fritz, dem der Name offensichtlich nichts zu sagen schien, benahm sich hingegen völlig ungezwungen, setzte sich in einen der Sessel und übernahm das Reden.

»Wenn ich Sie richtig verstanden habe, war Luise, ich meine Fräulein Klewe, in Schwierigkeiten, aus denen Sie ihr geholfen haben. Welcher Art Schwierigkeiten waren das, bitte?«

»Nicht der Rede wert, werde mich später darum kümmern, aber da der Abend fortgeschritten ist, würde ich Sie bitten, mich über den Grund Ihres Hierseins zu unterrichten. Werde helfen, wenn es möglich ist.«

Fritz wollte etwas sagen, wurde aber von Hermann unterbrochen.

»Herr Graf, es ist sehr freundlich von Ihnen, dass Sie sich für diese Geschichte interessieren, und ich bin sicher, sie ist bei Ihnen in den allerbesten Händen. Luise, wenn du die Freundlichkcit hättest …«

Ich erzählte die ganze Angelegenheit noch einmal von vorn, wobei ab und an Emilie oder Hermann etwas ergänzten. Nach einer halben Stunde hatten wir schließlich gemeinsam unseren aufmerksamen Zuhörer ins Benehmen gesetzt, der uns nur selten mit einer Frage unterbrochen hatte.

»Mhm«, sagte er, »Geschichte war mir in groben Zügen bekannt. Wäre bedenklich, wenn wir nicht wüssten, was im Reich vorgeht. Trotzdem, ungeheuerlich und völlig undenkbar, dass ein Mann wie von Raden einen Mord begeht. Möglicherweise ein Duell, verboten, aber kommt leider immer wieder vor. Dann hätte von Raden als Mann von Ehre zu dieser Tat gestanden, selbstredend.

Dieser Köhler hat offensichtlich keinerlei Beweise beigebracht, die seine Behauptung untermauern. Trotzdem wurde der Herr Verlobte unter Arrest gestellt. Befremdlich, zumal er in ausdrücklichem Auftrag Seiner Majestät in Detmold weilte. Wir haben diesen Reichelt seit Langem in Verdacht, sich mit den Rädelsführern unter den Sozialisten verbündet zu haben. Sie wollen die herrschende Ordnung untergraben, stellen ungeheuerliche Forderungen. Wir müssen davon ausgehen, dass ein Putsch geplant ist. Wenn es zutrifft, was Sie erzählt haben, und ich zweifele selbstredend nicht an Ihrer Aussage, hat er versucht, den Kanzleiminister zu vergiften. Er ist schon lange aktiv gewesen, der Kerl.

Von Raden hat uns natürlich davon unterrichtet, dass Reichelt verdächtig ist, hinter dem Attentat auf zu Lippe-Biesterfeld gesteckt zu haben. Das ist Landesverrat, ganz zweifellos! Es ist allerdings Aufgabe der Detmolder Gendarmerie, in diese Richtung Untersuchungen anzustrengen. Sind denn schon Ergebnisse vorhanden?«

»Das weiß ich leider nicht«, sagte ich leise. »Ich weiß aber, dass mein Verlobter überzeugt war, in Köhler den Täter gefunden zu haben. Warum sonst hätte der einen solchen Vorwurf erheben sollen, wenn er unschuldig wäre?«

»Das werden wir herausfinden, aber zuerst einmal müssen wir dafür sorgen, dass von Raden aus diesem unseligen Hausarrest befreit wird. Werde die Angelegenheit gleich morgen früh Seiner Majestät vorlegen und bin sicher, er wird wissen, was zu tun ist. Wir können den Fürsten zur Lippe nicht brüskieren, müssen diplomatisch vorgehen. Machen Sie sich weiter keine Sorge, treffen Sie mich morgen gegen 11 Uhr in der Kommandantur Unter den Linden. Fragen Sie nach mir, ich lasse Sie abholen.«

Damit erhob er sich, verbeugte sich kurz in unsere Richtung und verließ den Raum.

Plötzlich redeten wir alle durcheinander, aber Hermann setzte sich durch.

»Das ist unglaublich, und ich kann mir gar nicht vorstellen, dass ihr keine Ahnung habt, wer das war! Habt ihr denn keine Augen im Kopf?« Damit zeigte er auf ein gewaltiges Bild an der gegenüberliegenden Wand. Darauf waren zwei Männer in Paradeuniform zu sehen, die hinter einem Schreibtisch standen und sich die Hände schüttelten. Der eine war zweifelsfrei Seine Majestät, Kaiser Wilhelm II., der andere war

Wilhelm Graf zu Falkenberg. Hermann lachte, als er meinen erstaunten Blick auffing.

»Ja, Luise, richtig, das ist Graf zu Falkenberg, neben dem Herrscher selber wohl der mächtigste Mann im Reich. Wenn er ein Versprechen gibt, ist das absolut bindend. Ihr werdet sehen, schon morgen ist Heinrich ein freier Mann. Luise, Luise, wie hast du es nur angestellt, diesen Mann überhaupt kennenzulernen?«

Ich wusste nicht so recht, ob ich meinen Freunden von der peinlichen Situation erzählen sollte, tat es aber schließlich doch. Sie waren empört, vor allem Hermann war ganz entsetzt, dass ich durch seine Schuld in eine solch kompromittierende Situation geraten war.

»Diese Männer sind Offiziere und von altem Adel. Wie können sie es wagen, die Verlobte eines Kameraden derart zu behandeln, das ist schändlich. Ich werde darüber an geeigneter Stelle zu berichten wissen.«

»Ich glaube, das musst du gar nicht, Hermann«, sagte ich. »Herr von Falkenberg war genauso konsterniert wie du und hat mir versichert, diese beiden Herren würden zur Rechenschaft gezogen.«

»Nun, wenn er das in die Hand nimmt, bin ich sicher, dass sie sehr lange Zeit haben werden zu bereuen, wie sie sich dir gegenüber benommen haben, und ich möchte gar nicht wissen, wie Heinrich darauf …«

»Nein, Hermann, ich bitte dich! Heinrich darf davon kein Wort je erfahren, ich würde mich zu Tode schämen, so dumm gehandelt zu haben. Bitte, versprich mir zu schweigen.«

»Nicht du hast dich dumm verhalten, diese beiden Herren haben es dir gegenüber an jeglichem Respekt fehlen lassen und damit auch Heinrichs Ehre befleckt.«

»Mag sein, aber ich möchte nicht, dass er es erfährt. Schließlich ist nichts weiter geschehen, und ich bin mir sicher, von ihnen wird Heinrich kein Sterbenswörtchen erfahren.«

»Das glaube ich allerdings auch«, brachte sich Fritz in das Gespräch ein, »hättest du auf mich gehört, wäre es gar nicht erst zu dieser unschönen Begegnung gekommen.«

»Ach Papa, nun ist es gut, Luise hat heute genug mitgemacht, dafür aber sehr viel erreicht. Lasst uns nun alle zu Bett gehen, morgen ist sicher ein aufregender Tag.«

Natürlich hörte Fritz auf seine Tochter, so wie immer, er konnte ihr selten oder nie irgendetwas abschlagen.

Ich schlief sehr unruhig in dieser Nacht, zu viel war in den letzten Stunden geschehen. Ich stellte mir vor, wie ich in Detmold ankommen und Heinrich ganz offen am hellen Tag aufsuchen würde. Sein erstauntes Gesicht, wenn er erfuhr, dass ich in Berlin gewesen war und er seine Freiheit wiederhatte. Eine kleine Stimme in meinem Inneren warnte mich aber, dass er mir Vorwürfe machen könnte, aber darauf wollte ich nicht hören. Erst gegen Morgen fiel ich in einen unruhigen Schlaf, aus dem ich gegen acht Uhr erwachte. Ich kleidete mich an und begab mich in das Frühstückszimmer, in dem meine Freunde bereits warteten. Wir waren alle aufgeregt, allein der Gedanke, in wenigen Stunden zu erfahren, ob es meinem Retter gelungen war, ein gutes Wort für Heinrich einzulegen, war Grund genug, Herzklopfen zu bekommen.

Da das Wetter mild und schön war, beschlossen wir, uns zu Fuß auf den Weg zu machen. Es gab so viel zu sehen, elegante Frauen, Männer hoch zu Ross in Uniform oder eleganter Reitkleidung und die vielen Geschäfte mit ihren wundervollen Auslagen. Ich konnte mich gar nicht sattsehen. Emilie und ich blieben überall so lange stehen, dass wir beinahe die Zeit verpassten. Nur knapp gelang es mir, doch präzise Punkt elf Uhr die Kommandantur, die direkt am Anfang Unter den Linden war, zu betreten. Ein Uniformierter fragte nach meinem Anliegen, und als ich meinen Namen nannte, nickte er und bat mich um einen Augenblick Geduld. Auch diesmal gab es eine harte Holzbank, aber ich kam gar nicht dazu, mich hinzusetzen, da wurde ich abgeholt und zu Graf von Falkenberg gebracht. Der Raum, in den ich geführt wurde, war recht groß, aber sehr kahl, lediglich ein großer Schreibtisch und einige Stühle befanden sich darin. Natürlich hing ein gerahmtes Bild Seiner Majestät an der Wand, aber das war alles. Dagegen war das Fürstenzimmer im Detmolder Bahnhof direkt märchenhaft.

»Gnädiges Fräulein, erfreut, Sie wiederzusehen, bitte Platz nehmen zu wollen. Habe erfreuliche Neuigkeiten, Sie werden zufrieden sein.

Ich habe wie versprochen sehr früh am heutigen Tage mit Seiner Majestät gesprochen, und es war wie schon vermutet nicht neu für ihn, dass Herr von Raden unter Hausarrest gestellt wurde. Er hielt allerdings die Anschuldigung, er habe einen Mord aus niedrigen Motiven begangen, für ebenso absurd wie ich. Konnte allerdings in Anbetracht der Umstände ein Duell nicht ausschließen. Daher schien es ihm nicht geraten, sich in eine Angelegenheit des Lippischen Regenten einzumischen. Ich konnte ihn aber überzeugen, einen dringenden, sehr geheimen Auftrag ins Feld zu führen, den nur Ihr Verlobter übernehmen kann. Gleichzeitig haben wir Hilfe bei der Aufklärung des Mordes an Oberregierungsrat Reichelt zugesagt. Sie können also unbesorgt sein, wenn Sie in Detmold eintreffen, wird der Herr Bräutigam bereits ein freier Mann sein. Sind Sie mit mir zufrieden?«

Bei der letzten Frage lächelte er mich freundlich an, und ich konnte nur stammeln: »Oh ja, ganz bestimmt. Sie können sich gar nicht vorstellen, wie erleichtert und dankbar ich bin. Ich hätte niemals zu hoffen gewagt, dass so schnell eine Entscheidung getroffen werden könnte.«

»Nun, gnädiges Fräulein, der direkte Weg ist immer der schnellste, und den habe ich gewählt. Machen Sie sich bitte auch keine Gedanken über die beiden Herren, die sich gestern Abend so schlecht benommen haben, auch dafür ist bereits gesorgt, sie werden sich künftig getrennt, an sehr weit entfernten, sehr unwirtlichen Orten nützlich machen können. Seine Majestät schätzt es nicht, wenn seine Offiziere es an der gebotenen Höflichkeit einer Dame gegenüber fehlen lassen.«

Ich kam nicht dazu, mich erneut zu bedanken, denn in diesem Moment öffnete sich eine Tür, deren Klinke so hoch angebracht war, dass ich mich sicher auf die Zehenspitzen hätte stellen müssen, um sie zu erreichen. Graf von Falkenberg drehte den Kopf, stand schnell auf, schlug die Hacken zusammen und verbeugte sich tief. Ich schaute dem Mann entgegen, der in den Raum trat. Er trug eine Art Morgenmantel über einer schlichten Uniform und eine Bartbinde. Da ich nicht wusste, wie ich mich verhalten sollte, tat ich gar nichts und blieb sitzen.

Ich blieb sitzen! Das stelle sich nur einer vor, blieb einfach in meinem Sessel sitzen.

»Na, Falkenberg, dann ist das wohl das Fräulein, das extra aus der Provinz nach Berlin gereist ist, um ihren Verlobten zu retten, richtig?«

»Ja, Eure Majestät, das ist Fräulein Klewe, Heinrich von Radens Verlobte. Ich habe ihr gerade die erfreulichen Neuigkeiten mitgeteilt, und sie ist noch ganz ergriffen vor Freude.«

Jetzt verstand ich endlich, wer der Mann war, auch wenn ich sein Bildnis natürlich schon oft gesehen hatte. Allein an seinem Bart hätte ich ihn sicher erkannt, aber den konnte ich ja nicht sehen. Ich befand mich in einem Raum mit Seiner Majestät, Kaiser Wilhelm II.

Ich sprang aus meinem Sessel auf, so schnell ich nur konnte, wusste dann aber nicht weiter. Wie begrüßt man einen Kaiser, fällt man auf die Knie, macht einen

Hofknicks, schlägt die Augen nieder, sagt etwas oder schweigt besser? Ich wusste es einfach nicht.

»Ach, behalten Sie nur Platz, ich bin gänzlich inkognito hier und schon wieder fort«, lächelte der Regent und war tatsächlich im nächsten Augenblick durch die Tür verschwunden.

Meine Knie zitterten, mein Herz schlug im Hals und ich spürte, wie ich über und über rot anlief. Ich hatte den Kaiser gesehen und er mich. Mich, Luise Klewe aus Detmold, er hatte meinen Namen gehört, das war unvorstellbar.

Graf von Falkenberg beobachtete mich einen Augenblick und lächelte dann: »Ja, gnädiges Fräulein, das war unser aller Herrscher. Nun glauben Sie mir sicher, dass alles gut werden wird, oder?«

»Oh, aber daran habe ich keine Minute gezweifelt, ich meine, wenn Sie es doch sagen, dann ist es bestimmt wahr.«

»Jawohl, es ist wahr, und jetzt dürfen Sie wieder ausatmen, sonst laufen Sie blau an.«

Er sagte das so freundlich, dass ich lachen musste und einen tiefen Atemzug tat. Wer hätte nicht die Luft angehalten, der sich so plötzlich dem Kaiser gegenübersah?

Wir unterhielten uns noch einige Minuten über Belanglosigkeiten, wie mir Berlin gefiele, ob ich mir vorstellen könnte, einmal hier zu wohnen und dergleichen Dinge mehr, dann stand der Graf auf, reichte mir die Hand, und ich war verabschiedet.

»Richten Sie bitte dem Herrn Verlobten meine allerbesten Wünsche aus, er soll nicht vergessen, mich zu seiner Hochzeit einzuladen.«

Ich wusste nicht, ob er sich einen Spaß mit mir erlaubte oder es ernst gemeint hatte, darum nickte ich nur und verließ schnell den Raum.

Ich weiß nicht mehr, wie ich auf die Straße gelangt bin, ich weiß nur noch, dass ich meinen wartenden Freunden immer wieder gesagt habe: »Ich habe Seine Majestät gesehen, Seine Majestät war im gleichen Raum mit mir.«

Wir gingen ins Kaffee Kranzler, und ich konnte der Reihe nach erzählen, immer von »Ahs« und »Ohs« unterbrochen. Keiner der drei hatte den Kaiser auch nur von Weitem gesehen, und ich hätte ihn berühren können, so nah war er mir gekommen, na ja, fast.

Heinrichs Freilassung geriet darüber ein wenig in den Hintergrund, was mir aber erst viel später auffiel und mir ein sehr schlechtes Gewissen verursachte.

»Wow, Granny, da hattest du Erfolg auf der ganzen Linie, dein Heinrich kann stolz auf dich sein. Ist er auch, ganz bestimmt. Hatte der Kaiser wirklich so einen komischen Bart, mit den hochgedrehten Ecken? Den kenne ich von Bildern. Heute nennt man das ›Kaiser-Wilhelm-Schnodderbremse‹, aber das hätte man sich zu deiner Zeit sicherlich nicht getraut zu sagen. Ich wäre vermutlich in Ohnmacht gefallen, zu deiner Zeit war der Kaiser schon eine coole Nummer, und die wenigsten Menschen werden jemals mit ihm in einem Raum gewesen sein. Nee, Granny, das hast du super hingekriegt, du solltest in die Politik gehen.«

»Nein, in die Politik gehe ich ganz gewiss nicht, ich habe mich schrecklich linkisch gefühlt und hatte ständig Angst, irgendetwas falsch zu machen. Ich war sehr froh, als ich Berlin verlassen und zurück nach Detmold reisen konnte. Ich weiß, meine Geschichte ist sehr lang, aber ich möchte dir unbedingt berichten, wie es war, als ich meinen Heinrich getroffen habe.«

»Na klar, das will ich auf alle Fälle hören, Karsten schläft ohnehin noch. Schieß los, äh, ich meine, fang an.«

GRANNY

»Wir erreichten Detmold am späten Nachmittag des nächsten Tages mit einer fast dreistündigen Verspätung. Ich freute mich schrecklich darauf, Heinrich die wundervollen Neuigkeiten zu überbringen, aber wie überrascht war ich, als ich ihn vor dem Bahnhofsgebäude stehen sah. Seine Miene war verschlossen, und er öffnete nicht die Arme, um mich zu umfangen, sondern stand stocksteif da und schaute uns entgegen.

Mein Herz hörte beinahe auf zu schlagen, und ich wäre am liebsten gleich umgekehrt.

»Oh je«, flüsterte mir Emilie ins Ohr. »Der sieht aus, als hätte er einen Stock verschluckt, ich glaube, du bekommst zum Dank Ärger.«

Ich gab ihr keine Antwort, schluckte nur trocken und fügte mich in das Unvermeidliche. Hermann war in Berlin geblieben, daher übernahm Fritz die Begrüßung.

»Heinrich! Wie schön, dich hier zu sehen, dann sind die guten Neuigkeiten also schneller gereist als wir selber? Von wem hast du es erfahren? Ist es nicht wunderbar, dass du wieder ein freier Mann bist?«

»Guten Tag, Fritz, die Damen, ja, das ist wirklich ein befreiendes Gefühl. Über die näheren Umstände können wir uns später unterhalten, jetzt wollen wir zuerst das Gepäck verstauen.« Damit nahm er meine Reisetasche und trug sie zur wartenden Droschke. Emilie verdrehte die Augen und seufzte theatralisch, was ihr einen tadelnden Blick ihres Vaters einbrachte. Ich versuchte, Heinrichs Blick auf mich zu ziehen, aber er wich mir aus, schaute nicht einmal in meine Richtung. Mein Gefühl, dass er das, was ich getan hatte, nicht gutheißen würde, war also richtig gewesen. Trotzdem verspürte ich tief in meinem Inneren Ungeduld, ja, sogar Ärger. Was fiel ihm ein, mich zu behandeln, als wäre ich Luft? Ich war ja nicht zu meinem Vergnügen nach Berlin gereist, ich hatte all diese Beschwernisse auf mich genommen, um ihm zu helfen. Hatte mich in sehr schwierige Situationen begeben, sehr viele Ängste überwinden müssen, und nun wurde ich von ihm dafür bestraft. Wie hättest du jetzt gesagt? Männer! Genau das ging mir in diesem Augenblick durch den Kopf und auch, dass ich mich nicht so behandeln lassen wollte. Ich ging daher entschlossen auf die Kutsche zu, griff meine Tasche, drehte mich um und winkte einer Mietdroschke. Der Kutscher sprang dienstbeflissen vom Bock, ich reichte ihm das Gepäckstück und nannte die Adresse, zu der ich gebracht werden wollte. Dann stieg ich ein, ohne einen einzigen Blick zurückzuwerfen. Erst als ich zu Hause angekommen war, wurde mir bewusst, wie sehr ich die beiden Männer mit meiner Handlungsweise brüskiert haben musste. Ich hatte wieder einmal nicht über die Folgen meines spontanen Handelns nachgedacht, und genau diese Folgen fuhren gerade vor. Martha Deppe kam herbeigeeilt, um uns zu begrüßen, und so musste sich Heinrich wohl oder übel höflich und ruhig verhalten, aber ich spürte genau, dass es in ihm brodelte. Bei Tisch drehte sich das Gespräch nur um unseren Berlinbesuch, und insbesondere Emilie war sehr bemüht, meinen Teil am Gelingen unserer Mission in den höchsten Tönen zu loben. Selbst Fritz tat alles, um die Situation als harmlos und sehr erfolgreich zu schildern. Seine Gattin war in erster Linie an der Berliner Mode interessiert, und wir waren daher bemüht, dieses Thema umfassend zu diskutieren.

Kaum wurden die Teller abgeräumt, wandte sich Heinrich mit der Bitte an Fritz, mich mit zu seinen Eltern nehmen zu dürfen, da sie noch nicht über seine

Freilassung informiert worden seien. Fritz stimmte zu und wartete darauf, dass ich mich vom Tisch erhob. Einen Herzschlag lang erwog ich das auch, aber dann siegte die Enttäuschung über meine Vernunft, und ich schüttelte den Kopf:

»Es tut mir leid, aber ich bin sehr müde und habe schreckliches Kopfweh. Ich werde ein Pulver nehmen und früh zu Bett gehen. Richte deinen Eltern bitte meine allerherzlichsten Grüße aus. Wenn ihr mich bitte entschuldigen wollt, gute Nacht allerseits.«

Damit erhob ich mich und rauschte aus dem Raum.

Ich weiß, mein Kind, du hättest mit dem Fuß gestampft, die Faust geballt und Jess gerufen, aber das konnte ich denn doch nicht. Ich saß lange Zeit auf meiner Bettkante und horchte auf die Geräusche im Haus. Als ich schließlich die Eingangstür zufallen hörte, wusste ich, dass Heinrich gegangen war. Ein bisschen verließ mich mein Mut und gleichzeitig auch mein Unmut, und ich begann, Gründe und Entschuldigungen für sein Verhalten zu suchen, die ich aber am Ende allesamt verwarf. Sein Verhalten war unentschuldbar, und das sollte er ruhig merken. Ich konnte nicht einschlafen, obwohl ich wirklich erschöpft war, und wälzte mich in meinem Bett umher. Ich hörte die Turmuhr Mitternacht schlagen, als meine Tür aufging, ich Emilie flüstern hörte und schließlich Heinrich hereinkam. Ich machte schnell die Augen zu und stellte mich schlafend.

»Jetzt tu nicht so, als würdest du schlafen. Du bist wach, das weiß ich ganz genau, du willst dir nur nicht anhören, was ich zu sagen habe, aber du kommst mir nicht davon, das garantiere ich dir. Jetzt mach die Augen auf, sonst hole ich kaltes Wasser, und glaub ja nicht, das sei eine leere Drohung.«

Diesen Tonfall kannte ich von ihm und wusste, es war besser, nachzugeben. Eine verlorene Schlacht ist noch kein verlorener Krieg, mein Lieber, dachte ich, öffnete die Augen und richtete mich im Bett auf.

»Oh, Heinrich, wie nett, dich zu sehen. Hast du dich nun doch entschlossen, mich zur Kenntnis zu nehmen, oder wie darf ich deinen Besuch zu dieser ungewöhnlichen Stunde verstehen?«

»Luise, ich warne dich, treib es nicht zu weit. Ich bin kurz davor, dich über das Knie zu legen und dir den Hintern zu versohlen, damit du es nur weißt. Ich glaube, danach ginge es mir zumindest besser als jetzt. Hast du überhaupt eine Ahnung, welche Sorgen ich mir gemacht habe, wie es mir ging, als ich erfuhr, dass du allein durch Berlin läufst, dich in tausend Gefahren begibst und ich dir nicht helfen kann? Verdammt, weißt du das? Natürlich weißt du das, aber es ist dir nicht wichtig, du musst nur immer deinen Kopf durchsetzen, egal, wie es anderen damit geht.

Luise, wirklich, so geht das nicht. Ich kann doch nicht mein Leben damit zubringen, um dich Angst zu haben. Erst wirst du entführt, und ich werde fast verrückt vor Sorge um dich. Damit nicht genug, verstößt du gegen den ausdrücklichen Befehl des Fürsten und schleichst dich nächtens in mein Haus. Dass du uns beide damit in Gefahr bringst, bereitet dir weiter kein Kopfzerbrechen, und um dem Ganzen die Krone aufzusetzen, fährst du nach Berlin. Nach Berlin! Das muss sich mal ein Mensch vorstellen …«

»Ich habe es mir nicht ausgesucht, entführt zu werden, mein lieber Freund, und ich weiß nicht, wer in dieser Zeit wohl mehr Angst ausgestanden hat, du oder ich. Der Besuch in deinem Haus mag unüberlegt gewesen sein, aber ich hatte wirklich nicht das Gefühl, dass er dir unangenehm gewesen wäre. Und was meinen Berlinbesuch angeht, ich werde das nächste Mal, wenn du in Schwierigkeiten bist, brav zu Hause bleiben und stricken. Vielleicht häkele ich aber auch oder sticke ein Deckchen. Wenn es dir lieber ist, eine brave, dafür sehr langweilige Frau an deiner Seite zu haben, bitte sehr, das kannst du haben. So, und jetzt habe ich wirklich genug von dieser albernen Unterhaltung und möchte endlich schlafen. Gute Nacht.«

Für eine kleine Weile blieb Heinrich ruhig, dann aber explodierte er regelrecht.

»Luise, wage es jetzt nicht, einzuschlafen, was fällt dir ein? Ich dringe hier ein wie ein Dieb in der Nacht, ich will …, ich will … Verdammt, Luise, dreh dich gefälligst um und rede mit mir!«

Damit griff er nach meinem Arm und zog mich an seine Brust.

»Du unmögliches Wesen, ich bin wirklich fast gestorben vor Sorge, was hätte dir nicht alles passieren können. Verstehst du denn das nicht? Es wäre meine Schuld gewesen, meine ganz allein. Ich habe dich erneut in Gefahr gebracht. Erst wirst du entführt, meine Schuld, dann machst du dich auf nach Berlin, auch meine Schuld. Wie sollte ich damit leben, wäre dir etwas geschehen, kannst du mir das verraten? Oh, Luise, ich bitte dich, hör auf damit, dich so steif zu machen. Ich weiß, ich hätte dir keine Vorwürfe machen dürfen, das war dumm von mir, aber ich bin nun einmal ein Mann, und Männer lassen sich nicht gern von Frauen helfen.«

»Nein, Männer bleiben lieber eingesperrt, das habe ich verstanden. Du kannst ja zurück in deinen Turm gehen und die Tür hinter dir verschließen.«

»Oh nein, ich verschließe erst einmal deinen vorlauten Mund«, drohte er, und das tat er dann auch sehr gründlich.

Später, viel später, als wir eng beieinander im Bett lagen, berichtete ich ihm in eigenen Worten von meiner Begegnung mit Seiner Majestät dem Kaiser, und wie sehr mir Graf von Falkenberg weitergeholfen hatte. Die beiden anderen Männer erwähnte ich mit keiner Silbe und hoffte in diesem Moment sehr, er möge es nie erfahren.

Auf meine Frage, wer ihm denn von seiner Freilassung aus dem Hausarrest berichtet habe, zuckte er die Schultern und sagte: »Es kam lediglich gestern ein Pedell mit der Botschaft aus dem Schloss, ich möge bitte meine Arbeit wieder aufnehmen. Nichts weiter. Erst als ich dich aufsuchen wollte und von Martha Deppe erfuhr, dass die gesamte Familie bereits vor Tagen nach Berlin aufgebrochen sei, um sich für mich zu verwenden, wurde mir klar, wem ich das zu verdanken hatte. Ich wollte natürlich sofort den nächsten Zug nehmen und euch folgen, aber da kam die Depesche von Fritz, die eure Ankunft für den nächsten Tag ankündigte. Darum habe ich gewartet, und je länger ich gewartet habe und nichts tun konnte, umso größer wurde mein Ärger auf dich oder auf mich selber, das weiß ich gerade nicht mehr so genau. Das ist auch egal, und natürlich bin ich unglaublich stolz auf dich und dir sehr, sehr dankbar für das, was du für mich getan hast. Auch wenn mich deine Sturheit ärgert und dass du immer nur tust, was dir gefällt, so liebe ich doch genau diesen Zug an dir. Wenn du den Mund so auf eine ganz spezielle Art und Weise verziehst, dann weiß ich, dass du wieder einmal mit etwas nicht einverstanden bist und ich mich auf das Schlimmste gefasst machen muss.«

Ich musste lachen und boxte ihn in die Seite.

»Du übertreibst, mein Lieber, so schlimm bin ich wirklich nicht. Ich kann es nur nicht leiden, wenn ich die Hände in den Schoß legen soll, weil ich eine Frau bin, das ist alles.«

»Ich verstehe schon. Deine liebe Ururenkelin mag eine nette Person sein, aber sie ist dir eindeutig ein äußerst schlechtes Vorbild, zumindest für unser Jahrhundert. Sie setzt dir all diese Flausen von Gleichberechtigung und Frauenrechten in den Kopf. Das ist gut und richtig, aber du musst etwas vorsichtiger sein, versprichst du mir das?«

»Nein, Heinrich, versprechen kann ich dir das leider nicht. Ich bin, wie ich bin, und wenn ich das Gefühl habe, es geschieht ein Unrecht, muss ich eingreifen. Stell dir nur vor, ich täte es nicht, dann wäre der Blancke mit seinem feigen Mord davongekommen und nun vielleicht der Mörder von Reichelt. Nein, ich muss meine Möglichkeiten, die ich nun einmal habe, nutzen, denn sie sind mir sicher nicht ohne Grund gegeben.«

»Sollst du auch, dagegen habe ich doch nichts. Du sollst nur mit deinen Äußerungen und Handlungen vorsichtiger sein. Deine Umgebung weiß nichts von der Zukunft, weiß nicht, wie Frauen in 100 Jahren reden und denken. Wenn du es also heute tust, dann ist das sehr ungewöhnlich und erregt Anstoß. Stell dir doch nur für einen Augenblick vor, deine Ururenkelin käme hierher und alle könnten sie hören?«

»Um Himmels willen, nur das nicht, das gäbe den größten Skandal, den Detmold je erlebt hat.«

»Na also, wirst du dich in Zukunft in der Öffentlichkeit ein bisschen mehr zurücknehmen, um die guten Leute nicht vor den Kopf zu stoßen?«

»Gut, damit magst du recht haben, ich werde es bedenken und mich entsprechend verhalten. In der Öffentlichkeit, nur in der Öffentlichkeit, mein Liebster.«

»Das reicht mir schon. Wenn wir allein sind, kannst du mir alles sagen, was dir in den Kopf kommt. Ich werde es schon ertragen. So, ich muss gehen, ich will nicht, dass mich am Ende doch noch einer sieht und alle Mühe um Geheimhaltung umsonst war. Ich komme dich morgen gegen elf Uhr abholen, wir sind mittags zu Gast bei meinen Eltern.«

Mir lag doch tatsächlich erneut eine Erwiderung auf der Zunge, aber ich schluckte sie hinunter. Nickte freundlich, küsste ihn und schlief für den Rest der Nacht tief und friedlich. Als ich erwachte, dachte ich darüber nach, was Heinrich gesagt hatte.

Konnte es in der Tat so sein, dass meine Besuche bei dir unangenehme Auswirkungen auf mein Benehmen nach sich zogen?

Ich prüfte mein Gewissen sehr genau, kam aber zu dem Schluss, dass alle diese Gedanken schon lange in mir geschlummert haben mussten und meine Besuche bei dir sie nur ans Licht gebracht hatten. Schon als ich noch mein Leben mit Otto verbrachte, erschien mir so vieles unerträglich und falsch zu sein, nur hätte ich es damals nicht in Worte fassen, geschweige denn laut aussprechen können. Mit einem hatte Heinrich aber sicher recht, ich musste mehr acht darauf geben, wem gegenüber ich was äußerte.

Das nahm ich mir ernsthaft vor, bevor ich aus dem Bett aufstand, Toilette machte und mich ankleidete.«

»Na, das hast du ja super hingekriegt, Granny, erste Sahne, echt. Ich meine, so ein klitzekleines bisschen kann ich deinen Heinrich verstehen. Er sitzt da in seinem Exil, und du treibst dich ohne sein Wissen in Berlin rum. Wäre dir etwas zugestoßen, hätte er sich furchtbare Vorwürfe gemacht, dich nicht energischer daran gehindert zu haben.«

»Wie hätte er das tun sollen? Er wusste von meinen Plänen ja nichts.«

»Ach komm, der Mann weiß doch, wie du tickst. Der hätte sich denken müssen, dass du irgendwas versuchen würdest. Nicht gerade, dass du nach Berlin fährst, um mal eben mit dem deutschen Kaiser ein Pläuschchen zu halten, aber vielleicht zu eurem Fürsten gehen oder so was.«

»Ich habe keinen Plausch mit dem Kaiser gehalten«, lacht Granny, »du übertreibst mal wieder ganz schrecklich, aber immerhin hat er sich für meine Sache eingesetzt. Mein Heinrich ist ein freier Mann und kann sich darauf konzentrieren, den wahren Mörder von Reichelt zu finden.«

»Stimmt, auch wenn ich finde, dem gebührt eher ein Orden als eine Strafe, das war nun wirklich ein ganz schlimmer Finger. Ist nicht schade, dass er nicht mehr durch deine Zeit wandelt.«

»Mein ist die Rache, spricht der Herr, und ein Mord ist Gott bestimmt nicht wohlgefällig.«

»Entführung, Erpressung, Totschlag und dergleichen Nettigkeiten aber gewiss auch nicht. Okay, streiten wir uns nicht, lass Heinrich den Täter finden, damit ihr endlich heiraten könnt, oder ist die Hochzeit endgültig abgesagt?«

»Aber nein, wie kommst du nur darauf? Wenn nicht wieder etwas gänzlich Ungeplantes passiert, werden wir im Mai heiraten. Jedenfalls hat Heinrich nichts anderes erwähnt.«

»Weißt du, Granny, ich frage nur, weil ich die Tage an etwas denken musste, was ich nicht so ganz verstehe. Als du das erste Mal zu mir gekommen bist und ich dich mit ›*Frau* Klewe‹ angesprochen habe, da hast du zu mir gesagt: ›Ich war nicht verheiratet und daher bis zu meinem Tode *Fräulein* Klewe‹, erinnerst du dich daran?«

Granny nickt langsam, überlegt eine ganze Weile, bevor sie antwortet:

»Ich weiß nicht, Kind, wie soll ich dir erklären, in welcher Verfassung ich damals war. Mein Otto war tot, Hermine war tot, ich eine unverheiratete Mutter, entehrt und ohne jede Hoffnung auf eine Zukunft. Ich habe so entsetzlich um Otto getrauert, nie, niemals hätte ich mir vorstellen können, mich noch einmal in einen anderen Mann zu verlieben oder auch nur einen anderen Mann je anzuschauen. Auch wenn ich mich heute dafür schäme, weil es eine schreckliche Sünde war, so hatte ich doch geplant, meinem Leben ein Ende zu setzen. Heinz wusste ich bei den Deppes in den besten Händen, und ich selber war innerlich bereits tot. Daher bin ich davon ausgegangen, als unverheiratete Frau, eben als Fräulein Klewe, zu sterben. Kannst du das verstehen?«

»Sicher, das verstehe ich sogar sehr gut, bin aber doch froh, dass es anders gekommen ist und du nun wohl als Frau von Raden dein Leben beenden wirst, was hoffentlich noch lange dauern wird. Manchmal habe ich meine Schwierigkeiten damit, dich hier immer so gesund und munter, voller Pläne vor mir zu sehen, während du auf der anderen Seite lange tot bist.«

»Wie meinst du denn das, ich bin lange tot, ich bin gerade 30 Jahre alt und erfreue mich bester Gesundheit.«

»Ja, schon klar, während du hier sitzt, lebst du, aber überlege doch mal. Wir schreiben das Jahr 2014, also wärst du immerhin schlappe 146 Jahre alt, bisschen unwahrscheinlich, oder?«

»Da hast du recht, darüber habe ich noch nie nachgedacht. Und solltest du in deinem internen Kasten etwas über mich finden, ich meine, über meinen Tod, dann möchte ich, dass du es für dich behältst, ich will es nicht wissen.«

»Versprochen, aber bis jetzt habe ich auch nichts gefunden. Vermutlich bist du doch unsterblich, unglaublich bist du ja ohnehin schon.«

»Na ja, Kind«, lächelt Granny, »es ist schon ungewöhnlich, so in der Zeit umherreisen zu können, aber ansonsten bin ich eine ganz normale Frau meiner Zeit.«

»Eine ganz normale Frau deiner Zeit? Dass ich nicht lache. Wie viele ganz normale Frauen deiner Zeit klären denn Morde auf, werden entführt, treffen mal eben den Kaiser und haben ein Liebesleben, das sich mit dem unsrigen durchaus messen kann? Nee, Granny, eine ganz normale Frau bist du eben nicht, du bist etwas ganz Besonderes, und ich bin sehr froh, dass ausgerechnet du meine Ururgroßmutter bist.«

»Das ist lieb, dass du das sagst, aber ich muss zurück und hoffe nur, ich bin nicht zu lange geblieben, ich bin nämlich mit Heinrich verabredet.«

»Oh, na dann, grüß ihn von mir und richte ihm aus, dass wir sehr froh sind, dass alles gut ausgegangen ist. Ich wünsche euch eine tolle Hochzeit und natürlich frohe Weihnachten.«

Granny bleibt sitzen, und ich weiß, warum, lasse sie aber ein bisschen schmoren. »Ist noch was?«, frage ich scheinheilig, muss dann aber leider lachen. »Ach ja, deine Geschenke, warte, ich muss erst einmal suchen, welche es sind.«

Ich grabe den Berg um, bis ich sie gefunden habe, und reiche sie ihr: »Dieses ist für dich und dieses für Heinrich. Ach, du heiliger Birnbaum, ich habe deinen Heinz vergessen. Dabei war ich doch so sicher, an alle gedacht zu haben, aber …«

»Kind, mach dir keine Vorwürfe, es ist sehr lieb von dir, an Heinrich und mich gedacht zu haben, ich danke dir sehr.«

»Nee, Granny, so geht das nicht, wie sieht das denn aus? Ich muss doch meinem Urgroßvater auch was schenken, nur was? Warte, ich weiß was.« Ich spurte ins Kinderzimmer und sehe mich suchend um. Auf einem Regal werde ich fündig und renne zurück ins Schlafzimmer. »Verpacken musst du es selber, dazu ist keine Zeit mehr, Karsten und die Kinder kommen sicherlich jeden Augenblick zurück.« Granny nimmt mir den kleinen bunten Kreisel aus der Hand, den wir mal auf einem Mittelaltermarkt gekauft haben und der seither ein unbeachtetes Dasein geführt hat. »Ich habe zwar keine Ahnung, ob es so was zu deiner Zeit gibt, aber du kannst ja sagen, er käme aus Berlin.«

»Mach dir darüber keine Gedanken, mein Heinz wird sich über dein Geschenk sehr freuen, auch wenn er nie erfahren wird, woher es stammt«, lächelt sie und verstaut das Spielzeug in ihrem Beutel. »So, mein Kind, ich muss wirklich gehen, ich werde an dich denken und wiederkommen, sobald ich kann.«

»Halt, Granny, eine Frage habe ich noch. Beschäftigt mich schon die ganze Zeit. Wenn du deinem Heinrich nichts von den beiden Typen erzählt hast, die dich in dem Restaurant mit Champagner abgefüllt haben, wie hast du deine Bekanntschaft mit dem Falkenauge erklärt?«

»Oh, diese Ehre habe ich Hermann überlassen und gesagt, er habe mir die Audienz bei Graf von Falkenberg möglich gemacht.« Anstandshalber errötet sie immerhin ein bisschen, denn Lügen sind etwas, was meine moralisch integre Ururgroßmutter ansonsten so gar nicht schätzt. Ich wiege also den Kopf und mache »tsts«, sie zuckt die Schultern und ist weg.

Während ich mit einer Kippe auf den Balkon marschiere, denke ich darüber nach, wie es wohl sein muss, in ihrer Welt zu leben. Es ist keineswegs winterlich kalt, aber gemütlich geht trotzdem anders. Ich mache die Zigarette daher rasch wieder aus und gehe zurück in die Wohnung. Genau in diesem Augenblick öffnet sich die Eingangstür und Karsten kommt mit zwei supersauberen Kindern zurück, die mir kichernd vor Begeisterung von ihren erlebten Abenteuern berichten. Ich höre zu, streiche ihnen abwechselnd über die noch feuchten Haare und drohe ihnen dann Übles an, sollten sie das Schlafzimmer betreten. Ich erzähle was vom Christkind und Geschenken, das es dort versteckt hält, habe aber nicht den Eindruck, von einem der beiden besonders ernst genommen zu werden. »Wie auch immer«, sage ich daher mit ernster Miene, »wer im Schlafzimmer rumschnüffelt, der kriegt nichts zu Weihnachten, und das ist mein voller Ernst, also merkt es euch!« Sie nicken unisono und trollen sich vor den Fernseher. Ich mache Kaffee für Karsten und mich und berichte, was Granny erzählt hat. Er schüttelt immer wieder mit dem Kopf und lacht vor sich hin. »Sie ist echt unglaublich«, sagt er, als ich fertig bin, »ich glaube, nicht einmal meine Mutter war so taff wie diese Frau.« Ich nicke lachend und bin in diesem Moment unglaublich stolz auf sie.

Am Montag passieren gleich zwei Wunder, ich kriege die Kinder ohne irgendwelche Drohungen aus den Betten und komme ohne nennenswerten Stau durch Heidelberg. Als mein Chef vor mir da ist und obendrein bester Laune, überlege ich ernsthaft, ob Grannys Draht nach oben eine Rolle spielt. Der Boden der Tatsachen findet mich schnell, als ich meine Tagesaufträge überfliege. Nichts, was nicht auch ungeschrieben bleiben könnte. Am Ende des Tages bin ich 130 Kilometer Auto gefahren und habe ganze 25 Zeilen geschrieben. Frustrierend! Ich muss daran etwas ändern, wenn ich nicht vor meiner Zeit an Langeweile sterben will. Ich nehme mir vor, am Wochenende alle gängigen Portale nach einem neuen Job zu durchforsten, vielleicht sucht irgendein parapsychologisches Magazin eine Redakteurin mit zeitreisender Ururgroßmutter. Ob die dann doppeltes Gehalt zahlen müssen?

Völlig überraschend taucht Granny am Dienstag

kurz nach der Tagesschau auf, und da die Kinder noch nicht im Bett sind, bugsiere ich sie ins Schlafzimmer.

»Hallo, Granny, was ist los, ist etwas passiert? Hat sich dein Heinrich beruhigt oder ist er immer noch angefressen, weil du dich allein auf die Socken nach Berlin gemacht hast?«

»Er hat überhaupt nichts ausgefressen, und ich war auch nicht auf Socken ...«

»Ja, Granny, ja, ich weiß, dumm von mir. Ich wollte nur wissen, ob zwischen dir und Heinrich wieder alles in Ordnung ist.«

»Dann sage das auch und rede nicht immer so unverständlich. Ja, zwischen meinem Verlobten und mir ist alles ganz wunderbar, dem Herrn sei Dank. Aber deswegen bin ich nicht gekommen, es gibt Neuigkeiten im Fall Reichelt. Möchtest du, dass ich davon berichte?«

»Aber immer, das weißt du doch. Ich finde es wirklich spannend und sterbe fast vor Neugier, wie es mit dieser Geschichte weitergeht.«

»Kind, bei dir bin ich immer im Zweifel, ob du etwas ernst meinst oder nicht.«

»Musst du nicht, ich meine es ganz ernst, ehrlich, es interessiert mich wirklich sehr. Ich finde diese Geschichte spannender als Fußball, ganz großes Ehrenwort.«

»Nun, dann richte dich aber bitte darauf ein, dass es eine Weile dauern wird, es ist viel geschehen.«

»Wo war ich das letzte Mal stehen geblieben? Habe ich dir erzählt, dass ich mit Heinrich zusammen seine Eltern aufgesucht habe? Die waren sehr erleichtert, ihren einzigen Sohn rehabilitiert und auf freiem Fuß zu sehen. Als Heinrich ihnen erzählte, dass ich nach Berlin gereist war und sogar Seine Majestät persönlich getroffen hatte, wollten sie es kaum glauben. Sein Vater schlug ihm auf die Schulter und sagte: »Junge, da hast du dir wirklich die richtige Braut ausgesucht, die lässt sich so leicht nicht ins Bockshorn jagen. Wunderbar, ganz wunderbar.«

Auch seine Mutter lächelte mir zu und lobte mich, weil ich so viel Mut bewiesen hatte.

»Ich glaube zwar nicht, dass ich auf eine solche Idee verfallen wäre, aber du hast es geschafft, und der Erfolg deiner Reise ist unbestritten. Wie sah denn Seine Majestät aus und was hat er genau gesagt?«

Ich musste über ihren Eifer lachen, gab aber zu, dass ich auf seine Kleidung kaum geachtet hatte und er lediglich einen einzigen Satz zu mir gesprochen hatte.

»Nun, immerhin, er hat mit dir gesprochen, und das können gewiss nicht viele Bürger Detmolds von sich behaupten, liebes Kind, wir sind dir jedenfalls sehr, sehr dankbar für das, was du getan hast. Ich hoffe, mein Sohn hat das genauso gesehen?«

Ich schaute Heinrich an, nickte dann artig und schwieg, schließlich hatte ich versprochen, mich in der Öffentlichkeit zurückzuhalten.

Wir aßen in fröhlicher Stimmung zu Mittag und brachen dann zu einem Spaziergang auf. Ich war sehr glücklich über diese sehr erfreuliche Wendung des Schicksals und freute mich, bald ganz offiziell ein Teil dieser liebenswerten Familie zu sein.

Am Donnerstag passierte etwas äußerst Merkwürdiges, wovon mir Heinrich am Abend berichtete.

»Stell dir vor, mein Herz, heute hat mich der Regent rufen lassen. Ich hatte das schon erwartet, denn es muss ihm doch merkwürdig vorgekommen sein, sozusagen vom Kaiser persönlich aufgefordert zu werden, den von ihm verhängten Hausarrest aufzuheben. Er schaute sehr ernst, als ich eintrat, und bat mich nicht, Platz zu nehmen.«

»Von Raden«, sagte er schließlich, »erklären Sie sich! Wie ist es Ihnen möglich gewesen, Seine Majestät zu involvieren? Sie standen unter Hausarrest, und ich will nicht annehmen, dass Sie gegen meinen ausdrücklichen Befehl verstoßen haben und nach Berlin gereist sind.«

»Nein, Euer Durchlaucht, natürlich nicht. Ich habe keinen Fuß vor die Tür meines Hauses gesetzt, das versichere ich Euch als Ehrenmann.«

»Ja und? Wie ist es Ihnen gelungen? Der Kaiser wird sich kaum zu Ihnen begeben haben.«

»Nein, mein Fürst, das selbstredend nicht, aber, wie Ihr Euch vielleicht erinnern werdet, bin ich verlobt und werde in Bälde heiraten. Nun ist meine Verlobte, wie soll ich es ausdrücken, etwas eigen, und es wollte ihr nicht gefallen, mich unschuldig eingesperrt zu sehen. So ist sie auf die Idee verfallen, an meiner Stelle nach Berlin aufzubrechen und den Kaiser um Hilfe zu bitten. Ich bitte Euch inständig, ihr das nicht verübeln zu wollen, sie hat es aus reiner Liebe zu mir getan und wohl nicht darüber nachgedacht, damit gegen Euren ausdrücklichen Befehl zu handeln.«

»Ihre Verlobte ist … nun, sehr ungewöhnlich, von Raden, äußerst ungewöhnlich. Trotzdem vermag ich mir nicht vorzustellen, dass sie bei Seiner Majestät einfach so eine Audienz erhalten hat.«

»Nein, hat sie auch nicht, aber sie hatte das außerordentliche Glück, die Bekanntschaft von Graf Falkenberg zu machen, dem sie von dieser ungeheuren Anschuldigung und den daraus resultierenden Folgen berichten konnte. Der war daraufhin so gütig, Seiner Majestät das Problem zu unterbreiten.«

»So, so, ungewöhnlich, wirklich ungewöhnlich. Ihr Fräulein Braut handelt ganz offenbar häufig sehr unüberlegt, darüber werden Sie zu reden haben. Für den Augenblick will ich es so gelten lassen, denn auch ich habe selbstredend keine Sekunde an Ihnen gezweifelt. Als Mensch, aber als Regent muss ich viele Dinge im Auge haben, kann mich nicht von persönlichen Gefühlen leiten lassen.«

»Natürlich, mein Fürst, das versteht sich, aber nun würde ich es für angeraten halten, wenn ich mit aller

Entschlossenheit die Suche nach dem tatsächlichen Mörder würde aufnehmen können.«

»Tun Sie das, mein Lieber, tun Sie das. Diese schreckliche Geschichte muss aufgeklärt und der Schuldige seiner gerechten Strafe zugeführt werden. Nicht auszudenken, wenn Gerüchte entstünden, hier würde etwas unter den Teppich gekehrt. Machen Sie sich an die Arbeit und halten Sie mich auf dem Laufenden. Einen guten Rat möchte ich Ihnen aber noch mit auf den Weg geben: Heiraten Sie schnell und beschäftigen Sie Ihre Zukünftige möglichst bald mit einer Kinderschar. Wer weiß schon, was der Dame sonst noch einfällt.«

Damit war ich entlassen und froh darüber, dass es so glimpflich verlaufen ist.

»Glimpflich für wen, für dich?«, fragte ich erstaunt, denn ich war doch eher der Meinung, dass der Regent sich hätte sorgen müssen. Schließlich war er es gewesen, der meinen Verlobten schuldlos unter Hausarrest gestellt hatte.

Heinrich lächelte mich liebevoll an und sagte: »Ich kenne deine Gedanken, Liebste. Wenn es nach dir ginge, hätte unser Regent in aller Form Abbitte leisten müssen, nicht wahr? Vermutlich hättest du ihn dazu deutlich aufgefordert. Nein, nein, es ist gut so, wie es ist, lassen wir es dabei bewenden.«

Damit musste ich mich zufriedengeben, auch wenn es mir nicht gefiel.

»Ich bin nach der Audienz direkt ins Kontor und habe Order gegeben, den Köhler holen zu lassen, was nicht lange dauerte. Er erschrak, als er meiner ansichtig wurde, und geriet sichtlich in große Unruhe. Ich ließ ihn stehen, schwieg lange, schaute aus dem Fenster und nahm schließlich ein Dossier zur Hand, in dem ich scheinbar aufmerksam las. Ich wusste, dass Köhler ein hartgesottener Geselle ist, den man zuerst verunsichern musste. Genau dieser Plan schien durch mein Verhalten aufzugehen, denn Köhler wurde immer unruhiger, räusperte sich häufig und wischte sich schließlich mit einem Tuch über das schweißnasse Gesicht.

Da sah ich endlich von meinem Schriftstück auf, nickte langsam und sagte:

»Sieht schlecht aus für Sie, Köhler, sehr schlecht. Ich werde beweisen, dass Sie an dem Giftanschlag auf den Kanzleiminister ebenso beteiligt waren wie an dem Attentat auf unseren Regenten. Es gibt Zeugen, die gehört haben, wie Sie damit geprahlt haben. Oberregierungsrat Reichelt, der Sie hätte schützen können, lebt nicht mehr, weil Sie ihn umgebracht haben, und nun sind Sie dran. Lebenslang Zuchthaus ist Ihnen sicher! Wenn Sie etwas zu Ihrer Verteidigung zu sagen haben, tun Sie es jetzt, es ist Ihre letzte Gelegenheit. Wenn Sie reden und die ganze Wahrheit sagen, vergesse ich vielleicht, dass Sie mich zu Unrecht beschuldigt und eine falsche Zeugenaussage gemacht haben.«

Köhler schwieg verbissen und schaute auf seine Füße. Ich wartete einen Augenblick, klappte dann energisch die Akte zusammen und schickte mich an, den Raum zu verlassen.

Da kam Leben in den Mann, er hob den Kopf und sagte: »Gut, ich werde Ihnen sagen, was ich weiß, aber Sie müssen mir zusichern, es vertraulich zu behandeln.«

»Ich muss gar nichts«, antwortete ich abweisend, »reden Sie, dann werden wir weitersehen.«

Köhler zeigte auf einen der Holzstühle und fragte, ob er sich setzen dürfe. Ich nickte, er kam näher und ließ sich schwer auf einem nieder.

»Ich habe mit dem Anschlag auf den Kanzleiminister nichts zu tun, und von einem Attentat auf den Regenten habe ich noch nie etwas gehört. Ich gebe zu, ich wusste, dass Oberregierungsrat Reichelt damals, als Fürst Woldemar gestorben war, geplant hat, den von Wolffgramm aus dem Weg zu schaffen, bevor der Gelegenheit hatte, das Testament zu veröffentlichen. Ich gebe auch zu, dass ich danach gesucht habe, weil er mich darum gebeten hat, aber mit allem anderen habe ich nichts zu tun, ehrlich nicht. Ich weiß, ich hätte nicht schweigen dürfen, aber ich hatte ja keine Beweise. Wer hätte mir schon geglaubt? Außerdem hat der Julius gedroht, mich als Täter zu beschuldigen, und davor hatte ich Angst.«

»Ach ja? Sie waren derart verängstigt, dass Sie vor der Arminiushalle in aller Öffentlichkeit damit geprahlt haben, den Kanzleiminister mit Cognac vergiftet zu haben! Tischen Sie mir also keine Märchen auf, Sie sind kein Unschuldslamm, ganz im Gegenteil.«

Köhler lief rot an, und seine Hände begannen unkontrolliert zu zittern.

»Ja, ich weiß, das habe ich behauptet, aber ich war es trotzdem nicht. Ich wollte nur, wollte …«

»Was wollten Sie? Machen Sie den Mund auf, Mann, noch haben Sie die Gelegenheit.«

»Ich wollte angeben, sonst nichts.«

»Sie wollten mit einem Mordanschlag angeben? Mann, sind Sie noch bei Verstand?«

»Ich hatte zu viel getrunken, ich wusste nicht mehr, was ich sage.«

»Aha, und als Sie behaupteten, mich in der Nacht, als Reichelt ums Leben kam, gesehen zu haben? Waren Sie da auch betrunken und wussten nicht mehr, was Sie sagen?«

»Nein, das nicht, aber, wie ich schon erwähnte, ich hatte Angst, Sie würden mich für den Täter halten.«

»Wieso denn das? Wie hätte ich Ihnen denn etwas nachweisen können? Hat meine Verlobte Sie vielleicht gesehen, waren Sie es, der sie verschleppt, geschlagen und gequält hat? Hat sie Sie erkannt?«

»Welche Verlobte? Ich schlage keine Frauen, ich doch nicht. Wovon reden Sie? Ich habe es gewusst, Ihnen kann man nicht trauen, Sie wollen mir etwas anhängen, nur darum bin ich hier. Sie haben mir schon einmal gedroht, Sie würden mich kriegen, darum erfinden Sie jetzt etwas, aber ich war's nicht, ich habe nichts getan, ich schwöre.«

»Aha, na schön, dann lasse ich Sie abführen, und alles Weitere übernimmt der Staatsanwalt.«

Köhler sah aus, als wollte er etwas sagen, aber er schwieg, bis er von einem Wachmann abgeholt wurde.

»Glaubst du ihm?«, fragte ich nach, und Heinrich wiegte den Kopf hin und her.

»Ich weiß es nicht. Er ist ein Halunke, er trinkt offensichtlich gern mehr, als er verträgt, und er ist ein Aufschneider, aber ob er auch ein Mörder ist? Welchen Grund sollte er gehabt haben, den Reichelt umzubringen? Hat der ihn erpresst, ihm gedroht, war er eine Gefahr für ihn oder war es ein Unfall? Vielleicht sind die beiden Männer in Streit geraten, ein Wort ergab das andere und Köhler hat ein Messer gezogen und ihn erstochen? Beweisen können wir das nicht. Wenn er weiterhin schweigt und den Mord nicht zugibt, kann er höchstens wegen Mitwisserschaft angeklagt werden, mehr nicht. Von deiner Entführung wusste er ganz offensichtlich wirklich nichts, er war zu überrascht, als ich ihn darauf angesprochen habe. Ich war bisher überzeugt, in ihm den Täter gefunden zu haben, aber mittlerweile habe ich daran Zweifel. Leider wären wir damit wieder einmal in einer Sackgasse angekommen und wie wir weiter verfahren sollen …«

»Es könnte doch sein, dass Reichelt ganz andere Feinde hatte, die wir nicht kennen. Genauer, die du nicht kennst. Der Graf hat erwähnt, Reichelt habe sich mit den Sozialisten verbündet und einen Umsturz geplant, vielleicht ist der Täter in deren Reihen zu finden.«

»Oh, meine kleine Detektivin, deinem scharfen Verstand entgeht aber auch nichts. Du hast völlig recht, in diese Richtung haben wir noch nicht weiter gesucht, das müssen wir nachholen. Nur wie? Ich glaube kaum, dass mir eines dieser Subjekte Rede und Antwort stehen wird.«

»Vielleicht nicht, aber es könnte doch sein, dass seine Gattin etwas über seine Kontakte weiß? Sie war schließlich mit ihm verheiratet und kennt ihn sicherlich am besten.«

»Das ist eine wirklich gute Idee, mein Herz. Wenn ich dich nicht hätte, darauf wäre ich nie im Leben gekommen. Wir werden gleich morgen jemanden zu Reichelts Witwe schicken, um sie zu befragen.«

»Nein, Heinrich, das würde ich nicht tun. Sie ist in Trauer, ihr Mann wurde ermordet. Wenn einer deiner Männer auftaucht, wird sie erschrecken und nichts mehr sagen. Das sollte unbedingt eine Frau übernehmen, die vorsichtig und behutsam zu Werke geht.«

»Ach ja? Ich nehme an, du hast schon jemanden ganz Bestimmten im Auge, oder irre ich mich?«

Ich musste lachen, Heinrich kannte mich zu gut.

»Du hast mich ertappt, ich habe tatsächlich daran gedacht, selber zu gehen. Ich könnte einen Kondolenzbesuch machen und mich beiläufig erkundigen, ob sie einen Verdacht hat, wer ihrem Mann das angetan haben könnte. Sie wird kaum von meiner Entführung wissen, also sollte sie auch nicht misstrauisch werden. Was meinst du?«

»Ich weiß nicht, mein Herz, ich sehe es nicht gern, wenn du dich in irgendwelche Gefahren begibst.«

»Da sind keine Gefahren, Heinrich. Ich suche eine Frau auf, deren Gatte durch eine Gewalttat ums Leben gekommen ist. Daran ist doch nichts Besonderes.«

»Vielleicht nicht, aber wie willst du dich erklären? Du kanntest Reichelt offiziell doch gar nicht, schon gar nicht in privatem Rahmen. Warum willst du also seiner Witwe einen Besuch abstatten?«

»Ach Heinrich, da wird mir sicherlich etwas einfallen, mach dir keine Sorgen und vertrau mir.«

»Gut, dann werde ich das tun, aber ich werde dich begleiten und auf dich warten.«

»Ja, ja, natürlich, aber bitte so, dass sie dich nicht entdeckt und misstrauisch wird.«

»Och nee, Granny, doch nicht schon wieder. Du kannst es nicht lassen, oder? Willst dich schon wieder einmischen, obwohl dich das überhaupt nichts angeht. Ich verstehe Heinrich nicht, wieso lässt er das zu?«

»Ich bin sehr froh, dass er meine Hilfe annimmt. Und von dir hätte ich nun wirklich Zustimmung erwartet. Ich denke, die Frauen heutzutage dürfen sogar bei der Polizei arbeiten. Sie fangen selbstständig Mörder und tragen eine Waffe, oder stimmt das etwa nicht?«

»Doch, schon, aber diese Polizistinnen oder Kommissarinnen haben das gelernt, sie sind darin geschult und geübt. Sie wissen Gefahren einzuschätzen und darauf zu reagieren. Kannst du das von dir behaupten? Beherrschst du Karate, Judo, Mikado? Nein? Na, siehst du! Du rennst mal wieder einfach los, ohne nachzudenken. Was, wenn dich diese Frau nicht reinlässt oder gleich rauswirft, wenn sie Verdacht schöpft? Ihr könnte jemand zugetragen haben, dass ihr Mann dich entführt hat, Fragen über Fragen.«

»Unsinn, Kind! Zu meiner Zeit wird niemand rausgeschmissen, der einen Anstandsbesuch machen möchte. Und warum sollte sie Verdacht schöpfen? Ich werde ihr erzählen, dass ich ihre Situation gut kenne, schließlich wurde mein Otto auch umgebracht, hast du das vergessen?«

»Nee, natürlich nicht, aber wenn du den erwähnst, und der Verblichene hat ihr von dem vergifteten Cognac berichtet, dann riecht sie den Braten vielleicht.«

»Nein Kind, kein Mann erzählt seiner Gattin so etwas, sei versichert, sie ahnt nichts und wird nichts merken. Ich werde einen Tee mit ihr trinken und dabei mein Mitgefühl und meine Anteilnahme zum Ausdruck bringen. Erst danach werde ich sie vorsichtig nach einem Verdacht fragen und mich nach einer halben Stunde höflich verabschieden, wie es sich gehört. Daran ist nichts gefährlich, macht euch nur alle keine Sorgen um mich.«

»Okay, Miss Marple, du musst ja wissen, was du tust. Ich drücke dir auf alle Fälle die Daumen, dass du etwas rausfindest, wenn nicht, sieht es für die Ermittlungen zappenduster aus.«

»›Gottes Mühlen mahlen langsam, aber sie mahlen gerecht‹, sage ich immer, und daran glaube ich weiterhin fest.

Jetzt muss ich aber gehen, mein Kind, ich wünsche dir mit deinem Verehrer, der sich offensichtlich immer noch nicht erklärt hat, einen friedvollen Abend.«

Sie kann es nicht lassen, und ich grummele vor mich hin, als ich zurück ins Wohnzimmer gehe. Offensichtlich sind die Kinder im Bett, die Kiste ist aus und Karsten liest ein Fachmagazin. Als ich reinkomme, schaut er hoch und fragt: »Granny? Gibt's was Neues? Du siehst so sauer aus?«

»Nicht wirklich, sie suchen immer noch den Mörder, Köhler war es wohl doch nicht, und Granny hat schon wieder eine neue verrückte Idee. Außerdem geht sie mir mit ihren Seitenhieben manchmal echt auf die Nerven.«

»Was für eine verrückte Idee und welche Seitenhiebe? Sie sprechen in Rätseln, gnädige Frau«, zieht Karsten mich auf.

»Ihre Idee ist, die Witwe Reichelt aufzusuchen und auszuquetschen, und von mir will sie ständig wissen, warum du dich noch immer nicht erklärt hast.«

»Ich habe mich was nicht?« Karsten hat so deutliche Fragezeichen in den Augen, dass ich laut lachen muss.

»Dich erklärt, mein Schatz. Das ist Grannys Ausdrucksweise für einen Heiratsantrag oder zumindest eine offizielle Verlobung. Sie ist in Sorge, du könntest es nicht ernst mit mir meinen und nur auf mein Geld aus sein oder so.«

»Eher oder so, denn Geld hast du doch gar keins, soweit ich weiß«, grinst er, wird dann aber unvermutet ernst.

»Denkst du das auch oder warum erzählst du mir das so frei heraus? Möchtest du heiraten oder dich verloben? Irgendwas in dieser Richtung?«

So wie er das sagt, klingt es völlig abwegig und eindeutig nicht die Spur romantisch. Nee, mein Lieber, so nun nicht.

»*Ich* – heiraten? Bist du verrückt geworden, wie kommst du denn auf die Idee? Nein danke, hatte ich schon, und das hat mir für alle Zeiten gereicht.«

Karsten schaut mich lange an, und ich merke, dass ich rot werde.

»Was? Nur weil meine Ururgroßmutter so antiquierte Ansichten hat, musst du mich nicht so entsetzt angucken.«

»Ich gucke gar nicht entsetzt, ich habe nur überlegt, warum du das so vehement von dir weist. Ein einfaches Nein hätte gereicht, oder?

Immer, wenn du dich so aufbläst, ist irgendwas im Busch, so gut kenne ich dich mittlerweile. Also, was ist? Heiraten wir? Wir kennen uns über ein Jahr, wohnen zusammen, schlafen zusammen, essen zusammen, leben zusammen, da könnten wir doch heiraten. Ich hätte jedenfalls nichts dagegen. Abgesehen davon, dass ich damit eine sehr alte Dame beruhigen könnte.«

»Granny ist dreißig und keine alte Dame, das weißt du ganz genau, und überhaupt habe ich keineswegs die Absicht …«

»… mir einen Korb zu geben? Wunderbar, ich wusste es doch, du möchtest mich heiraten. Und bevor du mir irgendwas an den Kopf wirfst, ich meine es ernst. Ich liebe dich, und ich würde dich wirklich gern, sehr gern sogar, heiraten. Was sagst du dazu?«

Ich schaue mich im Zimmer um, kann aber weder leere Bierflaschen noch sonstige Drogen entdecken.

Wir haben bisher noch nie, nicht ein einziges Wort, über »Heiraten« und »Für immer« verloren, und nun das. Was sage ich nur, damit es nicht so aussieht, als hätte ich Granny dazu benutzt, einen Heiratsantrag zu bekommen?

»Also ehrlich, ich weiß nicht, was ich sagen soll. Das kommt ein bisschen plötzlich für mich, und außerdem bin ich mir nicht sicher, ob du das wirklich willst.«

»Warum sollte ich das nicht wollen? Ich bin 44 Jahre alt, seit etlicher Zeit geschieden, im Besitz meiner bürgerlichen Ehrenrechte und ausgesprochen glücklich mit dir liiert. Was spricht also dagegen?«

»Nichts, aber ich habe mir das anders vorgestellt. Romantischer, aufregender und nicht so. Du wärst von allein überhaupt nicht darauf gekommen, hätte ich nicht von Granny angefangen.«

»Stimmt, manchmal brauchen wir Männer eben einen Schubs von außen. Was ist daran so schlimm? Die Hauptsache ist doch, der Schubs geht in die richtige Richtung. Aber wenn du nicht willst …«

»Doch, doch, so habe ich es nicht gemeint. Natürlich will ich, nur, so eine Ehe muss gut überlegt und nicht aufgrund einer spontanen Idee mal eben so geschlossen werden. Wir wissen doch beide, wo und wie das enden kann.«

»Sicher wissen wir das, aber meine einzige und letzte Ehe liegt fast 20 Jahre zurück, eine Jugendsünde könnte man sagen. Mittlerweile bin ich erwachsen geworden und weiß, worauf ich mich einlasse. Außerdem sind spontane Ideen nicht immer die schlechtesten.«

»Okay, vielleicht hast du recht, aber lass uns eine Nacht darüber schlafen, einverstanden?«

Karsten schaut mich irritiert an, zuckt dann mit den Schultern und nickt.

»Ganz wie du möchtest, aber ein bisschen wundern darf ich mich doch, oder?«

»Darfst du, wenn du denn so gar nichts Besseres zu tun hast«, necke ich ihn, werfe ihm einen auffordernden Blick zu und marschiere ins Schlafzimmer.

Schlafen kann ich später leider nicht, mich beschäftigt dieser merkwürdige Heiratsantrag, der streng genommen gar keiner war, ganz gewaltig. Nein, so hatte ich mir das nicht vorgestellt. Wenn ich noch mal heirate, dann will ich es richtig, mit allem Drum und Dran. Romantischer Antrag, tolles Kleid, Hochzeitsfeier mit Familie und Freunden, das ganze Programm. Meine erste Ehe war von Anfang an ein Flop. Strohfeuer, viel zu schnell schwanger, Panik bekommen, geheiratet. Standesamt und belegte Brötchen, das war's. Traurig, aber wahr, und das will ich nicht noch einmal. Wie ich das allerdings Karsten beibringen soll, keine Ahnung, vielleicht sollte ich das mit Granny besprechen? Die stammt doch aus romantischeren Zeiten oder kommt mir das nur in der Rückschau so vor?

Am nächsten Morgen wache ich auf und rieche als Erstes Kaffee. Es ist gerade sechs Uhr, außerdem Heiligabend, also keine Arbeit, keine Schule, was zum Teufel …? In diesem Moment kommt Karsten mit einem großen Tablett ins Zimmer und stellt es vorsichtig auf dem Nachttisch ab.

Ich komme nicht dazu, etwas zu sagen, da kniet er an meinem Bett.

»Ich weiß, meine Süße, du bist vor dem ersten Kaffee nicht ansprechbar, ich versuche es trotzdem und bitte dich hiermit in aller Form, mich demnächst, das heißt möglichst bald, zu heiraten. Wenn du Ja sagst, bekommst du Kaffee, wenn nicht, trage ich ihn raus. Also, entscheide dich jetzt!«

»Ach Mann, du bist …«

»Jetzt! Ja oder Ja?«

»Also gut, ja, aber das ist kein Antrag, das ist Erpressung, und ich kann später immer sagen, ich hätte nicht gewusst, was ich tue«, sage ich, habe aber trotzdem Tränen in den Augen.

»Das Risiko gehe ich ein, kein Problem, ich betrachte uns daher ab sofort als verlobt.«

Damit zieht er die Schublade des Nachttisches auf, greift hinein und holt ein Kästchen heraus.

»Ich weiß nicht, ob er passt, auch nicht, ob er dir gefällt, aber es würde mich trotzdem sehr freuen, wenn du ihn tragen würdest, er hat meiner Mutter gehört.«

Er öffnet das Etui, und in blauem Samt steckt ein sehr schöner Ring mit einem funkelnden weißen Stein.

Er ist mir zu groß, stellen wir fest, als Karsten ihn mir an den Finger steckt, aber das dürfte kein Problem sein, besser als zu klein.

»Er ist wunderschön, und natürlich gefällt er mir«, lache ich, »ich bringe ihn morgen gleich zum Juwelier und nehme ihn danach nie mehr ab. Versprochen.«

»Versprich nix, was du nicht halten kannst«, lacht

Karsten, »morgen ist Weihnachten, da haben die Läden geschlossen. Dafür werden wir sicherlich nie unseren Verlobungstag vergessen.«

Viel Zeit für Romantik bleibt uns nicht, die Kids sind wach und völlig überdreht. Wir erzählen ihnen, dass wir heiraten wollen, und Isi will wissen, ob sie Blumen streuen muss. Ansonsten interessiert das Thema keinen sonderlich, Heiligabend ist spannender. Kurz nach zehn muss Karsten zu einem Notfall in die Praxis, und ich nutze die Gelegenheit, meine Mam anzurufen.

»Hey, was ist los? Alles fit bei euch? Komm bloß nicht auf die Idee und sag ab, ich habe jede Menge …«

»Nein, halt die Luft an, es ist alles in Ordnung, und natürlich kommen wir. Ich wollte nur …«

»Gibt's was Neues, du klingst so aufgekratzt?«

»Nun ja, wie man es nimmt. Granny war hier und hat endlos lange von ihrem Besuch in Berlin erzählt. Stell dir vor, sie hat den Kaiser höchstpersönlich gesehen und trotzdem Vorwürfe von Heinrich bekommen.«

»Hochinteressant, aber was ist bei dir los? Irgendwas stimmt nicht, das höre ich an deiner Stimme. Raus damit, was ist passiert?«

Mütter! Die haben einen sechsten Sinn, egal, wie alt ihre Kinder sind, sie riechen jeden Braten sofort. Meine jedenfalls, habe ich schon mal erwähnt, oder?

»Ich bin verlobt«, platze ich heraus und warte auf eine Reaktion.

»Aha, also, als ich das damals meiner Mutter mitgeteilt habe, weißt du, was die gefragt hat? ›Gegen wen‹? Stell dir das mal vor, gemein, oder? Nee, das frage ich dich nicht, herzlichen Glückwunsch, Kind, wie ist das so plötzlich passiert? Bist du schwanger?«

»Mam! Das ist auch nicht viel besser, was du ablieferst. Nein, ich bin nicht schwanger, und eigentlich ist Granny schuld. Die hat immer gestichelt, dass sich mein Verehrer nicht erklärt und so. Das habe ich Karsten erzählt, und daraufhin hat er gemeint, Granny hätte recht und wir sollten heiraten. Heute Morgen hat er mir einen ganz tollen Ring von seiner Mutter geschenkt, aber der ist zu groß, den muss ich erst enger machen lassen.«

»Das dürfte kein großes Problem sein und geht ganz schnell. Finde ich nett von Karsten, diese Geste, meine ich. Er ist überhaupt ein ganz Lieber, mit dem hast du wirklich Glück gehabt.«

»Ach ja? Und er mit mir nicht, oder was willst du damit sagen?«

»Unsinn, gar nichts will ich sagen, außer, dass er ein netter Mann ist. Willst du es Papa selber sagen?«

»Ja, gib ihn mir mal kurz.«

Ich höre die beiden im Hintergrund murmeln, dann kommt mein Dad an den Apparat.

»Hallo, mein liebes Töchterlein, was muss ich hören? Du willst einen anderen Kerl mir vorziehen? Da bin ich aber schwer enttäuscht. Nein, Spaß beiseite, du weißt ja, wie ich das meine. Ich gratuliere dir sehr herzlich und Karsten natürlich auch. Wann soll die Hochzeit stattfinden, habt ihr schon einen Termin?«

»Nee, noch nicht. Darüber haben wir noch nicht

gesprochen, aber sobald ich es weiß, erfährst du es, Ehrenwort.«

»Gut, mein Kind, dann wünsche ich dir einen wunderschönen Tag und bis bald.«

Telefongespräche mit meinem Vater sind immer schnell beendet, er kann überhaupt nicht verstehen, was Frauen sich stundenlang erzählen können. Und dass heute Heiligabend ist und wir uns nachher alle sehen werden, hat er offensichtlich nicht auf dem Schirm.

Als ich auflege, ist Karsten zurück und lädt mit den Kindern das Auto ein. Zum Mittagessen gibt es nur ein paar Würstchen, schließlich weiß ich, was heute auf uns wartet. Die Kinder dürfen sich einen Weihnachtsfilm streamen und sind so für fast zwei Stunden beschäftigt. Wir bleiben mit unserem Kaffee in der Küche, und ich frage nach, wie er sich unsere Hochzeit vorgestellt hat.

»Hochzeit?«, grinst er. »Verlobung allein reicht dir also nicht? Na gut, wie wäre es denn mit bald und schön?«

»Wie bald?«, frage ich nach. »Da gibt es schließlich eine Menge zu tun. Ich muss mir ein Kleid kaufen, wir müssen Einladungskarten drucken lassen, ein Lokal aussuchen …«

»Du lieber Himmel, ich dachte, wir gehen zum Standesamt, anschließend nett essen und sind dann verheiratet.«

»Nein, mein Freund, so habe ich mir das nicht gedacht. Ich möchte eine richtige Hochzeit. Eine

Hochzeit mit allem, was dazugehört, oder gar keine. Du hast A gesagt, jetzt musst du durch, kneifen gilt nicht.«

»Aber in die Kirche willst du nicht, oder etwa doch?«, fragt Karsten regelrecht entsetzt nach.

»Nein, das nicht, aber ansonsten das volle Programm, ganz romantisch, wenn du verstehst, was ich meine.«

»Ja, ich sehe schon, du hast dir bereits viele Gedanken gemacht, und das bestimmt nicht erst seit gestern. Gib es zu, dich beschäftigt dieses Thema schon sehr lange.«

»Quatsch, ich bin nur schnell im Denken«, winke ich ab und rühre hingebungsvoll in meiner Tasse.

»Na klar, ich glaube dir kein Wort, aber wenn dein Herz daran hängt, warum nicht? Also ganz großes Kino. Wann soll das stattfinden, hast du da auch genaue Vorstellungen?«

»Ich würde gern im Sommer heiraten, im Juli oder August, solange es warm ist und man draußen feiern kann.«

»Das weiß man in Deutschland nie. Wenn du Pech hast, heiraten wir im August und haben 13 Grad und Regen. Wir könnten natürlich auf die Malediven fliegen, da haben wir diese Probleme nicht.«

»Nix ist. Wir heiraten hier, mit meinen Eltern, meinen Kindern, deinen Freunden, meinen Freunden, und das Wetter wird genauso strahlen wie ich. Vielleicht kommen sogar Granny und Heinrich.«

»Um Gottes willen, stell dir vor, wir verplappern uns, die Leute halten uns doch für durchgeknallt.«

»Stimmt, aber schön stelle ich es mir vor. Meine

Ururgroßmutter begleitet mich auf meiner Hochzeit. Dann habe ich auf alle Fälle etwas Altes dabei und das soll Glück bringen«, lache ich und fühle mich rundherum glücklich. Das bleibe ich auch, der Heilige Abend, bekannt dafür, der gefährlichste Tag im ganzen Jahr zu sein, was den Familienfrieden angeht, verläuft harmonisch. Kein Familienkrach, keine streitenden Kinder, nichts, außer eitel Sonnenschein. Die Hunde begrüßen uns mit der üblichen Begeisterung, das heißt, sie führen sich auf, als wären wir Jahre weg gewesen. Mam und ich trinken ein Glas Sekt, während wir in verschiedenen Töpfen rühren, der Rest der Familie deckt den Tisch, öffnet Weinflaschen und alle reden durcheinander. Im Wohnzimmer steht der Weihnachtsbaum, von dem meine Eltern wie jedes Jahr behaupten, noch nie einen schöneren gehabt zu haben. Nachdem ich alle Geschenke zu den bereits vorhandenen gepackt habe, besteht mein Dad auf »Stille Nacht, heilige Nacht« und legt die entsprechende CD ein. Mam holt noch schnell die Pute aus dem Ofen, dann wird zur Bescherung geläutet. Die Kinder stürmen herein, und wir können gerade noch die Hunde daran hindern, sich ebenfalls an uns vorbeizumogeln. Fehlte noch, dass die sich Schokoladenweihnachtsmänner samt Staniolpapier einverleiben. Das würde unweigerlich Durchfall bedeuten, und das braucht keiner. Lasse kreischt gerade vor Freude über die ersehnte Wii, da gibt es vor der Tür offensichtlich eine Auseinandersetzung unter den Hunden. Mam guckt einen Augenblick erstaunt und fragend ihren Mann an, dann schießt sie förmlich aus ihrem Sessel. Mit dem entsetzten Ruf: »Die Pute!« stürzt sie aus dem Raum und wir hinter ihr her. Der Weihnachtsbraten liegt am Boden, ihm fehlt ein Bein und in der Brust klafft ein ordentliches Loch. Neben ihm sitzt der Kater, putzt sich unbeeindruckt die Barthaare, von den Hunden ist nichts zu sehen. »Oh nein«, jammert Mam, »die schöne Pute. Ich verstehe das nicht, die Hunde haben noch nie was geklaut, wirklich, noch nie.« Dabei schaut sie verzweifelt zu Karsten, als hätte er die Lösung parat. »Na ja«, sagt der dann zögernd, »die waren vermutlich auch noch nie allein mit einer so duftenden und wehrlosen Beute.« Dad sieht aus, als hätte er den sicheren Hungertod vor Augen, und Mams Augen werden verdächtig feucht, da erscheint Brenda in der Küchentür und gibt einen lautstarken Rülpser von sich. »Was willst du unmögliches Tier hier? Noch einen Nachschlag oder was?« Brenda überhört die Ironie in meiner Stimme und senkt die Nase Richtung Pute. Da in diesem Augenblick auch Teddy wieder auftaucht, reagiere ich und hebe das zerrupfte Weihnachtsessen vom Boden auf und lasse es in der Spüle verschwinden. »Tja«, sage ich dann, »die Hunde hatten ihr Weihnachtsessen, was ist mit uns?« Mam wendet sich mir zu, seufzt noch einmal aus tiefstem Herzen und sagt dann: »Ich habe noch Sauerbraten eingefroren, essen wir eben den, dazu passen Rotkohl und Klöße auch.« Dad sieht ob der Hoffnung, nun doch nicht verhungern zu müssen, sehr erleichtert aus und begibt sich mit Karsten zurück zu den Kindern ins Wohnzimmer. Die sind mit ihren Geschenken beschäftigt und haben von dem ganzen Drama nichts mitbekommen. Als wir dann eine Weile später endlich alle am Tisch sitzen, ist die Stimmung wieder gut, meine Eltern gratulieren uns noch einmal liebevoll und erheben ihre Gläser auf unsere gemeinsame Zukunft. »Also ehrlich«, sagt Mam, »eure Verlobung werdet ihr bestimmt nie vergessen, möget ihr alle Klippen so geschickt umschiffen, wie wir die heutige. Unsere Hunde werden noch bis Neujahr Putenbraten fressen, aber wenn sie ihn vertragen, soll es mir recht sein.«

Als wir schließlich satt, zufrieden und glücklich in die Betten fallen, bin ich sicher, alles richtig gemacht zu haben in meinem Leben.

Als Granny wenige Tage später auftaucht, hält es mich vor Ungeduld kaum auf meinem Stuhl. Sie stutzt und fragt: »Was ist los, Kind, du zappelst, als hättest du einen Floh in der Bluse?«

»Ich habe weder eine Bluse noch einen Floh, aber Neuigkeiten, liebste Granny, tolle Neuigkeiten. Ich bin verlobt und werde im August heiraten. Da biste platt, was?«

»Wie schön, mein Kind, ich gratuliere dir von Herzen. Ist das dein Verlobungsring?«, fragt sie und zeigt auf meine Hand, an deren einem Finger mein neues Statussymbol herumrutscht.

»Ja, das ist er, aber leider zu groß, muss ihn dringend enger machen lassen, bevor ich ihn verliere. Ich konnte mich aber nicht von ihm trennen.«

Ich halte ihr meine Hand hin, und sie besieht sich den Ring.

»Wunderschön, eine wirklich akkurate Handarbeit, und der Diamant ist wundervoll.«

»Diamant?«, lache ich. »Das ist kein Diamant, das ist ein Zirkonia.«

»Ich weiß nicht, wie ihr heutzutage diese Steine nennt, zu meiner Zeit waren das Diamanten. Sieh her, meiner sieht genauso aus.«

Sie zieht den Handschuh aus und hält mir ihren beringten Finger hin. In der Tat haben die beiden Schmuckstücke große Ähnlichkeit miteinander, aber das muss ja nichts zu bedeuten haben.

»Schön«, nicke ich, »sehr schön, aber mir ist das egal, was es für ein Stein ist. Der Ring stammt von Karstens Mutter, und mir gefällt er.«

»Nun, wenn du ihn ohnehin enger machen lassen musst, kannst du beim Juwelier fragen, er wird es dir beantworten können«, beendet Granny das Thema und berichtet dann, was sich bei ihr in der Zwischenzeit getan hat.

GRANNY

»Wo fange ich nur an, es ist so furchtbar viel geschehen in den wenigen Tagen, die ich nicht hier gewesen bin. Gottfried hat Emilie geheiratet und Hermann Karla, so wie es geplant war. Ich hatte bis zum letzten Augenblick große Sorgen, die vorlaute Emilie würde dieser Scharade vor all den vielen Gästen ein Ende bereiten und der Welt entgegenschreien, wie es wirklich war, aber das passierte nicht. Alles verlief sehr feierlich, und als die beiden Brautpaare durch das Mittelschiff der Marktkirche schritten, hatte nicht nur ich Tränen in den Augen. Ich wusste, dass es mir schwerfallen würde, aber ich hatte nicht geahnt, wie schwer. Mein Herz weinte, auch wenn Heinrich zärtlich meine Hand drückte. Ich tröstete mich mit dem Gedanken, dass es bis Mai nur noch wenige Monate waren, und konnte den Paaren dann lächelnd gratulieren. Auch die anschließende Feier war stilvoll und verlief ohne Zwischenfälle. Niemandem fiel irgendetwas auf, und die frisch vermählten Paare wirkten glücklich und zufrieden, so, wie es erwartet wurde. Am späten Nachmittag brachen die Brautleute zu ihren Hochzeitsreisen auf, die sie nach Paris führen sollte, und auch die Gäste verabschiedeten sich nach und nach. Wir waren alle erschöpft und müde, so gingen wir früh zu Bett, um am Weihnachtstag ausgeruht zu sein. Den feierten wir in kleinem Kreis, ganz familiär, nur mein Heinrich war als Gast gekommen. Nach einem wundervollen Festmahl, das wir an diesem so besonderen Tag in der geschmückten und geheizten Stube einnahmen, sangen wir andächtig ›Stille Nacht – heilige Nacht‹ unter dem prachtvollen Weihnachtsbaum. Es lag etwas Wundersames in der Luft, auch wenn mein Heinz vor lauter Ungeduld von einem Bein auf das andere hüpfte und seine Augen immer wieder zu den Geschenken wanderten. Ich weiß, wie ungeduldig du immer bist, darum will ich dich nicht mit weiteren Einzelheiten langweilen, aber dein Kreisel machte ihm besondere Freude. Fritz schaute allerdings etwas verwundert, sagte aber nichts weiter. Als Heinrich und ich später allein im Zimmer saßen, überreichte ich ihm euer Geschenk. Du kannst dir nicht vorstellen, wie groß seine Freude darüber war. Ein Buch über diesen, diesen … na, diesen Mechaniker, den er ja kennengelernt hatte. Natürlich muss er es sehr gut geheim halten, denn solche Bücher gibt es nicht zu meiner Zeit, aber das versteht sich ja von selbst. Auch das wundervolle Tuch von dir hat mich gefreut, ich danke dir von ganzem Herzen, mein Kind, ich werde es in Ehren halten.

Nun, so schön das Fest auch war, Heinrich war unruhig und oftmals mit seinen Gedanken weit weg. Die Ermittlungen schienen überhaupt nicht voranzugehen, und eine erneute Befragung von Köhler und sogar von diesem Kümmerling hatten keinerlei neue Erkenntnisse gebracht. Aber, wie sage ich immer? ›Wenn du schon denkst, es geht nicht mehr, kommt von irgendwo ein Lichtlein her.‹ So auch jetzt.

Gestern nämlich, da kam dieses Lichtlein in Gestalt von Berta Sandmann auf die Kommandantur. Erinnerst du dich an sie? Sie war meine Hebamme, als Heinz zur Welt kam. Ich hatte ihr anvertraut, dass Otto der Vater war. Leider, muss ich wohl sagen, denn sie hat mein

Vertrauen schändlich missbraucht und es weitererzählt. Davon habe ich aber erst sehr spät erfahren und auch, dass sie eine entfernte Verwandte von Köhler ist. Hätte ich es vorher gewusst, ich hätte meine Zunge gehütet, aber wem nützt es, über verschüttete Milch zu weinen? Diese Frau erschien also auf der Kommandantur und verlangte, Heinrich zu sprechen. Sie wurde zuerst abgewiesen, aber als sie erklärte, Aussagen zum Fall des toten Oberregierungsrates machen zu wollen, gab man Heinrich schnell Bescheid.

Sie redete eine Weile herum, und erst als Heinrich sich anschickte, den Raum zu verlassen, kam sie auf den eigentlichen Grund ihres Erscheinens zu sprechen.

Ihre Aussage bestand leider darin, Köhler zu entlasten. Sie erklärte frank und frei, er habe die fragliche Nacht bei ihr verbracht. Das passte zu dem, was auch Kümmerling ausgesagt hatte, nämlich dass es sich um einen großen, kräftigen Mann gehandelt habe, denn Köhler war eher schmächtig.

Heinrich gab sich damit nicht zufrieden und bohrte nach. Warum er das nicht ausgesagt habe, schließlich stehe er unter Mordverdacht. Sie behauptete, er habe als Kavalier ihren guten Ruf schützen wollen. Sie sei zwar schon seit einigen Jahren Witwe, aber sie wolle nicht, dass über sie und Köhler getratscht würde. Das sei ihrer Arbeit als Hebamme abträglich.

Überhaupt sei Köhler kein schlechter Mensch, nur etwas labil und leicht zu beeinflussen. Und ja, er tränke leider manchmal mehr, als er vertragen könne. Reichelt, den er sehr bewundert habe, hätte ihn stets für seine Zwecke missbraucht. Natürlich habe man von dessen Affäre mit der Soubrette gewusst, aber nichts von seinen Plänen, den Kanzleiminister zu töten. Ja, er habe zwar die eine oder andere Bemerkung gemacht, aber das habe nun wirklich niemand ernst genommen. Als Fürst Woldemar starb, sei Reichelt sehr aufgeregt gewesen und habe Köhler förmlich angefleht, das Dekret zu suchen, was dieser schließlich auch getan habe. Sicher, das sei nicht in Ordnung gewesen, aber doch auch kein Verbrechen.

Sie war bereit, ihre Aussage zu beschwören, und damit war Köhler so gut wie entlastet.

Als die Dame gegangen war, ließ er den Beschuldigten holen und konfrontierte ihn mit dem, was er gerade erfahren hatte.

Köhler wurde erst bleich, dann rot, gab aber schließlich zu, dass die Sandmann die Wahrheit gesagt hatte.

»Ich wollte sie nicht mit reinziehen, ganz einfach. Sie war immer gut zu mir, hat immer zu mir gehalten und hat es nicht verdient, durch den Dreck gezogen zu werden.«

Heinrich musste ihn schließlich gehen lassen, wegen der falschen Anschuldigung allein konnte er ihn nicht in Haft behalten. Außerdem hat der Mann seine Arbeit verloren, und das ist sicherlich schlimm und letztendlich Strafe genug.

Außerdem hat seine Aussage doch einen Sinn gehabt, denn er hat zugegeben, einen großen, kräftigen Mann gesehen zu haben, der des Öfteren das Haus der Reichelts betreten haben soll. Angeblich wusste er aber nicht, um wen es sich handelt, will auch nie mit jemandem darüber gesprochen haben. Damit bestätigt er indirekt die Aussage von Kümmerling. Es wird daher Heinrichs vorrangige Aufgabe sein, nach diesem Mann zu fahnden, und wo wird er wohl damit beginnen? Richtig, bei der Witwe Reichelt, und damit sind wir bei meiner Idee.

Wir haben beschlossen, dass ich sie morgen zur üblichen Zeit, also um elf Uhr vormittags, zu einem Kondolenzbesuch aufsuchen werde. Natürlich kann ich nicht mit der Tür ins Haus fallen und direkt fragen, wer denn der Mann sei, der sie öfter aufsucht, aber mir wird schon etwas einfallen, wie ich es anstellen kann.«

»Vielleicht hat sie mit dem 'nen Fisternöllchen, scheint ja nicht so unüblich zu sein im alten Detmold, erst du, dann Bertha und nun die Reichelt.«

»Ich verstehe nicht, was du gesagt hast. Ich habe dieses Wort noch nie gehört.«

»Glaube ich dir aufs Wort, ist Kölsch und bedeutet: ›'nen Klüngel haben‹, auf Hochdeutsch ›außereheliches Verhältnis‹, versteht du das?«

»Ja, ja, das verstehe ich, aber ich bin schließlich verlobt, da ist das etwas anderes.«

»Natürlich, Granny, bei dir ist das immer etwas anderes, das versteht sich von selbst.«

»Ach, bevor ich es vergesse, Kind, mein Heinrich ist ja nun noch eine Weile in Detmold, das heißt, wir werden uns öfter sehen und werden, ich meine …, vielleicht könntest du mir …«

»Kondome besorgen, wolltest du doch sagen, oder?

Ich habe mich schon gefragt, wann du damit um die Ecke kommst. Klar kann ich. Brauchst du sie sofort oder reicht morgen, dann gehe ich eine Vorratspackung kaufen.«

»Nein, nein, morgen reicht«, erwidert Granny hastig und macht sich von jetzt auf gleich auf in ihre Zeit.

»Grannys Liebesleben ist wieder aktiv, wir müssen Kondome kaufen. Unser Apotheker wird sich sicherlich bald fragen, ob wir noch irgendetwas anderes tun, als …«

»Ich komme noch ins Gerede«, antwortet Karsten und schüttelt amüsiert den Kopf. »Ist schon abgefahren, wir sorgen dafür, dass deine Ururgroßmutter nicht vor der Zeit schwanger wird. Aber sag mal, hast du nicht erwähnt, dass irgendwann Heinrich mit Frau und Kindern nach Wien zieht? Ich meine Plural, nicht Singular, was heißt, sie bekommt zumindest ein weiteres Kind, oder?«

»Stimmt, jetzt, wo du es sagst. Steht aber nicht dabei, ob es überhaupt Granny ist, und wenn, dann nicht, wann. Wir werden es also abwarten müssen, wenn wir es überhaupt jemals erfahren. Im Augenblick erscheint ihr aber eine Schwangerschaft als Katastrophe, sie wäre bei der nächsten gerne verheiratet, denke ich. Also gehe ich morgen, nee, da ist Sonntag, also übermorgen los und sorge dafür, dass dieser Wunsch in Erfüllung geht. Immer vorausgesetzt, sie benutzt die Dinger nach Vorschrift und verwendet sie nicht mehrfach.« Karsten macht große Augen und fragt entsetzt: »Mehrfach? Hat sie das etwa gemacht?«

»Nein, bis jetzt nicht, aber sie hat mal die Pille genommen, allerdings immer nur dann, wenn sie mit Heinrich im Bett war. Habe ich dir das nie erzählt? Ich dachte damals, mich trifft der Schlag. Sie hatte aber Glück und nur einen total durcheinandergeratenen Zyklus. Als Begründung hat sie angegeben, die wären ja so schnell alle gewesen, wenn sie sie täglich genommen hätte.«

»Du liebe Güte, darauf muss man wirklich erst mal kommen, aber ich kann sie schon verstehen. Wie soll eine Frau ihrer Zeit wissen, wie die hormonelle Verhütung funktioniert?«

»Indem sie mir ein einziges Mal zugehört hätte. Ich habe es ihr immer und immer wieder erklärt. Sie wurde sogar regelrecht schnippisch und meinte, sie sei nicht so dumm, dass ich ihr alles mehrfach sagen müsse. Trotzdem habe ich ihr mehrfach strengstens verboten, die Kondome auszuwaschen und zweimal zu nutzen«, lache ich, »und ich hoffe sehr, sie hält sich dran.«

Mein erster Weg, als ich am Montag Feierabend habe, führt mich zu einem Juwelier in der Innenstadt. Ein freundlicher älterer Herr in Nadelstreifen fragt mich nach meinen Wünschen. Ich nehme den Ring ab und erkläre, dass er mir zu groß sei.

Der Mann nimmt ihn, dreht ihn hin und her und zieht schließlich eine Lupe aus der Tasche, die er sich in ein Auge klemmt.

»Mhm, ein schönes Stück haben Sie da. Alt, aber sehr schön, eindeutig eine Arbeit von jemandem, der sein Handwerk verstand. Amsterdamer Rosenschliff, also auf alle Fälle vor 1910 gefasst. Genau kann ich es leider nicht sagen, aber ich schätze, so um 1850 bis 1870. Der Stein ist lupenrein und hat sicherlich drei Karat. Um es ganz genau zu sagen, müsste ich ihn aus der Fassung lösen.«

»Es ist also gar kein Zirkonia?«, frage ich etwas schwer von Begriff.

»Zirkonia?« Der arme Mann sieht regelrecht entsetzt aus. »Wer würde denn in ein solches Schmuckstück einen Zirkonia einsetzen? Nein, nein, das ist ein Diamant und ein besonders schöner. Verraten Sie mir, woher Sie ihn haben?«

»Tja, er gehört, also gehörte der Mutter meines Verlobten, und er hat ihn nun mir geschenkt.«

»Dann muss der junge Mann ernste Absichten haben«, lächelt der Juwelier, »so einen Ring verschenkt man nicht einfach so. Gut, dann wollen wir einmal schauen. Dürfte ich bitte Ihren Ringfinger haben oder wo möchten Sie ihn tragen?«

»Ja, ja, am Ringfinger«, bestätige ich und reiche ihm die Hand rüber. Er probiert verschiedene Ringgrößen aus, bis wir die passende gefunden haben. Die Änderung wird zwei Stunden dauern, und ich versichere, pünktlich zurück zu sein. Ich hole rasch die Kinder und liefere sie zu Hause ab. Karsten schüttelt den Kopf, als ich ihm erklären will, warum ich schnell weg muss.

»Schon klar, kein Ding, lass dir Zeit, ich bin ja hier. Ich koche uns in der Zwischenzeit etwas.«

Ich hole meinen Ring ab, danke dem freundlichen Juwelier, der ihn gratis gereinigt hat, und mache schnell einen Abstecher, um eine große Tüte Gummibärchen zu kaufen. Ist zwar ein etwas ungleiches Dankeschön, aber Karsten stirbt für die bunten Süßen. Außerdem zählt bekanntlich die gute Absicht.

Er freut sich denn auch, und als ich ihm meinen strahlenden Finger unter die Nase halte, nickt er und sagt: »Habe mir schon gedacht, dass es um den Ring ging, ich kenne doch deine Ungeduld. Nur nichts aufschieben, was man gleich erledigen kann, stimmt's?«

»Stimmt, der Kandidat hat 100 Punkte«, lache ich. »Weißt du eigentlich, woher deine Mutter diesen Ring hatte und was er wert ist?«

»Genau weiß ich weder das eine noch das andere. Sie hat ihn selten getragen, ich glaube, er war ein Geschenk ihrer Schwiegermutter, aber da kann ich mich irren. Er ist wertvoll, das hat sie immer gesagt, und vor lauter Angst, ihn zu verlieren, verbrachte er die meiste Zeit seines Daseins in der Schmuckschatulle.«

»Karsten, der Juwelier hat gesagt, er sei sehr alt, wunderschön und sehr wertvoll. Er hat einen lupenreinen Diamanten, wusstest du das?«

»Nee, ich bin Tierarzt, kein Diamantenhändler. Warum? Magst du keine Brillanten oder warum erzählst du mir das alles? Ich dachte, Diamonds are girls best friends?«

»Scherzkeks! Natürlich mag ich ihn, und wie! Er ist wunderschön, aber ich hätte ihn auch gemocht, wenn der Diamant ein Zirkonia gewesen wäre.«

»Ich habe zwar keine Ahnung, wovon du redest, aber es freut mich, dass dir der Ring gefällt. Können wir jetzt essen?«

Granny taucht schon vor der Tagesschau auf, aber da die Kinder noch nicht im Bett sind, lege ich den Finger auf den Mund und schüttele den Kopf. Sie nickt, lässt sich auf dem Sofa nieder und beobachtet interessiert das Geschehen auf dem Bildschirm. Eine Misswahl mit spärlich bekleideten Damen bringt sie dazu, heftig mit dem Kopf zu schütteln und schockiert »Tz tz!« zu machen. Auch die anderen News sagen ihr offensichtlich nicht zu, denn sie schließt die Augen, als wolle sie ein Nickerchen machen. Es dauert eine Stunde, bis ich die Kids im Bett habe und mich Granny widmen kann.

»So, Liebes, jetzt bin ich ganz für dich da. Gibt es Neuigkeiten, und wenn ja, hoffentlich gute? Ich habe jedenfalls welche, du hattest recht, der Stein ist echt, ein lupenreiner Diamant, und der Ring dürfte um die Zeit deiner Geburt angefertigt worden sein. Cool, oder?«

»Ja, dass der Stein echt ist, habe ich dir gleich gesagt, aber eine Kuhle habe auch ich nicht gesehen.«

»Äh, was? Ach so, na, das ist jetzt nicht so wichtig. Erzähl lieber, was im alten Detmold passiert ist.«

»Noch nicht so viel, leider, aber stell dir vor, Graf Falkenberg hat es tatsächlich ernst gemeint, als er sagte, er wolle eine Einladung zu unserer Hochzeit. Ich wollte es gar nicht glauben, als Heinrich es mir erzählt hat. Er hat nur gelacht und gemeint, ich müsse mich daran gewöhnen, in Zukunft Umgang mit ranghohen Offizieren zu pflegen. Weißt du, ich bin Hermine umso dankbarer, dass sie mich gelehrt hat, wie man sich in den besseren Kreisen bewegt, wie man Konversation macht, sich dem Anlass entsprechend kleidet und dergleichen Dinge mehr. Wenn ich mir vorstelle, wie einfach und schlicht ich war, als ich zu ihr gekommen bin, da wundert es mich immer noch, dass Otto sich trotzdem in mich verliebt hat. Aber, nun ja, mit ihm war ich niemals in der Öffentlichkeit, und als ich Fritz und Emilie kennengelernt habe, hatte ich schon viel gelernt. Jetzt ist das etwas anderes, ich werde die Gattin eines Diplomaten sein und muss ihm Ehre machen, darf ihn nicht blamieren. Wenn das meine Eltern erleben könnten, die würden Augen machen. Vielleicht wäre es ihnen peinlich, ich weiß es nicht. Mein Bruder Hugo hält sich jedenfalls von mir fern, ich sehe ihn kaum noch, obwohl wir ihn des Öfteren eingeladen haben. Ich glaube, er fühlt sich in unserer Gesellschaft nicht wohl. Habe ich dir erzählt, dass er Vater geworden ist? Nein, ich glaube, nicht. Ja, er hat eine kleine Tochter bekommen und hat Irma geheiratet. Sie leben in dem kleinen Haus, das damals Otto für uns gekauft hat, und scheinen ein ganz angenehmes Leben zu haben. Ich war zur Taufe, weil ich Patin der kleinen Emma geworden bin, da habe ich die beiden das letzte Mal gesehen. Ich wollte sie gern besuchen und ihnen von meinem Berlinbesuch berichten, aber Heinrich hat gemeint, damit würde ich ihnen bestimmt noch unheimlicher werden. Ich weiß ja nicht, ob Hugo seiner Frau von meinen Reisen zu dir erzählt hat, aber ich glaube, nicht, er scheint sich für eine so merkwürdige Schwester zu schämen, obwohl ich schließlich nichts dafür kann. Auf meiner Hochzeit hätte ich die beiden schon sehr gern dabei, sie sind schließlich meine einzige Verwandtschaft, zumindest in meinem Jahrhundert. Ich werde sie persönlich einladen und hoffe sehr, dass sie mir die Freude machen werden, zu kommen.

Ja, was wollte ich eigentlich? Ach so, ich wollte dir mitteilen, dass wir den Hochzeitstermin um einige Wochen vorverlegt haben. Heinrich will zwar unbedingt zuerst diesen Mordfall aufklären, und wir brauchen Zeit, um alles zu planen, aber bis Mai warten will er nicht. Außerdem wäre dann sein Vater nicht anwesend, der wieder einmal zu einer längeren Reise aufbrechen wird.

Wir heiraten nunmehr am 18. März, und bis dahin gibt es wirklich sehr viel zu tun. Vor allen Dingen mein Brautkleid beschäftigt mich sehr, und da wollte ich dich um deinen Rat bitten. Ich bin keine junge Braut mehr und auch keine unschuldige, kann also nicht mit

Kranz und Schleier heiraten, will aber kein schwarzes Kleid, schwarz macht so alt. Außerdem haben wir einen neuen Pfarrer, der sehr viel strengere Ansichten über Moral und Anstand hat als Pfarrer Niekrenz, den ich sehr mochte. Ich will aber meine Ehe keinesfalls ohne den Segen Gottes beginnen, aber was, wenn er vor allen Leuten meine unmoralische Vergangenheit aufzählt?«

»Moment mal eben, Granny, ich komme nicht ganz mit. Was hat denn eine Hochzeit mit einem schwarzen Kleid zu tun, du willst doch nicht zu einer Beerdigung? Außerdem, besteht echt die Möglichkeit, dass dieser neue Pfarrer von der Kanzel herunter gegen deinen Lebenswandel wettert?«

»Ja, diese Möglichkeit besteht durchaus, er kann ein Gleichnis aus der Bibel als Predigt auswählen. Mein Name wird nicht erwähnt, aber jeder Gast wird wissen, wer gemeint ist. Ein furchtbarer Gedanke, und was meinst du mit einer Beerdigung?«

»Na, ein schwarzes Kleid trägt man doch eher zu einer Beerdigung als zu einer Hochzeit, oder?«

»Nein, bei uns tragen Bräute Schwarz, jedenfalls die meisten, vor allen Dingen, wenn sie vom Land kommen. In diesem Kleid wird sie dann auch beerdigt.«

»Wie praktisch, das nenne ich doch mal ein Kleid für alle Gelegenheiten. Ich wusste ja, dass die Lipper als geizig gelten, aber dass sie so schlimm sind, war mir neu.«

»Kind, du redest wieder einmal, ohne vorher nachzudenken.

Die Menschen sind arm, und ein Hausstand kostet viel Geld, ein Brautkleid, das man nur ein einziges Mal anzieht, kann sich kaum jemand leisten. Viele Mädchen heiraten daher in ihrem Sonntagsstaat oder lassen sich ein Kleid nähen, das sie später zum Kirchgang, zu Taufen und Beerdigungen tragen können, also ein schwarzes. Ich bin sicher, dass das im ganzen Land so gemacht wird, nicht nur in Lippe.«

»Der eigenen Beerdigung, ja, das habe ich verstanden. Na egal, wenn dir Schwarz nicht steht, warum trägst du nicht eine andere Farbe? Ist doch eh wurscht, der Pfarrer ist so oder so offensichtlich mit dir unzufrieden.«

»So einfach ist das nicht, Kind. Wenn ich der Schneiderin sagen würde, ich will ein rotes oder grünes Brautkleid, die würde sich glatt weigern, es anzufertigen.«

»Na und, es wird doch mehr als eine Schneiderin in Detmold geben, und dein Heinrich hat Geld genug, sie anständig zu bezahlen. Da möchte ich die sehen, die sich ziert. Außerdem, wenn alle Stricke reißen, kannst du es dir selber nähen.«

»Um Himmels willen, nein, das kann ich nicht. Keine Braut darf sich ihr Kleid selber nähen, das bringt Unglück. Weißt du das denn nicht? So viele Stiche, so viele Tränen, heißt es doch nicht umsonst.«

»Meine Güte, das ist doch der reine Aberglaube. Heutzutage näht sich keine Braut mehr ihr Kleid selber, trotzdem scheitert fast die Hälfte aller Ehen, daran kann es also nicht liegen. Trotzdem, ich verstehe, was du meinst.

Wir könnten hier ein Brautkleid kaufen, und du nimmst es einfach mit?«

»Du kommst wirklich auf sehr ausgefallene Ideen. Nein danke, das geht leider nicht. Denn alle Detmolder würden mich fragen, wer das Kleid genäht hat. Nein, das geht nicht, aber ich bin trotzdem fest entschlossen, mir ein einmaliges, wunderschönes und sehr elegantes Kleid anfertigen zu lassen. Was hältst du von Samt? Dunkelrot vielleicht, ganz schmal geschnitten, mit enger Taille. Dazu weiße, lange Handschuhe und einen wundervollen, sehr großen Hut?«

»Klingt nicht übel. Was ist gerade en vogue zu deiner Zeit?«

»Oh, die Turnüren sind vorbei, heute tragen wir Damen enge Kleider, die erst unter dem Knie weiter werden. Das ist äußerst praktisch, denn darin kann man viel besser ausschreiten. Der Nachteil ist, man bekommt kaum Luft, weil das Korsett sehr eng geschnürt werden muss, um eine möglichst schmale Taille zu erreichen. Und Puffärmel muss es haben und einen Ausschnitt. Ach, ich sehe es direkt vor mir. Kind, du hast mir sehr geholfen, vielen Dank.«

»Dafür nicht, ich habe doch gar nichts getan.«

Sie hört meinen Einwand nicht und verschwindet mit rosigen Wangen. Die hat sie noch, als sie am nächsten Tag wiederkommt.

Da die Kinder noch auf sind, winkt sie mich ins Badezimmer, und ich lasse das Wasser laufen, damit keiner lauschen kann.

»Ich habe gar nicht viel Zeit, Kind, ich wollte nur schnell die Gummis holen, die du …«

»Ach verflixt, Granny, jetzt weiß ich, was ich vergessen habe. Tut mir echt leid, ich besorge sie dir gleich morgen.«

»Das geht nicht, ich brauche sie ganz dringend heute noch. Heinrich holt mich gleich ab, und wir haben schon sehr lange nicht mehr …«

»Schon klar, ich habe verstanden, es ist ein Notfall. Was machen wir denn da? Ich nehme die Pille und brauche Kondome nicht mehr. Halt, warte mal, da müssten eigentlich …« Wusste ich's doch. Ganz hinten im Badezimmerschrank habe ich die vergessene Schachtel gefunden.

»Mhm, leider nur noch zwei drin, Mindesthaltbarkeit eine Weile abgelaufen, aber besser als ohne.«

Granny verstaut sie mit unziemlicher Hast in ihrem Beutel, winkt und ist weg.

Ich bringe die Kinder ins Bett, lese ein paar Seiten vor und freue mich auf einen friedlichen, entspannten Abend mit meinem nagelneuen Verlobten. Ich erzähle ihm kurz von Grannys Verhütungsnotstand, und er lacht sich schier kaputt.

»Sag mal, warum schreibst du eigentlich kein Buch? Wenn keine Zeitung es als wahre Geschichte haben will, dann eben als Fantasie zwischen Buchdeckeln, da passt doch alles rein.«

»Nee, darauf habe ich überhaupt keinen Bock. Mich mit Verlagen und Lesern rumzuschlagen, die ständig an mir und meinem Werk rumnörgeln. Vielleicht schreibe ich es mal auf und lese es später meinen Enkeln vor und die wieder ihren Kindern und so weiter. Vielleicht hat man bis dahin auch das Geheimnis der Zeitreisen entschlüsselt, und es ist gar nichts Besonderes mehr daran.«

»Hör bloß auf, stell dir das Getümmel auf Erden vor, wenn jeder, der irgendwann gelebt hat, mal eben so vorbeischauen könnte. Bitte nicht, es ist so schon voll genug.«

»Stimmt, war nur so ein Gedanke.«

Der nächste Tag ist Silvester, trotzdem führt mich mein erster Weg in die Apotheke. Mit hoch erhobenem Kopf ordere ich eine große Packung Präservative.

»50 oder lieber gleich 100?«, fragt das sehr junge Mädchen hinter dem Verkaufstresen, und ich entschließe mich für 50.

»Mit Noppen oder Riefen? Beides? Mit Geschmack oder ohne, bunt oder einfarbig?«

Diesem Teenie macht das Verkaufsgespräch offensichtlich Spaß. Vermutlich hält sie mich aus ihrer Sicht für jenseits von Gut und Böse. Na warte, Mädel, dich kriege ich.

Ich tue so, als müsste ich überlegen, dann lächele ich sie freundlich an und sage: »Wissen Sie was, geben Sie mir doch lieber die 100er Packung. Bunt bitte, und mit Noppen, die hat meine Oma am liebsten.«Die Augen der Grazie in Weiß werden groß, und sie bekommt Farbe auf die Wangen, bevor sie sich umdreht, mir das Gewünschte zu holen. Ich bekomme ein diskretes Tütchen, darf schlappe 41 Euro bezahlen und bin sicher, die vergisst mich so schnell nicht. Begeistert ob meines Sieges über die Jugend, spurte ich zurück ins Auto, wo Lasse gerade kichernd eine Geschichte erzählt, zum gefühlten hundertsten Mal die gleiche.

»Im Kindergarten hatten wir eine Maus, die hatte ein Bein gebrochen, die konnte nicht mehr richtig laufen. Der Kai-Uwe hat gesagt, er will sie mit nach Hause nehmen und seiner Katze geben. Spinnt der? Ich habe gesagt, nee, *ich* nehme sie mit nach Hause, der Karsten, das ist nämlich der Freund von meiner Mama, der ist Tierarzt, der kann sie wieder heile machen. Und die Frau Brechtel hat gesagt, es wäre besser, das arme Tier zu erlösen.«

»Ja, ich glaube auch, das wäre wirklich das Beste gewesen. Was habt ihr gemacht?«

»Wir haben Apfelmus gekocht!«

»Ihr habt was? Apfelmus gekocht? Aus der Maus?«

Lasse will sich auch dieses Mal gar nicht mehr einkriegen vor Lachen über meine dumme Frage.

»Nein, Mama, doch nicht aus der Maus, aus Äpfeln! Die haben wir gesucht und gekocht.«

»Aha, und was ist aus der Maus geworden?«

»Das weiß doch ich nicht. Da musst du Frau Brechtel fragen. Was gibt's denn zu essen?«

Wohlgemerkt, diese Geschichte ist sicherlich ein halbes Jahr alt, aber sie muss ihn nachhaltig beeindruckt haben.

Wir feiern ein mehr oder weniger ruhiges Silvester daheim, weil mein Exmann wie jedes Jahr keine Zeit für seinen Nachwuchs hat. Ist klar, der will feiern gehen und nicht mit zwei Kindern zu Hause hocken. Wir machen Raclette und lassen Tischbomben explodieren, danach spielen wir Memory und Uno. Ich wusste schon immer, dass Silvester ein ganz besonders aufregender Tag ist. Die Kinder schlafen gegen halb zwölf ein, obwohl sie überhaupt nicht müde sind und die ganze Nacht aufbleiben wollten. Wir tragen jeder eins ins Bett, öffnen dann eine Flasche Sekt. Um Mitternacht stehen wir eng aneinandergeschmiegt auf dem Balkon und schauen auf das Feuerwerk über Heidelberg und der Burg. Das allein ist es wert, zu Hause zu bleiben, eine bessere Sicht hat man nirgends. Wir küssen uns und wünschen uns ein wundervolles neues Jahr.

Zwei Tage später ist Granny wieder da, sie wirft nur einen Blick auf den Bildschirm, wo gerade ein Fußballer aus der langen Erfahrung seines vielleicht 22-jährigen Lebens erzählt, nickt und folgt mir schweigend in die Küche. Eines muss man ihr lassen, sie lernt schnell.

Ich wünsche ihr ein frohes neues Jahr und hole als Erstes die Großpackung bunter, genoppter Verhüterli aus meiner Handtasche und stelle sie vor Granny auf den Tisch. Die wird nicht einmal mehr rot, nickt nur freundlich, sagt »Danke, mein Kind« und verstaut sie in den unergründlichen Tiefen ihres bestickten Beutels.

»Immer wieder gerne, liebe Granny, wie war denn der Jahreswechsel mit deinem geliebten Heinrich?«

»Oh, Kind, es war wunderbar. Eigentlich sollte ich dir diese Dinge gar nicht erzählen, aber, nun ja, besser dir als jemandem in meiner Zeit, nicht wahr?«

»Wir mussten etwas schwindeln und erzählten Fritz und Martha von einer Einladung zu Silvester, sonst hätte ich schwerlich erklären können, warum wir nicht gemeinsam auf das neue Jahr anstoßen konnten. Heinrich holte mich ab, und wir fuhren auf direktem Weg zu ihm. Seine Haushälterin hatte liebevoll den Tisch gedeckt, und es gab köstliche Speisen, roten Wein und zum Nachtisch Milchreis mit Zucker und Zimt. Ich hätte gern mehr gegessen, aber mein Korsett war so eng geschnürt, dass ich kaum atmen konnte. Weißt du, Kind, das, was ihr Frauen heutzutage so tragt, ist schrecklich und furchtbar unelegant. Es ist kein bisschen weiblich und ihr seht aus wie die Fabrikarbeiter meiner Zeit, aber es ist eindeutig bequemer als alles, was in meinem Schrank hängt. Sag es bitte Heinrich nicht, aber manchmal möchte ich am liebsten eine seiner Hosen anziehen, ohne Korsett, versteht sich.

Nun trug ich es aber, damit mein Kleid mit der winzigen Taille passte, und konnte daher nur eine Kleinigkeit essen.

Heinrich lachte und fragte, ob es mal wieder an meinem Korsett liegen würde, dem könne man doch abhelfen.

Du wirst es nicht glauben, aber er machte sich umgehend daran, seinen Worten auch Taten folgen zu lassen. Er hakte mit sehr viel Mühe dieses einschnürende Kleidungsstück auf, und so durfte ich noch eine Portion von meinem Lieblingsnachtisch essen.

Wir hatten während der Mahlzeit nicht über seine Arbeit gesprochen, aber ich spürte, dass ihn irgendetwas sehr beschäftigte. Als wir im Bett lagen, wollte ich ihn darauf ansprechen, war aber zu sehr abgelenkt. Wir hatten uns zwar in letzter Zeit einige Male in meinem Zimmer lieben können, aber da mussten wir sehr leise sein, und die Angst, es könnte uns jemand hören, störte doch sehr. Hier bei Heinrich waren nur wir zwei und konnten tun und lassen, was uns gefiel. Du weißt, Kind, ich rede nicht so gern über diese Dinge, aber Heinrich ist so ein wunderbarer Liebhaber, so einfühlsam und zärtlich, dabei gleichzeitig leidenschaftlich und sehr ausdauernd. Ach, ich weiß nicht, wie ich dir das erklären soll, aber wenn ich mit meinem Heinrich zusammen bin, vergesse ich die Welt um mich herum. Ich möchte mich in seinen Armen auflösen, in ihn reinkriechen, ihn nie mehr loslassen und …«

»Ja, Granny, ich verstehe. Du musst nicht weiter ins Detail gehen. Schön, dass du so ein tolles Liebesleben hast, nicht selbstverständlich zu deiner Zeit, oder?«

»Über so etwas spricht eine Dame nicht. Was sich die Herren in den Salons und gewissen Etablissements erzählen, davon habe ich keine Kenntnis, und ich weiß von keiner mir bekannten Frau, was sie in der Zurückgezogenheit ihres Schlafgemachs mit ihrem Ehemann tut.«

»Musst du auch nicht, Hauptsache ist doch, dir gefällt, was du da tust. Gibt es außer deinem Liebesleben Neuigkeiten?«

»Oh, natürlich. Das hätte ich fast vergessen. Heinrich hat Hinweise darauf, dass Reichelt mit den Sozialisten paktiert hat. Sie haben offensichtlich etwas geplant, was sehr geheim gehalten werden musste. Er vermutet, dass es um einen Putsch geht, entweder gegen den Fürsten oder sogar gegen den Kaiser persönlich. Stelle sich das nur einer vor, unglaublich, wie frech diese Brut geworden ist.«

»Das waren sicherlich Heinrichs Worte, oder?«

»Wie bitte? Oh ja, aber auch Otto war schon sehr besorgt darüber, wie breit sich diese Menschen in Detmold machen und welche absolut absurden Forderungen sie stellen.«

»Ja, wirklich völlig absurd. Wie kann man einen Zehn-Stunden-Tag und einen freien Sonntag wollen, geht ja gar nicht.«

»Siehst du, das sagt Heinrich auch. Die göttliche Ordnung kann man nicht mal eben auf den Kopf stellen, nur weil einem die angeborene Stellung nicht gefällt.«

»Granny, merkst du eigentlich noch was oder plapperst du nur nach, was dein Heinrich dir einflüstert? Diese ›sozialistische Brut‹ will einfach nur menschenwürdig leben, siehst du das denn nicht? Wieso sind denn Adlige was Besseres? Deren blaues Blut ist genauso rot wie deines oder meins, wenn sie sich schneiden. Ich kann sehr wohl verstehen, dass die Arbeiter zu deiner Zeit revoltiert haben. Vielleicht hättest du mehr Verständnis für sie, wenn du nicht das Glück gehabt hättest, Hermine und Otto und später Heinrich kennenzulernen. Du warst doch auch nur ein armes, ausgenutztes Dienstmädchen, schon vergessen?«

»Aber Kind, das ist etwas anderes. Ich hätte unter gar keinen Umständen etwas gegen unseren Fürsten oder gar den Kaiser unternommen.«

»Ja, ja, schon klar, es soll aber Menschen geben, die mutig oder verzweifelt genug sind, es zu tun. Ich kann euch nur den guten Rat geben, nicht zu fest an diese göttliche Ordnung zu glauben, denn die wird schneller den Bach runtergehen, als du dir das vorstellen kannst. Aber egal, woher hat denn Heinrich die Informationen, dass Reichelt mit den Sozis paktiert hat?«

»Es gibt überall Spitzel, die für Geld Dinge weitergeben. Einer von ihnen hat ihn auf einer geheimen Versammlung gesehen. Heinrich sagt, wir müssen herausfinden, wie sich diese Leute Nachrichten zukommen lassen und woher sie ihre Informationen haben. Er will unbedingt verhindern, dass es zu einem erneuten Attentat auf den Regenten kommt. Das würde auch auf ihn und seine Arbeit zurückfallen.«

»Stimmt, eigentlich sollte er sich mehr mit seinem Job und weniger mit dir beschäftigen, dann wäre er vielleicht schon weiter.«

»Ein Mann muss auch einmal etwas anderes tun als nur arbeiten, das solltest du wissen. Außerdem hat Heinrich einen Verdacht, wie sie es anstellen. Er glaubt, dass sie sich verschlüsselte Nachrichten zukommen lassen, entweder auf der Straße, im Wirtshaus, der Kirche oder irgendwo, wo viele Menschen eng zusammenstehen.«

»Du meinst, sie schreiben sich Zettelchen wie in der Schule? Komische Vorstellung.«

»Das wissen wir leider nicht genau, sollen aber alle die Augen offenhalten. Morgen gehe ich meinen Kondolenzbesuch bei der Witwe Reichelt machen, vielleicht erfahre ich etwas, was Heinrich weiterhilft. Den wollte ich schon in der vergangenen Woche gemacht haben, nur kam mir immer etwas dazwischen. Und nun gute Nacht, mein Kind.«

Natürlich erzähle ich Karsten von Grannys Liebesleben, ihrer Meinung zu der arbeitenden Klasse und ihrer Absicht, nun unter die Spione zu gehen. Er findet das alles höchst unterhaltsam, nur Grannys Meinung zu den verzweifelten Bemühungen der Arbeiterklasse empört auch ihn.

»Wären die Arbeiter damals nicht gegen die herrschende Klasse aufgestanden, müsstest du als Frau heute noch in der Fabrik schuften, die wenigsten Mädchen durften schließlich etwas lernen, und an den Universitäten waren sie nur sehr spärlich vertreten. Und ob ich hätte studieren können, ist sehr fraglich. Wäre sehr drauf angekommen, ob meine Eltern das Schulgeld hätten bezahlen können. Damals waren die Arbeitsbedingungen jedenfalls furchtbar, die Menschen wurden verschlissen, ausgebeutet und systematisch krank gemacht. Tuberkulose war weit verbreitet, Rachitis ebenso, und denk an die Diphtherie. Die armen Menschen hausten in dunklen Zimmern, ihre

Ernährung war suboptimal, die Frauen von zahlreichen Geburten ausgemergelt, die Kindersterblichkeit himmelschreiend und so weiter.

Es muss schlimm gewesen sein, vor allem in den Städten. Die Industrialisierung war in vollem Gange, Arbeitskräfte wurden überall gebraucht, besonders im nahe gelegenen Ruhrgebiet. Die Armen versprachen sich eine Verbesserung ihrer Lebensumstände, aber nicht selten verschlechterten sie sich. Wer hätte sich um ihre Belange kümmern sollen? Funktionierende Gewerkschaften oder Arbeitervereine gab es noch lange nicht überall und wenn, dann nicht für jeden Arbeiter. Nee, Liebes, das steckte alles noch in den Kinderschuhen, trotzdem machten derartige Bestrebungen der herrschenden Klasse Sorge, weshalb sie bemüht war, diese nicht groß werden zu lassen.«

»Das ist alles ganz interessant, aber was hat der Reichelt mit denen zu tun gehabt? Das war schließlich kein Arbeiter, ganz im Gegenteil, der gehörte eher der herrschenden Klasse an, oder?«

»Nicht wirklich, er war ein Zwitter, der beruflich zwar erfolgreich, aber leider nicht von Adel war. Damit war ihm der Aufstieg in die höheren Hierarchien verschlossen. Entweder hoher Militärrang oder von Adel, am besten beides, dazu natürlich absolut loyal und nicht aufmucken, dann konntest du was werden bei Seiner Allergnädigsten Majestät. So musste er sich damit zufriedengeben zuzusehen, wie andere die Orden oder entsprechende Beförderungen erhielten, die er so gern gehabt hätte. Ich könnte mir gut vorstellen, dass er darüber ziemlich angepisst war und sich woanders beliebt machen wollte. Einerseits Rache für vermeintlich erlittene Schmach, andererseits übersteigerter Ehrgeiz. Brisante Mischung. Und wie Granny ihn geschildert hat, war er nicht ganz richtig im Kopf. Wer will also sagen, ob er logisch gehandelt hat?«

»Keiner, das stimmt. Hilft alles nix, wir müssen abwarten, was Granny bei seiner Witwe erfährt, vielleicht kommt was zutage.«

Als Granny am späten Sonntagabend auftaucht, ist sie sichtbar aufgeregt, hat hektische rote Flecken auf den Wangen und ein unternehmungslustiges Funkeln in den Augen.

GRANNY

»So, ich habe meinen Kondolenzbesuch gemacht, und es war sehr einfach, das Vertrauen der Witwe Reichelt zu gewinnen. Ich habe mich ihr vorgestellt und davon gesprochen, dass ich auch einen geliebten Menschen durch eine Gewalttat verloren habe. Da ich ihre Gefühle und ihre Trauer sehr gut nachempfinden könne, sei es mir ein Bedürfnis gewesen, sie aufzusuchen, um ihr ein wenig Trost spenden zu können. Sie bat mich sogleich in den Salon, der sehr elegant und kostbar eingerichtet war. Überhaupt strahlte das ganze Haus Wohlstand und noch etwas anderes aus, was ich zuerst gar nicht deuten konnte. Erst im Gespräch kam ich darauf, dass die Witwe Reichelt Französin war und viele Einrichtungsgegenstände aus ihrem Heimatland stammten. Es war alles sehr geschmackvoll, und man spürte, dass eine geschickte weibliche Hand wirkte. Sie trug Trauerkleidung, und auch der merkte man die hervorragende Schneiderin an. Auch wenn sie für eine Frau ausgesprochen groß und etwas derb war, ihre Gesichtshaut war zart und feinporig wie die eines Kindes.

Ich wollte ihr etwas Nettes sagen und erwähnte es daher. Es schien sie ausgesprochen zu freuen, und sie stand auf und lief aus dem Zimmer. Wenige Augenblicke später war sie zurück und hielt ein Stück Seife in der Hand. Seife, wie ich sie in meinem Leben noch nicht gesehen hatte. Nun wusste ich, woher der wundervolle Blumenduft im Haus kam. Als ich das aussprach, lachte sie erfreut und erklärte, es würde sich um *Savon de Marseille* handeln. Sie schien zu bemerken, dass ich nicht wusste, wovon sie sprach, und erklärte mir, dass diese exklusive Seife schon der Sonnenkönig benutzt habe. Sie sei ausschließlich aus reinem Olivenöl mit dem Duft von Lavendel hergestellt. Sie würde niemals etwas anderes benutzen, ihre zarte Haut vertrage nur diese, und daher bekäme sie regelmäßig einen Vorrat direkt aus Frankreich geschickt. Das alles erzählte sie mir sehr lebhaft mit ihrem merkwürdigen Akzent und vielen französischen Worten, die ich nicht verstand. Ich fand es trotzdem sehr übertrieben, sich Seife schicken zu lassen, aber so sind wohl die Französinnen.

Ich lenkte daher die Unterhaltung auf den Mord an ihrem Gatten, und sie tupfte sich immer wieder die Augen und kämpfte mit den Tränen.

Nein, sie habe überhaupt keine Idee, wer ihrem Gatten etwas hätte antun wollen, nein, nein, Feinde habe er überhaupt keine gehabt, ganz im Gegenteil, er sei doch zu jedermann zuvorkommend und wohlwollend gewesen.

Da ich so offensichtlich nicht weiterkam, wagte ich einen Vorstoß und erzählte ihr, dass mein Verlobter einen Verdacht gegen ihren Cousin, den Köhler, gehegt hatte. Sie schien geradezu entsetzt. Das sei unsinnig, die beiden Männer seien gute Freunde gewesen, hätten viele Dinge gemeinsam unternommen, und nie habe es Zwistigkeiten gegeben.

Alles, was ich anfing, endete schnell in einer Sackgasse, auch wenn die Witwe Reichelt freundlich plauderte, hatte ich stets das ungute Gefühl, dass sie nicht die Wahrheit sagte. Auf meine direkte Frage nach dem großen kräftigen Mann, den man am Tatort gesehen hatte, bekam sie ganz große Augen und schüttelte den Kopf. Davon habe sie überhaupt noch nichts gehört, niemand hätte ihr von dieser Zeugenaussage erzählt. Und wie ihr Cousin behaupten könnte, ein solcher Mann würde in ihrem Hause verkehren, sei ihr wirklich unverständlich, es könne sich nur um einen bedauerlichen Irrtum handeln.

Sie würde wirklich alles tun, um die Ermittlungen voranzutreiben, aber leider, leider, sie wisse wirklich nichts. Sie schien dann zu zögern, überwand sich sichtlich und vertraute mir an, dass ihr Mann mit ihr nur sehr selten über berufliche und private Dinge gesprochen habe. Ich solle sie nicht missverstehen, er sei ein zuvorkommender und aufmerksamer Gatte gewesen, nur eben sehr verschlossen. Das war der Moment, in dem ich genau wusste, dass die Dame mir etwas vorspielte. Niemand, wirklich niemand in Detmold würde einer Fremden so etwas erzählen, unter keinen Umständen. Was immer zwischen Eheleuten vor sich gehen mochte, man behält es nach außen für sich, das ist unumstößliches Gesetz.

Nach dieser Mitteilung schaute sie deutlich auf die große Standuhr, was ich nicht ignorieren konnte, ohne mich sehr unhöflich zu verhalten. Ich stand also auf, bedankte mich, dass sie mich empfangen hatte, und verabschiedete mich höflich. Sie begleitete mich bis zu Haustür, und der Duft ihrer wundervollen Seife begleitete mich noch ein gutes Stück meines Heimweges.

Heinrich schien enttäuscht über das Ergebnis meiner Mission zu sein, versuchte aber, sich das nicht anmerken zu lassen. Auch ich bedauerte, ihm keine nennenswerten Neuigkeiten überbringen zu können. Ich erzählte ihm von meinem seltsamen Gefühl der Witwe gegenüber. Und dass ich ganz sicher sei, dass sie etwas zu verbergen hatte. Leider maß er dem keine Bedeutung bei, führte es darauf zurück, dass ich der

Dame schließlich vollkommen fremd gewesen sei und dergleichen Gründe mehr. Mich überzeugte das alles nicht, irgendetwas wusste sie und wollte es unter allen Umständen verbergen, das stand für mich fest.«

»Wahrscheinlich hatte sie was mit dem Kerl in Hut und Mantel?«

»Daran habe ich auch gedacht, aber sie wirkte glaubwürdig, als sie erklärte, nie einen solchen Mann gesehen und schon gar nicht ins Haus gelassen zu haben.«

»Hmm, vielleicht ist sie eine gute Schauspielerin, weiß man's? Sie schildert ihren Verblichenen einerseits als wohlwollenden Gutmenschen, den alle mochten, andererseits als wortkargen Muffel, der nie mit ihr geredet hat. Das passt doch nicht zusammen. Außerdem, nach dem, was ich über Reichelt gehört habe, war er alles andere als ein Sympathieträger. Ich glaube auch, die Dame hat dir etwas verschwiegen. Und was sollte das anderes sein als etwas, was ihr peinlich war? Wetten? Die hat ein Verhältnis mit dem Typen und der damit ein Motiv, den Gatten zu beseitigen. Vielleicht ist Reichelt den beiden auf die Schliche gekommen, hat mit einem Skandal, Enterbung oder Pranger gedroht, keine Ahnung. Wie schlimm war Ehebruch zu deiner Zeit?«

»Ganz undenkbar! Der Skandal hätte Reichelts Karriere umgehend beendet, und sie wären in ganz Detmold geächtet worden. Nein, Kind, selbst wenn es so gewesen ist, Reichelt hätte das niemals öffentlich gemacht. Vielleicht hätte er seine Frau zurück nach

Frankreich geschickt, etwas von dringenden familiären Verpflichtungen verlauten lassen, mehr aber nicht.«

»Und der Typ wäre ungeschoren davongekommen?«

»Nun, das wäre wohl davon abhängig gewesen, wer er ist. Sollte es sich um einen angesehenen Bürger handeln, vielleicht sogar um jemanden, der Reichelt vorgesetzt war, hatte er wenig Möglichkeiten.«

»Na toll, der vögelt seine Frau, und er kann nichts tun, weil er vielleicht sein Chef war?«

»Ist das heute so viel anders?«, fragt Granny erstaunt, und ich muss einen Moment überlegen, bevor ich antworte.

»Eigentlich nicht, passiert wahrscheinlich sogar häufiger als seinerzeit bei dir.«

»Ach, ich denke, auch in meiner Zeit wird das vorkommen, ich habe nur niemals von einem solchen Fall gehört.«

»Na gut, was willst du mit deinem Verdacht anfangen? Weiter nach dem Kerl in Hut und Mantel suchen? Das ist doch die berühmte Stecknadel im Heuhaufen, oder? Vielleicht kommt der gar nicht aus Detmold, war nur kurz zu Besuch oder so was.«

»Heinrich hat große Pläne in dieser Hinsicht. Er ist der festen Überzeugung, dass der Täter im Kreis der Sozialisten zu suchen ist. Wir werden also die nächste Zeit damit zubringen, diese Subjekte unter Beobachtung zu stellen. Sie sollen keinen Schritt mehr tun können, ohne dass es einer sieht. Ich habe den Schlosspark übernommen, da falle ich nicht auf, wenn ich mit meinem Heinz spazierengehe.«

»Genialer Plan, was soll das bringen, um Himmels willen?«

»Wir müssen herausfinden, was Reichelt mit diesen Menschen zu tun hatte und warum er sich überhaupt mit ihnen eingelassen hat. Vielleicht hat er Gewissensbisse bekommen, schließlich plante er Landesverrat, wollte sich zurückziehen und musste deshalb sterben.«

»Also echt, Granny, würdest du heute leben, könnte ich sagen, dass du zu viel fernsiehst, aber so hast du wohl nur eine etwas lebhafte Fantasie. Denk bitte mal nach: Ein Oberregierungsrat hat eine anspruchsvolle Freundin, die ihn unter Druck setzt. So sehr unter Druck, dass er das Risiko eingeht, den Kanzleiminister zu vergiften, nur um die Veröffentlichung eines Testamentes zu verhindern. Das scheitert, die Freundin nörgelt weiter, Reichelt setzt nun alle Hoffnung in den neuen Regenten und wird wieder enttäuscht. Er greift erneut zu Gift und scheitert ein weiteres Mal. Der Mann hatte echt Pech, muss man sagen, als Attentäter war er ein Totalausfall. Nun hat er zu allem Überfluss Heinrich an der Backe, obwohl ich nicht wirklich weiß, worauf sich dessen Verdacht überhaupt gründete.

Dummerweise warnt dein Heinrich den Mann, und der dreht durch, entführt dich, tötet mehr versehentlich als mit Absicht seine Geliebte und wird am Ende umgebracht. Das macht doch alles keinen Sinn! Wo ist der Kerl in Hut und Mantel, wo die Ehetragödie,

die Sozialisten? Seine holde Gattin hat die ganze Zeit überhaupt keine Rolle gespielt, und ob er wirklich Kontakte zu diesen politischen Strömungen hatte, ist überhaupt nicht bewiesen.

Also, ich glaube ganz was anderes. Willst du wissen, was? Wenn nicht, erzähle ich es dir trotzdem.

Der Mann war nicht mehr jung, seine Karriere ziemlich ausgereizt. Der neue Regent, in den er seine letzten Hoffnungen gesetzt hat, erfüllt diese nicht. Reichelt ist angefressen, zumal er bei seiner Soubrette keinen Eindruck mehr schinden kann. Die wird wohl mit der Zeit gemerkt haben, dass er zwar große Sprüche klopfen konnte, aber denen keine Taten folgen ließ. Ihr Arbeitsplatz war weiter in Gefahr, also hat sie vielleicht damit gedroht, sich der holden Gattin anzuvertrauen? Kann man doch nicht ausschließen, oder? Wie auch immer, er, der ohnehin mit dem Rücken zur Wand steht, kriegt nun auch noch von Heinrich Druck, und das bringt das Fass zum Überlaufen beziehungsweise den Mann zum Handeln. Er entführt dich und so weiter. Den Rest kennen wir. Bleibt die Frage: Wer hatte Grund, ihn umzubringen, und wann und wo kommen die Sozialisten ins Spiel? Nee, Granny, das war nichts Politisches, jedenfalls nicht bei Reichelt, das war eine stinknormale Midlifecrisis mit üblen Folgen.

Anstatt im Schlosspark herumzuspazieren, richtet eure Aufmerksamkeit lieber auf sein Umfeld, sein privates, meine ich, da werdet ihr sicherlich eher fündig. Hat dein Heinrich seine finanzielle Situation durchleuchtet? Hatte der Mann vielleicht Schulden, Verpflichtungen, denen er nicht mehr nachkommen konnte? Uneheliche Kinder? Irgendwas in dieser Richtung erscheint mir sehr viel erfolgversprechender zu sein.«

»Nein, er hatte keine finanziellen Probleme, das hat Heinrich sofort überprüft. Das Vermögen hat seine Frau mit in die Ehe gebracht, er verfügte nur über das Einkommen aus seiner beruflichen Tätigkeit, aber das ist mehr als ausreichend, um gut leben zu können.«

»Oha! Das ist interessant, er war also von der holden Gattin finanziell abhängig. Gehen wir davon aus, die hatte einen Lover und plante, ihren ebenso schweigsamen wie treulosen Ehegatten zu verlassen. Könnte ja sein, nicht? Dann hätte sich sein Lebensstil sicherlich dramatisch verschlechtert. Oder hätte die holde Gattin ihr Vermögen zurücklassen müssen?«

»Nun, eigentlich schon, ebenso wie gemeinsame Kinder, aber die gab es nicht. In diesem Fall war die Lage aber eine andere. Wie gesagt, seine Frau ist Französin aus sehr vermögendem Haus. Der Vater hat daher bei der Heirat darauf bestanden, einen Kontrakt zu schließen, der das Vermögen seiner Tochter sichert. Reichelt war zwar Nutznießer, aber nur, solange seine Frau mit ihm verheiratet war. Wäre sie allerdings vor ihm gestorben, hätte er sie beerbt.«

»Huch, so was gab es schon zu deiner Zeit, Respekt! Leider hilft uns das nicht weiter, ganz im Gegenteil. Danach hätte er eher seine Frau umbringen lassen müssen, um sie daran zu hindern, ihn zu verlassen. Nee, das passt leider auch nicht, wir brauchen Columbo.«

»Was ist das? Und wieso kann uns das weiterhelfen?«

»Vergiss es, Granny, war nur ein blöder Witz. Was ich sagen wollte, ist, wir bräuchten jemanden, der uns wirklich weiterhelfen könnte, und den haben wir nicht, leider. Das heißt, Moment mal, mir fällt was ein. Wir haben doch vermutet, dass die lustige Witwe einen Klüngel mit dem Unbekannten hat, stimmt's? Wenn wir davon ausgehen, dass ihr Gatte dahintergekommen ist, sie dann vor die Wahl gestellt hat, entweder ich kriege dein Geld oder ich mache dich zur Schande von ganz Detmold, das wäre doch ein Motiv vom Allerfeinsten. Boh, ich bin mal wieder genial!«

»Nein, im Gegenteil, du hast zu viel Fantasie, Kind. Wie ich schon sagte, wäre es zu einem Skandal gekommen, hätte auch Reichelt seinen Abschied nehmen müssen.«

»Na und? Mit einem anständigen Vermögen als Trostpflaster hätte er doch mit seiner Geliebten in Saus und Braus leben können. Wo ist das Problem?«

Granny schweigt eine ganze Weile, bevor sie sagt: »Ja, du könntest tatsächlich recht haben, vielleicht war es so. Sie hat ihrem Geliebten verzweifelt berichtet, dass sie ertappt worden sind und ihr Mann sie nun ihres Vermögens berauben will.«

»Genau, das wollte der verhindern und hat kurzerhand den gehörnten Gatten erstochen. Scheidung auf Italienisch.«

»Sie kam nicht aus Italien, sondern aus Frankreich, du hörst mir wieder nicht zu, Kind. Aber trotzdem, ich weiß nicht, dann müsste doch die Witwe Reichelt darüber nachgedacht haben, dass vielleicht ihr Liebhaber der Mörder ihres Mannes ist.«

»Die hat nicht nur darüber nachgedacht, so blind kann doch kein Mensch sein. Sie erzählt ihm, dass der Gatte ihnen auf die Schliche gekommen ist und es üble Konsequenzen geben wird. Kurze Zeit später treibt selbiger im Schlossgraben. Wenn die Dame keinen ernsthaften Schaden im Oberstübchen hat, musste sie nur eins und eins zusammenzählen und wusste, wer der Täter war. Vielleicht war es genau das, was du gespürt hast, als du bei ihr zu Besuch warst?«

»Das könnte sein, aber als ich sie nach diesem Mann gefragt habe, wirkte sie sehr überrascht.«

»Vielleicht galt ihre Überraschung eher der Tatsache, dass du von diesem Mann wusstest?«

»Vielleicht, aber da war noch mehr, irgendetwas, was ich nicht greifen kann, etwas Merkwürdiges.«

»Die ganze Geschichte ist merkwürdig, und ich bin echt gespannt, wie das am Ende ausgeht. Was ich aber nicht verstehe, ist, wenn Heinrich irgendwann den Täter dingfest macht, dann müsste das doch in der Zeitung erschienen sein, oder? So viele Morde wird es in Detmold nicht gegeben haben, dass das keiner Erwähnung wert gewesen wäre.«

»Natürlich nicht. Es könnte aber sein, dass der Täter zum Kreis der fürstlichen Beamten gehört und die Zeitung daher nicht berichten durfte.«

»Ach ja, ich vergaß, Pressefreiheit wurde zu deiner Zeit nicht wirklich großgeschrieben. Okay, dann darf man weiterhin gespannt sein, wie's weitergeht.«

»Wir werden die Sozialisten beobachten und schauen, ob wir sie bei subversiven Tätigkeiten überraschen können. Ich komme wieder, wenn ich etwas herausgefunden habe.«

»Na dann, gute Nacht, Miss Marple!«

Ich diskutiere die ganze Situation später ausführlich mit Karsten, aber auch der bekommt nicht wirklich einen Sinn in die Geschichte. Zu viele Dinge passen nicht, zu viele Vermutungen, zu wenig Fakten. Schade, dass Reichelt nicht wie Otto Tagebuch geführt hat, da stünde vielleicht drin, wer ihn warum umgebracht hat.

Hat er nicht, also sind wir gezwungen, auf Granny zu warten, die vielleicht etwas herausgefunden hat. Sie lässt uns lange warten, genau eine Woche, dann ist sie da.

»Mensch, Granny, wo warst du so lange? Ich denke immer wunders, was los sein könnte, wenn du ewig nicht auftauchst.«

»Ich musste observieren, das geht nicht so schnell, Kind.«

»Du musstest *was?* Observieren? Na super, und was ist dabei herausgekommen?«

»Eine ganze Menge. Und wenn du aufhören könntest, so skeptisch zu tun, würde ich dir gern davon erzählen.«

GRANNY

»Heinrich hatte zehn seiner tüchtigsten Leute damit beauftragt, alle verdächtigen Subjekte in Detmold rund um die Uhr zu beobachten. Dazu gehörten Menschen aller Schichten, Tagelöhner, Arbeiter, sogar Lehrer und kleinere Beamte. Alle, die irgendwann einmal in den Verdacht geraten waren, gegen die herrschende Ordnung zu sein, die eine Versammlung besucht hatten, Flugblätter verteilt oder gar Mitglied in einer verbotenen Vereinigung waren, sollten keinen Schritt mehr tun können, ohne dabei gesehen zu werden. Die Aufgabe war gewaltig, denn es waren viel mehr Verdächtige als Gendarmen. Heinrich hatte um Verstärkung aus anderen Städten gebeten, aber die ließ auf sich warten. Ich übernahm meinen Part, indem ich mit Heinz und manchmal auch mit Emilie im Schlosspark spazieren ging. Das war überhaupt kein Vergnügen, wir haben Januar und eisige Temperaturen. Es war letzten Mittwoch, als ich mit Emilie in der Nähe des Schlosses ging und scheinbar völlig in ein Gespräch mit ihr vertieft war. Scheinbar, denn uns entging nichts. Wir beobachteten unsere Umgebung sehr genau und musterten jeden Spaziergänger argwöhnisch. Als ich in einer Dame, die uns allein auf dem Weg entgegen kam, die Hebamme Berta Sandmann erkannte, fing mein Herz an zu klopfen. Ich flüsterte Emilie zu, sehr aufmerksam zu sein. Als sie auf unserer Höhe war, stutzte sie einen Moment, nickte uns aber grüßend zu und ging weiter. Sehr merkwürdig! Warum war sie nicht stehen geblieben, hatte sich nicht nach Heinz erkundigt, dem sie schließlich auf die Welt geholfen hatte? Ich war sicher, hinter diesem Verhalten steckte etwas, und ich wollte herausfinden, was.

Als sie um eine Wegbiegung verschwunden war, folgten wir ihr in gebührendem Abstand. Leider verließ sie den Schlosspark durch das Haupttor, wandte sich nach rechts Richtung Marktplatz und war bald darauf aus unserem Blickfeld verschwunden.

Merkwürdig, was hatte sie allein dort gewollt? Einfach einen Spaziergang machen und frische Luft schöpfen oder hatte sie dort jemanden treffen wollen und war durch unser Auftauchen misstrauisch geworden? Als ich am Abend Heinrich berichtete, maß er dem keine Bedeutung zu, hörte nicht einmal richtig hin. Das ärgerte mich, schließlich spazierte ich nicht zu meinem Vergnügen jeden Tag stundenlang durch Detmold, bis mich die Füße schmerzten und ich halb erfroren war, ich tat es für ihn. Sein mangelndes Interesse stachelte meinen Ehrgeiz an, und am nächsten Tag bezog ich Posten neben dem Haus der Sandmann. Natürlich allein, denn ich wollte unbemerkt bleiben. Sie wohnte in einem der schmalen Häuser der Karlstraße, und viele Möglichkeiten, sich zu verstecken, gab es für mich leider nicht. Ich blieb daher auf der Schülerstraße und ging diese immer bis zum Marktplatz und zurück bis zur Leopoldstraße. Als ich das dritte Mal den Marktplatz erreicht hatte und mich umdrehte, sah ich Berta Sandmann, die gerade aus ihrer Straße kam und schnellen Schrittes in meine Richtung lief. Sie will zu einer Geburt, dachte ich und presste mich eng in einen Hauseingang. Vermutlich hätte ich mich ihr mitten in den Weg stellen können, sie hätte mich nicht bemerkt, so tief war sie in Gedanken versunken. Als sie über den Markt lief und die Richtung zum Schlosspark einschlug, fiel mir auf, dass sie keine Tasche dabeihatte. Zu einer Gebärenden wollte sie daher wohl nicht, allerdings trug sie etwas unter dem Arm, was, das konnte ich aber auf die Entfernung nicht erkennen.

Ich geriet in eine nicht gelinde Aufregung und lief, so schnell ich konnte, hinter der Dame her. Ich nutzte jeden Hauseingang, sie hätte sich ja umdrehen und mich entdecken können, aber das tat sie nicht. Sie schien eindeutig ein Ziel zu haben und schaute nicht nach rechts und nicht nach links.

Im Schlossgarten selber musste ich wirklich sehr aufpassen, nicht gesehen zu werden oder nicht Passanten umzulaufen. Ich hielt gerade so viel Abstand, sie nicht völlig aus den Augen zu verlieren. So bekam ich mit, dass sie kurz stehen blieb, als ein Mann sie begrüßte. Leider konnte ich sein Gesicht nicht sehen, aber er war eher klein und schmächtig, hatte also keinerlei Ähnlichkeit mit dem von uns Gesuchten. Auch wenn ich leider sehr weit entfernt war, sah ich doch, dass Berta Sandmann etwas von dem Mann entgegennahm und ihrerseits etwas zurückreichte, nur was, das konnte ich nicht erkennen. Mein Herz klopfte heftig, und ich war mir nun absolut sicher, eine wichtige Entdeckung gemacht zu haben. Als die Hebamme abrupt ihren Spaziergang abbrach und auf direktem Weg nach Hause lief, war das für mich die Bestätigung. Sie hatte Informationen erhalten oder überbracht. Warum war der Mann nicht zu ihr gekommen? Warum dieses heimliche Treffen? Was genau hatte er ihr übergeben und sie ihm? Ich musste es herausfinden, koste es, was es wolle. Meine Neugier war einem wahren Jagdfieber gewichen, und ich war unter keinen Umständen gewillt, die Fährte zu verlieren. Ich bezog wieder meinen Posten und wanderte die Schülerstraße auf und ab. Drei lange Stunden, und ich gebe es zu, ich war nahe daran aufzugeben, als Berta Sandmann wieder erschien. Diesmal mit ihrer Tasche, sicher auf dem Weg zu einer Geburt. Ich wartete, bis sie um die Ecke zur Leopoldstraße verschwunden war, dann ging ich zu ihrem Haus. Ich weiß, das war leichtsinnig von mir, aber ich konnte nicht aufgeben, ich musste wissen, was der Mann ihr gegeben hatte. Vor ihrem Haus blieb ich stehen und klopfte an die Haustür. Natürlich öffnete mir niemand, denn die Sandmann lebte allein, auch Nachbarn waren nicht zu sehen. Ich drückte auf die Klinke, und die Tür ging auf, die Sandmann hatte nicht einmal abgesperrt. Ich schaute nach rechts und links, bevor ich das Haus betrat.«

»Granny, du leichtsinniger Vogel, das ist Hausfriedensbruch, das gab es bestimmt zu deiner Zeit auch schon, oder? Du bringst deinen Heinrich echt in Schwierigkeiten. Hättest du ihm nicht erzählen können, was du beobachtet hast, und er wäre dann hochoffiziell erschienen?«

»Nein, das konnte ich nicht. Es hatte ihn das letzte Mal überhaupt nicht interessiert, was ich sagte, und ich wollte nicht, dass er dieser erfolgversprechenden Spur am Ende nicht nachging. Und nun lässt du mich weitererzählen, ohne mich immer zu unterbrechen.

Im Haus war es dunkel, durch die schmutzigen, lange nicht geputzten Fenster drang kaum Licht, obwohl draußen Schnee lag und es dadurch recht hell war. Ich stand in der Küche und überlegte, wohin jemand etwas legen mochte, was für ihn wichtig war. Ich durchsuchte den Schrank, schaute in den Herd und in Töpfe, fand aber nichts Verdächtiges. Daher stieg ich eine kurze, sehr steile Treppe hinauf zur Schlafkammer, in der ein ungemachtes Bett und ein klappriger, alter Schrank standen. Der Schrank enthielt lediglich ein paar Kleidungsstücke, wenig Tisch- und Bettwäsche, sonst nichts, was mein Misstrauen geweckt hätte. Blieb das Bett, und mit einigem Widerwillen hob ich die klumpige, muffig riechende Matratze an, und da lag eine Ausgabe der Tageszeitung. Was hatte die unter der Matratze zu suchen? Ich nahm sie und versuchte, in dem wenigen Licht etwas zu finden, was mir wichtig erschienen wäre, aber ich konnte nichts entdecken. Ich drehte und wendete das Blatt, aber die Nachrichten drehten sich um den Spanienkrieg, den Kaiser in Berlin und die neu geweihte Kirche. Einige Anzeigen, aber auch da nichts von besonderem Interesse. Außerdem war die Zeitung eine Woche alt. Trotzdem raste mein Herz, und ich hatte das sichere Gefühl, etwas entdeckt zu haben. Unschlüssig stand ich da und überlegte, wie ich weiter verfahren sollte. Das Blatt an mich nehmen? Berta Sandmann würde den Verlust bemerken und wäre gewarnt. Liegen lassen? Nein, dann wäre alles umsonst gewesen. Ich stieg schnell die Treppe hinab und lief aus dem Haus, die Zeitung unter meinem Mantel an mich gepresst. Am Marktplatz erwischte ich eine Mietdroschke, ließ mich schnell nach Hause fahren und gab dem Kutscher die Anweisung, auf mich zu warten. Ich suchte in Fritz' Arbeitszimmer und fand den Stapel mit alten Zeitungen, die später in der Küche zum Anfeuern des Ofens benutzt wurden. Leider war das gesuchte Datum nicht darunter, aber das erschien mir nicht so wichtig zu sein. Ich ergriff die oberste, lief schnell hinauf in mein Zimmer und versteckte die Zeitung zwischen meiner Wäsche. Danach sprang ich in unziemlicher Eile die Treppe hinab. Meine Droschke brachte mich zurück in die Karlstraße. Das Ganze hatte weniger als eine halbe Stunde gedauert, und ich betete zu Gott, dass die Geburt, bei der Berta Sandmann gebraucht wurde, andauern möge.

Vorsichtshalber klopfte ich an die Tür, aber auch dieses Mal öffnete niemand. Ich schlüpfte erneut ins Haus, lief die Treppe hoch und legte die Zeitung genau so hin, wie ich sie vorgefunden hatte. Keine Minute später stand ich auf der Straße, mein Herz klopfte mir im Hals, und meine Knie schienen sich in Pudding verwandelt zu haben. Nachdem ich mich beruhigt hatte und klar denken konnte, kamen mir die ersten Zweifel an meinem Handeln. Was würde Heinrich dazu sagen? Wäre er erfreut oder verärgert, würde er mich für meinen Einsatz loben oder rügen? Ich wusste es nicht, hoffte aber sehr, mir nicht allzu viel Ärger geschaffen zu haben. Dazu fiel mir ein, dass ich nur angenommen hatte, dass die Zeitung das war, wonach ich suchte. Was, wenn ich etwas ganz anderes übersehen hatte? Nun, für Zweifel war es zu spät, denn erneut in das Haus zu gehen, dazu fehlte mir schlicht der Mut. Ich konnte also nur darauf hoffen, dass ich das Richtige getan hatte und Heinrich nicht allzu verärgert sein würde. Auf die Reaktion, die er am Abend zeigte, war ich allerdings überhaupt nicht gefasst. Mein sonst so liebevoller Verlobter geriet völlig außer sich. Mit hochrotem Kopf und sich überschlagender Stimme fragte er mich, ob ich noch bei Verstand sei. Wie ich denn auf eine derart unglaubliche Idee verfallen konnte? Ob ich wohl der Meinung sei, er könne seine Aufgaben nicht allein lösen, und mich aus diesem Grund ständig einmischen würde? Ich schwieg und zog den Kopf ein, weil er mir in diesem Augenblick völlig fremd zu sein schien. Fritz versuchte ihn zu beruhigen, hatte aber überhaupt keinen Erfolg, er war so wütend, wie ich ihn noch niemals erlebt hatte. Immer wieder schlug er mit der Faust auf den Tisch und sah aus, als hätte er am liebsten auf mich eingeschlagen.

Ich hörte mir das sicherlich zehn Minuten an, aber dann hatte ich genug und erhob mich. Er schaute mich an, dass mir ganz bange zumute wurde, und zeigte mit dem Finger auf mich.

»Luise, du wirst hierbleiben und dir anhören, was ich zu sagen habe. Unterstehe dich, den Raum zu verlassen!«

»Ich habe alles gehört, was du gesagt hast, schließlich warst du laut genug, und ich wüsste nicht, was du dagegen unternehmen könntest, wenn ich es vorziehe, mein Zimmer aufzusuchen.«

»Luise! Reiz mich nicht, ich warne dich. Du hast meine Geduld bereits überstrapaziert mit deinen ständigen Eigenmächtigkeiten. Eigenmächtigkeiten, die dich und mich und viele andere Menschen in Gefahr bringen. Denkst du auch nur ein einziges Mal nach, bevor du handelst? Das hier ist kein Spiel, das ist blutiger Ernst. Hier sind Leute am Werk, die nicht einmal vor einem Mord zurückschrecken, glaubst du vielleicht, sie würden sich von dir in ihre Pläne pfuschen lassen? Was glaubst du denn, wer du bist? Du brichst in Häuser ein, entwendest dort Dinge und denkst, das merkt keiner? Dass dich wirklich niemand gesehen hat bei deinem Tun? Was, wenn zum Beispiel der Kutscher zu den Sozialisten gehört, einer der Nachbarn? Du wirst dich jetzt auf diesen Stuhl setzen und mir zuhören. Solltest du es allerdings vorziehen, dich weiterhin wie ein trotziges Kind aufzuführen, wirst du mir morgen auf der Wache ganz offiziell Rede und Antwort zu stehen haben.«

Ich starrte Heinrich mit offenem Mund an, und auch Fritz wusste nicht, was er davon halten sollte, gab aber seine Beschwichtigungsversuche auf.

»Setz dich hin!«, sagte Heinrich noch einmal, allerdings etwas ruhiger und zeigte auf den Stuhl, von dem ich mich gerade erhoben hatte.

»Ich möchte diese unglaubliche Geschichte der Reihe nach hören, und lass ja nichts aus.«

Ich holte Luft und begann damit, wie Emilie und ich die Sandmann im Schlossgarten getroffen hatten, wie ich ihr am nächsten Tag gefolgt war und so weiter. Ich ließ auch nicht aus, dass nur seine fehlende Reaktion auf meine Erzählung mich zu weiterem Handeln gebracht hatte, was mir einen bitterbösen Blick eintrug. Als ich geendet hatte, sagte niemand ein Wort, Heinrich schüttelte mit dem Kopf. Bevor er allerdings zu erneuten Vorwürfen ansetzen konnte, sagte Fritz: »Merkwürdig, Heinrich, schau doch einmal, irgendetwas ist komisch an dieser Zeitung.«

»Komisch? Was meinst du?«

»Auf den ersten Blick fällt einem nichts auf, auch die Artikel sind völlig unbedeutend, ebenso die Annoncen, aber fühle doch einmal über diese Seite, fällt dir nichts auf?«

Heinrich strich erst mit der flachen Hand, dann mit den Fingerspitzen über die Schrift, stutzte und wiederholte es. Dann hielt er das Blatt gegen eine der Gaslampen, drehte und wendete es und sagte dann: »Du hast recht, damit stimmt etwas nicht, aber ich weiß nicht, was es ist.«

»Für mich fühlt es sich an, als wären einzelne Buchstaben höher als andere oder mit …«

»… einer Nadel durchstochen«, unterbrach ich aufgeregt die Diskussion. Da ist ein Coht, das habe ich bei Sab…«

Heinrichs Blick ließ mich erschreckt verstummen,

schließlich wusste Fritz nichts von meinen Reisen in die ferne Zukunft und das sollte auch so bleiben.

»Du schweigst besser«, rügte mich mein Verlobter, aber ich spürte genau, dass er das nur wegen Fritz sagte. So war es auch, als der sich schließlich zurückzog und wir allein im Esszimmer blieben. Sowohl seine Stimme als auch seine Gesichtsfarbe hatten sich wieder normalisiert. Das Gewitter schien vorüber, zumindest für den Augenblick.

»Hast du eingesehen, wie leichtsinnig du bist? Beinahe hättest du dich vor Fritz verplappert, was sehr unangenehme Fragen nach sich gezogen hätte. Dazu aber später mehr, ich will erst wissen, was du damit gemeint hast. Was für ein Code soll das sein, und was hat Sabrina damit zu tun?«

»Nichts, aber ich habe in diesem Ferngerät davon gehört. Ein Mann hat erzählt, dass in einem Buch einzelne Buchstaben mit einer Nadel durchstochen waren. Und wenn man die fand, ergab das am Ende eine Nachricht. Könnte doch sein, dass es sich hier auch um einen solchen Coht handelt.«

»Hmm, möglich wäre das, aber es wird lange dauern, alle Buchstaben zu finden und zu entschlüsseln, was für eine Nachricht sich dahinter verbirgt.«

»Vielleicht, vielleicht auch nicht. Ich denke, Sabrina oder Karsten könnten uns dabei bestimmt helfen. Wir suchen sie schnell auf, und dann kannst du morgen im Amt die Lösung präsentieren, du ganz allein.«

»Hör auf, mir schmeicheln zu wollen, ich durchschaue dich. Ich bin noch keineswegs versöhnt und nicht bereit, dich so leicht aus dieser Sache rauszulassen. Du hast dich nicht an meine Anordnungen gehalten, dich in der Öffentlichkeit wie ein normaler Mensch zu benehmen.«

»Anordnungen! Ha, du maßt dir also an, mir Anordnungen zu erteilen! Wer bist du? Mein Vater, mein Dienstherr oder mein Verlobter? Ich glaube ja nicht, was ich höre. Du tust immer so fortschrittlich, sprichst von Gleichheit zwischen Mann und Frau, und was ist jetzt?

Du führst dich auf wie ein Neandertaler, und … und … siehst auch genauso aus, wenn du derart wütend bist und schreist. Außerdem bin ich ein normaler Mensch wie jeder andere. Wenn du es allerdings vorziehen solltest, mich weiterhin zu beschimpfen und mir Vorschriften zu machen, ziehe ich es vor, morgen auf die Wache zu kommen.«

Ich war so unglaublich wütend, dass ich wie ein trotziges Kind mit den Füßen auf den Boden stampfte.

Heinrich ging schweigend zum Fenster, die Hände in den Hosentaschen zu Fäusten geballt. Ich hielt die Luft an und fürchtete seine Antwort.«

»Granny, Granny, manchmal übertreibst du es mit der Emanzipation. Die war 1898 nicht so weit fortgeschritten, schon gar nicht in deinem kleinen Kaff. Außerdem muss selbst ich sagen, dass ich Heinrich verstehen kann, auch ich finde dein Verhalten leichtsinnig. Nun gut, Sprengfallen waren in dem Häuschen eher weniger die Gefahr, aber es hätte zum Beispiel jemand zu Hause sein und dich bei deinem Tun überraschen können. Nee, Granny, komm, man muss auch zugeben, wenn man Mist gebaut hat. Dein armer Heinrich hat es wirklich nicht leicht mit dir, und ich kann mir vorstellen, dass du ihm mit deinem Verhalten schwer zu schaffen machst. Wer war das, der mir den guten Rat gegeben hat, respektvoller mit meinem Verlobten umzugehen? Kennst du die Dame zufällig? Ja? Na also, dann halte du dich zuerst daran. Du respektierst nämlich seine Arbeit und sein Können nicht. Und welcher Mann, nee, welcher Mensch kann das gut ertragen?«

»Aber Kind, fang du nicht auch an, ich gebe zu, dass ich etwas unüberlegt gehandelt habe, aber doch nur, weil ich Heinrich helfen wollte, und nicht …«

»Nee, auch das stimmt nicht, wenn du dir gegenüber ehrlich bist. Du wolltest Heinrich was beweisen, weil er dir nicht zugehört hat, und sonst gar nichts. Du wolltest es besser können als er.«

»Ich weiß nicht, Kind, aber so habe ich das nicht gesehen, aber wenn ich darüber nachdenke, könntest du ein kleines bisschen recht haben.«

»Nicht nur ein kleines bisschen, ich habe auf der ganzen Linie recht, Punktum. Gut meinen heißt nämlich noch lange nicht auch gut machen. Hast du dich entschuldigt oder seid ihr im Streit auseinander?«

»Nein, habe ich nicht. Ich war so wütend, weil er meine Beweggründe überhaupt nicht verstehen wollte. Er hat sich irgendwann zu mir umgedreht und mit ganz tonloser Stimme gesagt: »Gut, Luise, du willst mich wohl nicht verstehen. Ich werde mich zurückziehen und bitte dich von Herzen, lass mich in Zukunft meine Arbeit alleine machen und blamiere mich bitte nicht erneut. Stell dir das vor: *Ich* soll *ihn* nicht blamieren! Da hört doch alles auf, womit hätte ich ihn jemals blamiert?«

»Oh, oh, das klingt nach handfester Krise, der Mann ist richtig tief getroffen. Womit du ihn blamiert hast? Fragst du das wirklich im Ernst? Wenn das rauskommt, was du getan hast, auf wen fällt das zurück? Dir wird nicht viel passieren, aber dein Heinrich ist die Lachnummer in der ganzen Stadt. Seine Verlobte als Sherlock Holmes in Röcken. Ein Mann, der seine Frau nicht im Griff hat. Kommt nicht so gut zu deiner Zeit.«

»Das habe ich nicht bedacht, aber es hat mich doch niemand gesehen.«

»Klar, und die Zeitung, die hat er rein zufällig gefunden, oder wie? Die ist als Beweis gegen die Frau doch jetzt wertlos. Hättest du sie liegen lassen, Heinrich alarmiert und der hätte sie mit Zeugen unter der Matratze entdeckt, wäre er der Held, aber so läuft er Gefahr, zum Deppen zu werden.«

»Ach Kind, was mache ich jetzt nur? Das wollte ich doch alles nicht, das muss er doch verstehen und mir verzeihen.«

»Später vielleicht, im Augenblick ist er dazu viel zu wütend. Lass ihn eine Weile in Ruhe und warte, bis er von selber kommt. Dann sei liebenswürdig und nett, leiste ehrlich Abbitte und schwöre heilige Eide, dich nie wieder in seine Arbeit einmischen zu wollen. Kriegst du das hin?«

»Ja, ja, das schon, aber was mache ich, wenn er gar nicht mehr kommt? Wenn er nichts mehr von mir wissen will?«

»Unsinn, der wird sich schon beruhigen. Lass ihn mal ein oder zwei Nächte darüber schlafen, dann wird er auftauchen. Und wenn du dich dann nett bei ihm entschuldigt hast, sag ihm, er soll mit der Zeitung kommen, wir kriegen den Code schon raus, wenn es denn einer ist.«

»Gut, mein Kind, das mache ich. Drück mir bitte ganz fest die Daumen, dass Heinrich mir verzeiht, sonst weiß ich nicht, was ich tun soll, ich liebe ihn doch.«

»Na, und er dich doch auch. Keine Panik, das wird schon.«

Ich halte den Daumen hoch, aber sie ist schon weg. Karsten macht auch »uhuhu«, als ich ihm erzähle, was sich im Hause meiner Ururgroßmutter für Dramen abgespielt haben.

»Den Mann kann ich verdammt gut verstehen«, lacht er, »wie steht er da? Entweder, er entschlüsselt das Ding allein und hofft, dass es Namen enthält, oder er sagt gar nichts und tut, als hätte er die Zeitung nie gesehen. Eines kann er jedenfalls unter keinen Umständen, nämlich zum Fürsten gehen und sagen: Hey, das Teil hier hat meine Verlobte unter der Matratze dieser Hebamme gefunden, als sie zufällig bei der eingebrochen ist.«

Er will sich gerade ausschütten vor Lachen über

seinen eigenen Witz, da wird er plötzlich ernst, und aus der Wohnzimmerecke höre ich: »Damit haben Sie verdammt recht. Ich stehe da wie ein Idiot, habe vielleicht ein wichtiges Beweisstück in Händen und kann es nicht einsetzen. Und warum nicht? Weil mein wertes Fräulein Braut es sich, ohne Befugnisse zu haben, beschafft hat.«

»Befugnisse, das ist vielleicht die Lösung des Problems«, unterbreche ich seine Anklagen. »Granny war doch mehr oder weniger offiziell damit betraut, im Schlosspark nach subversiven Elementen Ausschau zu halten, oder nicht? Könnten Sie nicht angeben, sie habe Ihnen von dieser geheimnisvollen Übergabe berichtet und Sie hätten sie daraufhin in das Haus der Hebamme geschickt, nach Beweisen zu suchen? Für den Fall der Fälle, dass diese unerwartet nach Hause gekommen wäre, hätte Ihre Verlobte sicher leichter eine Ausrede gefunden als Sie, oder?«

»Mhm, ja, das wäre in der Tat eine Möglichkeit«, murmelt die Ecke, »aber dann würde ich ihr unmögliches Verhalten geradezu belohnen.«

»Tja, einen Tod müssen Sie sterben, welcher ist Ihnen lieber? Nix in der Hand oder Granny als Mitarbeiterin?«

»Würden Sie mir behilflich sein herauszufinden, ob sich in dieser Zeitung tatsächlich eine Nachricht versteckt? Ich könnte das meine Beamten machen lassen, aber das dauert.«

»Klar, das kriegen wir schon raus«, stimmt Karsten schnell zu. »Haben Sie das Teil dabei?«

Ich sehe eine Zeitung durch die Luft segeln, die gleich darauf Karsten in der Hand hält. Er breitet sie auf dem Esstisch aus und untersucht sie gründlich mit den Fingerspitzen.

»Ja, da ist eindeutig etwas, ich gehe ein Mikroskop aus der Praxis holen, dann sehen wir das leichter«, sagt er und läuft los.

»Äh, Heinrich? Meiner Ururgroßmutter tut es wirklich ganz entsetzlich leid, sie wollte Ihnen doch nur einen Gefallen tun, Ihnen helfen, mehr nicht. Seien Sie ihr bitte nicht mehr lange böse, sie ist schrecklich unglücklich und weint sich fast die Augen aus.«

Ja, ich weiß, ich übertreibe, aber der Zweck heiligt doch in diesem Fall die Mittel, oder?

»Sie weint? Meinetwegen? Und ich habe gedacht, es macht ihr überhaupt nichts aus, wenn ich unzufrieden mit ihr bin.«

»Aber nein, ganz bestimmt nicht. Glauben Sie mir, sie ist sehr, sehr unglücklich und bedauert zutiefst, was sie getan hat.«

Jetzt taucht Karsten mit dem Mikroskop auf, knipst die Lampe an und schiebt das Zeitungsblatt darunter. Er nickt zufrieden, lehnt sich zurück und fordert Heinrich auf, auch einmal durchzuschauen. Schade, dass ich seine Reaktion nicht sehen kann, Karsten jedenfalls lacht erheitert auf.

»Ja, ordentliche Vergrößerung, damit sieht man jeden einzelnen Zahn eines Flohs und auch jeden Nadelstich in einem Buchstaben. Willst du auch mal?«, fragt er mit einem Blick in meine Richtung.

»Nee, macht ihr das mal unter euch Jungs aus, wird ja sicherlich 'ne Weile dauern. Ich geh derweilen gemütlich in die Wanne.«

Als ich sauber, strahlend und wundervoll entspannt zurückkomme, hat Karsten ein Blatt vor sich, auf dem eine Reihe Buchstaben zu sehen sind.

»Ich kriege keinen Sinn rein, du vielleicht?«, fragt er und schiebt mir das Blatt hin.

XBSOVOH!BLUJWJUBFUFO.FJOTUFMM-FO.L.TPGPSU.NFMEFO!

Ich versuche es bestimmt eine halbe Stunde lang, diese wirren Buchstaben zu einer Nachricht zu bekommen, aber es gelingt mir auch nicht. Ich schüttele mit dem Kopf, schiebe Karsten das Blatt zurück und sage: »Nee, keine Ahnung, ich dachte erst, rückwärts, aber das ist es nicht. Vielleicht ein Zahlencode, aber dazu brauchen wir ein Programm. Sollte es aber doch im Internet geben. Warte mal einen Moment, da kramt jemand in der Küche rum.« Bevor ich aufstehen kann, steckt Isi die Nase durch die Tür, und ich halte die Luft an. Was, wenn sie Heinrich sehen kann? Sieht sie nicht, aber Karsten und mich am Tisch über irgendwas gebeugt. Das reicht, ihre Neugierde ins Unermessliche steigen zu lassen, und schon steht sie neben uns.

»Hey, Fräulein, wieso bist du nicht im Bett und schläfst? Es ist gleich elf Uhr, also ab in die Falle.«

»Ich hatte Durst und wollte mir etwas zu trinken holen. Was ist das da?«

»Das geht dich nichts an, du gehst schleunigst zurück ins Bett.«

»Ist das in Kindercode geschrieben, zeig mal?«

»Kindercode? Was für ein Kindercode denn?«

»Mann, Mama, du weißt aber auch gar nichts. Das machen wir in der Schule immer, wenn die doofen Jungs was nicht lesen sollen.«

»Aha, und wie macht ihr das dann?«

»Ganz einfach, gib mal her, dann zeige ich es dir.« Damit greift sie sich das Blatt und starrt konzentriert darauf, nimmt die Finger zu Hilfe, schüttelt ab und an den Kopf, dann nickt sie wieder und fordert einen Stift.

Sie malt angestrengt, die Zunge seitlich aus dem Mund, guckt nicht hoch, und ich wünsche mir, sie würde so ihre Schularbeiten erledigen.

»Das ist doch pupsileicht, wieso könnt ihr das denn nicht?

Ein A ist ein B, ein B ist ein C und so geht das weiter. Babyleicht«, sagt sie dann zufrieden, schiebt das Blatt zurück, legt den Bleistift hin, säuselt »gute Nacht« und ist verschwunden.

Karsten und ich gucken uns an, Karsten guckt vermutlich Heinrich an, und alle drei gucken wir schließlich das Blatt an.

»Na, dann mal los«, unterbreche ich unsere Andacht, »lasst mal schauen, ob das stimmt:

›XBSOVOH.BLUJWJUBFUFO.FJOTUFMM-FO.L.TPGPSU.NFMEFO!

WARNUNG.AKTIVITAETEN.EINSTEL-LEN.K.SOFORT MELDEN!‹

Finde ich echt peinlich, Leute, wir haben uns von einem Grundschulkind vorführen lassen. Ich habe nach etwas viel Komplizierterem gesucht und ihr vermutlich auch. Egal, jetzt scheinen wir es rauszuhaben, aber was kann man damit anfangen? Wer ist ›K‹?«

»Ich vermute, dass damit eine Person gemeint sein könnte, gnädiges Fräulein«, meldet sich Heinrich zu Wort, und ich bin echt verblüfft über eine derartige Kombinationsgabe. Ich versuche aber, mir das nicht anmerken zu lassen, und nicke anerkennend.

»Ja, das könnte tatsächlich sein, aber *welche* Person, das ist doch die alles entscheidende Frage, oder?«

»Das ist keine Frage, das ist Köhler!«, sagt Karsten mit absoluter Sicherheit in der Stimme. »Das passt doch zu allem, was wir bisher wissen. Außerdem war es doch seine Freundin, der diese Nachricht übergeben wurde, also war sie auch am engsten und am schnellsten an ihm dran. Nee, keine Frage, ich bin für Köhler.«

»Ja, Herr Karsten, das könnte durchaus sein. Das hieße, der Mann und die Frau haben Kontakte zu irgendwelchen geheimen oder gar verbotenen Gruppierungen. Das müssen wir erst einmal beweisen, da reicht die Zeitung allein nicht aus.«

»Beobachtet ihn am besten weiter. Der soll sich doch irgendwo melden, und da er das kaum per E-Mail machen wird …«

»Natürlich, keine Frage, wir werden ihn überwachen, rund um die Uhr, wenn es denn sein muss. Er wird keinen Schritt mehr unbemerkt tun können, und auch diese Hebamme wird unter strengste Beobachtung gestellt werden. Ihre Aussage, die Köhler zur Freiheit verholfen hat, war vermutlich falsch, und er könnte sehr wohl der Mörder Reichelts sein. Damit hätten wir …«

»Immer langsam mit den jungen Pferden, Sie vergessen den Nachtwächter und seine Aussage, einen großen, kräftigen Mann gesehen zu haben, dem es möglich war, die Leiche eines Mannes von einem Wagen zu heben und über eine Mauer zu wuchten. Ist der Köhler dazu körperlich überhaupt in der Lage?«

»Sie haben recht, nein, das kann er nicht. Er ist eher klein und recht schmächtig. Hmm, sehr schade, beinahe hätten wir den Fall gelöst gehabt.«

»Tja, das Leben ist kein Ponyhof«, lache ich, »aber es geht doch ganz gut weiter. Passt auf die beiden auf, lasst sie nicht aus den Augen, und vielleicht führen die euch direkt zum Bösewicht. Vielleicht haben sie aber auch mit Reichelts Tod schlicht gar nix zu tun und mischen nur bei der geplanten Revolution mit.«

»Schlimm genug! Schlimmer als Mord, das ist Hochverrat und zieht eine lebenslange Zuchthausstrafe nach sich«, empört sich Heinrich, und mir kommt wieder mal die Galle hoch.

»Klar, dem Herrn Kaiser konnte es ziemlich wurscht sein, wenn so ein kleiner Oberregierungsrat ums Leben gebracht wurde, wenn sich aber jemand erdreistete, an seinem göttlichen Thron zu kratzen, dann war das ein Schwerstverbrechen. Nee, ist klar, verstehe ich!«

Ironie ist offensichtlich nicht nur an Granny verschwendet, auch Heinrich scheint sie nicht mitzubekommen, von ihm höre ich nur ein »So ist es«, dann hebt sich die Zeitung samt Blatt mit Isis Übersetzung vom Tisch. »Halt!«, rufe ich, da ich befürchte, dass Heinrich auf dem Weg zurück in seine Zeit ist. »Wieso sind Sie eigentlich hier, ich denke, das geht nur aus Grannys Sessel?« Vom Tisch erklingt ein Räuspern, dann sagt die sonore Stimme: »Das ist richtig. Ich bin in das Zimmer meiner Verlobten geschlichen, um mit ihr zu reden, aber sie schlief bereits tief und fest. Ich wusste nicht, ob ich sie küssen oder sie übers Knie legen sollte, also habe ich mich in den Sessel gesetzt, um darüber nachzudenken. Jetzt muss ich aber wirklich gehen.« Karsten nickt, sagt: »Bis dann« und wir sind unter uns.

»Er ist weg?«, frage ich. Und als Karsten nickt, setze ich hinzu: »Schade, ich wollte ihm Granny ans Herz legen, die ist ganz unglücklich, weil er sich nicht meldet.«

»Lass die beiden das unter sich ausmachen und misch dich nicht ein. Deine Ururgroßmutter muss mit ihm in ihrer Zeit klarkommen, und das kann sie nicht, wenn sie ständig versucht, deinen Lebensstil zu kopieren.«

»Meinen Lebensstil? Hast du sie noch alle? Was soll das denn heißen?«

»Reg dich ab, ich meine das nicht negativ, aber alles, was heute völlig normal ist, Frauen in Hosen, dafür ohne Hut und Glacéhandschuhe, Frauen, die Karriere machen, mehr Geld als ihre Männer verdienen, sich scheiden lassen, neue Beziehungen eingehen, ihrem Verlobten widersprechen und tausend andere Dinge mehr, bringen Granny in große Schwierigkeiten, wenn sie sich genauso verhält. So ist das nun mal. Was glaubst du wohl, wie es dir ergehen würde, käme sie nicht zu dir, sondern du zu ihr?«

»Ach so, ja, so besehen, hast du recht. Ich glaube, ich würde in ihrer Zeit als Hexe verbrannt oder im Zirkus auftreten, wer weiß das schon genau?«

»Ja, Süße, das Leben hier ist für dich eindeutig besser geeignet, und da es schon spät ist, die Kids hoffentlich tief und fest schlafen, ich noch gar nicht so müde bin, aber trotzdem gern mit dir ins Bett gehen würde …«

»Überredet«, lache ich, »ich gehe mir schnell die Zähne putzen. Warte auf mich und schlaf bloß nicht ein.«

Montagmorgen! Gibt es etwas Schlimmeres? Doch, gibt es! Montagmorgen aufwachen mit Grippe und nicht im Bett bleiben können. Ich raffe mich auf, schmiere Schulbrote, packe Rucksäcke und fahre die Kinder in Schule und Hort. Mir ist kalt, trotzdem steht mir Schweiß auf der Stirn. So geht das nicht, und bevor ich Richtung Redaktion abbiege, entschließe ich mich, zu meiner Hausärztin zu fahren. Nach drei Stunden sitze ich endlich in ihrem Sprechzimmer, mache den Mund auf, sage Aaaaa, lasse mich abhören und abklopfen und erfahre, dass ich einen grippalen Infekt habe. Aha, wäre ich von allein gar nicht draufgekommen. Ich kriege einen Hustensaft rezeptiert, den ich in der Apotheke selber bezahlen darf, und den kostenlosen Rat, im Bett zu bleiben, viel zu trinken und mich zu schonen. Eine Krankmeldung für drei Tage gibt es auch, zum Glück. Ich rufe umgehend meinen Chef an, der nicht begeistert ist, sich aber ein »gute Besserung« abringt. Zu Hause angekommen, gehe ich kurz in Karstens Praxis und bitte ihn, die Krankmeldung an meine Redaktion zu faxen. Obwohl mein Liebster richtig viel zu tun hat, nimmt er sich die Zeit, meine Stirn zu befühlen, mich einmal in den Arm zu nehmen und nach oben ins Bett zu schicken. Ich liebe diesen Mann, echt!

Ich rufe meine Mutter an und klage ihr mein Grippeleid. Sie schluckt den Köder und fragt, ob sie kommen und mir eine Hühnersuppe kochen soll. Soll sie, umgehend und sofort!

Zwei Stunden später ist sie da, einen Korb über dem Arm, aus dem eine Porreestange herausguckt, und natürlich Teddy im Gefolge.

Sie wirft einen Blick auf mich in meinem Bett und macht sich gleich an die Arbeit. Teddy ist nicht so zurückhaltend, der nimmt Anlauf, springt mir auf den Bauch und lässt sich dort mit einem tiefen, zufriedenen Seufzer häuslich nieder. 45 Kilogramm Hund sind schon eine andere Hausnummer als drei Kilogramm Katze, und ich versuche, das pelzige Wesen von mir runterzuschieben. Teddy quittiert meine Anstrengungen mit Gesichtwaschen und Näherrücken. Damit keine Missverständnisse aufkommen, ich liebe Hunde, echt, aber dazu müssen sie mich nicht unbedingt erdrücken. Ich rufe nach Mam, die kommt, sieht ihren Hund auf mir liegen, lächelt liebevoll und sagt: »Ja, Teddy mag dich«, dreht sich wieder um und verschwindet in die Küche. Glaubt man das denn? Ich versuche, mich zur Seite zu rollen, in der Hoffnung, den Hund von mir runterzukriegen, aber der rückt nach und knabbert an meinem Ohr.

Ich quäle mich aus dem Bett und marschiere auf wackligen Beinen in die Küche.

»Könntest du deinen Hund mal rufen? Ich kriege keine Luft, wenn der auf meinem Brustkorb klebt!«

»Klar, sag doch, wenn er dich stört. Teddylein, hierher!«

Teddylein kommt nicht. Teddylein hat es sich in meinem Bett gemütlich gemacht und schläft tief und fest.

»Okay, ich gehe ins Kinderzimmer und lege mich in Isis Bett, sag Bescheid, wenn die Suppe fertig ist.«

»Gut, Kind, ruh dich aus, mit so einer Grippe ist nicht zu spaßen.«

»Da hat deine Mutter vollkommen recht, du solltest auf sie hören.«

»Granny, was machst du hier? Oh Gott, wie siehst du denn aus, was ist passiert, bist du vor einen Bus gelaufen?«

Meine Mam dreht sich vom Herd in meine Richtung und schaut mich fragend an.

»Ist Granny gekommen, und was hat sie?«

»Keine Ahnung, sie ist hier und sieht ganz schrecklich aus. Ich weiß nicht, was passiert ist, werde es aber sicherlich gleich erfahren.«

»Komm mit, Granny, wir gehen ins Kinderzimmer, da haben wir Ruhe vor Fellmonstern.«

»Hunde gehören nicht ins Haus und schon gar nicht ins Bett, ich würde mich nicht wundern, wenn er Flöhe hätte.«

»Erzähl mir aber gleich, was los ist, ich will das auch wissen«, ruft meine Mutter mir nach, dann schnippelt sie weiter an ihren Möhren.

»Nein, Granny, Teddy hat ganz sicher keine Flöhe, und ja, Mam, ich erzähle selbstredend umgehend.« Vorfahren aller Art sind einfach anstrengend.

GRANNY

Heinrich kam noch gestern Nacht, und Emilie hat ihn wie immer in mein Zimmer gelassen. Ich war bereits eingeschlafen, obwohl ich mir viele Gedanken gemacht habe. Er setzte sich in meinen Sessel, den Rest kennst du. Als er von euch zurückkam und ich wach wurde, saß er auf meinem Bettrand, aber sah sehr unnahbar aus. Ich habe dann meine Hand auf die seine gelegt und gesagt:

»Es tut mir leid, Heinrich, wirklich, von Herzen leid. Ich wollte dich nicht in Schwierigkeiten bringen, ich wollte dir nur beweisen, dass ich auch zu etwas nütze bin. Ja, genau so war es, ich wollte, dass du dich freust und stolz auf mich bist. Ich habe nicht erwartet, dass du das so falsch verstehen könntest.«

»Falsch verstehen? Ich habe überhaupt nichts falsch verstanden, Luise, ich kenne deinen Dickkopf und deine Art, alles selber machen zu wollen. Aber dieses Mal bist du eindeutig weit über jedes Ziel hinausgeschossen. Du hast dich in unverantwortlicher Weise in meine Arbeit eingemischt und mich damit zum Gespött der Leute gemacht.«

»Heinrich, du übertreibst wirklich. Nein, also das kannst du mir wirklich nicht vorwerfen. Niemand hat mich gesehen, ich war sehr, sehr vorsichtig, also kann auch keiner etwas von meinem Tun erfahren haben.«

»Ach ja, und wenn doch? Wenn du nicht so unsichtbar gewesen bist, wie du es mir weismachen möchtest, dann würde morgen ganz Detmold über mich lachen. Gut, ich gebe es zu, dieses Mal hattest du vermutlich großes Glück, und niemand hat dich gesehen, aber es hätte ganz anders kommen können.«

»Ist es aber nicht, wie gesagt, ich bin mit äußerster Vorsicht zu Werke gegangen, und wenn du ganz ehrlich sein willst, ich habe dir einen großen Gefallen getan. Ja, schon gut, ich weiß, was du sagen willst, trotzdem war es so.«

»Luise, Luise, was mache ich nur mit dir? Soll ich dich in Zukunft irgendwo anbinden, wenn ich einen wichtigen Auftrag habe? Damit ich nicht immer und überall damit rechnen muss, plötzlich über dich und deine merkwürdigen Einfälle zu stolpern? Das muss aufhören, hier und heute, und das ist mein heiliger

Ernst. Unterlasse es in Zukunft, dich in derartiger Weise in meine Angelegenheiten zu mischen, sonst …«

»Sonst?«, fragte ich herausfordernd, während ich gleichzeitig die Luft anhielt.

»Was, sonst? Wirst du mich verlassen, weil du es nicht erträgst, dass eine Frau etwas schafft, was dir nicht gelungen ist?«

Oh, ich hatte den Satz noch nicht ausgesprochen, da hätte ich alles dafür gegeben, ihn zurückholen zu können, denn Heinrichs Gesicht wurde förmlich zu Stein.

»So siehst du das also, gut, dass du es so offen ausgesprochen hast. Du hältst mich tatsächlich für einen unfähigen Menschen, der ohne deine Hilfe keinen Erfolg haben wird?«

»Nein, Heinrich, nein, ganz bestimmt nicht, so habe ich das überhaupt nicht gemeint. Ich weiß doch, wie tüchtig du bist, und du hättest das sicherlich auch ohne mich ganz wundervoll gelöst, es ist nur, ist nur …«

»Ja? Sprich nur weiter, vielleicht verstehe ich dann endlich, was dich eigentlich treibt, warum du dich derart wenig damenhaft benimmst. Möchtest du nicht demnächst noch einmal Seine Majestät aufsuchen und ihn bitten, dir doch meine Arbeit zu überlassen, weil du das so viel besser kannst?«

»Ach Heinrich, ich bitte dich, es tut mir alles sehr leid, ich will dich herzlich um Verzeihung bitten, aber … Nein, ich kann es nicht. Ich kann es nicht, und wenn es mich deine Liebe kosten sollte. Ich kann nur versuchen, dir noch einmal zu erklären, warum ich nicht anders handeln kann, als ich es tue. Ich weiß, ich bin nur eine Frau und meine Aufgabe ist es, mich um einen Mann zu kümmern, seine Kinder aufzuziehen, den Haushalt zu führen, das Essen zu kochen und das mir zugeteilte Haushaltsgeld zu verwalten. In meiner Freizeit darf ich stricken, sticken und häkeln, mich um Kranke und Gebrechliche kümmern und am Sonntag in die Kirche gehen. Das ist das Leben, das einer Frau zu Gesicht steht und ihrem Gatten Ehre macht. Frauen halten den Mund, wenn Männer reden, widersprechen nicht und wissen schon gar nicht jemals etwas besser. Oh doch, ich weiß schon, dass du keineswegs so schlimm bist wie die meisten, du gestehst mir viele Dinge zu, über die andere Männer nicht einmal nachdenken würden. Ich darf unter der Bettdecke mit dir meine eigenen Gedanken haben, darf dir sagen, was mir gefällt und was nicht, was ich für richtig oder falsch halte, aber am helllichten Tag habe ich bitteschön wieder so zu tun, als besäße ich keinen Verstand. Du hast mich gebeten, im Schlossgarten auf und ab zu laufen und zu schauen, ob mir etwas auffällt. Das war dir überhaupt nicht peinlich, und weißt du, warum? Weil es niemand wusste und du überhaupt nicht erwartet hast, dass mir etwas auffallen könnte. Du hast mich wie ein Kind mit einem Spielzeug besänftigt, um mir das Gefühl von Wichtigkeit zu geben. Das war nett von dir gemeint, aber so etwas brauche ich nicht.

Nun ist mir aber etwas aufgefallen, etwas sehr Wichtiges sogar, und ich habe den schrecklichen Fehler begangen, nicht sofort zu dir zu laufen, es zu berichten. Nein, ich habe selber gedacht und selber gehandelt. Das ist mein ganzes Verbrechen, dafür werde ich von dir beschimpft, beleidigt und gedemütigt. Ja, ich hätte nicht in das Haus der Sandmann gehen dürfen, aber die Tür war offen, ich habe nichts beschädigt, nichts gestohlen, lediglich eine für dich wichtige Zeitung gegen eine andere ausgetauscht. Selbst daran habe ich noch gedacht, obwohl ich doch zum Denken als Frau überhaupt nicht in der Lage bin.

Schön, und was hat mich erwartet? Ein nettes Wort, ein anerkennendes Lächeln, ein Dankeschön? Nichts von alledem, und genauso war es, als ich für dich nach Berlin gereist bin. Meine Mission war erfolgreich, ich habe alles erreicht, was ich erreichen wollte, für *dich erreichen wollte,* und du warst nur gekränkt und hast mich ausgeschimpft wie ein unartiges Kind. Wenn das nun das Leben sein soll, das ich an deiner Seite führen werde, Heinrich von Raden, dann tut es mir leid, aber dann musst du mich von meinem Wort entbinden, dann kann ich nicht deine Frau werden.«

»Granny, bist du denn noch zu retten? Das habe ich dir bestimmt nicht geraten. Du solltest dich entschuldigen, nicht deinem Heinrich einen Vortrag über Frauenrechte im 19. Jahrhundert halten. Das konnte doch nicht gutgehen, damit hast du den armen Kerl vollständig überrollt und überfordert. Ich will aber trotzdem nicht glauben, dass er dich derart zugerichtet hat. Wenn doch, werde ich Karsten bitten, ihm beim nächsten Auftauchen die Nase einzuschlagen.«

Granny verzieht das geschwollene und grünblaue Gesicht und schüttelt vorsichtig den Kopf.

»Nein, das war nicht Heinrich, aber so weit bin ich noch nicht mit meiner Erzählung. Wir saßen also nun da in der Dunkelheit, nah zusammen und doch unendlich weit entfernt voneinander. Niemand sagte ein Wort, ich war erschöpft, und mir liefen Tränen über die Wangen. Ich fürchtete die Antwort von Heinrich, ahnte ich doch, wie sich ein Leben ohne ihn für mich anfühlen würde, aber ich hatte nicht anders gekonnt. Ich weiß nicht, warum ich so bin, vielleicht hat es etwas mit meinen Fähigkeiten zu tun, in der Zeit herumzureisen. Ich weiß nicht, warum ich mich mit meiner zugedachten Rolle als Frau nicht zufriedengeben will.

Das Schweigen hielt an, und erst, als ich es fast nicht mehr aushielt, räusperte Heinrich sich und sagte mit belegter Stimme: »Bin ich wirklich so, wie du mich schilderst? Ungerecht und überheblich, undankbar und anmaßend?

Ein eitler Klotz, der es nicht zu schätzen weiß, welch wundervolles Wesen er da an seiner Seite hat? Luise, gütiger Gott, das kann doch nicht wirklich so sein, das hätte ich doch längst merken müssen. Oder nicht? Ich weiß gar nicht mehr, was ich denken, geschweige denn sagen soll. Luise, ich wollte dich nicht kränken, nicht beleidigen und schon gar nicht demütigen, und doch habe ich es zweifelsohne getan. Zu meiner Entschuldigung kann ich nur anführen, dass ich Angst um dich hatte, in jeder dieser Situationen, aber du hast recht, die meiste Angst hatte ich wohl um mich selber. Davor, was die Leute denken und sagen könnten. Bin ich am Ende ein Feigling, Luise? Damit könnte ich nicht leben, denn ich verachte Feiglinge von jeher …«

»Nein, du bist kein Feigling, Heinrich. Ein Feigling hätte nach unserem ersten Wortwechsel die Flucht ergriffen. Du aber hast gelacht und mich ins Theater eingeladen, hast dich nicht abschrecken lassen, ganz im Gegenteil, du hast dich in mich verliebt und mich schließlich um meine Hand gebeten. Das hätte ein Feigling sicher nicht getan. Sabrina hat gesagt, du bist ein Mann deiner Zeit und kannst nicht anders denken und handeln, als du es eben tust. Das verstehe ich auch, aber ich kann mich nicht ein Leben lang verstellen. Vielleicht ist es mein Schicksal, allein zu bleiben.«

»Nein, du wirst nicht allein bleiben, und rede nicht von Schicksal. Schicksal ist das, was wir beide daraus machen, mehr nicht. Ich gebe unumwunden zu, wie deine Ururenkelin mit ihrem Verlobten spricht, wie sie überhaupt spricht, finde ich sehr befremdlich und nicht sehr weiblich, aber so bist du ja zum Glück nicht. Du bist nur manchmal ganz anders als alle anderen Frauen, die ich kenne. Das ist meist wundervoll und gefällt mir sehr, nur manchmal, da tue ich mich damit eben schwer.«

»Ich weiß, immer dann, wenn ich deinen Anweisungen nicht gehorche, mein Gebieter«, lächelte ich, denn ich wusste, das alles gut werden würde. So ist es auch, wir feierten Versöhnung in meinem Bett, in aller Heimlichkeit, sehr leise, aber doch voller Leidenschaft.

Heinrich hat mir später von dem Koht erzählt, und ich war ganz eurer Meinung, K ist auf alle Fälle Köhler, das kann gar nicht anders sein. Er würde ab sofort unter pausenloser Beobachtung stehen, und Heinrich erlaubte mir, die Hebamme Sandmann im Auge zu behalten. Ich versprach ihm dafür, nichts zu tun, was in irgendeiner Weise gefährlich sein könnte.

Kind, du musst mir glauben, ich habe mein Versprechen sehr ernst gemeint, ich wollte nichts anderes tun als zu schauen, wo sie hingeht, wen sie trifft und es dann Heinrich berichten, es ist nicht mein Verschulden, dass alles anders kam.«

Mam erscheint in der Tür und fordert Aufklärung, da die Suppe nun von allein kochen würde. Da Granny ohnehin erschöpft die Augen geschlossen hat, erfülle ich ihr den Wunsch und erzähle, was ich gerade gehört habe.

Als ich am Ende angekommen bin, sagt meine Mutter lachend: »Alice Schwarzer hätte ihre helle Freude an ihr, ganz bestimmt. Vielleicht solltest du Granny ein Buch leihen. ›Nicht nur dem Manne untertan‹ liest sich sehr gut. Da kann sie dann sehen, dass sie keineswegs allein ist mit ihren Gefühlen und dass es auch zu ihrer Zeit Frauen gegeben hat, die außer Haushaltführen und Kinderkriegen große Dinge erreicht haben. Denk nur an Marie Curie, die hat zwei Nobelpreise verliehen bekommen, oder an Clara Schumann und ihre schönen Kompositionen. Deren Männer waren erfolgreich, und doch haben sie ihre Frauen nicht daran gehindert, das ebenfalls zu sein. Der Heinrich ist seiner Zeit weit voraus, ein mutiger Mann und ganz und gar kein Feigling, da hat Granny recht.«

»Sage deiner Mutter meinen Dank für ihre lieben Worte, sie haben mir gutgetan. Ich würde gern weitererzählen, damit ich bald nach Hause kann, mich etwas hinlegen.«

»Na klar, erzähl schnell, wer hat dich so zugerichtet?«

GRANNY

»Am Morgen war ich zwar unausgeschlafen, aber glücklich und beschwingt, weil zwischen mir und Heinrich wieder alles wunderbar war. Nach einem schnellen Frühstück bezog ich sehr früh meinen Posten in der Schülerstraße, und das war ein Glück, denn Berta Sandmann erschien um kurz nach halb acht Uhr, in der Hand ihre Tasche. Nun ja, dachte ich, Kinder halten sich an keine Uhrzeit, und war darum nicht besonders erstaunt. Sie steuerte schnellen Schrittes den Marktplatz an, ging die Bruchstraße hoch und bog ab in eine kleine Gasse zur Linken. Es war ziemlich dunkel, und hier gab es keine Gaslampen, daher hatte ich Angst, sie aus den Augen zu verlieren. Darum lief ich etwas schneller, und als ich um die Ecke bog, sah ich sie im Gespräch mit einer mir unbekannten Frau, die eine Laterne mit sich führte. Ich fragte mich, ob ein Austausch von Nachrichten stattfinden würde, und wagte mich ein paar Schritte vor, um nichts zu verpassen. Die beiden Frauen trennten sich aber, die eine ging zurück in einen Hauseingang, die Sandmann ging weiter. Ich lief schneller, darauf bedacht, nicht bemerkt zu werden, daher achtete ich nicht weiter auf meine Umgebung. Am Ende der kurzen Gasse passierte es dann, aus dem letzten Hauseingang sprang ein Mann auf mich zu und warf mich zu Boden. Ich war darauf überhaupt nicht vorbereitet, furchtbar erschrocken und bekam einen Augenblick überhaupt keine Luft, so heftig war ich auf den Rücken geschlagen. Anstatt mir die Hand zu reichen, um mir auf die Füße zu helfen, wie man es erwarten konnte, bückte sich dieser Mensch zwar, aber nur, um mit seiner Laterne in mein Gesicht zu leuchten und mir ein Messer zu zeigen. Da er den Kragen seiner Jacke hochgeschlagen und den Schirm seiner Mütze tief in die Stirn gezogen hatte, konnte ich von ihm kaum etwas erkennen. Außerdem rauschte das Blut in meinen Ohren, und so verstand ich nur wenig von dem, was er sagte.

»In die Quere« und »verdammtes Weib«, der Rest ging in meiner Angst unter. Für einige Sekunden dachte ich wirklich, mein letztes Stündchen habe geschlagen, da bog ein Fuhrwerk in die Straße ein und kam mit ungeeigneter Geschwindigkeit auf uns zu. Der Mann, der über mich gebeugt stand, zögerte einen Augenblick, bevor er die Laterne fallen ließ und mich an meinem Jackenrevers in die Höhe riss. Ich dachte, er wolle mir helfen, doch er stieß mich mit aller Kraft direkt vor den ankommenden Wagen. Kind, ich kann dir sagen, ich hatte das Paradies vor Augen, da tat es einen heftigen Schlag in meine Seite. Ich flog wie ein Vogel durch die Luft und wurde gegen eine Hauswand geschleudert. Dort blieb ich völlig benommen liegen, bis mich Stimmengewirr zu mir brachte. Ich richtete mich mühsam, von mitleidigen Händen gestützt, auf, dabei fiel mein Blick auf den Angreifer, der seltsam verkrümmt auf der Straße lag, die Hand noch immer fest um das Messer geschlossen. Die Mütze hatte er verloren, Blut floss aus einer Kopfwunde. Vom Marktplatz her hörte ich Trillerpfeifen und gleich darauf herbeieilende Gendarmen. Sie sperrten die Straße und verboten sofort in harschem Ton, miteinander zu reden oder sich zu entfernen.

Ich wankte mehr als ich ging auf den Ranghöchsten zu und bat ihn, meinen Verlobten zu benachrichtigten.

»Wat wollen Se denn mit dem, Frollein? Der kann Se jetzt nich helfen«, wehrte der Mann ab, aber ich ließ nicht locker und nannte Heinrichs Namen. Da kam Bewegung in den guten Mann und er schickte sofort jemanden los zur Kommandantur.

Ich weiß nicht, wie lange es gedauert hat, bis Heinrich kam, aber ich weiß, dass ich noch niemals so glücklich war, ihn zu sehen.

»Ich kann wirklich überhaupt nichts dafür, Heinrich, wirklich nicht, das musst du mir glauben, ich …«

»Schtscht«, machte er, strich mir die gelösten Haare aus dem Gesicht und rückte meinen Hut gerade.

»Kannst du laufen oder ist etwas gebrochen?«, erkundigte er sich, bevor er einen Blick auf den Mann auf dem Boden warf.

»Wer ist das? Was wollte er hier und was ist passiert? Wachtmeister! Erstatten Sie Bericht, und schaffen Sie eine Sitzgelegenheit für meine Braut, schnell!«

»Jawohl! Wird sofort erledigt. Müller, einen Stuhl für das gnädige Fräulein.«

»Was passiert ist, wissen wir nicht genau. Der Mann ist tot, Raubüberfall vielleicht.«

»Das war kein Raubüberfall, das war ein Fuhrwerk«, sagte ich, »aber eigentlich war es vorher vielleicht doch ein Raubüberfall, das weiß ich nicht so genau.«

»Hast du deinen Kopf angestoßen?«, erkundigte sich Heinrich besorgt, aber ich verneinte und sagte: »Es war wirklich merkwürdig, dieser Mann dort hat mich, mit einem Messer in der Hand, hinterrücks überfallen und auf die Straße geworfen. Als ein Pferdefuhrwerk kam, hat er mich hochgerissen und davorgestoßen. Was dann geschehen ist, weiß ich nicht, ich bekam einen heftigen Schlag und wurde zur Seite an die Hauswand geschleudert. Als ich zu mir kam, waren Pferd und Wagen verschwunden, und der Mann lag dort, genau so, wie er noch daliegt.«

Heinrich führte mich nun zu dem eilends beschafften Stuhl und überließ mich der Obhut des Wachtmeisters. Er ging dann zu dem Toten, drehte ihn um, und ich merkte, wie er stutzte, bevor er zu mir zurückkam.

»Das ist Werner Köhler, arbeitete als Sekretär im Schloss«, teilte er in Richtung der Obrigkeit mit.

Ich schaute mit großen Augen auf den Mann, der auf dem Rücken lag, Arme und Beine ausgestreckt, das Messer war nicht mehr zu sehen. Ich vermutete stark, dass Heinrich es an sich genommen hatte. Der winkte gerade seinem Kutscher, half mir einzusteigen und setzte sich an meine Seite.

»Heinrich, bitte sei mir nicht schon wieder böse, ich konnte wirklich nichts dafür. Ich bin der Hebamme gefolgt, mehr nicht. Da sprang dieser Mensch auf mich zu, den Rest kennst du.«

»Ich bin dir nicht böse, nur erschrocken, du siehst ziemlich mitgenommen aus, wenn ich das so sagen darf. Ich hoffe, du hast keine ernsteren Verletzungen. Hat der Mann etwas zu dir gesagt? Dir gedroht, Forderungen gestellt?«

»Nein, ich glaube nicht, aber ich war so erschrocken und hatte furchtbare Angst. Er hat was von ›in die Quere kommen‹ oder so gesagt, genau habe ich es nicht verstanden.«

»Die beiden müssen gemerkt haben, dass sie überwacht werden, und die Sandmann hat dich mit voller Absicht in diese Straße gelockt, da sie wusste, wo sich ihr Galan versteckt hält. Ich glaube aber nicht, dass er dich wirklich töten wollte, sonst hätte er es gleich getan und nicht noch mit dir geredet. Die Kutsche war wohl nicht eingeplant, vielleicht ist ihm da der Gedanke gekommen, dass er dich auf diese Weise bequem loswerden konnte, ohne sich selber die Hände schmutzig machen zu müssen. Es ist ein Wunder, dass der Wagen dich nicht erfasst hat, wie ist das möglich gewesen?«

»Ich weiß es nicht. Es tat einen Schlag, hier an meiner Hüfte, und dann flog ich durch die Luft.«

»Hast du den Kutscher erkennen können?«

»Den Kutscher? Nein, dazu hatte ich wirklich keine Gelegenheit, aber, wenn ich es mir recht überlege, ich habe das Pferd erkannt.«

»Bist du dir sicher, dass du nicht doch den Kopf verletzt hast? Du könntest eine Gehirnerschütterung haben.«

»Unsinn, ich bin völlig klar im Kopf. Es war ein weißes Pferd, ein großes, wunderschönes weißes Pferd. Genau das gleiche Pferd habe ich auf einem Bild gesehen, als ich mit Sabrina und Karsten im Archiv war. Es war ein Foto von der Parade des neuen Regenten. Die Reichelts saßen in einem Einspänner, und davor war ein weißes Pferd gespannt. Genau so eines wie eben.«

»Mhm, was glaubst du, wie viele weiße Pferde es in Detmold und Umgebung gibt?«

»Mehr als eines, das weiß ich, aber dieses Pferd gehört den Reichelts, da bin ich mir ganz sicher.«

»Luise, ich weiß nicht, so langsam mache ich mir ernsthafte Sorgen um dich. Sobald wir ankommen, lasse ich nach dem Doktor schicken.«

»Brauchst du nicht, Geliebter, glaube mir. Schicke lieber nach einigen Gendarmen, die den Stall der Witwe Reichelt nach diesem Schimmel durchsuchen.«

»Jetzt gibt es für mich einen Teller Suppe, Granny, du brauchst eine Pause, bist ja ganz blass. Willst du dich ein bisschen hinlegen und ausruhen?«

»Nein, nein, ich muss zum Ende kommen, da ich noch nicht weiß, wie es zu Hause weitergegangen ist. Warte einen Augenblick mit der Suppe, bitte.«

»Kein Ding, ich bin ja nicht am Verhungern, erzähl weiter.«

Heinrich trug mich fast ins Haus, vergewisserte sich noch einmal, ob ich wirklich keinen Arzt brauchte, und setzte mich dann in einem Sessel im Salon ab.

»So, also, erkläre mir bitte ganz genau, wieso du ein Pferd erkannt hast, das aussieht wie hundert andere auch.«

»Herr Karsten sagt, kein Pferd sieht aus wie das andere. Er hat das Foto daher sehr genau betrachtet und war sich sicher, dass es sich um einen Lipizzaner handelt, und davon dürfte es in Detmold nicht allzu viele geben, zumindest nicht in privater Hand. Du musst also gleich zu der Witwe fahren und sie fragen, wer möglicherweise Zugang zu ihrem Pferd und Wagen hat. Mir ist noch etwas aufgefallen, ich komme nur nicht drauf, was es war.«

»Hm, Reichelt ist tot, Köhler liegt ebenso tot auf der Straße, wer sollte es also anders gewesen sein als der Mann, nach dem wir seit Wochen fahnden?«

»Ja, Heinrich, das denke ich auch. Und ich glaube

außerdem, dass die Witwe sehr genau weiß, um wen es sich handelt. Ich hatte von Anfang an das Gefühl, dass sie mit etwas hinter dem Berg hält.«

»Wenn das wirklich so sein sollte, wie du vermutest, dann müssen wir mit äußerster Vorsicht zu Werke gehen, um die Dame nicht dazu zu bringen, bei Nacht und Nebel nach Frankreich zu fliehen. Natürlich werden wir sie ab sofort überwachen, aber offiziell liegt nichts gegen sie vor. Niemand wird sie daher an der Grenze aufhalten, wenn sie angibt, das Gut ihrer Eltern aufsuchen zu wollen. Die Frage, die sich mir im Augenblick stellt, ist, welchen Grund hätte sie, ihren eigenen Cousin umbringen zu lassen? Solltest eigentlich du das Opfer sein, war das alles nur ein Irrtum, ein Unfall? Steckt sie mit Köhler am Ende unter einer Decke und wollte man deine Leiche in dem Einspänner fortschaffen?

Ich habe das Messer an mich genommen und werde mich mit dem Leichenbeschauer darüber unterhalten, ob es sich um das Messer handeln könnte, mit dem Reichelt getötet wurde. Zuallererst werde ich aber diese Hebamme aufsuchen. Oder nein, ich werde sie abholen lassen und zwar von einem ganzen Aufgebot, das macht mehr Eindruck. Dann darf sie auf der Wache schmoren, bevor ich sie einem strengen Verhör unterziehen werde. Du ruhst dich aus, versprich es mir! Keine Alleingänge zur Witwe Reichelt, unter keinen Umständen, hast du das verstanden?«

»Ja, so weit sind wir nun. Ich bin natürlich nirgendwo hingegangen, außer in mein Zimmer. Ich merkte, dass ich von all dem sehr erschöpft war, schließlich werde ich nicht jeden Tag überfallen und durch die Gegend geschleudert.«

»Arme Granny, langweilig willst du nicht, aber aufregend passt dir auch nicht. Du musst dich mal entscheiden«, lache ich. »Ist dir ernsthaft was passiert, außer, dass du schon wieder einmal grün und blau bist?«

»Nein, ich habe wohl nur Abschürfungen und blaue Flecken, vor allen Dingen an der Hüfte, die tut mir sehr weh.«

»Vielleicht hat dich der Kutscher zur Seite getreten? Könnte das sein? Das hieße aber dann, er hatte es eindeutig nicht auf dich, sondern auf Köhler abgesehen.«

»Möglich, ich weiß es nicht, das Ganze ist sehr verworren, und ich sollte es doch Heinrich überlassen, alles zu einem Ende zu bringen.«

»Granny! Kneifen gilt nicht! Du warst bisher so erfolgreich, auch die Idee mit dem Pferd, darauf wäre Heinrich ohne dich nicht gekommen. Nee, lass ihn nicht im Stich. Ruh dich aus, schlaf eine Nacht drüber, und morgen sieht die Welt viel fröhlicher aus. Auch bunter, vor allem um die Hüfte herum.«

Granny verzieht den Mund zu einem Lächeln, nickt mir und Mam zu, die das leider nicht sehen kann, und verschwindet.

Ich löffle kurze Zeit später hingebungsvoll meine Hühnersuppe, während ich meiner Mutter die letzten Ereignisse schildere.

»Unfassbar! Ich dachte bisher, der Mörder ist immer der Gärtner oder zumindest der Butler? Beides kommt aber in Grannys Geschichte überhaupt nicht vor. Na ja, der Geliebte der trauernden Gattin war es auch schon öfter, aber warum der auch den Cousin unter die Räder kommen lassen sollte? Keine Ahnung, schau'n wir mal, was Heinrich rauskriegt und Granny das nächste Mal zu berichten hat. Ein Fernsehprogramm brauchen wir wirklich nicht. Du verschwindest ins Bett, bist ja schließlich krank. Schlaf ein bisschen, das wird dir guttun, die Kinder hole ich später ab, mach dir keine Sorgen.«

Da auch Teddy es vorgezogen hat, lieber das Hühnergerippe zu bewachen, anstatt sich in meinem Bett breitzumachen, habe ich Platz und kann ihren Vorschlag sofort in die Tat umsetzen. Herrlich süßes Nichtstun!

Trotz Hühnersuppe und Pflege von Mam steigt mein Fieber gegen Abend, und ich fühle mich ausgesprochen elend. Da Mam nach Hause musste, übernimmt Karsten die Regie. Er macht das prima, spannt die Kids mit ein, alles verläuft friedlich, und ich kann völlig entspannt schlafen. Am nächsten Morgen werde ich erst wach, als alle aus dem Haus sind. Da ich weder Lust auf Kaffee noch Zigarette habe, also noch nicht über den Berg bin, beschließe ich weiterzuschlafen. Als Granny mich weckt, ist es nach elf Uhr, und ich fühle mich nicht mehr ganz so krank.

GRANNY

»Guten Morgen, Kind, wie geht es dir heute? Du bist sehr blass, aber ich denke, es ist dir trotzdem recht, wenn ich weitererzähle?

Heinrich ließ, nachdem er wieder gegangen war, umgehend die Hebamme holen. Er hat ihr gleich das Wort abgeschnitten und sie beschuldigt, gemeinsam mit Köhler geplant zu haben, mich zu töten, und dass er sie daher wegen Beihilfe zum Mord unter Anklage stellen wird. Sie hat gezetert und geheult, ihre Unschuld beteuert und behauptet, von gar nichts zu wissen. Man solle doch den Köhler holen, der könne das bestätigen. Erst da hat Heinrich ihr mitgeteilt, dass der Plan gescheitert und ihr Geliebter ums Leben gekommen ist. Sie wollte es nicht glauben, hat sich an den Haaren gerissen und behauptet, das seien alles Lügen. Als Heinrich ihr aber das Messer gezeigt hat, ist sie zusammengebrochen und hat alles zugegeben. Sie hat gewusst, dass ich sie beobachtet habe, und auch, dass Köhler mich bedrohen wollte. Nur bedrohen, auf keinen Fall verletzen, hat sie immer wieder beteuert.

Auf Heinrichs Frage nach dem Warum hat sie ausgesagt, sie habe bemerkt, dass die Zeitung vertauscht wurde. Da habe sie sich daran erinnert, mich im Schlosspark gesehen zu haben, und eins und eins zusammengezählt. Natürlich konnte sie sich denken, dass ich im Auftrag von Heinrich gehandelt hatte.

Sie geriet in Panik, erzählte Köhler davon, und beide schmiedeten den Plan, mich ordentlich einzuschüchtern. Warum mich und nicht Heinrich, dafür hatte sie keine Erklärung. Sie gab zu, seit längerer Zeit Mitglied einer Gruppe zu sein, deren Ziel die Vereinigung vieler Arbeiter sei. Namen konnte sie angeblich nicht nennen, alles sei sehr geheim gehalten worden, aber Köhler wäre in Detmold ein wichtiger Mann gewesen. Nach Reichelt befragt, ob der auch in dieser Gruppe aktiv gewesen sei, schüttelte sie den Kopf und verneinte. Heinrich glaubte ihr nicht und drohte mit einer Anklage wegen Beihilfe zum Mord. Trotzdem bestritt sie weiterhin energisch, irgendetwas mit dem Mord an Reichelt zu tun zu haben, und auch Köhler sei in der fraglichen Nacht tatsächlich bei ihr gewesen.

Sie gestand schließlich, dass Reichelt von ihnen erpresst worden sei. Man habe von seinem Verhältnis mit der Soubrette gewusst und gedroht, seiner Gattin davon zu erzählen. Reichelt musste für ihr Schweigen jeden Monat eine nicht unbeträchtliche Summe zahlen, was er lange Zeit tat. Man wähnte sich völlig sicher, bis zu dem Augenblick, wo Reichelt den Spieß umdrehte und erklärte, er wisse nun, dass Köhler führendes Mitglied einer verbotenen Gruppierung sei und vertrauliche Nachrichten aus dem Schloss an diese verraten habe. Von da an stellte er nicht nur die Zahlungen ein, im Gegenteil, er drohte mit einer Anzeige wegen Landesverrates. Köhler blieb nichts weiter übrig, als zu tun, was immer Reichelt von ihm verlangte. Auf die Frage, ob Köhler den kräftigen Mann tatsächlich am

Hause der Reichelts gesehen hatte oder ob das auch eine Lüge war, versicherte sie, es handele sich um die reine Wahrheit. Sie selber sei einmal dabei gewesen, als er gerade das Haus betreten habe. Erkannt hatte sie ihn angeblich nicht.

Mehr war aus ihr nicht rauszubekommen, aber sie blieb in Gewahrsam, schließlich hatte sie ihre Mitwirkung am Überfall auf mich und die Erpressung zugegeben.

Heinrich war sehr unzufrieden mit dem Ergebnis der Befragung, denn wieder schien es eine Sackgasse zu sein, aber irgendetwas arbeitete in mir, nur kam ich nicht darauf, was es war.

»Heinrich, ich finde, du müsstest noch einmal die Witwe Reichelt aufsuchen, ich weiß nicht wirklich, warum, aber irgendetwas stimmt da nicht.«

»Was meinst du? Ach so, du hast ja ihr Pferd erkannt und glaubst immer noch, dass sie mit dem großen, kräftigen Mann unter einer Decke steckt?«

»Ich weiß nicht, was ich glaube, ich komme nicht drauf, aber ich bin mir ganz sicher, sie weiß mehr, als sie mir gesagt hat.«

»Luise, soll ich wirklich hingehen und sagen, meine Verlobte ist sich sicher, ihr Pferd erkannt zu haben? Hätten Sie daher die Güte, mir zu sagen, ob das richtig ist?«

»Du nimmst mich nicht ernst, Heinrich, und das kann ich überhaupt nicht leiden. Natürlich sollst du nicht solche Albernheiten sagen, aber du könntest sie doch fragen, wer Zugang zu ihrem Stall hat, oder, nein, warte. Du musst vorher den Wachmann, den … Wie hieß er gleich?«

»Kümmerling? Den haben wir schon zweimal befragt, er weiß nicht mehr.«

»Nein, nein, ihr habt ihn immer nur nach dem Mann befragt, aber nie nach dem Pferd. Vielleicht hat er das gesehen und kann es beschreiben.«

»Luise, das ist doch …«

»Versuch es, Heinrich, bitte, versuch es. Frag ihn, ob er sich an das Pferd erinnert, und wenn er sagt, dass es ein Schimmel war, dann kannst du doch zu der Witwe gehen und sie damit konfrontieren, dass ihr Pferd zweimal in Zusammenhang mit einem Verbrechen gesehen wurde.«

»Ich kann lediglich sagen, dass ein Schimmel zweimal in Zusammenhang mit einem Verbrechen gesehen wurde, denn dass es ihrer ist, dafür haben wir keinerlei Beweise.«

»Egal, du musst zuerst den Kümmerling holen lassen.«

»Gut, gut, wenn es dir dann besser geht, werde ich das tun, auch wenn ich mir nicht wirklich viel davon verspreche.«

Stell dir nur vor, schon zwei Stunden später war Heinrich zurück und schaute mich sehr merkwürdig an.

»Luise, du wirst mir langsam unheimlich. Wir haben Kümmerling gefragt, ob er sich außer an den Mann an das Pferd erinnern könnte, und er hat keine Sekunde gezögert und gesagt: »Natürlich, war ja ein Schimmel, den konnte ich gut erkennen.« Auf meine Frage, warum er das nicht vorher erwähnt hätte, zuckte er die Schultern und meinte, danach habe ihn nie einer gefragt, nur nach dem Mann. Also, so weit hast du recht behalten, zweimal ist ein Schimmel im Spiel, schade, dass wir den nicht verhören können.«

»Hätte er auf mich gehört und wäre auf direktem Weg zur Reichelt gefahren, hätte er sicherlich das noch schweißnasse Tier in ihrem Stall gefunden. Ich musste mir wieder einmal auf die Zunge beißen, um das nicht zu erwähnen. Nun war es zu spät, aber ich war immer noch überzeugt, dass diese Frau die Lösung aller Probleme kannte, sie uns aber verschwieg.«

»Gut gemacht, Granny, man muss den armen Heinrich nicht auch noch mit der Nase auf seine Versäumnisse stoßen. Allerdings hast du recht, die Sandmann hätte man auch später verhören können, den Schimmel nicht, der war schnell wieder trocken. Und nu? Was habt ihr beziehungsweise was hat Heinrich als Nächstes vor?«

»Das weiß ich noch nicht, aber ich möchte ihm vorschlagen, dass er mich mitnimmt, wenn er diese Französin aufsucht. Irgendetwas sagt mir, dass das wichtig ist, nur wie mache ich das Heinrich klar, ohne dass er sich von mir bevormundet fühlt?«

»Gute Frage, nächste Frage! Ich würde ihn nett drum bitten und ihm erklären, dass Frauen eher reden, wenn noch eine andere Frau dabei ist, oder so.«

»Ja, so werde ich es machen, dann sagt er bestimmt ja. Ich wünsche dir gute Besserung und bis bald. Ich bin fest davon überzeugt, wenn ich das nächste Mal komme, dann haben wir den Fall gelöst.«

Ich muss so lachen, dass ich einen Hustenanfall bekomme. Granny ist urkomisch, wenn sie so entschlossen aussieht und sich mit Feuereifer in die nächste Schlacht stürzt. Sie hätte sicher einen guten General abgegeben.

Kurze Zeit später ruft meine Mutter an, um sich nach meinem Befinden zu erkundigen, und ich erzähle die neuesten Nachrichten von Granny.

»Die kriegt ihren Heinrich sicherlich überredet, davon bin ich fest überzeugt, der Mann ist doch Wachs in ihren Händen. Ich hoffe sehr, dass sie bei ihrem nächsten Besuch endlich weiß, wer der Mörder ist, ich kann vor lauter Grübelei nicht mehr richtig schlafen. Hast du eine Idee?«

»Ich? Nee, nicht wirklich. Es sah ja lange Zeit so aus, als sei es der Köhler gewesen. Wäre natürlich immer noch möglich, denn wenn die Sandmann lügt, ist er nach wie vor verdächtig. Dreck am Stecken hat er schließlich genug. Außerdem musste er doch in der ständigen Angst leben, dass Reichelt ihn tatsächlich anzeigt. Zum einen wegen Erpressung, zum anderen wegen Zugehörigkeit zu einer verbotenen Vereinigung. Ich finde das als Motiv gar nicht mal so schlecht, aber wirklich gewesen sein kann er es nicht, schließlich war er klein und schmächtig. Vielleicht die Sandmann selber? Die hatte allen Grund, Reichelt zu fürchten, aber nee, die ist leider auch nicht groß und kräftig, die ist klein und rund.

Echt, ich weiß es nicht, wir müssen abwarten, was Granny von der trauernden Witwe erfährt. Vielleicht schafft sie es, diese zu überreden, ihren Ehebruch einzugestehen und zu verraten, wer der Kerl ist und wo man ihn finden kann. Wenn ich an ihrer Stelle wäre, würde ich allerdings den Teufel tun. Warum auch? Alle, die was wissen könnten, sind tot, und die Polizei tappt nach wie vor im Dunkeln. Heinrich wird unter Druck stehen.«

»Na gut, dann warten wir ab. Du bleib schön im Bett und schon dich. Wenn was ist, du hast meine Nummer.«

Ich überlege eine Weile, ob ich aufstehen soll, die Kinder müssen bald abgeholt werden, aber Karsten hat versprochen, das zu übernehmen, und da ich mich wirklich elend fühle, bleibe ich liegen. Meine beiden Kater finden das ausgesprochen gut, sie liegen gemütlich auf meinem Bauch und schnurren um die Wette. Darüber döse ich ein und werde erst wach, als die Kids hereinstürmen. Eine kranke Mutter, die im Bett liegt, erleben sie nur sehr selten, und Isi bietet an, mir einen Tee zu kochen, Lasse fragt, wann es Abendessen gibt. Hinter den beiden taucht Karsten auf, sagt aber, er müsse leider noch mal runter in die Praxis, ob ich zurechtkäme. Aber klar, ich bin bisher noch immer zurechtgekommen. Ich schleppe mich auf wackeligen Beinen in die Küche, zeige Isi, wie man Tee kocht, und hole für Lasse eine Pizza aus dem Froster, bevor ich zurück ins Bett wanke.

Erst am Freitag geht es mir endlich besser, und der Pudding verschwindet aus meinen Beinen. Von

Granny habe ich die ganze Zeit nichts gehört und nichts gesehen. Blöd, wenn man jemanden nicht mal eben anrufen kann.

Sie kommt am Samstag und platzt ins Mittagessen. Die Kids sind zum Glück beim Vater, sodass ich nur Karsten einen Wink geben, mich aber nicht mit ihr ins Badezimmer verkrümeln muss.

»Hi, Granny, wir haben alle ganz sehnsüchtig auf dich gewartet und überlegt, ob wir dir nicht demnächst ein Handy mitgeben sollen.«

Sie versteht den Witz nicht und sagt todernst, sie wisse leider nicht, wie das zu bedienen sei, würde aber gern Heinrich danach fragen.

Ich schenke mir eine Erklärung und bitte sie, ganz schnell zu erzählen, wie ihre Detektivarbeit vorangeschritten sei.

GRANNY

Wir haben den Fall gelöst, und Heinrich ist bereits in Berlin, um dem Kaiser Bericht zu erstatten. Oh Kind, es war so aufregend, ich wünschte, du hättest dabei sein können.

Aber ich sollte von Anfang an erzählen, wo war ich

denn stehen geblieben? Genau, ich wollte Heinrich die Erlaubnis abringen, mich mit zur Witwe Reichelt zu nehmen, was mir schließlich auch gelungen ist. Wir wollten so tun, als sei es ein ganz spontaner Einfall, sie aufzusuchen, um etwas nachzufragen, sodass es nicht merkwürdig aussehen würde, dass ich dabei war. Wir wählten den Donnerstag und gingen gegen 16 Uhr zu ihrem Haus, gekleidet wie zu einer ganz normalen Spazierfahrt. Heinrich klopfte an die Tür, und als ein Hausmädchen öffnete, baten wir darum, die Dame des Hauses sprechen zu dürfen. Wir mussten nicht lange warten, da wurden wir in den Salon gebeten und von der Witwe etwas erstaunt, aber höflich begrüßt. Ich hörte mit Stolz, wie mein Heinrich sich in ihrer Muttersprache für unser unangemeldetes Eindringen entschuldigte. »S'il vous plaît excuser notre visite à l'improviste, nous étions juste dans le voisinage.«

Sie hat Französisch geantwortet, das hat mir Heinrich später übersetzt, da ich es leider nicht verstanden habe.

»Oh, il n'a pas d'importance, je suis heureuse de vous voir.«

»Madame, comment allez vous? Je regrette que votre marie est mort. Mes sincères condoléances.«

»Je vous remercié, Monsieur, nous pouvons parler allemand.«

Meine Französischkenntnisse sind etwas eingerostet, aber trotz Grannys eigenwilliger Aussprache verstehe ich, dass er sie gefragt hat, wie es ihr geht, und ihr dann sein Beileid ausgesprochen hat.

»Wow, Granny, das hast du super auswendig gelernt, wie oft hat Heinrich das wiederholen müssen?«

»Du sollst mich nicht immer unterbrechen, schon gar nicht, um so despektierliche Dinge zu sagen. Also bitte, schweig und hör mir weiter zu.

Die Dame des Hauses bot uns eine Erfrischung an, die wir dankend annahmen, und bat uns dann, Platz zu nehmen. Wir kamen nicht sofort auf unser Anliegen zu sprechen, das wäre unhöflich gewesen. Zuerst sprach auch ich ihr mein Beileid zu dem erneuten Verlust eines Familienmitgliedes aus, und sie dankte mit leiser Stimme. Wieder tupfte sie sich mit einem Taschentuch die feuchten Augen und griff sich ans Herz. Es sei alles zu viel für sie, erklärte sie, und sie werde wohl zurück in ihre Heimat gehen. Jetzt, wo sie alle Menschen, die sie geliebt hätte, verloren habe, hielte sie nichts mehr in der Fremde.

Ich weiß es nicht mehr genau, ob das der Moment war, in dem ich mich erinnerte, aber ich glaube, ja. Heimat ließ mich an Frankreich und Frankreich an Seife denken. An die wundervoll duftende Savon de Marseille. Genau diesen Duft hatte ich in die Nase bekommen, als ich von dem vorbeiratternden Fuhrwerk zur Seite geschleudert wurde.

Mein Geruchssinn war schon immer äußerst fein gewesen, und so hatte ich diesen Blumenduft aufgefangen, während andere vielleicht nur Pferdeschweiß gerochen hätten. Das war es, was ich wusste, woran ich mich aber die ganze Zeit nicht erinnern konnte. Es traf mich wie ein Blitz, und beinahe hätte ich es laut ausgesprochen, beherrschte mich aber im letzten Moment. Ich lächelte krampfhaft weiter, machte eine mitfühlende Miene, tätschelte sogar ihre Hand und versicherte, mir sehr gut vorstellen zu können, wie tragisch und schwer das alles für sie sein müsse. Einige Male fing ich Heinrichs Blick auf, wich ihm aber aus. Nach einer Weile, die wir mit einem unsinnigen Gespräch über das Wetter verbracht hatten, hielt ich mir den Magen und schaute scheinbar sehr erschrocken in die Runde.

»Was ist dir, Luise, ist dir nicht gut?«, fragte Heinrich erschrocken und machte damit die Witwe Reichelt auf meinen Zustand aufmerksam.

Ich nickte, presste mir die Hand auf den Mund, stand auf und schaute mich hilfesuchend um.

»Kommen Sie, meine Liebe, kommen Sie«, sagte Frau Reichelt, ergriff meinen Arm und zog mich schnell aus dem Raum. Sie schob mich durch einen Flur und zeigte auf eine Tür.

»Ceci est mon Boudoir! Gehen Sie 'inein, vite, sischerlisch 'aben Sie ge'abt su viele Unrühe 'eute. Benützen Sie ruhig mein Rieschsalz, es steht directement neben die Liege. Legen Sie sich 'in eine Augenblick, dann wird es Sie sischer gleich besser ge'en. Isch werde solange Ihre charmanten Verlobten beruhigen und ihm Gesellschaft leisten. Wenn Sie etwas brauchen, rufen Sie misch, s'il vous plaît.«

Natürlich legte ich mich nicht hin und benutzte auch kein Riechsalz, es ging mir nämlich ausgezeichnet. Ich wartete, bis sich ihre Schritte entfernt hatten, dann schaute ich mich schnell in dem hübschen Raum um, der neben einem eleganten Waschtisch, einem Paravent und einer Liege einen Schrank aufwies. Ich öffnete ihn leise und stellte fest, dass sich außer einem seidenen Morgenmantel nichts darin befand. Nun öffnete ich die Zimmertür und lugte in den Flur, der zum Glück leer war. Aus dem Wohnzimmer hörte ich Stimmengemurmel, nur, wo das Hausmädchen war, konnte ich nicht feststellen. Ich zögerte trotzdem nicht und huschte die Treppe in den ersten Stock hinauf und öffnete die erste Tür, die ich sah. Ein typisches Herrenzimmer, in dem Zigarrenrauch in der Luft hing, kein Schrank, nur ein Schreibtisch, ein Regal voller Bücher und ein Sessel. Der nächste Raum war das eheliche Schlafgemach mit dem großen Bett und einem doppeltürigen Schrank aus massivem Eichenholz. Ich lauschte auf die Stimmen und machte dann entschlossen die Türen auf. Er war vollgestopft mit Damenbekleidung, mit Hutschachteln, Schuhschachteln, Kästen und Dingen, die ich auf die Schnelle nicht näher erkennen konnte. Ich schob die langen Kleider und Mäntel zur Seite und suchte auf dem Boden nach etwas, was ich ganz sicher in diesem Hause wusste. Als ich es gefunden hatte, klemmte ich es mir unter den Arm und lief die Treppe hinunter ins Wohnzimmer.

Heinrich schaute mir besorgt entgegen, und auch die Witwe sah äußerst erschrocken aus, als ich eintrat.

»Heinrich«, sagte ich betont freundlich, »du wirst nicht glauben, wen ich gerade gefunden habe. Sie, gnädige Frau, ahnen es aber schon, nicht wahr?«

Damit zog ich einen langen Mantel und einen großen Hut unter dem Arm hervor und drapierte beides über einen Sessel.

»Darf ich vorstellen, der große, kräftige Mann mit dem langen Mantel und dem Hut! Nur dass es eben kein Mann war, der diese Dinge getragen hat, sondern eine Frau. Diese Frau nämlich«, damit zeigte ich anklagend auf die Witwe Reichelt. »*Sie* hat ihren Mann getötet, es stimmt also, was uns Köhler mit seinen letzten Worten mitteilen konnte.«

Meine kleine Schwindelei zeigte sogleich ungeahnte Wirkung, die vornehme Haltung fiel von der Dame ab, und ihre Stimme wurde schrill und laut.

»Der Lümp soll in der 'ölle braten, er hat tausend Mal den Tod verdient, ebenso wie mein Gatte. Ein Ehebrescher und ein 'euchler war er, der mein Geld mit anderen Weibern durschgebracht 'at. 'at geglaubt, ich 'abe nichts bemerkt, aber isch wusste, was er trieb und was er geplante 'at, dazu 'ätte es dieses saubere Pärschen gar nischt gebraucht. Die 'aben geglaubt, sie würden mir etwas erzählen, was isch noch nischt weiß, aber isch wusste es schon lange und 'abe viel zu lange nur zugeschaut und geschwiegen. Oui, isch 'abe diesen Betrüger getötet, er 'atte es mehr als verdient, und der Köhler, dieser 'urensohn, war nischt besser. Erpressen wollten er und diese 'ebamme misch. Misch! Was 'aben die sisch denn wohl gedacht? Das isch mein Geld 'inter'er sie werfe? Non, jamais.«

Heinrich, der verwirrt ausgesehen hatte, merkte nun auch, dass die Dame dabei war, ein vollständiges Schuldeingeständnis abzulegen, und machte sich schnell Notizen.

»Sie geben also zu, Ihren Gatten erstochen und in den Schlossgraben geworfen zu haben, Madame Reichelt? Ferner geben Sie zu, Ihren Cousin, Werner Köhler, vorsätzlich mit Ihrer Kutsche überfahren und dadurch zu Tode gebracht zu haben?«

»Oui, das gebe isch zu, und es tut mir um keinen leid, damit Sie es nur wissen. Mein Mann hat ge'eiratet, wegen mein Geld, geliebt 'at er misch nie. Er 'at mich betrogen und belogen, nischt einmal ein Kind 'at er mir gegönnt, comprende-nez vous? Er war nur zu feige, sonst 'ätte er misch getötet und nischt isch ihn, das ist die Wahr'eit, je jure! Erst ganz am Schlüss, als er nischt mehr ein noch aus wüsste, da sollte isch ihm plötzlisch 'elfen, da war ich gut genug. Der Köhler und sein Liebschen 'aben ihn erpresst, 'aben ihm gedroht, mir von seiner Affäre zu erzählen. Dann ist der Dümmkopf auf die Idee gekommen, Ihre Verlobte zu …, wie sagt man? Enlever? Zu entführen, 'at in seine Panik seine Geliebte erschlagen. Nun, es 'at ihn den letzten Rest von seine Verstand gekostet, sonst 'ätte er mir das sischerlisch nischt alles anvertraut. Er 'at mir sogar geglaubt, als isch sagte, ich würde ihn außer Land helfen, was ich ja getan 'abe, nur anders, als er sisch das wohl gedacht 'at. Er hielt mich für enfant so naiv, dass er sisch nischt einmal gewehrt 'at, als isch ihm die Messer immer wieder in die Brust gestochen 'abe, nur erstaunt gegückt 'at er. Es war ein wundervolles Gefühl, merveilleux, isch 'abe misch sehr befreit gefühlt, als er in das Wasser fiel, das können Sie mir glauben. Á, nun 'olen Sie nur Ihre Schergen, ich 'abe getan, was ich tün müsste, und nischts davon werde isch jemals bedauern. Non!«

»Madame Reichelt, können Sie uns sagen, ob Ihr Gatte für das Attentat auf unseren Regenten verantwortlich war?«

»Sie wissen wirklisch gar nischts, ou? Natürlisch war er das, und natürlisch ist es schiefgegangen. Alles ging schief, was dieser Mensch angefangen 'at. Ein Jammerlappen war er, der sisch immer zu 'öherem berufen fühlte und nie genug Beachtung fand. Große Worte, viele Verspreschungen, nichts davon 'at er jemals ge'alten. Er 'at nischt einmal begriffen, dass dieses Fräulein von Theater nischt an ihm, sondern nür an seine Geld, an meine Geld und seine angeblischen Beziehungen interessiert war. Nun, sie 'at das mit dem Leben bezahlt, hat wirklisch geglaubt, in diese alte Schüppen wäre ein Schatz versteckt.«

Sie hat geschnaubt wie ein Pferd, gänzlich undamenhaft, und dann erzählt, wie sie ein junges Mädchen mit gefälschten Botschaften in das alte Haus gelockt, hinterrücks erschlagen und schließlich Feuer gelegt hat. Erst als Reichelt ihr später gestand, Frieda erschlagen zu haben, hat sie begriffen, dass sie eine Unschuldige ermordet hatte. Vermutlich sah die Unglückliche der Soubrette nur ähnlich, und in ihrer Eifersucht und Wut hat sie das nicht bemerkt. Die Frage, ob ihr Mann ihr verraten habe, was er mit Friedas Leiche angefangen habe, schien sie überhaupt nicht zu verstehen, schüttelte aber mit dem Kopf.

Heinrich hat sich dann erhoben und die Dame gebeten, sich ihren Mantel und den Hut bringen zu lassen, da sie mit ihm kommen müsse. Sie hat sich nicht gewehrt, hat nur genickt und getan, was er gesagt hat. Wir haben uns dann getrennt, er wollte mit ihr zur Schlosswache fahren, während ich zu Fuß nach Hause gegangen bin. Ich war sehr aufgewühlt, und meine Gefühle waren zwiespältig. Einerseits empfand ich Abscheu vor dieser Frau und ihren schrecklichen Taten, aber es war auch Mitleid mit einer sehr unglücklichen Seele.«

»Granny, du bist zu gut für diese Welt. Diese Dame hat drei Menschen kaltblütig ermordet und hätte auch vor einem vierten nicht haltgemacht, wie kann man da Mitleid haben?«

»Sie war einsam, sie war unglücklich, niemand hat sie geliebt, das muss ein furchtbares Leben sein. Nicht einmal ein Kind hatte sie, stell dir das einmal vor.«

»Nicht jeder, der kein Kind hat, bringt deswegen gleich andere Menschen um. Sie hätte sich doch um Waisenkinder kümmern, sich einen Hund anschaffen, ihren Mann verlassen und einen Liebhaber nehmen können. Sie hatte tausend andere Möglichkeiten, die sie nicht für den Rest ihres Lebens ins Zuchthaus gebracht hätten.«

»Sie wird nicht ins Zuchthaus kommen, sondern auf den Friedhof. Sie hat eine Gelegenheit gefunden, das

Gift zu nehmen, das ihr Gatte schon Otto und dem Regenten verabreicht hatte. Sie hat furchtbar lange gelitten, war aber nicht mehr zu retten. ›Mein ist die Rache, spricht der Herr‹, und vor dem wird sie jetzt schon stehen.«

»Du lieber Himmel, wie schrecklich ist das denn? Na ja, den Rest des Lebens Zuchthaus als einzige Alternative ist nicht so prickelnd. Nee, Granny, ich kann trotzdem kein Mitleid mit der Dame empfinden. Dir wäre vieles erspart geblieben, hätte sie anders gehandelt. Was ich aber nicht so recht verstehe, wieso war sie zur Stelle, als der Köhler dich überfallen hat? Woher wusste sie davon?«

»Genau weiß ich das auch nicht, aber ich glaube, sie hatte vor, ihn umzubringen, und ist ihm gefolgt. Dass er einen Überfall auf mich geplant hatte, dass ich überhaupt da war, kann sie nicht gewusst haben. Sie hätte mich einfach überfahren können, was sie aber nicht getan hat, sie kann also nicht durch und durch schlecht gewesen sein.«

»Sie hätte an euch beiden vorbeifahren und den Köhler ein anderes Mal abmurksen können. Nee, nee, Granny, die hat zumindest billigend in Kauf genommen, dich ebenfalls zu töten, zumindest aber schwer zu verletzen.«

»Sicher, aber sie hat immerhin versucht, mich zu retten, sie wollte sicher nicht meinen Tod.«

»Natürlich nicht, lassen wir's dabei. Was sagt denn dein Heinrich zu deinen unheimlichen kriminalistischen Fähigkeiten? Der muss doch Bauklötze gestaunt haben, als du plötzlich mit den Klamotten um die Ecke gebogen bist?«

»Nun ja, ich glaube, er musste sehr an sich halten, um nicht wieder mit mir zu schimpfen, aber er hat es geschafft. Immerhin haben wir den Fall aufgeklärt, den Mörder gefasst und den Attentäter gleich mit. Außerdem wissen wir nun auch, dass es keine subversiven Elemente in Detmold gibt, die den Kaiser oder den Fürsten stürzen wollen, das ist doch sehr beruhigend.«

»Auch wieder wahr. Weißt du, was ich trotzdem nicht verstehe? Diese ganze Geschichte muss doch einigen Staub aufgewirbelt haben im kleinen Detmold. Eine betrogene Gattin nimmt grausame Rache und bringt sich dann um. Wieso haben wir darüber keine einzige Zeile in der Zeitung gefunden?«

»Weil es niemals an die Öffentlichkeit gelangt ist. Heinrich hat dem Fürsten berichtet und natürlich auch dem Kaiser, und es wurde beschlossen, darüber zu schweigen. Offiziell wurde der Mord an Reichelt also nie aufgeklärt, der Tod Köhlers war ein schrecklicher Unfall und die Witwe Reichelt ist vor Kummer an Herzversagen verschieden.«

»Aha, ich verstehe, dann hätten wir lange suchen können, was wir ja auch getan haben. Und die beiden toten jungen Frauen? Was ist mit denen? Fallen die unter Kollateralschaden, oder was? Wer war denn die verkohlte Leiche, und wo ist die tote Frieda abgeblieben?«

»Das kann ich dir nicht beantworten, mein Kind. Niemand hat bisher eine Frau als vermisst gemeldet.

Vielleicht war sie eine von den jungen Dingern, die in Dienst waren oder erst gehen wollten, ich weiß es nicht. Und wo Friedas Leiche ist, kann ich auch nicht sagen. Heinrich geht davon aus, dass er sie irgendwo im Wald verscharrt hat.«

»Na toll, aber das eine sage ich dir, ich grabe nicht noch einmal den Teutoburger Wald um, wie damals wegen Hedwig. Nee, Frieda muss bleiben, wo sie ist, möge sie in Frieden ruhen.«

»Der Herr wird sie aufnehmen in sein Reich, Kind, da bin ich ganz sicher. Aber nun muss ich gehen, es gibt unglaublich viel zu tun. Meine bevorstehende Hochzeit wird all meine Kraft und Zeit in Anspruch nehmen. Du wirst mich also erst einmal nicht so bald wiedersehen.

Zu schade, dass du nicht zu meiner Hochzeit kommen kannst, ich hätte dich wirklich gerne dabei. Aber vielleicht gelingt es mir, auf deiner Hochzeit anwesend zu sein, wer weiß? Grüße deine Mam und deinen Verlobten von mir und behandele ihn gut, noch seid ihr schließlich nicht verheiratet.«

Ich sehe gerade noch ihr liebevolles Lächeln, da ist sie schon weg.

Wie immer empfinde ich Trauer und eine plötzliche Leere, wenn ich weiß, dass Granny nicht an einem der nächsten Tage wiederkommen wird. Das bessert sich auch nicht, im Gegenteil, ich glaube fast, es wird mit jedem Mal schlimmer.

Die nächsten Stunden habe ich zu tun, Karsten alles haarklein zu erzählen und dann das Gleiche meiner

Mam. Beide sagen häufig »Ach« und »Na, so was«. Niemand, ich nicht, Karsten nicht, nicht einmal meine ansonsten so scharfsinnige Mutter ist auf die Witwe Reichelt als Täter gekommen. Jemand von euch vielleicht?

DANKSAGUNG

Auch wenn ich mich mittlerweile recht gut auskenne im Detmold des ausgehenden 19. Jahrhunderts, so musste ich doch hin und wieder in »Detmold um 1900« nachschlagen. Um mich in Berlin zur gleichen Zeit umschauen zu können, habe ich ganz schnöde das Internet benutzt.

Darüber hinaus haben mir auch bei diesem Buch wieder viele Menschen geholfen. Dafür bedanke ich mich sehr herzlich bei meiner Familie, insbesondere bei meiner Tochter, die mir so manch guten Tipp gegeben hat.

Mein Dank gilt Christine Krüger für konstruktiven Rat und Kritik und ganz besonders Angelika Dietrich für Korrekturlesen, Unsinn finden und Röcke nähen!

Last but not least gilt mein Dank meiner hervorragenden Lektorin Claudia Senghaas.

Das Neueste aus der Gmeiner-Bibliothek

Unser Lesermagazin

Bestellen Sie das kostenlose Krimi-Journal in Ihrer Buchhandlung oder unter www.gmeiner-verlag.de

Informieren Sie sich ...

www ... auf unserer Homepage: www.gmeiner-verlag.de

@ ... über unseren Newsletter: Melden Sie sich für unseren Newsletter an unter www.gmeiner-verlag.de/newsletter

f ... werden Sie Fan auf Facebook: www.facebook.com/gmeiner.verlag

Mitmachen und gewinnen!

Schicken Sie uns Ihre Meinung zu unseren Büchern per Mail an gewinnspiel@gmeiner-verlag.de und nehmen Sie automatisch an unserem Jahresgewinnspiel mit »mörderisch guten« Preisen teil!

GMEINER SPANNUNG

WWW.GMEINER-VERLAG
Wir machen's spann